KB010894

태아가 범인이었다

태아가 범인이었다

The Unborn

데이비드 쇼빈 지음 홍영의 옮김

오늘

존경하는 닥터 존 스미스에게

| 오늘 메디컬북스 베스트 시리즈

OUTBREAK

MINDBEND

FEVER

COMA

THE UNBORN

BRAIN

GODPLAYER

대학병원 白い巨塔 1

대학병원 白い巨塔 2

대학병원 白い巨塔 3

대학병원 白い巨塔 4

THE YEAR OF THE INTERN

ADMISSIONS

FLASH BACK

SEVEN NORTH

태아의 뇌는 8주쯤에는 전기(電氣) 활동을 나타낸다.

_앨런 C. 반즈 「자궁 내의 발육」

차례

새로운 추측

'오메가.'

종료를 나타내는 콘솔의 빨간 라이트가 점멸했다. 프로그래머인 파트너가 데이터의 특성에 대해서 컴퓨터의 회답을 구하는 중이었다. 최근에는 기술이 발달해서 컴퓨터의 회답이 프린트 아웃의 온갖 요소를 조사 · 심사해서 결정할 수 있기 때문에 단순 명료하기 마련이었다. 프린트 아웃이 불충분해서 논리적인 판단을 내리지 못하는 경우에는 통상 '데이터 부족'이라고 표시된다. 그런데 지금은 '오메가'라는 단어가 나타난 것이다. 이것으로는 회답이 될 수 없었다.

"또 오메가야? 도대체 어떻게 된 거야."

파트너가 말했다.

"글쎄요."

"다시 한 번 두드려 봐."

"벌써 두 번이나 했습니다."

"이놈이 또 무슨 궁리를 하고 있다고 생각하나?"

"그럴지도 모르죠."

"좋아, 그럼 그쯤 해두고 데이터나 기억시켜 둬."

파트너는 메모리 회로를 작동시켜서 사태를 파악하려고 했다.

요 수개월 동안 컴퓨터가 인간처럼 불합리한 반응을 보이고 있었다. 컴퓨터가 컴퓨터를 분석할 수 있도록 만든 기술 때문에 메모리뱅크 내의 정보를 자유로 연상하는 능력까지 갖게 된 것 같았다. 데이터 검색을 위해 메모리를 주사(走査)하는 과정에서, 언뜻 보기에는 관계없는 사항 몇 개를 통합해서 어떻게든 관련이 있는 듯한 데까지 한데 모아버리는 것이다. 어떤 의미에서는 컴퓨터가 추측까지 하고 있다는 것이었다. 이 추측은 너무나 인간적이었다. 또 최근에는 컴퓨터의 회답이 아주 변덕스럽고 불합리해서 얄궂게까지 느껴졌다.

이 병원의 컴퓨터는 미국에서 제일 큰 NASA의 것 다음으로 컸다. 하지만 응용 범위 면에서는 NASA의 컴퓨터를 훨씬 능가했다. 메모리뱅크에는 온갖 방면의 의학 정보를 축적할 수 있도록 설계되어 있었다. 아무리 사소한 의학 지식이라도 불러낼 수 있고 관련 사항을 하나의 프린트 아웃에 틀림없이 정리해준다. 이것을 의학 종합 컴퓨터의 첫머리 글자를 따서 'MEDIC(메딕)'이라는 애칭으로 부르고 있었다.

MEDIC의 작용 중에서도 특히 중요한 것은 이 병원과 근접해 있는 대학 내에서 행해지고 있는 몇백이라는 연구 데이터를 도표로 만들거나 계산하는 것이었다. 매일 각 연구에서 얻어지는 데이터를 프로그램으로 만들어서 MEDIC에게 맡긴다. 연구가들은 매일 밤 MEDIC의 정보를 검토, 평가하고 그것을 바탕으로 자신의 연구에 필요한 자료들을 골라낸다.

MEDIC이 처음에 보인 훌륭한 실적을 생각하면 최근의 변덕스런 반응이 점점 마음에 걸렸다. 프로그래머들은 MEDIC의 추측을 '생각'이라고 명명하긴 했지만 MEDIC이 인간처럼 생각한다고는 믿지 않았다. 무엇보다 큰 의문은 MEDIC이 왜 생각하기 시작했는가 하는 것이었다.

몇 주일 동안이나 숫자를 주무른 끝에 어떤 프로그램이 개발되고 그 명칭은 쓸데없는 조크나 아이러니가 듬뿍 담긴 언어유희의 희생물이 되기도 했다. 그런 프로그램 중의 하나로 관련 사항의 첫머리 글자를 딴 '프로이트'라고 불리는 프로그램을 만들었다. 그러나 프로이트는 조크이기는커녕 그 이름에 부끄럽지 않은 작용을 보였다. 기대했던 그대로의 프로그램이었다. MEDIC이 제멋대로 결합한 사항을 모두 표로 작성하고 서로 비교 검토하자 불필요한 것들이 하나하나 제거되었다.

회답은 컴퓨터의 입력 정보에 있었다. MEDIC에 입력되는 온갖 데이터에는 근본적인 공통점이 있었다. 어느 것이나 최근 또는 먼 과거의 의학 데이터이며 소위 죽은 정보였다. 그런데 단 하나 예외가 있었다. 병원 한 모퉁이에 있는 연구실에서 유일하게 살아있는 데이터를 보내왔다. 수면실험에 참여하는 지원자들의 수면 중의 뇌파를 MEDIC으로 보내어 분석시키는 것이다. 프로이트는 결국 MEDIC의 반응이 피험자의 수면 패턴과 부합한다는 것을 확인했다.

"컴퓨터란 놈 꿈꾸고 있군."

파트너가 말하자 감독관이 정정했다.

"MEDIC이 어떻게 꿈을 꾼단 말인가. 피험자가 꿈꾸고 있는 사이에 자유로 연상하는 것뿐이야."

"큰 차이가 없습니다. 컴퓨터가 갖가지 생각을 하는가 했더니 이번에는 꿈을 꾸기 시작했어요. 다음엔 또 무슨 일이 일어날까요?"

그의 말이 마치 신호인 양 콘솔의 오렌지 빛 비상 램프가 깜빡였다. 고장이었다. 파트너는 서둘러 담배를 끄고 모든 회로의 중단 버튼을 눌렀다. 천천히 '슛' 하는 소리를 내면서 전달 장치가 차례로 멎었다. 파트너의 오른쪽에서는 감독관이 개개의 회로를 점검하고 있었다. 대충 조사했지만 아무 곳에서도 이상은 찾아볼 수 없었다. 그런데도 정상으로 작동하지 않았다. 감독관은 파트너를 노려보았다.

"이런 사태는 처음이다. 오버라이트를 눌러."

파트너가 버튼을 누르자 컴퓨터 유닛 하나가 움직이기 시작하고 테이프가 천천히 돌았다. 동시에 눈앞에서 콘솔의 타이프라이터가 다닥다닥 소리를 내면서 단어를 쳤다.

'떠 있다.'

감독관은 파트너에게 시선을 돌렸다.

"뭐야, 이건. 도대체 어떻게 된 거야."

파트너가 차례로 버튼을 누르자 다른 유닛도 기계적인 위잉 소리를 내기 시작했다. 한동안 테이프가 일제히 돌다가 갑자기 멎었다. 또 다른 프린트 아웃이 나타났다.

'대화를 시작하라.'

파트너와 감독관은 타이프라이터의 글자를 주시했다. 갑자기 모든 유닛이 움직이기 시작했다. 테이프의 회전이 점점 빨라지고 실내의 소음 기준이 높아졌다. 눈 깜짝하는 사이에 기관차 바퀴의 마찰음 같은 소리에 귀가 아팠다.

"리셋을 눌렀나?"

감독관이 소리쳤다.

"그런 건 하나도 건드리지 않았습니다."

파트너도 큰소리로 외쳤다.

"뭐라고? 기계가 저절로 움직였단 말인가!"

두 사람은 눈앞에 벌어지고 있는 사건에 아연해하며 서 있었다. 기계의 심부에서 MEDIC의 두뇌가 움직이고 있었다.

갈등

아침 햇살이 블라인드 사이로 들어와 우단과 같은 침대 커버를 따뜻하게 해주고 있었다. 창으로 들어오는 햇살을 타고 천천히 올라가던 먼지가 바삭바삭 하는 시트 소리와 함께 갑자기 소용돌이를 그렸다. 여자가 일어나서 옷을 입기 시작했기 때문이었다.

"어디 가는 거야?"

"나가는 거예요."

"어디로?"

"그저 나가는 거예요."

남자는 침대에서 일어나 두 다리를 침대 옆에 늘어뜨리고 앉았다. 장딴지에는 소름이 돋아 있었다.

"추운데……."

대답이 없었다.

"이리와. 얘길 좀 하고 싶어서 그래."

그래도 대답이 없었다. 여자는 브래지어 뒤를 앞으로 해서 호크를 끼고는 다시 돌려서 어깨끈에 팔을 끼웠다. 리넨 슬랙스가 의자에 걸려 있었다. 슬랙스에 손을 뻗자 남자가 침대에서 일어나 다가왔다.

"왜, 슬랙스 입으면 안돼요?"

"안 말릴 건데."

"그거 고맙군요."

다시 슬랙스를 집으려고 하자 이번에는 남자가 손목을 잡았다.

"사만다……."

"몇 번이나 얘기해야 돼요, 그렇게 부르지 말라고."

"알았어, 알았어, 샘. 어떻게 할 거야, 그저 그렇게 나가버릴 거야?"

"안 되나요? 그만하면 알아들었을 텐데……."

"그야 그렇지만 아직 이것저것 얘기할 게 남아 있잖아?"

"놔요."

남자는 손목을 놓았다. 따뜻한 실내의 바람이 갈색 머리를 흐트러뜨리고 있었다. 그녀는 발가벗은 채로 있는 남자를 뚫어지게 바라보았다.

"바지 가져올게요."

"왜? 내 알몸이 꼴사납다는 거야?"

"그렇지 않아요."

꼴사납다니 당치도 않다. 언제나 탄력 있는 그의 몸과 반듯한 얼굴 생김새에는 매력을 느낀다. 단지 문제는 그가 그것을 잘 알고 있다는 것이다. 자만심 탓으로 냉정하고 쌀쌀한 느낌을 주었다. 그녀는 더 이상 아무것도 의논할 게 없다고 생각했다. 그저 단순히 나가버리고 싶을 뿐이었다.

"몇 번씩이나 얘기를 되풀이하게 해요. 나가게 하면 안 돼요?"

"상관없어."

"다행이네요. 무엇보다 기분이 별로 좋지가 않아요."

"적당히 해두라고! 모든 사람이 너처럼 입덧을 하는 건 아니란 말이다. 그렇게 심각하게 굴지 않아도 되잖아. 너답지 않게."

사만다는 얼굴을 찌푸렸다.

"그럴까? 나도 임신하기 전에는 그렇게 심각하지 않았어."

"그래서, 내게 후회라도 하라는 거야?"

"왜 당신이 후회해야 되죠? 당신 탓이 아니라고 했잖아요."

"그래, 하지만 내 탓이라고 말하는 것처럼 들리거든. 나는, 아니 우리는 멍청이인가 봐. '어머, 젤리, 페서리 넣는 걸 잊었어'라든가, '어머, 이걸 어째, 3일 전부터 필(경구 피임약)을 먹지 않았어'라든가."

"그만 해둬요."

"그만두라고? 이제 와서? 농담하지 마. 우린 멍청이가 아니란 말이야. 더구나 너는 대학에서 우등생이야. 우린에게 실수 같은 건 있을 수 없어. 네 말을 재현해볼까? '아, 젤리, 아이 좋아, 멈추지 마. 아, 젤리, 좀 더 세게, 더 힘껏!' 정말 어처구니가 없다!"

감정을 모조리 털어놓는 그의 우스꽝스러운 모습을 보고 사만다는 천천히 고개를 저었다. 둘 사이의 틈은 점점 넓어지고 관점의 차이는 타협할 수 없게 되었다. 그녀의 유연한 사고방식은 그의 사고와 격하게 부딪혔다. 이제 때가 왔다.

"그게 나예요. 세상의 여덟 번째 불가사의."

그녀는 옷을 입고 소지품을 챙겼다.

"타이밍이 나빴네. 하필이면 사랑을 나눈 뒤에 말이야."

"그게 어떻게 사랑을 나눈 거예요? 당신이 말한 것처럼 그저 한 것뿐이죠."

"흠, 어쨌든 마찬가지야. 하기 전과 한 후의 내 기분이 변할 줄 알았나?"

"당신이 어떻게 생각할지 그런 건 알 바 아니었어요. 난 흥분했을 뿐이에요. 임신한 여자는 모두 이렇게 되는 거라고요. 입덧을 하면서도 섹스를 하고……."

"이상할 것 하나도 없어. 섹스가 끝날 때까지 기다렸던 건 이유가 있어서지."

화가 난 그녀는 일부러 너스레를 떨었다.

"어머, 가슴이 두근거리네. 그래, 무슨 이율까?"

"흔한 수법으로 빨리 결혼해달라는 각본이지 뭐."

사만다는 상대의 얘기가 우스워서 웃음이 나오려는 것을 꾹 참고 슬픈 미소를 지었다.

'이 사람은 아무것도 몰라.'

"당신, 자신이 얼마나 우스꽝스러운지 상상도 못하겠죠? 아무리 봐도 가련한 자기도취예요. 당신과 결혼할 마음 따위는 추호도 없어요. 자기 자신이 생각하는 것과 실제는 다른 거예요."

"그럼 무엇 때문에 임신했다는 걸 일부러 내게 얘기했지?"

"무엇 때문이냐고요? 그건 태어날 아기의 아버지로서 당신도 알아두어야 할 필요가 있다고 생각했기 때문이에요."

분노로 그의 볼이 붉어졌다.

"왜 내가 아버지란 걸 알아두어야 한다고 말하는 거야? 내 아이든 다른 누구의 아이든 나는 아직 아버지가 된다는 생각 따윈 해본 적이 없어. 평생 그런 마음이 생기지 않을지도 몰라."

사만다는 말을 약간 부드럽게 했다.

"이봐요, 누구 탓도 아녜요. 단지 이렇게 돼버렸을 뿐이에요. 단순한 방정식이라고요, 정자 더하기 난자는 아기라고요."

"그래서, 설마 그걸 낳겠다는 건 아니겠지?"

"그거라니요? 그런 소리가 어딨어요. 아기예요, 내 아기. 그리고 당신……. 하지만 나 혼자 키울 거예요. 누구 아기라는 건 아무에게도 알리지 않고……."

"비밀로 하지 않아도 돼. 다만 내가 걱정되는 건 공부야. 난 의학부를 졸업하려면 앞으로 1년은 더 있어야 하고 너도 박사 학위 따는 데 최소한 2년은 걸린다고. 그걸 전부 내팽개칠 셈이야?"

"내팽개칠 생각은 없어요. 아기 엄마가 됐다고 해서 학업과 양육을 양립하지 못할 건 없어요."

"잠꼬대 같은 소리 하지 마. 지금은 될 것 같지만 잠 못 자는 밤을 몇 번 맛보면 넌……. 텅 빈 우유병과 오줌똥 묻은 기저귀에 묻혀서 살아보라고."

"쉽다고는 말하지 않았어요."

"되지도 않을 소리. 그건 그렇다 치고 도대체 어떻게 된 거야? 넌 사생아를 키울 여자가 아닐 텐데. 항상 시끄럽게 여성의 권리를 주장하던 네가 중절에 반대하리라고는 상상도 못했다."

"반대하는 게 아녜요. 중절은 하고 싶어 하는 여자들에게는 필요한 거예요. 난 중절하고 싶지 않은 것뿐이에요."

기가 꺾인 그는 갑자기 부끄러운 듯이 다리를 꼬아 급소를 감췄다. 사만다는 스웨터를 주워들고 현관으로 향했다.

"후회할 거다, 샘."

“쓸데없는 참견 말아요.”

“어떻게 애를 키울 참이야? 무료 식료품권?”

“가능하다면요.”

“어머니 아버지한테는 알렸나?”

“아는 건 나와 당신, 그리고 의사뿐. 앞으로도 계속 그럴 거예요.”

“그렇게 되면 부모님한테서 생활비 보조가 끊어질 텐데.”

“상관없어요. 난 열세 살 때부터 용돈을 받지 않았어요. 남의 애를 돌봐주기도 하고 슈퍼라든가 이곳저곳에서 일해 왔죠. 지금은 강사로서 장학금을 받고 있지만 무료 식료품권으로 겨우 연명해야 한다면 그래도 상관없어요.”

사만다는 현관문을 열고 멈춰 서서 다시 말했다.

“당신한테 털어놓지 않을 걸 그랬네요, 젤리. 중절하라는 말이 나올 거라는 건 알고 있었지만…….”

“그럼 왜 털어놨지?”

“누구든 자신이 아버지가 된다는 걸 알 권리가 있다고 생각했기 때문인지도 모르죠. 아니면 그저 당신과 함께 있고 싶어서였는지도 모르고.”

“털어놔서 손해될 건 없겠지. 돈이 필요하게 되면 언제라도…….”

그녀의 눈에서 눈물이 흘렀다.

“참견 말아요.”

그녀는 문을 꽝 하고 닫고 나갔다.

불안 충동

50호선은 체사픽 만을 둘러싼 저습지를 완만하게 굽어서 서쪽으로 뻗어 있었다. 50호선의 출발점인 오션 시티의 대서양 물은 예년 같았으면 5월 초순까지도 겨울의 냉기가 남아 있었을 것이다. 하지만 계절에 맞지 않게 1주일 동안 계속된 고온 영향으로 따뜻했다.

50호선은 우선 바다를 뒤에 두고 솔즈베리로 향해 있고, 거기서 갈색과 회색에 덮인 습지대가 케임브리지까지 나아간다. 콜타르로 포장된 2차선 도로는 거기서 갑자기 북으로 꺾여서 얕은 강어귀와 물에 떠 있는 찌꺼기로 가득 찬 늪지를 누비면서부터 끈적끈적한 콜타르가 아닌 콘크리트 포장의 4차선 도로가 수마일 이어진다. 거기서 다시 서쪽으로 향해 반짝이는 체사픽 만을 따라서 아나폴리스로, 다시 워싱턴, 그리고 버지니아 주의 온화한 구릉으로 들어간다.

경관이 좋은 도로라고는 할 수 없었다. 도로는 거의 평탄했고 고작해야 약간의 기복이 있을 정도였으며 바싹 말라버린 소나무가 주위에 드문드문 있을 뿐이었다. 평범함이야말로 최대의 특색인 것처럼.

다시 버지니아 주 안으로 들어가면 갈색 밭 대신 비로소 싱싱한 녹음이 보인다. 규칙적인 밭이랑에 이어지는 어린 나무가 롬(loam)층의 비옥한 땅에서 가는 가지를 하늘을 향하고 있었다. 단단한 잎눈들이 싹트려 하고 있는 듯했다. 여기는 담배 산지로 비바람을 맞으며 버티고 있는 허술한 집과 계절노동자의 조립식 주택들을 볼 수 있었다. 그런가 하면 밭에서 저택으로, 저택에서 대규모 농장으로 반복되고 있었다.

부잣집들이 보이고 멀리 녹음에 둘러싸인 마구간에는 서러브레드(영국 원산의 우수한 경마용 말)와 가는 다리의 작은 말이 조는 듯한 모습을 하고 있었다. 만 연안의 평지에서 기복이 있는 구릉으로 들어가면 산들바람이 불어오는 따뜻한 여름 분위기를 느끼게 했다.

조나단 브라이슨은 2년 전 뉴욕에서 왔을 때의 기억을 떠올리며 그런 구릉지대를 달리고 있었다. 아침 공기를 윤택하게 하는 아지랑이에 원기가 북돋아져 심호흡을 했다. 언덕 위로 나오자 광대한 골짜기가 눈앞에 펼쳐졌다.

브라이슨은 언제나 이 경관에 매료되었다. 멀리 전방에는 거대한 유리와 철로 된 수많은 빌딩들이 어디서든 빛나는 불사조처럼 우뚝우뚝 솟아 있고 모든 길은 그리로 향해 있었다. 다시 말하면 모든 길은 그 빌딩 속에 있는 주빌리 종합병원으로 통했다.

주빌리 종합병원은 지구마다 의료센터를 배치하는 방식의 모델로 1977년에 착공되었다. 워싱턴과 리치먼드 중간에 위치한 이 병원은 연방정부의 자금이 투자되어 있었고, 몇 년에 걸친 면밀한 조사와 계획에 의해 설립되었다.

의료센터의 지방 배치는 정부의 주요 정책의 하나였다. 1970년대에 보건 교육 후생성이 종합한 보고에 의하면 상승하는 의료비를 줄이는 방법 중 하나로 비싼 의료 시설의 중복을 없애야 한다는 것이다. 각 지구의 중심에 위치하는 큰 의료센터가 무엇보다 좋은 의료 서비스를 제공한다면 지역에 개업하고 있는 작은 병원이 여러 개 있을 필요가 없다는 것이다.

의료센터의 설립은 반경 50마일에 해당하는 지역에 있던 10개의 산부인과 시설을 대신할 능력을 갖추었을 뿐만 아니라, 각 지구에 6대가 있던 CT 스캐너를 1대로 해결하고, 5개소에 있던 작은 심장 절개 수술 시설을 1개의 좀 더 큰 시설로 갖춤으로써 모든 진료가 원활하게 이루어지도록 하는 것이었다.

의료센터를 만듦으로 지역병원 간의 과당경쟁을 막을 수 있었다. 지금까지 지역병원의 병실 점유율은 85~90%밖에 안 되어서 병원 경영자에게는 경제적인 손실을 의미할 뿐만 아니라 환자에게는 의료비 부담의 증가를 의미했다. 이에 비해서 주빌리 종합병원의 병실은 항상 100% 이용되고 있었다.

연방정부의 자금 투입은 절대적인 것이었다. 지역 병원들이 저항을 해봤지만 차츰 주빌리 종합병원의 힘에 굴복할 수밖에 없었는데 이것은 당연한 결과라고 할 수 있었다. 주빌리 종합병원은 완벽에 가까운 의료 센터일 뿐만 아니라 의학 연구, 교육, 개발의 중심지로 병원 자체의 의료 전문학교와 대학까지 운영하고 있었다. 일류 의학 연구소와 실험 시설을 갖추고 있어서 온갖 진료 서비스는 물론, 실험 단계의 진료도 제공하고 있었다. 또 버지니아 주 북부에 거주하는 온갖 환자들을 진료하는 것뿐만 아니라 국내 각지에서 찾아오는 환자까지도 받아들였다. 여러 가지를 종합해볼 때 의료센터의 설립이 훌륭한 프로젝

트라고 할 수 있었다. 때문에 주빌리 종합병원은 단순한 병원으로 그치는 것이 아니라 그 자체가 하나의 의학을 위한 의료단지 같은 역할을 하고 있었다.

그곳은 너무 거대하기 때문에 각 병동, 실험실, 연구소들을 신경 쓰지 않으면 쉽게 찾을 수가 없었다. 센터 내에는 가장 진보된 의료 컴퓨터인 MEDIC을 위시하여 3600대의 침대, 200개의 연구실, 수십 개의 임상 실험실을 갖추고 있었다. 또한 완벽한 설계로 지어진 여러 층의 스페이스가 각종 부속적인 기능으로 환자를 위한 서비스를 하고 있었다.

브라이슨은 37살의 수면 연구실장이었다. 2년 전까지는 맨해튼에서 신경과 개업의로서 힘들게 지냈다. 그렇지만 그가 연구실장에 취임하자 첫날부터 연구를 추진하기에 충분한 임산부인과 인원이 책정되었고 마음 놓고 연구에 몰두할 수 있었다.

2만 달러의 예산을 할당받았으며 전속 비서와 연구 조수가 있었고 병원과 대학 부속 시설의 자유로운 출입이 허용되었다. 더구나 주 2회 신경과 클리닉 실습의를 지도하고 병동의 왕진과 학회에 참가하는 시간도 충분히 주어졌다. 나머지는 자신의 시간과 연구자금을 유용하게 사용하면 되는 것이었다.

연구자금도 특정한 목표가 설정되어 있는 것이 아니라 그저 당초 자금을 바탕으로 새로운 연구 보조금을 얻으면 되었다. 이런 보조금은 전통적으로 정부 기관이나 민간 기업, 비영리적인 자선기금 등으로부터 얻을 수 있었는데 제약회사라는 민간 기업은 최대의 자금원으로 기대할 수 있었다.

경쟁에 이기기 위해서는 어느 제약회사도 새로운 약을 발매하고 싶어한다. 그러나 발명에서 시판에 이르기까지의 도정은 멀 뿐만 아니라 수년, 아니 몇십 년 걸리는 것도 있었다. 오랜 동안 동물 실험을 되풀이하지 않고서는 식품의약국(FDA)이 인체실험을 허가하지 않았다. 게다가 실험은 통상 엄하고 규제된 조건하의 대학 같은 데서 행해졌다. 진정제든 수면제든 수면을 위한 신약은 끊임없이 개발되고 있었는데, 최종 목표는 이상적인 수면제를 발명하는 것이었다. 즉 복용 즉시 잠이 오도록 하여 6시간에서 8시간 동안 계속해서 정상적인 수면을 취할 수 있고, 남용이나 상용으로 인한 습관성 우려가 없으며 부작용이 없는 약을 발명하면 되는 것이었다.

현재 환자에게 투여하는 수면제는 수십 종류나 되지만 이 기준을 모두 충족하고 있는 것은 없었다. 모든 약이 뭔가 미비한 점이 있었고 따라서 이상적인 수면제를 최초로 발명한 회사가 몇십 억이라는 이익을 얻게 될 것은 확실했다.

신약의 검사에서 처방, 복용량, 중독의 유무, 대부분의 동물 실험은 제약회사가 행했다. FDA의 허가가 난 후 시판에 이르기 전의 최종 단계인 인체 실험은 브라이슨 박사와 같이 공정한 입장에 있는 평판이 좋은 연구학자가 행했다. 이런 연구학자가 내놓는 결론이야말로 신뢰할 수 있기 때문이었다. 주빌리 종합병원의 의사들은 여러 기관의 의뢰를 받아 연구개발에 몰두했다.

봄이 다 갈 무렵 브라이슨은 2개의 연구를 통하여 더욱 전도유망한 연구를 몇 가지 추진하고 있었다. 첫째 연구는 보건교육후생성이 자금을 출자하여 보건학회에서 의뢰한 동물 실험이었다. 보건학회의 암유행병학 부문은 제3 칼비놀계 수면제 '섬나펄'을 장기간 복용한 마우스에게서 자궁암이 많이 발병한다는 것을 알게 되었다. 그래서 수면 연구실에 의뢰한 것인데 브라이슨은 그 보조금을 약학과의 박사와 나누었다. 약학과가 동물 실험을 담당하고 있고 이 연구는 대부분 약학과에서 행하고 있기 때문이었다.

둘째 연구는 새로운 벤조디아제핀계 수면제에 관한 거짓 없는 진짜 수면 연구였다. '바리움'이라는 벤조디아제핀계의 약은 화학식의 변화에 따라서 정신안정제 또는 수면제가 된다. 발리암의 믿을 수 없을 정도의 큰 성공이 기초가 되어 다른 회사도 벤조디아제핀 붐에 뒤지지 않으려고 필사적이었다. 화학식을 변화시킴으로써 벤조디아제핀의 기본적인 작용을 유지하면서 의사가 약을 환자에게 투여하여 안전하고 새로운 효과를 추가할 수 있었으면 하는 희망을 품고 있었다.

수면 연구는 그 이름에서 말해주는 것처럼 지원자의 수면 상황을 주의 깊게 관찰하는 것이다. 지원자는 대체로 대학 내의 학생을 시간급으로 고용하고 있었는데, 제법 인기 있는 일이었다. 주 3회 연구실에서 잠을 잠으로써 학비를 충당한 학생이 여러 명 있었다. 좋지 않은 점은 단 한 가지, 낮에 소리를 차단한 밝은 방에서 뇌파계를 몸에 부착하고 잠을 자야 한다는 점이었다. 뇌파계가 기록한 뇌파는 후에 분석된다.

수면 뇌파는 상당히 규칙적이었다. 알파파에서 델타파까지의 4개 그룹으로 나눌 수 있었는데, 각기 그룹이 특징 있는 파형을 가지고 있고 그래프용지에 기록되는 주파수와 진폭에 의해 정해진다. 알파파가 깨어있을 때 나타나는 데 비해서 델타파는 가장 깊은 수면 단계에 나타나며, 제5그룹은 렘(REM)수면이라 불리고 급속 안구 운동을 수반하여 꿈을 꾸고 있을 때 나타난다.

10년 전 수면 연구가들은 밤의 수면이 약 90분 주기로 나누어진다는 것을 발견했다. 하나하나의 수면 주기는 각성에 가까운 상태에서 시작해서 차츰 깊은 잠으로 들어가서 다시 각성 상태로 돌아간다. 각기 수면 단계에 소비되는 시간은 정해져 있지 않았다.

피험자가 피로해 있는 경우에는 비교적 긴 시간이 깊은 수면 상태에 소비되고 나서 다른 수면 단계로 옮겨간다. 수면의 주기와 주기 사이는 꿈꾸는 시간, 즉 렘수면에 소비되었다.

렘수면은 하룻밤의 수면의 질을 좌우한다. 다른 수면 단계에 아무리 긴 시간이 소비되어도 렘수면이 억제된 경우에는 반드시 각성 후에 피로감을 느끼거나 화가 난다. 뇌파계는 각각의 수면 단계 및 렘수면에 소비된 시간을 도표에 나타낸다. 그것은 새로운 수면제의 임상실험에 있어서 중요하다. 만약 렘수면이 방해된다거나 깊은 수면 단계가 짧아지면 약의 가치는 떨어지게 된다.

학생이 피험자가 되기 위해서는 일정한 조건이 충족되어야 한다. 신경계의 병력이나 신경과의 치료를 받은 경력이 없어야 하며 여자의 경우 임신 상태에서는 불가능하다. 불면증의 전력이 있어서도 안 되고, 이전에 수면제를 상용하고 있었다거나 환각제 등 마약 또는 알코올을 자주 마시고 있는 사람도 제외된다. 물론 건강하지 않으면 안 된다. 피험자로 선정된 최초 1주일간은 약 없이 평상시의 수면 뇌파를 기록한다. 원래의 수면 패턴을 기록하고 나서 마침내 실험 약을 투여하게 된다.

브라이슨은 '2중 눈가림' 방식을 채택하고 있었다. 이 방식을 사용하면 피험자나 실험을 하는 자나 투여된 수면제가 진짜인지 가짜인지 모른다. 정제는 모두 똑같이 만들어서 기호로 표시하고 있었다. 실험이 끝난 후 비로소 기호를 조회해서 결과를 분석하는 것이다.

병원 내의 다른 연구가들과 마찬가지로 브라이슨의 데이터도 컴퓨터가 분석했다. 그는 수면실험을 시작하고 얼마 되지 않아서 새로운 방법을 고안해냈는데, 옛날의 경험을 살려서 뇌파계 하나하나의 파형을 컴퓨터 언어로 나타내는 프로그램을 만들었다. 컴퓨터 언어로 변환된 뇌파는 수면 중에 계속 MEDIC에게 전해진다. 이튿날 아침이 되면 컴퓨터는 피험자의 수면 패턴을 분석하여 렘수면이나 깊은 수면의 길이, 수면 전체의 시간, 가짜 또는 진짜 수면제가 수면의 질에 미친 영향 등에 관하여 분석해준다.

브라이슨은 자신의 창의가 근원이 되어 어떤 문제가 일어나리라고는 상상도 하지 못했다. 수개월이 지난 5월 하순에 컴퓨터실의 파트너에게서 전화가 걸려왔다.

"닥터 브라이슨, 당신이 실험실에서 무엇을 하고 있는지는 모르지만, 그곳 실험실의 데이터 때문에 컴퓨터가 꿈을 꾸고 있습니다."

"꿈을?"

"아니, 엄밀하게는 공상에 잠긴다고 하는 것이 좋을지 모르겠습니다. 아무래도 닥터가 수면실험을 할 때마다 MEDIC의 두뇌가 약간 멍청하게 되는 것 같습니다. 종잡을 수 없게 됩니다."

"뭘 마시고 있군, 파트너."

"취하고 있을 정도라면 좋겠는데요."

"나도 컴퓨터에 대해서 그다지 모르는 것은 아니네. 컴퓨터가 종잡을 수 없게 생각한다는 건 있을 수 없네. 누가 그런 소릴 하고 있나?"

"프로이트입니다."

"묘한 걸 마시고 있는 게 아닌가, 응?"

파트너는 자신의 가설이 얼마나 어리석은 것인가를 생각하면 화가 났다.

"닥터, 이건 대단히 복잡한 얘깁니다. 정말입니다. 설명하기 시작하면 길어집니다. 아무튼 전화한 것은 닥터의 프로그램 탓으로 MEDIC이 잘못되고 있다는 것을 알려드리고 싶어섭니다."

"어떻게 하라는 건가? 연구를 변경이라도……."

"아니, 그런 말은 할 수 없습니다. 별로 중대한 지장이 일어난 것은 아니니까요. 그저 MEDIC의 작용이 이상해지면 닥터의 데이터 분석에도 이상한 결과가 나올 것 같아서요. 데이터를 의심해보는 것이 좋을 것 같습니다."

"분석은 지금으로선 정확한 것 같은데."

"알겠습니다. 그저 알려드리고 싶었습니다."

"고맙네, 그리고 파트너."

"뭡니까, 닥터."

"프로이트에게 안부 전해주게."

브라이슨은 조금도 불안한 마음 없이 수화기를 놓았다.

서성이다

사만다는 노트지를 구겨서 쓰레기통에 넣었다.

임산부인과 경비를 아무리 이리저리 뜯어 맞춰보아도 역시 부족했다. 자산—아버지가 보내주는 수업료의 반액, 생물학 연구원 급비, 어머니가 보내주는 용돈, 5년 전에 산 핀토(차 이름). 차변—수업료의 반액, 아파트 집세, 식비 및 의료비, 산부인과 및 소아과 의료비. 온갖 각도에서 검토해봤지만 차를 팔아도 그리고 좀 더 싼 아파트로 옮기고 무료 식료품권을 얻는다고 해도 결론은 1천 달러의 적자였다. 그녀는 뭔가 다른 일을 찾지 않으면 안 되었다.

생물학 부장을 만나봤으나 소용없었다. 학부의 예산은 대학의 예산이라는 파이의 아주 작은 한 조각에 불과했다. 맛있는 부분은 일류 교수들에게 빼앗겨 버리고 파이 찌꺼기정도밖에 남지 않았다. 연구원 급비 이외에는 어떤 연구 자금도 없는 것이 현 실정이었다.

다른 학부도 마찬가지로 궁색했다. 자연과학계 학부는 대학에 들어오는 총수입에서 아주 조금밖에 받지 못했고 대부분의 돈은 병원과 병원에 부수되는 곳에 들어가고 말기 때문이었다. 그래서 사만다는 이렇게 병원으로 향할 수밖에 없었다.

의료 관계자용 식당은 마침 점심시간이어서 혼잡했다. 사만다는 하얀 가운을 입은 사람들을 헤치고 간신히 카운터에 옆에 자리를 발견했다. 그녀는 커피를 주문하고 다음에 어떻게 할까를 생각했다. 인사과로부터 시작하는 것이 순서일지 모르지만 아마 화이트칼라, 블루칼라 모두 상근직 외에는 없을 것이다. 무슨 과라도 좋으니 임상 부문의 책임자를 만나보면 뭔가 그들 부서에 속하는 일을 소개받을 수 있을지도 모른다고 생각했다. 그녀는 하나씩 곱씹어 보았다. 외과, 내과……. 물론 산부인과도 알고 있었다. 그녀의 주치의도 이 병원에 등록되어 있었다. 사만다는 옆 좌석에 앉아 있는 수염이 덥수룩한 인턴에게 말을 걸었다.

"죄송하지만 산부인과가 어디죠?"

남자는 그녀를 보고 입가에 케첩을 흘렸다. 요 몇 주일 동안 만나본 적이 없는 매력적인 여자였기 때문이었다.

"진통이 시작된 것 같지는 않네요."

"분만에 대해서 좀 알아볼 것이 있어서요."

남자는 사만다의 허리 언저리로 시선을 돌렸다.

"처녀같이 조금도 배가 부르지 않군요."

"아기가 나올 것 같아서 산부인과를 찾고 있는 게 아녜요. 산부인과 사무국을 찾고 있어요."

"처음부터 그렇게 말하지 그랬어요?"

"당신은 왜 쉽게 대답해줄 수 없었는지 모르겠군요."

"그건 쉽게 대답할 수 없어서 그랬겠죠."

"알겠어요. 그럼 다시 묻겠는데요, 산부인과 사무국이 어디죠?"

"어떤 분야의?"

"책임자가 있는 곳 말이에요."

"산부인과과장, 아니면 부장?"

"이제 됐어요, 당신이 이겼어요."

그녀는 커피를 마시고 나서 계산서를 집어 들었다.

"여러 가지로 감사합니다."

"잠깐, 놀리고 있는 게 아닙니다. 산부인과는 전부 4층으로 나뉘어 있기 때문에 무슨 용무냐에 따라서 갈 곳이 달라집니다. 그런데 무슨 용건입니까?"

남자는 생긋이 웃으며 말했다.

사만다는 계산서를 카운터에 다시 놓았다.

"실은 일자리를 찾고 있어요."

"산부인과에서? 간호사 같은 겁니까?"

"아네요. 생물학 연구 조수를 하고 있는 대학원생이에요. 파트타임 일을 찾고 있는데 돈이 될 만한 곳은 병원뿐인 것 같아서요."

"당연하죠. 그런데 왜 산부인과를 택한 거죠?"

"무슨 과라도 상관없어요."

"게시판을 봤습니까?"

"게시판이라고요?"

"식당 밖에 있는 거 말이에요. 정말 멍청하게 있었던 모양이군요. 넓이가 5, 6m나 되기 때문에 못 볼 리가 없었을 텐데. 정보가 가득 실려 있습니다. 셋집이라든가, 스키 투어, 아르바이트 자리 등, 정자 제공자를 대 모집하고 있기도 하고요."

"친절하게 알려주셔서 정말 감사합니다."

"아니, 그 일들은 당신에게 맞지 않을 겁니다. 아무튼 한번 가 보세요. 뭔가 발견할지도 모르니까요."

사만다는 그에게 인사하고 계산을 마치고 복도로 나갔다. 몇 백개가 넘는 포스터와 광고가 게시판에 빈틈없이 붙어 있었다. 정말로 정자의 수요가 많은 모양이었다. 20여 분에 걸쳐서 광고를 훑어보니 할 만한 일이 있기는 했다. 실험동물 시중들기, 심리학 분석표 검토 등, 또 의학생에게 부인과 검진의 실습을 베풀기 위해서 몸을 제공해줄 여성을 모집하고 있었다. 이 건에 대해서는 거의 체념하려는 무렵에 다른 게시가 눈에 띄었다.

어떤 연구실에서 그저 잠만 자는 지원자를 구하고 있었다. 단지 8시간 동안 잠만 자는데 시급 5달러를 지급한다는 것이었다. 대충 계산해보니 주 3회 일을 하면 2개월 남짓해서 1천 달러가 되었다. 나쁘지 않았다. 잠자는 것이라면 누구에게도 지지 않는 그녀였다. 그녀는 연구실의 내선 번호를 메모했다.

마음이 변하기 전에 사만다는 병원에서 연구실로 전화를 걸었다. 말단 직원과 상담할 줄 알았는데 전화를 받은 여자의 목소리를 들으니 그렇지 않은 것 같았다. 상대는 사만다에게 연구실로 가는 길을 간단히 가르쳐 주었다.

8층으로 올라가서 복도를 3개 사이에 두고 사만다는 병원에서 제일 가까운 연구동에 도착했다. 50대쯤으로 보이는 비만한 여자가 손짓하며 안으로 들어오라고 했다.

"사만다 카스틴 씨? 라트레지입니다."

그녀는 따뜻하게 손을 꼭 쥐었다.

"닥터 브라이슨은 잠깐 클리닉에 나갔습니다. 당신을 실험실로 안내해서 필요한 서류를 작성하도록 하라는 분부를 받았습니다."

"브라이슨 선생님이 이곳 책임자신가요?"

"연구실장입니다. 실은 신경과의로 지금도 신경과의 클리닉에 나가 있는 중입니다. 수면실험에 대해서는 좀 알고 있어요?"

"아뇨. 하지만 곧 익히면 되겠지요."

라트레지는 미소 지었다.

"아주 간단해요, 정말로. 게다가 편안하고. 당신은 이곳 의학생?"

"생물학 대학원생입니다."

"좋아요……. 좋아요. 지원자의 대부분이 의학생이에요. 개중에는 이것저것 모두 알고 있기 때문에 우리의 설명 따위는 쓸데없는 시간 낭비로 생각하는 학생들도 있어요. EEG, 다시 말해서 뇌파계라는 말 들어봤어요?"

"뇌파를 기록하는 기계 말인가요?"

"그래요. 수면실험에 없어서는 안 될 장치죠. 닥터 브라이슨이 현재 추진하고 있는 연구는 새로운 수면제가 피험자의 수면 뇌파에 어떤 영향을 미치는가를 조사하는 겁니다. 뇌파에 미치는 영향이 어떤 것인가에 따라서 신약으로서의 성공 여부가 달려 있기 때문입니다. 지금 기말 시험이 임박해 있어서 지원자가 두 사람이나 빠지고 말았어요. 그들을 대신해줄 수 있을까요?"

"뭘 하면 되는 거죠?"

"전극을 머리에 붙인 상태에서 편안하게 있으면 됩니다. 될 수 있으면 잠을 자면 더욱 좋고요. 실험에 사용하는 또 하나의 장치는 소리를 차단한 밝은 방에 청결한 시트로 덮인 침대예요."

"마치 포르노 영화 같겠어요."

라트레지는 웃었다.

"어머, 남자 피험자가 꿈꾸는 얘기를 들으면 나도 가끔 그런 생각이 들어요. 자, 지금도 실험중이에요. 한번 볼래요?"

"물론입니다."

라트레지는 사만다를 넓은 연구실로 안내했다. 3채널씩 뇌파계의 펜이 그래프용지에 파형을 그리고 있었다. 라트레지는 뇌파계가 컴퓨터의 콘솔에 접속되어 기록이 직접 MEDIC에 보내지는 구조를 설명했다. 그러나 가장 재미있는 것은 세로 1.2m, 가로 2.4m 정도 되는 유리창이었다. 반대 측에서는 거울로 되어 있을 것이다. 사만다는 유리 너머로 젊은 남자가 몸을 뒤척이는 것을 바라보았다. 그는 태아가 자궁 내에서 천천히 움직이듯이 꿈꾸는 기분에 잠겨 있었다. 이번에는 반듯이 누워서 차분하게 발밑으로 하얀 시트를 걷어붙였다. 엷은 남빛 브리프 한 장을 걸치고 자고 있었다. 머리에 부착된 전극의 선이 베갯머리의 지퍼에 꽂혀 있었다.

라트레지가 뇌파계의 펜을 가리켰다. 파형이 하나 끝나면 절름거리듯이 움직이고 있었다.

"꿈을 꾸고 있는 겁니다. 얼굴을 자세히 보세요."

남자의 볼이 실룩하고 경련을 일으켰다. 입술을 오므렸는가 하면 다시 긴장이 풀렸다. 얼굴 전체의 근육이 느슨해지고 입이 약간 벌어졌다. 그와 동시에 호흡하는 횟수가 늘어나는 것을 사만다도 알 수 있었다. 그리고 천천히 눈꺼풀 안에서 안구가 움직이기 시작했다. 흙 밑을 파고드는 두더지처럼 안구는 정처 없이 헤맸다. 처음에는 옆으로 그리고 아래위로. 가끔 깜빡이는 것처럼 눈꺼풀이 떨렸다. 움직이는 안구는 어둠 속을 더듬으면서 꿈의 길을 쫓고 있는 것과도 같았다. 사만다는 자고 있는 강아지가 꿈틀꿈틀 움직이는 모양이 떠올랐다.

남자는 반듯이 누운 채로 다리를 약간 벌리고 자고 있었다. 허벅지가 차츰 브리프를 걷어 올렸다. 사만다는 얼굴이 화끈거리는 것을 느끼고 라트레지를 바라보았다. 그녀도 알아차렸다.

"재미있는 꿈을 꾸고 있나 봐요."

"왠지 몰래 들여다보고 있는 것 같아서요."

사만다는 당황했다.

"신경 쓴다는 건 난센스예요. 당신도 생물학을 전공하고 있으니 남자가 꿈을 꿀 때는 이렇게 된다는 것 정도는 알고 있겠죠. 유감스럽게도 사람의 꿈을 비디오로 촬영할 수 있는 방법은 아직 개발되지 않았어요."

그녀는 사만다를 향해서 윙크를 해보였다.

사만다는 라트레지의 뜻하지 않은 에로티시즘에 웃고 말았다. 그녀가 이런 말을 할 것 같지가 않았기 때문이다. 그렇지 않으면 그녀는 매일같이 이 광경을 보고 있으니 유머로 대처하고 있는 것인지도 모른다.

"나도 속옷 바람으로 자야 되나요?"

"좋을 대로 하면 돼요. 발가벗든 파자마를 입든 브래지어와 팬티만 입든, 또 그렇게 하고 싶지 않으면 레인코트를 입고 자도 좋고요."

"저 사람도 레인코트를 입고 있었으면 좋았을 텐데……."

사만다는 유리 저편을 가리켰다.

라트레지는 생긋이 웃었다.

"자, 이제 그를 혼자 있게 해줍시다."

"벌써요? 왠지 재미있어졌어요."

그렇게 말했지만 사만다는 고개를 끄덕이고 사무실로 따라갔다. 라트레지는 책상 앞에 앉아서 사만다에게 의자를 권했다.

"어때요? 미스 카스틴, 해보실래요? 일도 간단하고 시급도 좋고 뿐만 아니라 마음껏 휴식을 취하고 돌아갈 수 있어요. 오늘 아침에 모집 광고를 막 냈으니까 강요하는 건 아니에요. 하지만 내일까지 이 일자리가 비어 있다고는 보장할 수 없어요."

"마음에 들었어요, 라트레지 씨. 이 일은 하품이 날 정도로 편할 것 같아요."

"다행이네요."

라트레지는 사만다의 익살에 웃어 보였다.

"대학원 연구시간에 문제가 없나요?"

"주 2회 오전 강의를 듣고 그 다음은 거의 자유로 시간을 낼 수 있으니까 할 수 있습니다."

"그럼, 남은 건 신청서를 작성하는 절차뿐이군요. 건강 상태는 양호……?"

"네."

"상용하고 있는 약은?"

"없어요."

"불면증에 걸린 적은?"

"죽은 듯이 푹 잘 수 있어요."

"됐어요. 나머지 빈칸에 기입하고 맨 아래에 사인하세요."

사만다는 설문조사의 질문을 훑어보며 공란을 메우고 필요한 곳에 경력을 기입했다. 하지만 14번째의 질문에는 망설여졌다. 검사 중의 신약이 태아에게 어떤 나쁜 영향을 미치게 될지도 모르기 때문에 여성의 경우 임신부는 안 된다는 것이 조건으로 되어 있었다. 마지막 생리가 있던 날짜를 기입해야 했다. 그녀는 잠깐 생각하고 나서 1주일 전의 날짜를 썼다. 그리고 나머지 질문에 회답하고 신청서와 동의서에 사인하고 서류를 제출했다.

라트레지는 서류를 힐끗 훑어보고 나서 파일 사이에 넣었다.

"언제부터 시작할 수 있죠?"

"내일은 강의가 있어서 모레부터 할 수 있어요."

"좋아요. 모레 9시 정각에 오세요. 그때는 닥터 브라이슨도 있을 겁니다. 시작하기 전에 닥터도 당신과 하고 싶은 얘기가 있을 테니까요. 그리고 또 한 가지, 내일 밤에는 잠을 많이 자지 않도록 하세요. 낮에는 좀처럼 잠들지 못하는 사람도 있어요. 피곤하면 첫날에도 긴장을 풀 수 있을 테니까요."

"지참물은 없나요?"

"잘 때 입고 싶은 걸 가져오면 돼요."

사만다는 인사하고 안도의 숨을 쉬며 건물을 나왔다. 아직 임신 2개월이 채 안 되었고 날씬한 몸매로 봐서는 앞으로 3개월 정도는 임신을 숨길 수 있을 것 같았다. 그때까지 정확히 시급을 받게 되면 1년간은 그럭저럭 지낼 수 있었다. 그리고 한번 지원하고 나면 임신이 탄로 나도 어쩌면 계속할 수 있게 해줄지도 모른다.

밖으로 나와서 구내를 걷고 있는 동안 뭔가 뚜렷하지 않은 불안이 떠나지 않았다. 그녀는 걸으면서 이것저것 생각한 끝에 겨우 그 불안의 정체를 잡았다. 약이었다. 임신 중에 복용해서는 안 될 약이 있다는 것은 알고 있었다. 그러나 수면제는 어떨까? 몇천 명이나 되는 임신부가 먹고 있을 것이다. 친구들 중에는 임신 중에 온갖 약을 먹었는데도 아이들이 정상이었다. 내 아이에게도 괜찮을까?

정답은 모른다. 해보지 않으면 모른다. 약을 먹고 나면 아이가 태어날 때까지 안심할 수 없다. 그러나 지금에 와서 걱정해봤자 어쩔 수가 없었다. 해야 할 일을 하는 것이 가장 중요했다. 생활이 걸려 있는 것이었으므로.

지난날들 속에서

아직 초여름인데도 그녀의 아파트는 찜통처럼 더웠다.

연구실에서 돌아오면 방안 공기가 답답해서 숨이 막힐 것 같았다. 사만다는 창을 열었다. 눈에 보이지 않는 선풍기가 밖에 있는 것처럼 바람이 들어와서 서가의 사진을 쓰러뜨렸다. 사만다는 사진을 제자리에 갖다 놓으면서 생각에 잠겼다. 그 사진은 2년 전 대학에 들어가서 친구와 둘이서 프로빈스타운에서 지낸 1주일 간 여행하면서 찍은 것이었다.

대학에 들어가서 4년 만에 처음으로 휴가 여행을 떠났었다. 모든 과목이 A학점으로 우등생이었던 사만다는 이제 그렇게 착실하게 공부에 몰두하지 않아도 된다고 생각했다. 약간 고삐를 늦추어서 인생을 차분히 생각할 시기였다. 또 성적(性的)으로 눈을 뜰 때이기도 했다. 3년 간 사만다는 자신의 욕망 모두를 공부에 쏟아 부었기 때문에 사랑 따위를 할 여유가 없었다. 데이트를 신청하는 사람이나 결혼하자는 상대가 없는 것은 아니었지만 거의 응하지 않았다. 공부를 하지 않을 때도 학교 내에서 여러 가지 일을 해서 수업료나 용돈을 벌어야 했다. 그러나 잠시 책을 덮고 슈트케이스에 짐을 꾸려 친구와 둘이서 바다를 찾은 것이다.

즐겁게 보낸 1주일이었다. 사만다는 태양과 바다를 마음껏 즐겼고 창백한 피부를 햇볕에 검게 태웠다. 파도가 일렁이는 바다를 몇 마일이나 헤엄쳐 나가는 동안 그녀의 날씬한 몸은 많은 남자들의 시선을 끌었다. 친구의 아디다스 운동화를 빌려서 조깅도 했다. 아침의 가벼운 조깅이 끝날 무렵에는 햇볕에 적당히 그을린 이 여자의 마음을 끌려고 서로 다투는 남자들에게 둘러싸이기도 했다.

그녀는 그들 중 한 사람을 눈여겨보았다. 그를 처음 발견한 것은 그가 다른 동료와 함께 해변에서 족구를 하고 있을 때였다. 아무리 봐도 그가 제일 핸섬했기 때문에 해변을 산책하자는 그의 제의를 선뜻 받아들였다.

크레이그는 예일대학의 대학원생이었다. 사만다가 만난 사람들 중에서 최고로 자만심이 강한 남자였지만 그래도 마음이 끌리는 것을 어찌할 수 없었다. 그가 카메라를 어깨에 멜 때 수건 챙기는 것을 거들어 주었고 급기야 손을 잡고 자기 자리로 끌고 갔다. 그때 그녀의 친구가 두 사람의 사진을 찍어주었다. 그 후 사만다는 크레이그에게 바싹 붙어 다녔고 점심식사도 같이했다.

그로부터 2년, 그녀는 지금 아파트에서 홀로 사진을 향해 미소를 짓고 있었다. 테두리가 있는 대형 컬러 사진이었는데 'S.S에게. 다시 그날 밤처럼…… 크레이그'라는 글자가 새겨져 있었다. S.S라……. 그는 사만다를 서니 샘이라고 부르고 있었다. 지금에 와서도 그의 수수께끼 같은 말을 생각하노라면 그녀는 웃음이 나왔다. 결국 그것은 크레이그의 입장을 애매하게 정당화한 것이었지만……. 아무튼 둘이서 함께 지낸 마지막 밤은 비참하게 끝이 났다.

대담하다고는 하지만 사만다가 크레이그에게 달라붙은 것은 자기 자신에게 무엇인가를 증명해 보이기 위해서였다. 육체적으로 정복하는 데에는 흥미가 없었다. 오히려 그런 것을 생각하는 것이 싫었다. 그저 프로비스타운에서 크레이그와 함께 며칠 지내면 친밀하고 즐거운 교제로 발전해서 자신의 숨겨진 일면을 끌어낼 수 있을지도 모른다고 생각했다. 그런데 크레이그의 머릿속에는 오직 섹스밖에 없다는 것을 그녀는 첫 데이트에서 알아차렸다. 그는 집요하게 설득시키려고 했지만 사만다는 그것을 받아넘기는 것이 고작이었다.

휴가의 마지막 밤, 사만다가 결국 그의 요구를 받아들인 것은 강요에 못 이겨서가 아니라 정말 그가 좋아졌기 때문이었다. 애무가 시작되자 그녀는 어떻게든 긴장을 풀려고 애를 썼지만 그럴수록 더욱 긴장되었다. 크레이그는 믿을 수 없을 만큼 서둘렀다. 상대가 킥오프를 기다리고 있는 동안 벌써 엔드 존을 향해 질주하는 축구선수와도 같았다.

그녀는 불안한 나머지 샴페인의 거품처럼 킥킥 웃어버리고 싶은 기분이 되었다. 그런데 그가 삽입하기 전에 도달하고 만 것을 보자 사만다의 긴장은 완전히 풀려서 그 순간의 우스꽝스러움에 웃음이 그치지 않았다. 그녀가 안심시키는 말을 할 틈도 없이 크레이그는 당황해서 허둥지둥 도망쳐버리고 말았다.

사진에 새겨놓은 그의 말은 자신의 패배를 시인하고 싶지 않은 크레이그의 자부심을 상징하는 것일 거라고 생각했다. 이 사진을 가지고 있는 것은 거기에 찍힌 자신의 모습이 마음에 들어서였다. 그것은 어른이 되는 입구에 서서 장난삼아 사랑하게 된 자신의 모습이었다. 비키니를 입은 모습이 실로 어른스럽게 보였다. 불그스름한 금발을 어깨에 늘어뜨리고 있었고, 갈색에다 약간 녹색을 띤 눈동자는 성숙함에서 오는 자각과 해방감으로 빛나고 있었다.

그 여름의 여러 가지 체험을 통해서 그녀는 같은 나이의 남자와는 맞지 않는다는 것을 깨달았다. 물론 친구로서 즐겁고 가벼운 마음으로 이어지는 관계는 유지할 수 있었다. 그러나 그녀의 독립심이 상대를 불안하게 하는 모양이었다. 그들과 함께 있으면 자신이 누나 같은 기분이 되었다. 사만다는 연상의 남자를 찾게 되었고, 그로부터 2년 동안은 거의 10살 이상 차이가 나는 남자하고만 교제를 했다. 거기에 예외가 나타났다.

26살의 젤리는 사만다보다 3살 위였다. 사만다는 처음부터 두 사람의 관계는 몸뿐이라고 생각하고 있었는데, 태어나서 처음으로 자신도 부끄러워질 정도의 성욕이 생겨났다.

두 사람의 교섭은 순수하게 동물적인 결합이라는 것을 알고 있었다. 껴안을 때는 서로가 상대의 존재를 잊은 채 주위의 일 따위는 상관하지 않고 그저 제멋대로 뒤얽혔다. 마치 상대의 몸을 사용해서 각자가 자위행위에 빠진 것 같았다.

사만다는 두 사람의 관계가 언젠가는 끝나게 될 것이라고 생각했다. 그래도 그만둘 수가 없었다. 젤리와 함께 있는 것은 분노를 억제하는 연습과도 같은 것이었다. 그녀는 자신의 어쩔 수 없는 상황을 한편으로는 욕하면서도 다른 한편으론 웃었다. 분노에 얼굴을 붉히며 어리석다고 생각하면서도 신장 1미터 80센티의 성인용품인 바이브레이터를 껴안는 양 그에게 휘감기는 것이었다.

그러던 그녀가 임신한 것을 깨닫고는 비로소 지칠 줄 모르는 욕구에서 자신을 해방시킬 수 있었다. 그러자 외로움이 느껴졌다. 결코 처음 느끼는 고독감은 아니었다. 전에 사귀던 연상의 남자들에게처럼 의지하기는 쉽지만 임신이라는 복잡한 상황을 그들에게 강요할 수는 없었다.

'이전처럼 혼자서 해결해나갈 수밖에 없겠지. 할 수 있을 것이다. 지금까지도 해왔다. 만약 할 수 없다면 그때는 원군을 부르면 된다. 적십자도 좋고 국제 경찰도 좋다. 인생은 그렇게까지 엄격하지는 않겠지. 최악의 사태가 오면 도시를 떠나면 된다.'

4년 전, 1학년 여름이 끝날 무렵 사만다는 부모와 멀어지게 되었다. 사소한 엇갈림으로 크게 말다툼을 하게 되었고, 그녀를 너무 소중히 여기는 가족에게서 완전히 독립하고 싶어하는 바람에 부모와 장벽을 쌓고 말았다. 어쩔 수 없었다. 부모의 배려가 사만다에게는 오히려 답답했기 때문이었다. 부모는 그녀의 장래를 정성 들여 만든 수플레(거품을 낸 달걀흰자를 이용하여 구운 과자)처럼 쌓아가려고 했으나 사만다로서는 자신이 먹을 치즈는 자신이 자를 테니 상관하지 말라는 식이었다.

벌어진 사이도 대화를 나누고 서로 양보를 했으면 곧 해결되었을 텐데 막상 얘기하려니 마음이 내키지 않았다. 그녀의 무리한 요구가 부모와의 장벽을 결정적으로 굳히고 말았다.

부모와 말을 안 할 수도 없어서 여러 가지 면에서 보통 가족으로서의 관계는 이어지고 있었다. 단지 부모로부터 받던 경제적 원조를 거절하고 집에도 자주 가지 않게 되었다. 처음에는 괴로웠지만 충분한 장학금을 받을 수 있게 되어 사만다는 자신의 생활에 그런대로 만족할 수 있었다.

대학원에 진학한 그녀는 부모의 원조에 대해서 부드러운 태도를 취했다. 그래서 졸업 선물로 아버지가 수업료의 반액을 내준 것에 대해 감동했다. 그래도 아르바이트는 그만두지 않았다. 필요하기 때문이라기보다는 자립심을 보이기 위해서였다.

사만다는 아이를 낳기로 한 것을 다행으로 생각했다. 오히려 그녀는 자신이 임신한 것을 알고 놀라서 당황하지 않은 것이 이상했고 임신을 기뻐하고 있는 자신에게 새삼 놀랐다. 물론 어머니가 되고 싶다는 소망은 비교적 과격한 남녀 평등권주의자인 친구들을 실망시키겠지만 지극히 개인적인 생각으로 치부하고 싶었다.

놀랍게도 사만다는 미혼모가 되어서 혼자서 아이를 키운다는 것에 조금도 동요가 되지 않았다. 혼자서 할 수 있다는 자신감도 생겼다. 부모에게 알리게 되면 일이 복잡해질 뿐이므로 사후 승낙을 받기로 했다. 아무튼 지금은 혼자서 모든 것을 처리할 생각이었다.

경제적인 문제는 의료비뿐만이 아니었다. 이미 아이를 위해 이것저것 훌륭한 계획을 세우고 있었다. 수면 연구실에서 버는 1천 달러로 당장의 필요 경비는 조달할 수 있었다. 그리고 12월에 아이가 태어나면 아이를 위해서는 어떤 투자도 아끼지 않을 작정이었다. 그러기 위해서 돌아오는 학기에는 강의 시간을 늘려야 했다. 옷이나 가구, 장난감이 필요할 것이고 좀 더 자라서는 아이의 두뇌를 발달시키기 위한 온갖 교육 기기가 필요할 것이다. 자신이 집을 비울 때는 부모처럼 보살펴줄 어른도 필요했다. 집에 있을 때는 자는 시간만 빼고 모두 아이와 함께 지내자는 결심도 했다.

지금은 단지 태아에 지나지 않지만 사만다는 아이를 안고 달래며

키우고 성장하는 모습을 지켜보는 자신을 마음속에 그려보고 있었다.

엄마가 되는 것을 동경하며 아기의 얼굴을 떠올려 보려고 했으나 이미지가 산만해졌다. 하지만 그녀는 벌써 이름까지 생각하고 있었다. 사랑스런 이름은 왠지 거부감이 들었고 결혼한 친구가 지어준 라이언이라든가 미건, 조세프, 메리 등 '민족적이고 종교적인 멋진' 이름을 골랐을 때는 웃음이 나오려고 했다. 톰은 어떨까? 여자아이라면 수잔 존? 좀 더 힘세고 단순한 성격을 띤 이름이 좋겠다는 생각이 들었다.

사만다의 머릿속에서는 여러 가지 생각이나 계획, 불안, 책임감과 같은 것이 뒤얽혀 있어서 정리를 해야 했다. 그녀는 조깅 슈즈를 신고 낙낙한 운동복으로 갈아입고는 공원으로 향했다. 운동을 하면 기분이 가라앉았다.

주치의는 적당한 페이스를 지키면 임신 중기까지 조깅을 해도 좋다고 말했다. 그녀는 아스팔트 산책길의 나무 그늘을 따라서 언제나 2마일 코스를 뛰었다. 말로 표현할 수 없는 유쾌한 감촉, 약간 팽팽해진 유방이 아무 약속도 없이 멋대로 흔들렸다.

그녀는 누군가가 가까이 오면 남의 눈을 의식해서 페이스를 늦추었다. 증기 기관차의 기관사가 된 기분으로 운반하고 있는 승객을 걱정하는 조마조마한 마음으로 뛰었다. 그렇다고 해서 그 정도의 걱정 때문에 조깅을 그만둘 마음은 없었다. 뛰고 있는 덕분에 그녀는 머리가 맑고 몸이 튼튼해지는 것을 느꼈다.

지금 사만다가 우선 생각하는 것은 자신의 건강이었다. 적당한 운동과 영양, 오염물을 피하고 화학 첨가물을 먹지 않도록 하며……. 그러나 아, 약이! '오, 하나님 그곳의 약들이 몸에 해가 되지 않게 해주

십시오.'

갑자기 걱정이 되자 그녀의 페이스가 빨라졌다. 보통 이상으로 건강하면, 보통 이상으로 튼튼하다면 어쩌면 수면제의 나쁜 영향을 없앨 수 있을지도 모른다.

사만다는 기록적인 속도로 방으로 뛰어갔다.

마음의 눈

그는 세련되지는 못했지만 그래도 상당히 매력적이었다. 사만다는 좀 더 나이 들고 백발의 학자다운 남자가 길고 흰 가운을 입고 있는 모습을 마음속에 떠올리고 있었다. 그러나 브라이슨 박사를 만나보자 그는 그녀와 교제해도 이상할 것이 없을 정도로 젊어 보였다.

밝은 갈색 머리에다 파란 눈동자는 데님 셔츠와 같은 색이었다. 러프한 옷차림이 어딘지 모르게 소탈한 분위기를 자아내서 사만다는 안심했고 동시에 그에게 마음이 끌렸다.

브라이슨은 실험에 대해서 라트레지보다 상세하게 설명해주었다. 사만다는 그의 설명에 집중하지 못했다. 그녀는 상대의 눈을 주시한 채로, 잠자고 있을 때 혹시 부끄러운 짓을 하지 않을까 하는 걱정이 들었다. 브라이슨은 그녀의 시선을 깨닫고 이야기를 중단했다.

"왜 그러죠?"

"네? 아, 아니 계속하세요."

"자, 그럼 요약해서 얘기해볼까요? 약이 당신의 수면의 질에 어떤 영향을 미치는지를 실험하기 위해서 처음 세 번은 기준이 되는 수면 뇌파를 기록하고 네 번째에 비로소 수면제나 가짜 약을 투여하게 되는 거요. 우선 필요한 건 8시간에 걸친 뇌파 기록을 세 번 테스트하는 겁니다. 자, 그럼 시작해도 되겠죠?"

"네."

수면실 옆에는 로커와 세면장이 있었다. 사만다는 속옷을 완전히 덮는 긴 플란넬 파자마로 갈아입었다. 그리고 자기 전의 습관인, 화장실을 다녀오고 손과 얼굴을 씻었다. 그녀는 거울에 비친 자신의 모습을 보고는 한숨을 쉬며 수면실 문을 열었다.

브라이슨은 침대 곁의 의자에 앉아서 전극의 선을 조정하고 있었다. 사만다는 부끄러운 듯이 방으로 들어갔다. 어린애 같은 파자마를 입고 매력적인 사람 곁에 눕는다고 생각하니 왠지 이상한 기분이 들었다. 그러나 단지 돈 때문이라고 생각하고 참아야 한다고 자신을 타일렀다.

브라이슨이 손짓으로 잠을 자라는 지시를 했다. 그녀가 침대에 눕자 그는 전극을 그녀의 머리에 부착하고 반대쪽 끝을 머리맡의 지퍼에 꽂았다.

"준비 완료. 자, 시작하자."

"여기는 선생님의 침실인데……. 뭘 시작하자는 거죠?"

브라이슨은 생긋 웃었다.

"미스 카스틴? 지금 내 머리 속에 있는 건 수면에 대해서야. 당신의 수면, 알았으면 눈을 감고 긴장을 풀어요. 잠들 수 있다면 말할 것도 없지만 잠이 오지 않으면 편안한 마음으로 즐거웠던 일을 생각하도록 해요. 잠을 자다가 몸을 뒤척이는 건 상관없어요. 코드는 마음 쓰지 말고……. 목을 조르는 일은 없을 테니까 말이야."

"내기할 수 있어요?"

"그러지. 적어도 지금까지는 없었어. 화장실에 가고 싶다든가 도움이 필요할 것 같으면 머리맡에 있는 이 버튼을 눌러요. 별일 없으면 8시간 후에 라트레지가 끝났다고 알려주러 올 거요. 그밖에 질문은?"

사만다는 뱃속의 아기를 생각하자 갑자기 두려워졌다.

"정말 괜찮아요?"

"물론이지. 그런데 왜?"

"아니, 잘은 모르겠지만 환경이 바뀐 탓인가 봐요."

"좋아. 됐나? 일이 있으면, 우리가 밖에 있으니까……."

그가 문을 닫자 사만다는 반듯이 누웠다. 그리고 몸의 힘을 빼고 천천히 숨을 크게 들이쉬고 내쉬었다. 사만다는 요가의 명상을 시도했지만 쉽게 잠이 오지 않았다. 집중하려고 해도 제대로 되지 않았다. 여름밤의 반딧불처럼 무의식중에 정신이 가물거렸다. 왠지 브라이슨의 눈이 뚫어지게 바라보고 있는 듯한 느낌이 들어서 그녀도 마음의 눈으로 그를 주시하고 있었다. 너무나 파란 눈, 그녀는 자신의 연약함을 느꼈다. 지금까지 경험한 적이 없는 처음 느끼는 감정이었다. 그러나 지금은 그런 감정을 품을 때가 아니라고 생각하고 옆으로 누워서 마음을 비우려고 노력했다. 대단한 수고였다. 마음을 비우려고 하면 할수록 눈은 말똥말똥해졌다. 그래도 반복하자 마침내 그다지 굼실거리지 않고 가만히 누워 있을 수 있게 되었다.

조금씩 손발이 무거워졌다. 흐트러졌던 마음이 혼돈해지고 혼돈에서 수면으로 변해갔다. 정신이 가물가물해져 갔다. 잠에 빠지기 전에 사만다는 아랫배가 따뜻해지는 것을 느꼈다. 약간 떨리고 나비가 간신히 날개를 치는 듯한 감각, 그리고 떨리면서 퍼져가는 편안한 기분이 되었다. 사만다는 안심하고 잠이 들었다.

브라이슨은 유리 너머로 그녀를 바라보면서 이상하다는 생각이 들었다. 분명 다른 지원자와 달랐다. 대개의 의학생이 입에 담는 유머는 마음에 들지 않았었는데, 그녀의 유머는 겉으로 놀려대고 있다기보다는 예민한 기지를 느끼게 했다. 눈은 매력적으로 빛나고 있어서 그를 기분 좋게 했다. 더구나 그녀의 무관심한 태도는 신선하게 느껴질 뿐만 아니라 왠지 약간의 불안마저 느끼게 했다. 뭔가 숨기는 것이라도 있는 걸까? 그는 신청서를 다시 읽었다. 사만다 카스틴, 23살, 미혼, 생물학 박사과정을 밟고 있는 대학원생. 이력은 극히 간단하게 기록되어 있어서 전혀 도움이 되지 않았다. 정말로 알고 싶은 것은 그녀가 지금 여기서 무엇을 하고 있느냐 하는 것이었다.

그는 사만다의 수면을 관찰했다. 뇌파계에 의하면 그녀는 신속하게 렘수면 단계를 지나서 깊은 수면에 들어가려 하고 있었다. 무의식중에 시트를 벗기고 있었고 반듯이 누워서 숨 쉴 때마다 가슴이 아래위로 움직였다. 플란넬 파자마는 참 재미있는 것이라고 브라이슨은 생각했다. 어른의 몸에 깃든 어린애다운 수줍음 같았다.

뇌파계는 델타 수면의 파형을 기록했다. 브라이슨은 커피를 마시면서 델타파의 특징적인 리듬을 확인했다. 커피를 다시 한 잔 따르려고 했을 때 그는 오실로스코프(전류의 관측용 장치)의 미세한 변화를 알아챘다. 하나하나의 델타파 끝에 약간 흔들리는 현상이 나타나고 있었다. 적어도 그렇게 생각되긴 했으나 자신이 없어서 눈을 가늘게 뜨고 주시했다. 흔들리던 현상이 보이지 않았다. 전류에 이상이 있었던 것일까. 그는 미조정 손잡이를 돌려서 델타파에 초점을 맞추었다. 아무리 봐도 정상적인 파형이었다.

브라이슨은 사만다를 보았다. 꼼짝도 하지 않고 눈도 움직이지 않았다. 그리고 급속 안구 운동의 조짐도 전혀 볼 수 없었다. 다시 한 번 오실로스코프에 눈을 돌렸다. 착각이었을까? 그는 손등으로 눈을 비볐다.

그는 커피를 따르고 나서 뇌파계 앞으로 갔다. 흔들림은 없었다. 서서히 델타 수면에서 빠져 나가서 세타파와 베타파가 나타나고 있었다. 파형이 바뀌고서는 아까 급속 안구 운동이 아닐까 하고 생각한 조그만 흔들림은 볼 수 없었다. 곧 최초의 수면 주기가 끝나고 새로운 주기가 시작되었다.

렘수면을 나타내는 예리한 파동이 나타났다. 작은 흔들림이 아니라 뚜렷하게 높은 파동이었다. 사만다는 지금 꿈을 꾸고 있을 것이다. 브라이슨이 화면을 보고 있는 동안에 사만다는 손발을 떨면서 옆으로 누웠다. 입술을 오므리고 잠든 채 베개를 고쳐 베었다.

'이상하다. 전파에 뭔가 이상이 생긴 걸까? 두 사람 분의 뇌파를 함께 기록하고 있는 것 같다. 물론 그런 일은 있을 수 없다.'

컴퓨터실에서 전화벨이 울렸다.

"선생님, 도대체 뭘 하고 계시는 겁니까?"

"아무것도. 왜 그러나?"

"여기서는 묘한 일이 벌어지고 있습니다. 컴퓨터가 이상합니다. 감당할 수조차 없는 상태입니다. 아무래도 선생님 실험실의 회로와 관계가 있는 것 같습니다."

"무슨 소리야, 회로라고?"

"확실한 건 아닙니다. 그저 MEDIC과 선생님 연구실의 연결에 뭔가의 간섭이 있어서 그것이 이상을 일으키고 있는 게 아닌가 하는 생각이 듭니다. 일정한 패턴이 없습니다. 도리어 아무렇게나 움직이고 있는 느낌입니다. 그런데 지금은 숙면 실험중이십니까?"

"실은 그렇다네."

"잠시 중단해줄 수 없겠습니까?"

"중단한다고 뭐 도움 되는 게 있겠나?"

"전에 말씀드린 대로 실험 중에 있는 사람이 꿈을 꾸고 있을 때 MEDIC이 이상해지는 겁니다. 프로그램이 엉망이 되어 테이프가 돌지 않고 더구나 모든 회로가 선생님 연구실로 집중하는 것 같습니다. 그리고 MEDIC은 정신이 이상해진 것처럼 되어버립니다. 어떻게 설명해야 할지 모르겠는데 MEDIC이 혼잣말을 하고 있는 것 같은 느낌이 듭니다."

"그래? 그거 안됐군. 그래서 나더러 어떻게 해달라는 건가?"

"글쎄 말입니다. 예를 들어 실험시간을 밤으로 변경한다면 MEDIC이 꿈을 꿔도 그렇게 곤란하지 않을 것 같습니다. 그런데 낮이라면 우리의 예정이 모두 틀어지고 맙니다. 선생님의 연구가 중요한 건 알지만 그밖에도 중요한 일이 있는 것이니까요."

"해보도록 하지. 시간을 변경하는 정도는 할 수 있지."

"그런데 MEDIC이 한 말이 두 가지가 있습니다. 그걸 읽어드릴 테니 들어보세요. '떠 있다'와 '대화를 시작하라'입니다. 뭔가 짚이는 데가 없습니까?"

"별로……. 무슨 뜻이지?"

"모르겠습니다. 전화하기 직전에 MEDIC이 쳐낸 말이에요. 5분 전쯤 됩니다."

5분 전……. 브라이슨은 약간의 불안함을 느끼며 사만다에게 시선을 돌렸다. 그녀는 푹 자고 있었다. 오실로스코프를 살펴보자 파형은 정상적인 수면 패턴을 나타내고 있었다. 그러나 바로 5분 전에 그의 시선을 끌었던 기묘한 흔들림이 실제로 화면에 나타나지 않았던가.

"파트너, 생각할 시간을 좀 줄 수 없나? 내 실험에 대해서 조사해보고 싶은 게 있네. 무슨 이상이 있으면 곧 알려주겠네."

파트너가 전화를 끊고 브라이슨도 수화기를 놓았다. 그는 유리창 너머로 수면실을 들여다보면서 생각했다. 오실로스코프에 나타난 흔들림, 컴퓨터실에서의 전화, 사만다의 이상한 뇌파 패턴……. 모두 무엇과 관련된 걸까? 흔들림은 마음 탓이었는지도 모른다. 혹은 우연, 아니 우연은 아닌 것 같았다. 아무튼 며칠 더 사만다 카스틴과 얘기를 해봐야 할 것 같다고 그는 생각했다.

두 남녀

"크림과 설탕은?"

그는 카운터 위의 스테인리스 용기에 손을 뻗으면서 물었다.

"블랙이면 돼요."

사만다의 손이 그의 손등에 가볍게 닿았다.

브라이슨은 그런 접촉을 별로 좋아하지 않았다. 보통은 손이 닿으면 피하기 마련이었다. 그런데 지금은 완전히 다른 느낌이 들었다.

사만다는 커피를 마시고 한 잔을 더 청했다.

"마치 브라질 사람처럼 마시는군."

"내 유일한 나쁜 버릇이죠. 커피를 아주 좋아해요. 카페인 중독이죠. 하지만 독은 아니잖아요?"

"독이라니?"

사만다는 눈을 피하고 태도를 얼버무렸다.

"몸에 해롭다는 뜻이에요. 혹시 커피의 작용에 관해 뭔가를 읽은 적 있으세요?"

"물론. 커피는 훌륭한 완화제라고. 매일 규칙적으로……."

"그런 것 말고요. 카페인의 지나친 섭취로 염색체가 흐트러진다든가 하는 일은 없나요?"

"들은 적이 없는데. 그런 걸 왜 묻지?"

"그저 마음에 걸렸을 뿐이에요."

브라이슨은 아무래도 그녀를 알 수가 없었다. 수수께끼와 같은 데가 있는 데다가 연구실에서의 어제 일이 겹쳐져서 그는 사만다와 아침 커피를 함께 마셔보고 싶었다. 느닷없이 커피 한잔 하자는 말을 해놓고 보니 자신이 이상하게 느껴졌고 라트레지는 눈살을 찌푸렸다. 원래 브라이슨은 연구실 밖에서는 피험자와 만나지 않았고 냉정하게 직업상의 관계를 유지해왔었다. 그런데 사만다의 독특한 인격에 마음이 끌렸다. 그녀는 제법 현명한 어른처럼 느껴졌다. 그런 그녀가 뚫어지게 바라볼 때면 브라이슨은 차분하지 못한 기분이 되었다.

그는 세상 이야기를 장황하게 늘어놓았다.

"대학원에서 생물학을 연구한 지는 2년째 되는 건가?"

"네, 주로 동물학이지만요."

"예를 들어 어떤?"

"여러 동물들에 관해섭니다. 그런데 생물학을 강의하고 있어요. 생물학을 배운 적이 있으세요?"

"의학부의 필수지."

그녀는 고개를 끄덕였다.

"내가 가르치고 있는 학생의 절반은 의학부예요."

"학위 따는 데 앞으로 얼마나 걸리지?"

"다음 학기가 끝날 때까지는 석사과정을 마치고, 다시 1년 반 정도면 박사학위죠."

브라이슨은 그녀의 학력에 대해서 상세하게 물었다. 사만다의 즐거운 듯한 대화의 목소리가 주의를 끌었다. 그녀는 전통적인 동물학의 개념이 최근 어떻게 변하게 되었으며 그 변화가 그녀의 장래에 어떤 영향을 미치는가 하는 얘기를 했다. 재미있는 얘기였지만 브라이슨은 좀 더 그녀 자신에 관한 얘기를 듣고 싶었다. 정말로 알고 싶은 것은 그녀가 혼자 지내고 있는가 하는 것이었다.

아무래도 이해할 수가 없었다. 자신이 격에 맞지 않게 이 여자에게 끌린다는 것이. 이혼을 한 후로 여자의 사생활에 휩쓸리는 것을 피해 왔었다. 상처 입은 기억은 아직도 생생했고 고통도 좀처럼 사라지지 않았다. 지금은 연구만이 밤낮을 함께 지내는 연인이었다.

그렇지만 수도승과 같은 삶은 아니었다. 가끔 데이트를 하지만 같은 상대와는 고작 두세 번 정도밖에 만나지 않았다. 그러는 편이 안전하기 때문이었다. 여자는 그의 육체적 욕구를 만족시켜 주었고 그러기 위해서는 그도 상당한 배려를 아끼지 않았다. 그러나 여자에게 얽매이게 되는 일은 피하고 있었다. 때문에 상대를 상처 입힐 염려는 거의 없었다.

주빌리 종합병원의 구내에는 몇천 명이나 되는 독신 여자들이 있었다. 여자가 독점욕을 보이면 그녀에게는 안녕을 고하고 다음 여자를 찾았다. 그런데 지금은…….

"듣고 있는 거예요? 선생님."

"아, 실례. 뭐라고 했지?"

"내 말은 수면제나 가짜 약을 먹는 건 언제부터냐고 물었어요."

"기준이 되는 뇌파의 기록이 나오는 대로. 전에도 말했지만 3회 테스트한 기록을 보고 나서. 때로는 4회 테스트한 후일 수도 있고."

사만다는 이마에 드리워진 머리카락을 쓰다듬어 위로 올렸다.

"그럼, 다음 주 중반쯤?"

그녀는 불안해하는 표정을 지었다. 뭔가 걱정거리가 있는 것처럼 보였다.

"응, 아마 그럴 거야. 왜 빨리 하고 싶은가?"

"아뇨, 그저 물어본 것뿐이에요."

그녀는 다시 그의 손에 자신의 손을 얹고 말했다.

"선생님도 그때는 연구실에 계실 거죠?"

"내일부터 2, 3일은 없을 거야. 이번 주말에 다른 지방에서 학회가 있어서……. 하지만 걱정할 건 없어. 뭐든지 궁금한 건 라트레지가 가르쳐줄 거야."

브라이슨은 손목시계를 보았다.

"오래 잡아둔 것 같군. 라트레지가 당신을 기다리고 있을 텐데……. 만나줘서 고마워."

"샘이라고 부르세요, 브라이슨 선생님."

그녀는 그렇게 말하고 커피를 마셨다. 그러고는 미소를 지으면서 자리에서 일어났다.

"즐거운 주말 되세요. 학회가 즐거우셨으면 좋겠네요."

"고마워."

브라이슨은 그녀가 일어나서 나가는 것을 바라보면서 개인적인 흥미와 직업상의 불안이 뒤섞인 자기감정에 당황했다. 그는 생각을 지워버리고 그녀의 걷는 모습만을 지켜보기로 했다. 사만다는 어깨를 펴고 머리를 번쩍 들고는 모퉁이를 돌아가 보이지 않게 되었다. 그는 그녀의 몸 움직임에서 뭔가 이상한 점이 있다는 것을 직감했다.

브라이슨은 학회가 끝난 화요일에 대학으로 돌아와 자택에 들르지 않고 직접 연구실로 향했다. 사만다 카스틴이 잠을 깨기 전까지 도착하고 싶었기 때문이었다. 학회가 진행되는 동안 묘하게 그녀의 일만이 머리에 떠올랐다. 몇 년 만에 그는 여자에게 흥미를 갖게 된 것이다.

알맞은 시간이었다. 라트레지가 그를 맞아들였을 때 사만다는 몸을 뒤척였고 실험 시간은 끝나려 하고 있었다.

"어때, 로지?"

"굿입니다. 솔직히 말해서 지금 실험하고 있는 저 여자, 마음에 들었어요. 아주 기분이 좋은 아가씨예요."

"그럼 아무 일도 없었나?"

그녀는 이상하다는 듯한 표정이었다.

"왜, 무슨 일이 생기기로 되어 있었나요?"

"아니, 그런 뜻이 아니야."

"그런 질문을 하다니 묘하시군요. 전부 순조로워요. 사만다와는 재미있게 서로 얘기도 주고받았어요. 정말로 침착하고 독특한 매력이 있어요. 뭔가 고민이 있는 것 같은 느낌이 들긴 하지만……."

"고민?"

"네, 뭔가 마음에 걸리는 것 같은……."

"예를 들면?"

"아니, 본인은 아무 말도 안 해요. 나도 알려고도 하지 않고요."

두 사람은 잠시 유리창 너머 실험실을 들여다보았다. 사만다는 렘수면의 최종 단계에 접어들고 있었다. 브라이슨은 오실로스코프의 화면을 살폈다. 처음에는 모두 정상적인 파동이 나타나고 있었으나 파형이 변하자 흔들림이 보이기 시작했다.

흔들림, 사만다가 최초로 수면실험을 받은 날부터였다. 그때는 분명히 보았다는 확신이 없었지만 지금은 좀 더 뚜렷하고 강하게 나타나고 있었다. 그는 화면을 주시하면서 라트레지를 불렀다.

"로지."

그는 오실로스코프의 화면을 가리켰다.

"내가 없었을 때도 이런 파동이 나타났었나?"

"어떤?"

"봐, 이거 말이야."

하지만 그녀에게 차이를 지적할 여유도 없이 흔들림은 사라져 버렸다.

"제기랄."

"뭐죠?"

"잘 모르겠어."

깰 때의 뇌파가 오실로스코프를 꽉 채웠다. 수면실에서는 사만다가 눈을 떴다. 라트레지는 그녀의 시중을 들기 위해 들어갔다.

사만다가 옷을 갈아입고 있는 동안 라트레지는 침대를 정돈했다. 브라이슨은 책상 위에 걸터앉아서 이것저것 곰곰이 생각했다.

화면에 나타난 흔들림, 그건 무슨 뜻일까? 연구가로서 그는 해답을 찾으려고 했으나 지금으로서는 아무것도 발견할 수 없었다.

브라이슨은 자신이 사만다에 대해 이렇게까지 마음을 쓰고 있다는 것이 이상해서 견딜 수가 없었다. 개인적인 감정을 개입시키지 말고 전체를 냉정하게 파악해야 한다고 생각했다. 그런데 지난 주말에도 사만다에 대한 일만이 머리에 떠올라서 어쩔 수 없었다. 그리고 지금도 제일 마음에 걸리는 것은 사만다가 뭔가를 고민하고 있는 것 같다는 라트레지의 말이었다.

'나는 그녀에게 관심을 가지고 있다, 그것은 인정하자. 그녀와 커피를 마셨을 때 학생들과 친하게 사귀지 않는다는 것에 반한 것일까?'

그러나 이제 그런 제약은 아무래도 상관없었다.

사만다는 하품을 하면서 머리를 빗고는 졸린 듯한 표정으로 인사를 했다.

"잘 다녀오셨어요, 선생님? 학회는 어땠어요?"

"좋았어, 샘. 이제 서로가 친해졌으니 존이라고 불러."

"잘 다녀오셨어요, 존?"

사만다는 그와 나란히 책상의 가장자리에 기대었다. 두 사람은 다정스런 미소를 주고받았으나 긴장된 분위기가 감돈 채 어느 쪽도 입을 열지 않았다. 사만다가 한숨을 쉬고는 눈을 피하며 책상 위의 서류를 마구 들추기 시작했다.

"뭘 찾고 있는 거야?"

"분명히 라트레지 씨가 오늘 아침 여기에 초콜릿을 놓아두었을 텐데……."

브라이슨이 웃음을 터뜨렸다.

"로지는 단 것을 좋아하니까 말이야, 샘. 지금쯤은 틀림없이 그녀의 위속에 들어가 있을 거야. 어때, 앞으로 한두 시간쯤 배고픈 걸 참을 수 있겠나?"

"좀 무리예요."

사만다도 웃었다.

"맛있는 걸 약속한다고 해도 말인가?"

"음식점에 데리고 가시겠다는 말씀인가요? 브라이슨 선생님."

"빗나갔어. 존이란 말이야, 벌써 잊었나? 맛있는 걸 대접하겠다는 약속이야, 내 솜씨로……."

"어머, 멋져! 기꺼이."

"7시면 어때?"

"좋아요."

그녀는 윙크를 하고 나갔다.

조금 더 가까이

잘게 썰어 양념한 채소가 도마 한쪽에 소복이 쌓이고, 껍질을 벗긴 에샬롯(알뿌리 비슷한 서양 채소)이 주방장의 칼질을 기다리고 있었다. 절반으로 줄어든 베르뭇(이탈리아 강화 와인으로 포도주에 베르뭇초의 뿌리를 우려낸 리큐어의 일종)의 병 언저리에는 달걀껍질이 흩어져 있었다.

"어디서 배웠죠?"

"베아네즈 소스 만드는 법 말이야?"

"아니, 달걀을 한쪽 손으로 깨는 것 말이에요."

"살아남기 위한 훈련 때문이지."

브라이슨은 거품 내는 기구로 노른자위를 섞기 시작했다.

"맨해튼에서 독신생활은 보는 것과는 좀 다르지. 뉴욕 음식점은 혀를 만족시켜 주는 대신에 돈이 많이 들어가거든. 그래서 맛있는 걸 좋아하는 나로서는 부득이 간단한 요리 솜씨를 익히게 된 거야."

"필렛 스테이크에 베아네즈 소스를 친다니 도저히 간단하다고 할 수 없어요."

"그게 그렇지도 않아. 복잡한 요리를 하게 되면 몇 시간이나 걸리니까 말이야."

"셰프 못지않네요. 줄리아 차일드 같아요."

"옷 입는 사이즈는 다르지만 말이지?"

그는 소스가 다 되기 전에 사만다에게 샐러드를 준비해달라고 부탁했다. 스테이크가 곧 구워지고 그는 와인을 열었다. 사만다가 요리를 테라스의 조그마한 유리 테이블에 나란히 놓고 브라이슨이 마지막으로 오븐에서 음식이 담긴 접시를 꺼냈다. 그는 빨간 냅킨을 깐 바구니에 빵을 얹어가지고 왔다. 늦은 봄의 시원한 밤바람을 쏘인 따뜻한 빵에서 김이 모락모락 피어올랐다.

"갓 구워낸 빵?"

그녀는 와인을 따르면서 물었다.

"거짓 없는 진짜 짜가 제품이야."

"믿을 수 없어요. 자, 얘기 계속해봐요."

"무슨?"

"갓 구어 낸 빵에다 와인이라면."

그는 웃었다.

"그렇게 서둘지 마."

"서두르는 걸까요. 남자가 자기 아파트에서 여자를 식사에 초대해서 유혹하고, 여자가 그에 따른다면 얘기는 또 달라지겠죠?"

"그래서 당신 경우는 어느 쪽입니까, 미스 카스틴?"

"난 각오하고 있지요."

"습관적으로, 아무래도 난 여자를 집에 초대하면 마음이 안정되질 않는단 말이야. 그 목적이 켕기는 게 조금도 없는데도."

사만다는 와인을 한 모금 맛보고 나서 상대의 눈을 물끄러미 바라보았다.

"그래서 훌륭한 선생님의 오늘 밤의 목적은?"

"오로지 일에 관해서지."

"아이, 시시해."

"스테이크가 식기 전에 먹어."

"시시한 사람이군요."

그녀의 대담성은 긴박한 사태에 대처하는 자기 나름의 방어 수단이었다. 강한 척함으로써 불안이 가라앉고 와인의 거나한 기분이 한층 높아졌다. 그렇다고는 하지만 사만다는 자신의 허세가 부끄러웠다. 섹스를 적극적으로 요구하는 것은 자신의 진짜 모습이 아니었다.

스테이크, 샐러드, 빵, 와인. 식사는 공이 많이 든 것은 아니었지만 훌륭했다. 사만다는 브라이슨 개인에 대해 물었다. 그는 사생활에 대해서는 과거든 현재든 얘기하고 싶지 않은 것 같았다.

브라이슨의 목적은 한 사람의 여성으로서의 그녀가 아니라 피험자로서의 사만다 카스틴에 관해서 좀 더 자세히 알고 싶었다. 허물없는 분위기를 만들면 그녀의 개성을 이해하는 데 도움이 될 것이라 생각하고 불러들인 것이다. 그런데 그녀는 능변인 데다가 듣는 솜씨도 상당했고 빈틈이 없었다. 대화가 조금이라도 중단되면 그녀는 교묘하게 브라이슨에게로 말을 돌려버렸고 그러면 그는 그 표적을 찌르는 질문에 결국 줄줄 대답하고야 말았다.

그녀는 평범하면서도 교묘했다. 솟구치는 감정을 억제하지 못하고 그는 언제까지나 말을 계속하고 싶은 기분이 되었다. 그녀는 이상하리만큼 그의 약점을 잡고 있어서 그는 결국 그래, 그래 맞았어, 하고 말하고 싶어졌다.

"오늘밤 왜 당신을 이리로 오게 했는지 궁금하지 않나?"

"궁금해요. 하지만 듣고 나면 수수께끼가 없어져서 시시하잖아요."

"그렇게 수수께끼 같은 건 아냐. 단순히 당신의 뇌파가 보통이 아니라고 생각했기 때문이야."

사만다는 일부러 걱정스러운 듯이 눈을 크게 떠 보였다.

"어머, 큰일이네. 내 생명에 지장은 없을까요?"

브라이슨은 싱긋 웃었다.

"100살까지는 문제없어. 다만 당신의 뇌파는 지금까지 본 적이 없는 것들이 기록되고 있어. 악성은 아니지만 뭐라고 말로는 설명할 수가 없어. 그림으로 그려볼까?"

브라이슨은 종이 냅킨 뒤에다 전형적인 뇌파의 패턴을 여러 가지로 그려보였다. 그리고 그것과는 별도로 사만다의 뇌파를 그렸다.

"이것이 오실로스코프에 나타난 당신의 뇌파야."

브라이슨은 특징적인 부분을 이것저것 손가락으로 가리켰다.

"이것들은 보통의 파형이야, 이것과 이것 그리고 이것, 알겠어? 이쪽 작은 진동을 잘 봐. 이건 당신의 보통 렘수면을 나타낸 건데 그걸 이쪽 부분과 비교해봐."

그는 낮의 실험 도중에 본 그 흔들림을 가리켰다.

"뭔가 차이를 알겠어?"

사만다는 테이블에 팔꿈치를 대고 손바닥 위에 턱을 고였다.

"당신이 부인과 의사가 되지 않은 게 다행이네요. 아무도 옷을 벗고 싶어하지 않을 거예요."

"이봐, 난 지금 진지하게 얘기하고 있다고."

"미안해요."

그녀는 파형을 비교해보았다.

"글쎄 말이에요. 난 거의 같게 보여요. 단지 이쪽이 약간 짧고 불규칙하다고나 할까."

"맞았어. 바로 그거야."

"정말 무슨 뜻이에요?"

"당신이 불규칙하다고 말한 진동에는 또 다른 보통의 렘수면 패턴과 다른 데가 있는 거야. 당신의 보통 렘수면은 정확히 나타나야 할 곳에 나타나 있어. 다시 말해서 수면 주기 마지막 부분과 다음 주기와의 사이에……. 그런데 이 불규칙한 건 당신이 델타 수면에 들어 있을 때 나타난다고. 그건 제일 깊은 수면 단계니까 꿈을 꾼다거나 하는 일은 있을 수 없어. 꿈을 꾼다는 건 무리라고 생각해."

"그럼 이 진동은 뭘 의미하는 거죠?"

브라이슨은 어깨를 으쓱하고 움츠렸다.

"그걸 알면 이렇게 고생하질 않지. 쇼크라든가 간질 등 신경계에 이상이 있는 환자가 이상한 뇌파를 나타내는 일은 있지. 당신의 신청서에는 어떤 이상이 있다고 쓴 것도 없고."

"난 쭉 건강해요."

그녀는 자기 말을 뒷받침하듯이 빵을 입에 구겨 넣었다.

"마약이라든가 어떤 약도 먹지 않았지?"

"네, 약이라야 고작 헤로인을 맞는 정도였어요."

브라이슨은 웃음으로 얼버무렸다.

"당신의 어떤 점이 날 놀라게 하는지 알아?"

"글쎄요, 얘기해보세요."

"뇌파가 보통이 아니라는 소리를 들으면 걱정돼서 졸도하는 사람도 있을 거야. 그런데 당신은 조금도 걱정하지 않는 것 같으니……."

"어머, 왜 걱정이 안 되겠어요. 하지만 당신이 수면 연구실의 지도자니까 이것저것 다 알고 있을 거라 생각하고 믿고 있는 거예요. 뭔가 심각한 문제가 있으면 가르쳐줄 거라 생각하거든요."

"그야 가르쳐주지. 심각하다기보다 이상해보여서……."

그는 컴퓨터실과의 대화에 대해서 얘기할까 하다가 그만두었다.

"안에 좋은 브랜디가 있어. 접시 운반하는 걸 좀 거들어 주겠어?"

브라이슨이 접시를 씻고 사만다는 물기를 닦았다. 밤의 장막이 내리고 바람이 차가워졌다. 그는 테라스로 나가는 문을 닫고 사만다를 거실로 안내했다. 그의 콘도에는 석조 난로가 있었고 그는 부젓가락으로 장작을 집어서 넣었다.

"세 개비 남아 있었어."

"난로는 계절 타는 일이 없네요?"

"대체로, 아직 5월도 다 안 갔는데 뭘."

"좋아요. 우리 집에는 방마다 난로가 있었어요. 밤엔 자주 난롯불을 쬐면서 텔레비전을 봤었죠, 8월이 되어도……."

"집이 어디지?"

"롱아일랜드의 로렐 호로예요. 자그마한 마을이어서 당신은 아마 이름도 들어보지 못했을 거예요."

브라이슨은 그녀의 글라스에 크르봐제를 따랐다.

"로렐 호로라면 나도 알고 있어. 요트타러 갈 때 지나친 적이 있어. 친구가 콜드 스프링 하버에 배를 대고 있었거든."

"거짓말이죠?"

"정말이야. 당신 집 앞을 몇 번이나 지나쳤는지도 모르지."

사만다는 미소 지었다.

"손을 흔들어 줬었는데. 하지만 당신의 차가 어떤 건지 알 수 없었으니……."

"아마 창에서 자동차를 본다는 건 무리일 거야. 로렐 호로라면 어디나 50에이커나 되는 넓은 부지에 30개 정도의 방을 갖춘 집들이 많아서 외부에서는 도저히 알아볼 수 없게 되어 있으니까."

"10에이커에 방 18개라면 어떨까요?"

"그게 당신의 집인가?"

그녀는 고개를 끄덕였다.

"내가 자란 곳이죠. 하지만 기꺼이 뛰쳐나왔어요."

"집에서 무슨 문제가 있었나?"

"문제라기보다는 성가신 아이였지요."

그녀는 소파 위에 앉았다.

"부잣집의 불행한 소녀?"

"그런 셈이죠. 아버지는 거의 집에 없었어요. 언제나 부동산 거래인가 뭔가를 하면서 온 천지를 돌아다녔어요. 어머니는 예의가 바르고 상냥했지만 아주 엄격했지요. 나는 잘 훈련된 애완견 같았어요. 잘 어울리는 클럽에 들어가서 항상 생글생글 웃고 있었고. 한마디 하면 '어머, 물론이에요.' 하는 식이었죠."

브라이슨은 소리 내어 웃었다.

"당신이 무슨 말을 하든 어머니는 열심히 사신 거야."

"오해하지 마세요. 어머니한테 악의는 없었어요. 어떤 의미에서는 불쌍한 느낌도 들어요. 예를 들면, 난 열여덟 살 된 동생과 남매인데 아버지는 동생의 생일에 폴슈의 노란 스포츠카를 사줬지요. 동생을 응석받이로 키워 놓았죠. 아무튼 1주일도 못 돼서 음주 운전으로 차가 엉망이 되었어요. 죽지 않은 게 기적이었죠. 그런데 얼마 전에 집에 전화했더니 또 새 폴슈를 사줬다는 거예요. 불쌍한 부모라고 생각되지 않아요?"

"그래서 집을 나왔나?"

"곧장 나온 건 아니에요. 어머니가 밧사의 졸업생이었기 때문에 나도 그 학교에 들어갔어요. 그런데 축제일은 물론이고 한 달에 한 번은 집에 가지 않으면 안 되었기 때문에 마치 롱아일랜드에 있는 거나 다름없었어요. 부모님한테는 감시당하고 학교는 세상과 격리된 것 같은 분위기였죠. 꼭 수녀원에 있는 기분이었어요. 겨우 있을 수 있었던 건 1학년 생물 덕분이었어요. 정말 좋아했거든요. 매일같이 실험실에서 살았어요."

"뛰쳐나온 게 언제지?"

"그 해의 전학기가 끝날 무렵, 더 이상 견딜 수가 없었어요. 생물학을 전공하고 싶었기 때문에 부모와 지도교사도 모르게 생물학 교육과정에 충실한 대여섯 학교에 원서를 제출했죠. 1년을 마치자 조지 워싱턴 대학교에 전학이 결정되었어요."

"그건 부모님도 기뻐하셨겠군."

"천만에요. 나를 보내지 않으려고 온갖 수단을 다 쓰셨어요. 그해 여름에 아버지는 내가 고등학교 때부터 갖고 싶어하던 카타마란을 사주셨어요."

"당신이 요트를?"

"네, 아주 좋아해요. 아버지 때문에 이것만은 말할 수 있어요. 거의 집에 안 계시는 아버지였지만 내게 독립심을 심어주셨지요. 열세 살 때 처음으로 소형 카타마란이 갖고 싶어서 생일에 졸랐어요. 어머니는 물을 무서워했어요. 믿을 수 있겠어요? 롱아일랜드 가까이 있는 해변에 살고 있으면서 말이에요. 아무튼 어머니는 카타마란을 사지 못하도록 아버지를 설득했어요. 그러자 아버지가 갖고 싶으면 제 능력으로 사라고 말했어요. 그게 계기가 됐지요. 그때까지는 필요한 것을 뭐든 사주셨는데……. 그래서 그 다음 주부터는 아기 돌보는 일을 시작했어요. 어머니는 속상해했고 아버지는 내가 정말로 돈벌이를 시작한 것에 대해 화를 내셨지만 고집이 센 나는 새삼스레 양보할 수 없었어요. 그 이후로 나는 쭉 일을 해온 거예요."

"그래서 카타마란은 구했나?"

"네, 두 척요. 한 척은 열다섯 살 때 저축한 돈으로 샀어요. 또 하나는 아버지가 나를 붙들어놓기 위해 사주셨는데 여름 내내 탔어요. 내가 진짜 조지 워싱턴 대학에 전학하기로 작정했다는 걸 알고 아버지는 즉석에 그걸 팔아버렸지만 말이에요."

두 사람은 요트 얘기를 한 시간 가까이 계속했다. 브라이슨이 얘기를 이어가려고 하자 사만다는 요트 얘기를 매듭짓도록 교묘하게 조종했다. 브라이슨은 점점 사만다에게 호감을 갖게 되었다. 그가 얘기하는 것을 사만다는 차분하게 바라보았고 브라이슨도 그녀를 주시했다.

여전히 브랜디를 홀짝이면서 브라이슨은 그녀의 재촉에 따라 주빌리 종합병원으로 오게 되기까지의 긴 얘기를 시작하고 있었다.

신경과 개업의로서 맨해튼의 생활은 고통스러웠다. 그때까지 그의 인생은 고투의 연속이라 할 수 있었다. 대학을 나와 소꿉동무였던 친구와 결혼했으나 상대는 브라이슨만큼 가정에 충실하지 않았다. 몇 번씩이나 외도를 하는 바람에 이혼할 수밖에 없었다. 이혼 수속은 간단했지만 불쾌한 것이었다. 정신적으로 불편한 상태에서 빠져나올 수 있는 방법은 자신의 일과 직업에 몰두하는 것이라고 생각했다.

브라이슨은 컴퓨터 과학을 택했다. 대학에 들어가서 그 분야의 석사학위를 땄다. 그러나 컴퓨터 산업에서는 아무리 뛰어나고, 아무리 좋은 직업에 종사한다 해도 자신에게는 조금도 자극이 없을 것 같았다. 그는 인간과의 접촉을 동경했다. 의사라는 직업이 이상적이긴 했으나 의학부에 들어가기는 어려울 것이라고 생각했다. 그러나 의학부 진학 과정의 입시에서 그런대로 점수를 딸 수 있었다. 운이 좋을 때도 있다는 생각이 들었다.

의학공부는 힘들었다. 임상 강의와 진료 실습은 자신 있었지만 많은 암기에 쫓기면서 수업료를 벌기 위해 야간과 주말에도 일해야 했기 때문에 매우 피로했다. 2년째가 끝날 무렵에는 자퇴까지 생각하게 되었는데, 그때 동급생들 중에 10여 명이 똑같은 생각을 하고 있었다. 인원수가 줄어든 덕분에 브라이슨은 조금이나마 장학금을 받게 되어 주말에만 일하면 되었고 그에 힘을 입어 그는 버티게 되었다. 그 후로 브라이슨은 학업에 몰두했고 졸업할 무렵에는 의학부의 우등생으로 선발되었다.

의학부 시절에 그는 신경 해부학에 매료되었다. 컴퓨터 공부를 했기 때문인지도 모른다. 어떤 의미에서는 뇌와 신경계의 복잡한 작용은 컴퓨터의 작용과 비슷했다. 물론 컴퓨터보다 훨씬 복잡하지만 컴퓨터와 마찬가지로 합선이나 정전으로 인해 프린트 아웃에 이상을 초래하는 일이 있었다. 다시 말해서 손발이 부자연스럽게 된다거나 언어 장애나 마비를 일으켰다. 진찰의 핵심은 어느 부분에서 정전이 일어났는가를 확인하는 것이었다.

브라이슨은 보스턴에서 인턴으로 근무했는데 뉴욕의 활기에 마음이 끌리고 있었다. 맨해튼에서도 특히 이름 난 병원의 실습의사로 고용되어 3년간 신경학 훈련을 받았다. 여기서 그의 인생은 궤도에 오르게 되었다. 그의 기술과 열의와 자신감은 마침내 '신경과의 젊은 인재'라는 평판을 얻게 되었고 마지막 해에는 주임 실습의사로 선발되었다.

드디어 브라이슨은 누구나가 부러워하는 파크에비뉴의 개업 의사를 꿈꾸게 되었다. 거기서 선배의 격려를 계기로 체이스 맨해튼 은행에서 3만 달러를 차용하여 그 해 7월 1일, 실습 기간을 마친 그는 72번가와 파크에비뉴가 교차하는 곳에 방이 5개인 사무실을 빌렸다. 그는 곧 접수계 여직원과 간호사 2명 그리고 전화안내원을 고용했다. 비싼 의료과실 보험에 가입했고 최신 인테리어로 사무실 내부를 통일했다. 부족한 것은 환자뿐이었다.

개업하고 반 년 동안은 고전했다. 브라이슨이 진찰한 환자는 고작 30명 안팎이었고 게다가 대부분이 의료 보조를 받고 있었다. 병원을 조회해서 찾아오는 환자는 아주 조금밖에 없었다. 이것저것 의학 관계의 어중간한 일을 맡아서 수입을 벌충하지 않을 수 없었다. 그런데도 부족했다. 1년 만에 빚은 4만 달러로 늘어났다.

2년째와 3년째는 조금씩 좋아졌다. 끈기 있게 해나가는 중에 입소문으로 평판이 퍼져갔다. 차츰 환자도 늘어났고, 브라이슨은 겨우 한숨 돌리게 되었다.

평판이 점점 더 퍼져서 마침내 환자는 4주 전에 예약을 해야 했다.

그리고 다시 6개월을 기다려야 했다. 성공했다고는 할 수 없지만 바로 눈앞에까지 당도했다고 볼 수 있었다. 그런데 번창함에 따라서 의료 이외의 부담도 점점 늘어났다. 대량의 서류 작성, 경영상의 딜레마, 언제 끝날지도 모르는 병원의 위원회 등이 발목을 잡았다. 그 때문에 완벽한 의사, 신기에 가까운 치료를 베푸는 의사로서의 그의 능력을 충분히 발휘할 수 있도록 놔두지 않았다.

어느 날, 밤늦게 혼자서 끝없는 생각을 되풀이한 끝에 자신은 개업의사에 맞지 않는다는 결론을 내렸다. 그는 순수하게 의학을 연구하는 과학자가 되고 싶었다.

조나단 브라이슨은 공상을 하곤 했다. 실험실에서 지낸 학생 시절 새로운 발견에 기뻐하던 때를 생각했다. 환자의 무릎을 진찰하면서 마음은 시험관과 프라스코의 세계를 방황하고 있었다. 환자의 눈동자를 주시한 채 망막의 빛에 넋을 잃고 백신과 기니피그를 생각하고 있었다. 환자는 눈치 채지 못했어도 자신의 마음은 점점 딴 곳으로 향하고 있다는 것을 알았다. 자신의 에너지를 쏟아 넣을 대상을 바꾸고 새로운 방향을 정할 때가 왔다고 생각했다.

'연구에 꿈을 두고 있다면 그 방향으로 나아가야 한다.'

개업한 지 2년 반이 지났을 때 그는 과학 잡지를 넘기면서 의학 연구를 할 수 있는 일자리를 찾게 되었다. 그렇게 하기를 몇 개월이 지났다. 그러나 보람 있는 일은 전혀 발견할 수 없었다. 브라이슨은 초조해졌다. 매주 일요일의 〈뉴욕타임즈〉에 기대를 갖고 의학 관계의 일자리를 찾았다. 의학 잡지의 구인란도 훑어보았고 '일자리를 구함'란에도 두 번이나 광고를 냈지만 성과는 없었다.

개업의사로서 만 3년째가 되려는 무렵, 미국의학협회가 낸 잡지에서 주빌리 종합병원의 수면 연구실의 일자리를 발견하게 되었다. 이튿날 아침 그는 서둘러 이력서를 보냈다.

밤이 깊었다. 두 사람 다 약간 취해 있었다. 술 탓도 있었지만 과거를 서로 털어놓은 탓도 있었다.

"당신은 무엇 때문에 수면실험에 응모했지?"

사만다는 생각을 정리하려고 했다.

"약간 흥미가 있었어요. 생리학에서 수면의 구조를 배웠고 이 일은 의학부에 다니는 친구에게서 들었어요."

그녀는 눈을 피했다. 브라이슨은 그녀가 거짓말을 하고 있다는 것을 알았다.

"돈 때문인가? 시급이 상당하니까 말이야."

"누구나 필요한 돈이 있는 거예요."

"당신은 다른 사람들과는 달라. 집도 부자인 데다가 강사로서 상당한 급료를 받고 있는데도 아직 돈이 필요한 건가?"

"지출이 많아서죠."

"또 카타마란을 살 작정인가?"

그는 히쭉 웃으면서 물었다.

사만다는 웃지 않았다. 목소리는 모기소리처럼 작아졌다.

"그렇다면 좋겠지만……."

그녀는 소파에서 일어났다.

"너무 늦었어요. 저녁은 정말 맛있게 먹었어요."

브라이슨이 다가왔다.

"아니, 캐고 들려는 건 아니었어. 주제넘은 지나친 간섭이었다면 사과할게. 다만…….”

“다만 뭐죠?”

그는 고개를 저었다.

“잘 모르겠어. 당신을 보고 있자니 그렇게 느껴졌을 뿐이야. 뭔가 곤란한 게 있으면…….”

그가 유혹하는 듯한 눈을 보이자 사만다는 지그시 그 눈을 들여다보았다.

“고마워요. 언젠가 때가 오면…….”

“젤리가 누구지?”

사만다는 순간, 가슴이 덜컥했다.

“어떻게 젤리를?”

“당신의 잠꼬대야.”

“내가 무슨 말을 했죠?”

“그저 젤리라는 이름이 나왔을 뿐이야. 누구지? 보이프렌드?”

사만다는 상대의 시선을 피했다.

“그저 아는 사람이에요.”

브라이슨은 그녀와 서로 맞닿을 정도로 가까이 다가갔다. 그녀의 슬픔이 복받쳐 오른 것을 알 수 있었다. 사만다의 눈이 흐려졌고 얼굴을 돌리자, 브라이슨은 손가락으로 그녀의 턱을 살며시 돌렸다.

“나라도 좋다면 힘이 돼줄게.”

그 순간 마치 그녀의 얼굴에 수없이 많은 주름살이 잡혔다가 한순간에 뿔뿔이 흩어져버린 듯, 텅 빈 가슴 속에 슬픔이 넘쳐 갑자기 길고 괴로운 오열로 변했다. 브라이슨이 끌어안아주자 사만다는 그의 가슴에 달라붙어서 울었다.

그는 사만다의 머리를 쓰다듬다가 손이 목덜미에 닿았다. 사만다는 얼굴을 들고 눈물을 닦았다. 그는 살며시 그녀의 이마에 입술을 댔다. 사만다의 기분이 약간 위로되었다. 따뜻하고 상냥하고 뜻하지 않은 친근감이었다. 눈과 눈을 바라보면서 두 사람의 얼굴이 서서히 가까워졌다.

이윽고 눈이 감기고 입술이 서로 닿았다. 비단처럼 부드러운 감촉이었다. 둘은 잠시 동안 살며시 껴안았다. 사만다가 입술을 떼고 눈을 뜨자 브라이슨도 눈을 떴다. 슬픔이 연정으로 변해가는 순간이었다.

두 번째의 키스는 굶주린 혀와 혀가 휘감기는 강렬한 것이었다. 사만다는 거칠게 그의 몸을 밀어붙였다. 자신의 거친 몸짓에 두려움을 느끼면서도 멈출 수가 없었다.

두 사람은 난로 앞의 깔개 위에 쓰러졌다. 브라이슨은 사만다의 허리를 받치면서 껴안은 채 누웠다. 그는 그녀의 입술에서 코, 볼 그리고 얼굴의 윤곽을 따라 더듬어 갔다.

오랫동안 두 사람은 불빛으로 서로의 눈을 더듬어 찾다가 마침내 그녀가 브라이슨을 힘껏 눌러 벌렁 눕게 했다. 두 사람 모두 더 이상 기다릴 수가 없었다. 그가 사만다의 슬랙스에서 블라우스를 잡아 빼는 사이에 사만다는 그의 셔츠 단추를 벗기고 있었다.

곧 알몸이 된 두 사람은 다리를 휘감고 입술을 포갠 채로 좌우로 굴렀다. 갈망한 나머지 그는 사만다의 가슴을 세게 물었다. 그 바람에 그녀가 몸을 뺐다. 그제야 비로소 아팠던 모양이라고 여겨졌다. 그러나 사만다는 가슴이 민감해졌기 때문이라고 말했다. 그리고 "이쪽을 만져요." 하면서 그의 손을 따뜻하고 축축해진 두 다리 사이로 끌어들였다.

그녀는 한숨을 쉬면서 그의 배를 어루만지다가 다리 쪽을 만지기를 반복했다. 두 사람 모두 정점에 닿으려 하고 있었다. 브라이슨이 걱정스러워하며 떨어지려고 하자 사만다는 그를 꼭 껴안은 채 떨어지지 않으려고 몸을 젖혔다.

"오늘은 안전해요, 이제 언제 해도 괜찮아."

그 말을 듣고 브라이슨은 그녀의 엉덩이를 두 손으로 쥐면서 본래 자세로 돌아갔다. 그녀가 그를 맞아들이고 두 사람은 순조롭게 나아갔다. 회전목마가 아래위로 흔들려 움직이듯이 착 달라붙었다가는 떨어졌다.

사만다가 가느다랗게 소리를 지르면서 허리를 누르며 그를 꼭 껴안았다. 브라이슨도 숨을 죽이고 절정에 달했다.

브라이슨은 사만다를 다시 한 번 꼭 껴안았다. 그녀의 슬픔은 이제 사라지고 만족한 기분으로 바뀌었다. 두 사람은 천천히 떨어졌다. 그러나 자리에서 일어난 사만다는 이상하게 창백해져 있었다.

"괜찮아?"

"와인을 너무 마셨나 봐요."

그녀는 비실비실 일어나서 욕실로 향했다. 문을 닫았지만 토하는 소리가 들렸다.

그녀가 욕실에서 좀처럼 나오지 않자, 브라이슨은 들어가 볼까 하고 생각했지만 프라이버시를 존중하기로 했다. 그는 난로의 타고 있는 불을 쿡쿡 찔렀다. 튀는 불꽃을 바라보면서 그는 자신의 생각과 싸우면서 얼굴을 찌푸렸다. 또다시 그 불확실한 예감이 되살아났다. 숨겨진 뭔가가, 그녀가 말하지 않은 뭔가가 있어서 마음에 걸리는 생각을 정리할 수가 없었다. 사만다의 말 속에……. 그녀가 뭐라고 했지?

갑자기 모든 것이 보이는 것 같았다. 눈앞의 불보다 더 밝고 뚜렷하게……. 그는 사만다의 신청서를 머리에 떠올렸다. 기입 사항을 모두 머릿속에 그릴 수 있었다. 마지막 생리가 있었던 날짜를 기입한 난을 기억해냈다. 2주 전이었다. 그런데 언제해도 괜찮다고 말한 것은 수상했다. 그녀가 착각을 하고 있는 것일까? 필을 먹고 있는 걸까, 링을 사용하고 있는 걸까. 아니, 그래도 날짜는 정확히 기억하고 있을 것이다. 게다가 사만다처럼 현명한 여자가 위험한 시기에 아무것도 사용하지 않고 임신의 위험을 저지를 리가 없다. 다만…….

문득 깨달은 브라이슨은 까딱하면 불에 몸을 델 뻔했다. 날짜를 조작했다는 것, 민감한 가슴, 구역질……. 바보 같으니라고! 의학부의 신입생도 알 수 있는 일이 아닌가. 망설임이 사라지고 그는 사만다의 태도를 상기하고는 차분히 생각했다. 그 슬픔은 진짜였다. 정말 고민하고 있었던 것이다. 그 때문에 일을 원했던 것이다.

그는 침실에서 가운을 입고 사만다가 입을 수 있도록 긴 소매 셔츠를 가지고 왔다. 그리고 난로 앞에 배를 깔고 엎드렸다. 사만다가 겨우 욕실에서 돌아와 수건을 감고 옆에 앉자 셔츠를 건네주었다. 그녀는 수건을 벗고 셔츠를 입었다. 얼굴색은 좋아져 있었다.

"으음."

사만다가 바싹 다가왔다. 양치질한 치약 냄새가 났다. 그녀는 몸의 힘을 빼고 눈을 감았다.

브라이슨은 그녀에게 말해야만 한다고 생각했다. 자기가 알고 있다는 것을 알려야 한다고……. 위로하고 힘이 돼 주고 싶었다. 그는 입술로 그녀의 볼을 쓰다듬었다.

"임신했군, 샘."

사만다는 놀라서 눈을 떴다. 그녀는 그가 알고 있었다는 것을 깨닫고 반박도 하지 못했다.

"어떻게 알았죠?"

"내가 의사라는 걸 잊었나?"

"몰래 부인과도 보고 있었군요?"

"아직 별로 오래 되지 않았군."

"2개월 좀……."

"그렇다면 아직 시간은 있어."

"뭐가요?"

그녀는 정면으로 그를 쳐다보았다. 질문이 아니라 그녀가 말하려는 것은 명확했다.

브라이슨은 입을 오므렸다.

"그렇군. 그거 큰일인데."

"알고 있어요."

"가톨릭?"

"아뇨. 종교라든가 낙태에 반대한다든가 하는 것과는 관계없어요. 난 중절에도 반대하지 않아요. 그저 아기를 낳고 싶을 뿐이에요."

"대단한 결단이군. 깊이 생각했겠지?"

"네, 하지만 그렇게 대단한 결단도 아니었어요."

"젤리라는 사람이 그 아기 아버진가?"

"그 사람은 아무것도 아네요."

"당신을 임신시킨 아무것도 아닌 놈이라는 건가?"

"그의 탓이 아네요. 누구를 비난한다면 나도 같은 죄를 짓는 거예요. 결혼할 마음 따위는 서로 없었고 서로 곤란하게 할 생각도 없었어요. 그는 지금은 과거의 사람일 뿐이에요."

"그래서 당신은 일이 필요했군."

사만다는 숨을 크게 쉬고 생각했다.

"아기를 낳는다는 건 비용이 많이 들어요. 정말 돈이 필요했어요. 신청서를 쓸 때 거짓으로 기입한 건 잘못했어요. 하지만 대학의 여기저기를 찾아다녀도 일이 없었어요. 그래서 난……. 잘 모르겠어요. 당신이 알아차려서 잘 됐다는 생각도 들어요. 약이 아이에게 어떤 영향을 미칠까를 생각하면 무서워서 견딜 수가 없었어요. 이제 그런 걱정도 필요 없고."

"계속할 마음은 없나?"

"왜요? 걱정할 필요가 없다는 건 제 진심이 아니에요. 게다가 임신한 여자는 안 되니……. 당신이 알게 돼서 안심이 돼요."

"방법은 있을 거야."

"고마워요, 하지만 위험을 무릅쓰고 싶진 않아요."

"그렇지 않아. 지금 하고 있는 실험을 생각하면 당신을 제외시켜야 하지만, 실험을 계속하는 데 임신이 별 무리가 없다는 생각이 들어. 바로 임신부라는 특별한 사람의 뇌파를 연구하는 거야. 그리고 당신의 뇌파에는 이미 흥미 있는 특징이 나타나고 있고……. 뭔가 좋은 결과를 가져올 연구를 할 수 있을지도 몰라. 그 흔들림도 임신과 관계가 있을지도 모르잖아. 그러니까 샘, 당신이 계속하길 원한다면 언제라도 가짜 약을 사용해도 괜찮아."

"수면제 없이요?"

"단순한 약으로 잠이 온다면 별문제지만."

"아무도 모를까요?"

"2, 3개월은 괜찮아. 그 후에는 보기만 해도 임신한 것을 알 수 있으니까 곤란하겠지."

"정말 아이한테 나쁜 영향은 없는 거예요?"

"보장하지."

그는 생긋 웃었다.

사만다는 그에게 몸을 맡기고 만족한 듯이 눈을 감았다.

"선생님, 얘기가 통하네요."

그녀는 브라이슨의 어깨에 기대어 곧바로 잠에 푹 빠졌다. 브라이슨은 타다 남은 불빛을 바라보며 그녀의 잠을 방해하지 않으려고 꼼짝 않고 있었다. 사만다에게 동정할 마음은 없었다. 그녀가 고생을 각오하고 충분히 생각한 끝에 선택한 것이므로. 그래도 딜레마에 빠져 있는 그녀를 보고 있을 수만은 없었다. 자신이 할 수 있는 일이라면 힘이 돼 주고 싶었다.

브라이슨은 그녀의 볼에 키스를 하고 쓴웃음을 지었다.

'도대체 난 왜 이다지도 운이 나쁜 것일까. 몇 년 만에 흥미를 갖게 된 상대가 임신을 하고 있다니…….'

이상 현상

"그걸 보고 뭔가 알 수 있겠나, 맥?"

조아킴 맥퍼슨은 뇌파의 기록을 조사했다. 신경 생리학과의 장으로서 그는 신경 조직의 작용에 관해서 대학 내의 누구보다도 풍부한 지식과 경험을 가지고 있었다. 그가 연구하고 있는 것은 신경 구조의 발달, 다시 말해서 신경조직이 성숙하는 단계에서의 성장과 기능을 조사하는 분야다. 맥퍼슨의 이름은 전국적으로 알려져 있었다. 그런 그가 이 기록 용지를 보고 몹시 곤란해 하고 있었다.

"모르겠어. 이런 기록은 본 적이 없어. 이 작은 진동이 태아가 나타내고 있는 것이라고 생각하나?"

"자네라면 그것을 알 것 같아서 왔다네."

브라이슨이 말했다.

맥퍼슨은 고개를 저었다.

"모르겠어. 가능성은 있지만……, 태아의 뇌파에 관한 연구는 있지만 이 정도 빠른 단계의 것은 없으니까 말이야."

"어떤 단계의 것이 연구되고 있지?"

"대개는 분만중이야. 연구의 대부분은 분만 중의 뇌파 패턴에 의해서, 예를 들어 한 살 때의 신경계의 발달 부전을 예측한다는 것이지. 태아의 뇌파와 한 살 된 아기의 뇌파를 비교해서 분만 중의 스트레스와 신경 기능의 이상과의 사이에 어떤 관련이 있는지의 여부를 조사하는 거지. 그렇게 해서 태아의 뇌파에서 뇌의 손상을 예측할 수 있다고 말하는 사람도 있어."

"그럼 태아의 뇌파를 다루는 연구가들은 신경 작용에 대해서 장기에 걸친 추적 조사가 필요하겠군."

"기본적으로는 그렇지."

"태내에 있는 아기의 뇌파는 어떻게 기록하지?"

"1969년인가 70년경에 새로운 전극이 개발됐지. 질에서 자궁을 통해 태아의 머리에 부착하는 거야. 그 후 제법 정확한 태아의 뇌파를 계속적으로 얻을 수 있게 되었다네."

"그래서 뇌파의 기록에서 어떤 것을 알아내는 건가?"

맥퍼슨은 생각해내려고 머리를 긁었다.

"분명히 태아의 뇌파가 과잉 투약이나 산소 결핍, 태아의 심박수 저하, 겸자 분만 등에 따라서 어떻게 변화하는가 하는 것이었다고 생각되는데……."

"말하자면 그 전극으로 태아의 뇌파를 조사해서 일시적인 파형의 변화가 성장 후의 신경계의 이상과 관련되어 있는지의 여부를 알려는 것이겠군."

"그래."

"태아의 뇌파도 성인의 뇌파와 똑같이 해서 알아내는 건가?"

"아니, 달라. 신생아의 뇌파 기준에 따라서 차이가 있어. 신생아의 뇌파에는 특징적인 패턴의 분류가 있어. 신호의 진폭, 진동수, 대역폭(bandwidth)을 한정하기 위해 임의변수의 조합을 사용하고 있지."

"내 기록의 경우, 자궁 내에다 전극을 사용하지 않았기 때문에 이 흔들림은 태아의 신호가 아니라고 단정할 수 있겠나?"

"당치도 않은 소리, 그렇게는 단정할 수 없지. 태아의 신경계가 임신 2개월 때에 이미 발달하기 시작한다는 것은 알려져 있어. 자네가 담당하고 있는 임신부는 신경의 전달력이 강하고 태아가 보내는 뇌파가 모체의 뇌파 기록에 반영됐다고도 생각할 수 있어."

"그럼 가능성은?"

"충분히 있고말고. 아기가 꿈을 꾼다는 건 알고 있는데 어느 성장 단계에서 꾸느냐 하는 것은 아무도 연구하지 않았네."

"아기는 그렇지만 아직 뱃속의 태아가 그렇다면 어떤가?"

"물론이지. 태아에게도 뇌파가 있고 꿈도 꾼다고."

"상당히 자신 있는 것 같군. 어떻게 그렇게 말할 수 있나?"

"몇 년 전에 북유럽의 연구 팀이 부화하려고 계란 껍데기를 벗기고 유리를 덮고 관찰했는데 그 결과 태어나기 전의 병아리가 가끔 급속 안구운동을 하고 있다는 것을 확인했다네. 그들의 결론은 태어나기 전의 태아도 꿈을 꾼다는 것이었어. 적어도 태어나기 전의 병아리는 꿈을 꾼다고."

"과연. 그럼 내 기록에 나타난 것이 태아가 내보내는 뇌파라고 한다면 1, 2주 동안 계속 관찰해서 어떤 패턴을 발견하면 된다는 건가?"

"시간 낭비를 할 필요는 없겠지. MEDIC한테 시키는 거야."

"어떻게?"

"태아 뇌파 연구에 컴퓨터를 사용하는 예가 있다네. 아무튼 이와 같은 연구를 하는 경우 대량의 데이터를 다루게 되니까 말이야. 2주쯤 되면 몇천 페이지나 되는 기록이 쌓인다고. 자기 눈으로 분석해서 패턴을 발견하고 정확히 정의 내리기는 어렵겠지. 그렇게 많은 데이터를 계속해서 다 볼 수는 없네."

"컴퓨터가 그 기록을 분석해주는 건가?"

"그렇다네. 태아 뇌파의 분석에는 디스크시스템의 미니컴퓨터를 사용하네. 데이터는 디지털화 되어 자기 테이프에 기록되는데, 오프라인의 태아 뇌파용 프로그램으로 분석되네. 전형적인 프로그램은 뇌파 패턴을 저압, 고압, 전압 저하 등의 범주로 분류하는 거야. 상당히 시간이 절약되지."

"그럴 것 같군. 연구 대상의 뇌파를 1시간 단위로 나눴다고 해도 MEDIC이라면 한 단위를 약 2초 만에 분석해 버린다고."

"그 때문에 컴퓨터가 있는 게 아닌가. 아무튼 임신 2개월의 태아 뇌파라면 아직 아무도 이루지 못한 영역이야. 흥미 있는 논문을 쓸 수 있을지도 몰라."

"흥미 있다는 정도로는 안 돼, 맥. 지금은 단순한 추측에 지나지 않지만 만약 내가 생각하는 것이 사실로 인정된다면 대발견이 아니겠나. 물론 좀 더 데이터를 모아야 이치가 닿는 과학적인 결론을 내릴 수 있겠지만 말이야. 그런데 한 가지만 더 부탁이 있네. 맥, 이 얘기는 자네 혼자서만 알고 있었으면 하네. 확실한 것을 파악할 때까지는 아무에게도 알리고 싶지 않네."

맥퍼슨의 약속을 다짐받은 후 브라이슨은 대학 도서관에서 태아 뇌파에 관한 희소한 기사를 대충 훑어보았다. 몇 시간 동안 잡지를 읽은 끝에 맥퍼슨이 말한 대로라는 것을 알았다. 태아 뇌파에 관한 보고는 매우 적고, 게다가 대부분이 분만 중에 기록된 것이었다. 좀 더 이른 시기의 태아의 뇌파에 관해서는 아무 보고도 나와 있지 않았다. 아무도 손을 대지 않은 분야였다.

브라이슨은 흥분했다. 만약 겨우 태아라고 부를 수 있게 된 사만다의 아기가 정말 뇌파계로 기록할 수 있을 정도의 전기 활동을 나타내고 있다면 경이적인 발견이 아닐 수 없었다. 발육 단계에 있는 태아의 뇌파에 관한 패턴을 그릴 수 있다면 의약품에 있어서 완전히 새로운 약을 개발할 수 있게 될 것이다. 그렇게 되면 새로운 연구 자금을 내줄 만한 곳은 얼마든지 있었다. 정상적으로 발육하는 태아의 뇌파가 분명하다면 다른 태아의 뇌파와 비교하기 위한 기준이 될 수도 있게 된다. 그것만으로도 훌륭한 과학적 업적이 된다. 게다가 제약회사들이 매달리게 될 것이므로 연구의 기회는 더욱더 많아질 것이다.

브라이슨은 기대감에 가슴이 뛰었다. 이것이야말로 주빌리 종합병원으로 옮겨 온 이래 계속 연구하면서도 제대로 된 것을 못하고 있었는데 새로운 발견이 아닐 수 없었다. 개업의를 팽개치고 연구에 전념하게 된 이래, 예측도 할 수 없는 발견을 하게 되는 것이 아닐까 하고 기대가 되었다.

인류에 커다란 희망을 가져오게 하는 발견, 파스퇴르(프랑스의 화학자)나 코흐(독일의 세균학자), 리스터(영국의 의학자)처럼 그 발견을 통해 몇십 년에 걸쳐 연구를 계속할 수 있을 뿐만 아니라 좋은 결과도 이루어내게 될 것이다. 생각만 해도 머리가 어찔어찔했다. 그것은 과학자가 바라는 바이며 꿈이 아닌가?

브라이슨은 기분을 억제할 수가 없었다. 과거 2년간에 걸쳐 함께 일해 온 라트레지야말로 그의 기분을 제일 잘 이해할 것이라고 생각했다. 그는 전화로 맥퍼슨과의 대화를 전했다. 그러나 사만다가 임신하고 있다는 말을 해도 라트레지는 놀라지 않았다. 오히려 미혼모인 사만다를 걱정하는 것 같았다. 아직 상세한 것을 밝힐 단계는 아니었지만 브라이슨은 자신의 발견에 대해서 알리고 사만다에게 가짜 약만 사용하도록 할 작정이라고 말했다. 그러자 라트레지도 크게 찬성했다. 그는 곧 만나서 상세한 얘기를 하겠다고 약속했다.

전화를 끊기 전에 라트레지는 혼잣말처럼 말했다. 브라이슨이 과학자로서의 호기심 외에 개인적인 관심이 작용하는 게 아닌가라고. 누군가가 누군가에게 열을 올리고 있는 것을 보면 곧 알 수 있다고 말하면서 그녀는 웃었다. 브라이슨은 수화기를 놓으면서 고개를 저었다. 사만다에 대한 마음이 그렇게 쉽게 나타난 것일까?

오후가 되어서 그는 컴퓨터실로 전화를 걸어 파트너와 얘기를 했다. 그 피험자, 다시 말해서 파트너가 전에 전화하게 된 원인이 된 뇌파의 주인공에 대해서 내일 다시 한 번 수면실험을 할 예정이라고 말했다. 다시 똑같은 방해가 일어났다 해도 컴퓨터 기능에 지장이 없도록 통상 근무시간이 끝날 무렵에 행할 작정이었다. 파트너는 승낙해 주었다. 다음에는 사만다에게 전화를 걸어 아침이 아닌 오후 4시에 연구실로 와 달라고 했다. 이유는 만나서 얘기하기로 했다.

이튿날 오후 사만다는 일찌감치 모습을 보였다. 그녀는 라트레지가 자리를 비운 사이에 브라이슨의 볼에 키스했다.

"공과 사를 혼돈할 거야?"

사만다는 시치미를 떼고 앉았다.

"알았어요. 나도 장사에 철저해져야 되겠어요. 35달러를 보충할 궁리를 해야겠군요."

"왜?"

"오늘 아침 9시부터 지금까지 7시간, 원칙으론 일하고 있어야 할 시간이었어요."

"기쁜 소식을 알려주지. 2시간 노동으로 시급 20달러를 주지. 매일 4시부터 6시까지 와 준다면 말이야."

"왜 그렇게 선심을 쓰는 거죠?"

"당신이 임신하고 있기 때문이지."

"출산 축하를 받기는 너무 일러요."

브라이슨은 싱긋 웃었다.

"어제 도서관에서 잠깐 조사해서 결론을 얻었는데 당신의 독특한 뇌파는 태아가 발하는 전기적 충격에서 오는 것이라고 생각하게 되었어. 만약 그것이 사실로 증명된다면 당신의 몸은 천금의 가치가 있게 되는 셈이지."

"그렇다면 좀 더 값을 올려야 하지 않을까요?"

"경매에 붙일 셈이야?"

"몸을 공개해서 심사를 받아야 한다면 별문제지만."

"그렇다면 내가 낙찰자나 다름없지. 최후로 심사한 것도, 또 제일 비싼 값을 매긴 것도 나니까 말이야. 내가 하려는 건 말이지, 샘. 단지 2시간 동안의 뇌파를 기록하는 거야. 전의 실험과 다른 것은 머리에 부착하는 전극을 하나만 복부에 붙인다는 점이야. 바로 치골 위 언저리에……."

"태아가 뇌파를 보내고 있다는 얘기가 진심이었군요?"

"물론, 의학상의 대단한 발견이 될지도 모른다고."

"머릿속이 혼란해졌어요. 태아가 뇌파를 내보내고 있다는 것을 실증할 수 있다면 태아에게도 렘수면이 있다는 것인가요?"

"아마 그럴 거야."

"그럼 렘수면이 꿈과 관련돼 있다면 임신 2개월에 신장이 3cm 정도의 태아가 도대체 어떤 꿈을 꾼다는 거죠?"

브라이슨은 눈살을 찌푸리고 숨을 깊이 들이마셨다.

"좋은 질문이군. 전혀 상상도 할 수 없지만."

"하지만 꿈을 꾸는 건 확실하다고 생각하고 있는 거죠?"

"그에 대한 답을 찾으려는 거야. 꿈을 꾸는 게 아닐지도 모르지만 태아의 신경이 어떤 전기 활동을 나타내고 있어도 이상할 건 없어. 어떤 발달 단계에 있든 온갖 뇌 세포가 나타내는 현상이니까 말이야."

그는 다시 맥퍼슨에게서 들은 병아리 실험에 관해서 설명했다.

"태아가 꿈을 꿀 수 있을 만한 지각적 정보를 받아들이고 있다는 건 확실해. 임신 4개월인 임부의 자궁에 소형 카메라를 넣어서 보는 사람도 있어. 특히 급속 안구운동을 확인하려는 것은 아니지만 관찰 결과 알게 된 것은 태아가 손발을 움직이고, 폐가 액체로 꽉 차 있는데도 호흡을 하고, 또 자극에 대해서도 반응한다는 거야. 태아의 중추 신경이 정보를 통합할 수 있는 이상, 뇌 속에서 무엇이 일어나고 있든 이상할 건 없겠지?"

"알았어요, 훌륭하신 선생님. 노벨상이 목적이라면 방해할 생각은 없어요. 언제 시작하죠?"

"라트레지가 침대를 정리하는 대로."

"확실한 거죠, 존? 아기한테 해가 없다는 게 정말 확실한 거죠?"

"괜찮아, 보증하지."

잠시 후, 사만다는 수면실에서 브라이슨이 전극을 부착하는 대로 누워 있었다. 바지를 치골 언저리까지 내리고 거기에 전극이 고정되었다.

"언제쯤 결과를 알 수 있죠?"

"별로 오래 걸리지 않을 거야. 컴퓨터가 내일 아침까지는 뇌파 패턴을 분석해줄 거야. 정상적인 렘수면과 다른 패턴일 때 특별한 주의를 기울이도록 프로그래머에게 부탁할 작정이야. 1주일 정도 패턴 분석을 계속하면 주목할 만한 가치가 나왔는지 어떤지 알 수 있어. 자, 달콤한 꿈을 꾸도록 해."

브라이슨은 전등을 끄고 전극이 벗겨지지 않도록 될 수 있는 한 반듯이 누운 채로 있도록 부탁했다. 수면실을 나오자 라트레지가 맞았다. 두 사람은 유리창 너머로 사만다가 굼실굼실하고 편한 자세를 취하려는 것을 바라보았다. 이윽고 그녀는 잠이 들었다.

이 연구실에 와서 얼마 안 되었을 때 브라이슨은 오실로스코프와 MEDIC의 분석에 의존하기 이전에 지금 사용하고 있는 3채널의 것이 아닌 표준적인 6채널의 뇌파계를 사용하고 있었다. 그러나 표준형의 이용 가치는 곧 없어졌다. MEDIC의 작용에 비하면 잉크펜과 그래프 용지는 시대에 뒤진다고 할 수 있었다. 그러나 브라이슨은 표준형 뇌파계를 끌어내어 먼지를 털고 콘솔에 접속했다. 지금은 확실하게 그래프용지에 남는 기록이 필요했다. 결과가 나왔다고 해도 그의 말만으로는 아무도 믿어주지 않기 때문이었다.

브라이슨은 프린트 아웃을 주시했다. 패널의 녹색 램프는 뇌파가 MEDIC에 들어가고 있다는 것을 표시하고 있었다. 몇 분 후, 뇌파계의 펜이 렘수면의 패턴을 기록하기 시작했다. 다시 한 번 사만다의 모습을 보자 눈꺼풀이 경련하고 꿈을 꾸고 있다는 것을 알 수 있었다. 파형이 변하고 그녀는 급속히 깊은 수면에 들어갔다.

그때 지난번의 그 흔들림이 다시 나타났다. 아직 기록하기 시작한 지 얼마 되지 않을 때였다. 브라이슨은 라트레지를 쿡쿡 찔렀다. 전날 얘기하려고 했을 때는 타임이 맞지 않았지만 지금은 그녀도 분명히 보았다. 사만다가 수면에 들어간 순간, 기묘한 표시가 그래프용지에 나타난 것이다. 라트레지는 놀라서 넋을 잃고 있었다. 그러나 그 표시는 브라이슨이 처음 본 것과는 달랐다. 더 진하고 강하게 기록되고 있었고 펜이 거칠게 흔들리고 있었다. 진동은 힘차고 동시에 기록되는 사만다의 세타파와는 확실히 구별할 수 있었다. 흔들림은 불규칙하게 나타났다. 오실로스코프에서 보았을 때는 델타파에 따르고 있는 것 같았으나 지금은 마치 자유의사를 가지고 있는 듯이 어디에도 갑자기 나타나곤 했다.

브라이슨은 전화벨이 울려도 놀라지 않았다.

"언제 시작한 겁니까?"

파트너가 물었다.

"약 20분 전에. 뭔가 이상한 움직임이 나타났나?"

"아닙니다. 특별하게 심각한 문제는 없습니다. 일시적으로 기능이 잠깐 정지했을 뿐입니다. 실험이 시작되고 바로 일어난 것 같습니다. 선생님 연구실에서의 문제가 이 정도로 끝난다면 그런대로 해나갈 수 있을 겁니다."

브라이슨은 약간 유쾌해졌다. 파트너의 얘기를 들으면서 그가 사소한 방해라고 생각하는 그 실체가 얼마나 대단한 것인지 상상도 할 수 없겠지 하고 생각했기 때문이다.

그는 전화를 끊고 유리창 앞에 섰다. 사만다는 한결 쾌적한 모습으로 누워 있었다. 그는 오랫동안 사만다를 바라보았다. 그러는 사이 그녀가 천천히 옆으로 돌아누워 태아와 같은 모양으로 몸을 둥글게 구부렸다.

브라이슨과 라트레지는 서로 얼굴을 마주보았다. 사만다의 손이 복부의 전극을 바싹 누르고 있는 것을 제외하면 별로 이상한 것은 없었는데…….

뭔가가 눈앞에서 일어나고 있었다. 무언가 이해하기 어려운 것이……. 그의 손은 끈적끈적하고 차갑게 느껴졌다. 머리 한구석에 파트너의 질문이 떠올랐다.

'떠 있다.'

'대화를 시작하라.'

뇌파계의 펜이 갑자기 움직이기 시작한 소리에 브라이슨은 깜짝 놀랐다. 그때 사만다의 손에 힘이 빠지고 그녀는 똑바로 누운 자세로 돌아갔다.

잠시 후 눈을 떴다. 브라이슨은 수면실로 들어가서 침대에 걸터앉았다.

"괜찮아, 샘?"

그녀의 눈은 얼빠진 듯한 모양새였다. 그는 가볍게 사만다의 어깨를 흔들었다.

"샘."

서서히 눈동자가 작아지고 그녀는 브라이슨이 옆에 있다는 것을 깨달았다.

"무슨 일이 있어요?"

"글쎄, 똑같은 질문을 당신에게 물으려던 참이야."

"난 괜찮은데 당신의 손이 왜 이렇게 차가워요."

사만다는 그의 손을 뿌리치고 침대에 반듯이 누워서 하품을 했다.

"나, 얼마나 잤죠?"

"많은 시간은 아니야."

"이상하네요. 계속 자고 있었던 것 같은 기분이 들고, 뭔가 당신에게 애기할 게 있는 것 같은데 생각이 나지 않아요. 아, 좀 더 자게 됐으면 좋으련만……."

믿을 수 없는 일

"자연은 동물계의 진전을 받아들였습니다. 필연적으로 진화가 일어납니다."

사만다는 학생들에게 설명했다.

이번 학기 마지막 주에 사만다는 특정한 척추동물이 물에서 살다가 육지로 올라와서 살게 된 것에 대해서 강의하고 있었다. 인간의 선조가 바다에서 올라와 육지에서 살게 된 과정이 연구되고 있었다. 이 분야는 끊임없는 연구에 의해 새로운 학설이 발표되고 있었다. 진화가 계속되고 있다지만 사만다는 동물학 중에서도 이 진화 분야의 강의에는 자신이 있었다. 인간의 등장과 진화라는 과제는 계속적으로 연구되고 있었지만 새로운 학설에 의해 근본적으로 바뀌는 일은 없었다. 그녀는 이 주제로 석사 논문을 쓸 작정이었다.

말솜씨가 좋은 데다 주제를 예리하게 파악하고 있는 그녀였기에 학생들이 집중하지 않을 수 없었다. 학생들은 그녀의 강의를 진지하게 들었는데, 그녀는 아리스토텔레스처럼 교단 주위를 걸으면서 강의하고, 중요한 포인트는 손가락을 흔들어서 강조했다.

강의의 진도는 빠르지만 듣는 사람이 혼란스러울 정도로 빠르지는 않았고, 얘기하는 자세는 주제에 정통한 사람답게 매끄러웠다.

"최초의 육지동물은 기후나 지리적 조건에 의해서 세 그룹으로 나누어졌습니다. 그중에서……."

갑자기 그녀는 입을 다물었다.

강의하는 도중에 갑자기 머릿속이 텅 비어버린 것 같았기 때문이었다. 그녀는 눈살을 찌푸리고 흑판 쪽으로 휙 돌아섰다. 강의 내용을 잊은 것일까? 있을 수 없는 일이었다. 이 주제에 관해서는 훤히 다 알고 있었다. 무엇을 말하려고 했는지도 확실히 알고 있었다. 다만 그것을 말로 옮길 수가 없었다. 막연한, 전혀 관계가 없는 생각이 플래시처럼 반짝 나타나서 집중력을 혼란시켰다. 그러나 갑자기 집중력이 되살아나서 머리가 맑아졌다. 그녀는 학생들 쪽으로 돌아섰다.

"실례."

그녀는 생긋 웃었다.

"기차가 잠깐 탈선했네요. 그런데 아까 말한 것과 같이 가장 중요한 종(種)이……. 그 세 그룹 속에서……. 진화해서……."

사만다는 또다시 입을 다물었다. 내심 자신에게 화가 났다. 교단에 가려서 보이진 않지만 발끝으로 초조하게 마룻바닥을 탁탁 두드리고 있었다. 또 머리가 텅 빈 것이다. 단지 기묘하고 날카로운 소리가 울리고 뜻을 알 수 없는 말이나 생각이 가물가물 떠올랐다. 무엇이 잘못된 것일까? 그녀는 교실을 둘러보았다. 교사의 이상한 태도에 당황과 호기심으로 뭔가 묻고 싶은 듯한 무수한 눈들이 주시하고 있었다. 얼굴이 화끈해졌다. 이런 일은 처음이었다. 어색하고 부끄러운 기분이었다. 몇 년 전에 댄스교습을 받았을 때와 같았다.

마침내 교실 뒤쪽에서 킥킥거리며 웃는 소리가 들려왔다. 순식간에 수군거리는 소리가 교실 안으로 퍼져갔다.

"미안해요. 오늘은 여기서 마치겠어요."

그녀는 더 이상 설명을 하지 않았다.

자신도 설명할 수가 없었다. 완전히 혼란된 상태였다. 학생들이 교실에서 우르르 나가는 동안 사만다는 눈을 마주치지 않으려고 노트를 훌훌 넘겼다. 그런데도 멀리서 자신의 얘기로 속삭이는 소리가 귀에 들려왔다.

'바보 같으니라고!' 하고 사만다는 중얼거렸다. 23살에 망령을 부리다니 너무 이르다. 며칠 전부터 가끔 이상했다. 하지만 아까처럼 오래 애먹인 적은 처음이었다. 임신 중의 울병이라든가 산후 우울증은 들은 적이 있지만 이런 것은 정말 어처구니없었다.

사만다는 짐을 챙겨서 의학부 도서관으로 서둘러 갔다. 부인과 텍스트 2권과 정신의학의 두꺼운 학술서를 찾아냈다. 그리고 조용한 도서관 한 모퉁이에서 임신부 특유의 정신적인 변화에 대해 읽었다. 예상했던 대로 임신으로 야기되는 정신적인 변화는 사소한 기벽(奇癖)에서 심각한 신경장애까지 여러 가지가 있었다. 기분이나 견해, 그리고 태도의 변화는 전형적이라고 할 수 있었다. 생각하는 뇌의 기능에 이상을 초래하는 증례도 몇 가지 보고되었고, 극히 가벼운 뇌부종이나 분비되는 물질의 불균형에 의해서 발병한다고 되어 있었다. 이상한 꿈을 꾸는 것도 흔히 있는 일이었다.

그녀는 브라이슨에게 전화를 걸어서 점심 약속을 했다. 도서관을 나오는 사만다의 발걸음은 아까보다 훨씬 여유가 있었다. 그녀는 점심시간의 혼잡한 틈을 빠져나와 병원 현관에 당도했다. 식당에 들어가자 자리에 앉아 있던 브라이슨이 손짓했다.

두 사람은 주문을 했다. 사만다는 아직 교실에서의 사건을 얘기하고 싶은 마음이 없었다. 임신에 따르기 마련인 정상적인 현상인지도 모르기 때문이었다. 브라이슨은 대화를 이끌어 가면서 뇌파, 특히 사만다의 뇌파에 대해서 상세하게 설명했다.

"당신이 어제 말한 거, 아직 믿을 수 없어요. 형태도 없는 조그만 세포 덩어리가 뇌파 작용을 하다니……."

사만다는 포크와 칼로 고기를 자르기도 하고 아스파라거스를 건드리면서 말했다.

"형태가 없다니 당치않은 소리. 3개월째에 들어서게 되면 불완전하지만 이목구비가 생겨. 사실 이 시기는 몸의 다른 부분 이상으로 뇌가 발달해 있기 마련이야. 게다가 나는 두뇌가 작용하고 있다고 말하지는 않았어. 그럴 수도 있다고 말했을 뿐이라고."

"어쨌든 상관없어요. 그래서 태아가 꿈을 꾼다고 생각하는 거예요, 아니라고 생각하는 거예요?"

"신경의 전기활동이 있다는 건 확실하다고 생각해."

"그건 대답이 될 수 없어요."

"나는 과학자지, 예언자는 아니야. 꿈을 꾸는 것과 비슷한 활동이 있다는 건 알고 있지만 아직 단언할 순 없어. 앞으로 1, 2주 정도 지나서 좀 더 데이터가 모인 다음이 아니면 말이야. 오늘 아침, 컴퓨터의 분석으로는 렘수면 같은 패턴이 있다는 것을 알았을 뿐이야. 자, 당신이 얘기할 차례야. 어떤 꿈을 꿨지?"

"이상한 거예요. 오늘 아침에 눈을 떴을 때는 밤사이에 꾼 꿈이라고 생각했어요. 하지만 생각하면 할수록 수면실험 하는 동안에 일어난 일 같은 느낌이 들게 됐어요."

"어떤 꿈인데?"

"깊은 계곡에서 벼랑을 올려다보고 있는 거예요. 내가 서 있는 곳은 용소였는데 물이 없었어요. 그런데 벼랑 위에서 나를 향해서 폭포가 쏟아져 내렸어요. 하지만 물이 아니라 숫자나 글자가 폭포가 되어 쏟아져 내렸어요. 내가 그것을 쳐다보고 있는데 그 폭포가 내가 서 있는 곳으로 쏟아져 내려서 눈이 떠진 거예요."

"분명히 섹스 꿈이군."

"어떻게?"

"소위 '계곡의 물'이란 꿈이야. 아무래도 프로이트의 정신분석 이론에 나오는 것 같지 않나. 그 계곡이 혹시 털과 같은 나무들로 덮여 있지는 않았나?"

"그만하면 됐어요."

그녀는 마음이 훨씬 편해졌다.

"난 정신분석이 전문은 아니니까 말이야."

브라이슨은 시계를 보았다.

"자, 대강하지. 시간에 늦겠다."

갑자기 공복감이 느껴진 사만다는 브라이슨이 남긴 햄버거를 집어 들었다.

"그럼, 나중에 만나."

브라이슨은 그녀가 식당 문을 열고 나가는 것을 지켜보았다. 그녀는 자신만만하게 신바람이 난 듯이 걷고 있었다. 모처럼 쾌활한 기분을 상하게 하고 싶지 않아서 그는 막연하게 느낀 불안을 말하지 않았다. 어쨌든 자신이 무엇을 걱정하고 있는지를 알 수 없었고 사만다의 수면실험에서 어떤 불미한 점이 일어나지 않도록 주의를 하고 있었다. 뭔가 일어난다고 해도 논리적인 설명을 할 수 있을 것이고 그것을 그녀에게 얘기할 시간은 충분히 있었다.

사만다의 저녁 수면실험을 하다 보니 분주하게 2주가 지났다. 처음에는 마음에 내키지 않아 하던 그녀도 마침내 열심히 따르게 되었다. 그녀가 너무 열심히 나서는 바람에 브라이슨은 도리어 당황했다. 사만다는 수면실험에 잘 적응하고 있었다. 여름방학이 시작되었기 때문에 시간적으로 여유가 있는 그녀는 매일 정확히 3시 45분이면 찾아왔다.

그녀는 브라이슨이나 라트레지와 잡담을 하다가 4시에 수면실로 들어가면 6시 정각에 잠에서 깼다. 그녀는 침대에서 일어났을 때 멍하니 있을 때도 있지만 곧 원기를 회복하고 돌아갔다.

사만다와 브라이슨은 일주일에 몇 번은 함께 밤을 지냈다. 처음의 친밀한 마음을 유지하면서 두 사람의 관계는 따뜻하고 깊어져 갔다. 그는 생각 이상으로 그녀에게 마음이 끌려 있었고 함께 있을 때의 그녀의 쾌활한 모습을 보고는 그 자신도 똑같은 마음임을 전달하고 싶었다.

두 사람의 경우는 고용자와 고용인, 교수와 학생이라는 관계가 있기 때문에 단순한 연인 관계라고 할 수는 없었다. 그녀가 임신하고 있다는 것이 관계를 더욱 복잡하게 만들었다. 두 사람 모두가 장래에 대해서는 생각지 않고 단순히 지금 즐기는 것에 의견이 일치하고 있었다. 아기가 태어나면 두 사람에게 결정적인 영향을 주게 되리라는 것은 알고 있었다.

사만다의 뇌파 기록에 나타나는 검고 거친 표시는 그녀의 기본 흔들림을 넘는 뚜렷한 진동이 돼 있었고, 뇌파 기록상에 뚜렷하게 보였다. 사만다는 매일, 똑같이 복부를 누르고 몸을 둥글게 구부리는 자세를 하곤 했다. 처음에는 그런 자세가 몇 분에 그쳤지만 나중에는 1시간 반 이상이나 그 자세가 계속되었다.

브라이슨은 그녀가 태아와 같은 자세를 취할 때마다 뇌파계의 펜이 움직이지 않는다는 것을 깨달았다. 그것이 무엇을 의미하는지는 모르지만 역시 걱정이 되었다. 그 현상이 일어날 때마다 뭔가가 역류하고 있는 것 같은 느낌을 받았다. 그는 그것이 너무도 이상해서 라트레지에게도 털어놓지 못하고 있었다.

MEDIC에 의한 분석도 태아가 꿈을 꾸고 있을 것이라는 것을 확인하는 것 외에는 별로 설명하는 것이 없었다. 컴퓨터는 그 진동을 '렘수면 패턴, 비전형적, 불명확'이라고 평가하는데 불과했다. 브라이슨은 좀 더 진전된 분석이 나오기를 원했으나 MEDIC의 프로그램으로는 이 이상의 회답을 바랄 수 없다는 것도 알고 있었다. 그 이상의 것을 바란다는 것은 기계의 한계를 넘어선 것이다. 다만 전에 파트너가 MEDIC의 기능이 중단되었다고 한 말이 마음에 걸렸다.

2주째가 끝날 무렵, 브라이슨은 컴퓨터실에 전화해서 다시 한 번 파트너와 얘기를 했다. 파트너가 말한 MEDIC의 '장애'에 관해서 좀 더 상세하게 알고 싶었기 때문이다. 파트너는 MEDIC이 관계없는 사항을 논리적으로 처리하는 능력에 관해 설명해주었다. 프로이트 프로그램의 개발에 대해서, 그리고 MEDIC의 '장애'가 수면 연구실에서 발하고 있는 신호와 관계가 있다는 것을 알게 되었다는 것도 얘기했다. 그런데 장애가 일어난 후 MEDIC의 작용이 매일 의례적으로 이상해진다는 것이었다.

"전의 그 '떠 있다'와 같은 엉뚱한 프린트 아웃이 다른 연구에서도 있었나?"

브라이슨이 물었다.

"아니 전혀 없습니다. 다만 한 가지만 가르쳐 주십시오. 컴퓨터가 매일 이상해지는 원인에 대해 짚이는 데가 없습니까? 예를 들어 뭔가 새로운 실험을 시작했다든가 하는……."

"짚이는 데가 없는데."

브라이슨은 거짓말을 했다.

"기대했었는데 말입니다. MEDIC의 못된 장난 덕분에 우리 감독관이 화가 나 있습니다. 2주 전과 같은 장애가 다시 일어나면 정보 처리부의 부장한테 말해서 선생님의 실험실과의 접속을 끊어버릴지도 모른다는 생각이 들어서요."

"감독관의 이름은?"

"로버트."

"얘기해볼게."

감독관과의 의논은 별로 기분 좋은 것이 아니었다. 로버트는 수면 연구실로부터 일어나는 MEDIC의 장애에 더 이상 방치할 수 없다는 점을 분명히 했다. 이미 중대한 고장이 한 번 일어난 데다 지금도 일부 유닛이 이상한 반응을 보이고 있었다. 브라이슨이 자신의 프린트 아웃을 프로이트로 분석해보면 어떻겠느냐고 제안하자 로버트는 이상한 정신분석 따위에 귀중한 시간과 노력을 들이는 것은 소용없는 짓이라며 거절했다.

뭔가 이유가 있을 것이라고 브라이슨은 생각했지만 컴퓨터실의 협력은 거의 기대할 수 없었다. 그는 로즈마리 라트레지가 커피를 준비하는 것을 바라보고 있었다. 그녀는 우수한 조수였다. 유능하고 예의바르고, 남의 일은 알려고 하지 않는 성격이었다. 그 흔들림의 수수께끼를 서로 나눠 가지고 있는데도 그 이상은 결코 설명을 요구하지 않았다. 지금까지 알게 된 것을 이제 그녀에게 상세하게 알려야겠다고 생각했다.

브라이슨은 그녀에게 의자를 권했다. 그는 커피를 마시면서 요 2주일 사이에 일어난 일을 얘기했다. 라트레지는 대강은 알고 있으니 상세한 것을 보충해주기만 하면 되었다. 그는 맥퍼슨의 얘기와 도서관에서 읽은 학설을 응용할 수 있을 것 같다는 얘기를 하고 다시 자신의 발견에 숨겨진 가능성을 생각하고는 흥분을 느꼈다. 브라이슨은 될 수 있는 한 그 기분을 억제하면서 이상한 뇌파에 관한 자신의 생각이나 태아 연구 목적에 대해서 설명했다.

다시 기묘한 컴퓨터의 장애, 컴퓨터의 분석 결과, 수면 중에 사만다가 태아처럼 자세를 취할 때 뇌파계의 펜이 멈추는 것에 대해서 얘기했다. 그것은 그가 불안을 품고 있는 현상이었다.

"아무튼 목적했던 것은 실증되었잖아요. 태아가 꿈을 꾼다는 확신은 얻어진 모양인데요. 어떤 꿈이든 간에 말이에요."

"로지, 어떤 꿈을 꾸는가는 결코 알 수 없을 거야. 그런데 앞으로 약 2개월간에 걸쳐 발육 중의 태아의 기준이 되는 뇌파 패턴을 확립할 수 있다고 생각해. 그저 마음에 걸리는 것은 사만다가 몸의 자세를 둥글게 굽히는 거야. 그것이 뭔지, 왜 그런지는 모르지만 태아와 같은 자세를 취하고 있는 동안에는 뇌파계의 펜이 멈추고 그것이 그녀에게 어떤 영향을 미치고 있는 게 아닌가 하는 생각이 들어. 잠을 깼을 때의 표정이 정신 나간 사람처럼 몹시 멍해 보이거든. 사만다에게나 태아에게나 해가 미치는 일은 하고 싶지 않아."

"직업상의 흥미만은 아닌 것 같군요?"

브라이슨은 미소 지었다.

"그녀는 좋은 여자야, 로지!"

"수면 중에 몸을 둥글게 굽힌다는 얘기를 사만다에게 했어요?"

"아직 안 했어. 괜히 걱정만 시킬 뿐이니까."

"사만다를 과소평가하고 계시는군요. 그녀는 대단히 자립심이 강한 아가씨 같아요. 틀림없이 잘 극복할 거예요."

"극복하다니, 무엇을? 알고 있는 건 태아가 강력한 뇌파로 인한 자극을 컴퓨터로 보내고 있어서 그 때문에 컴퓨터의 기능이 장애를 일으키고 있다는 것뿐이야. 사만다의 자세가 무엇을 의미하는지는 모르지만 걱정이야. 잠을 깼을 때의 표정 탓만은 아니야. 뭔가 다른 일이 일어나고 있는 것같이 생각되기 때문이지. 하지만 그것이 뭔지 알 수가 없어."

라트레지는 생긋 웃고 그를 위로했다.

"아무튼 얘기해보면 어떨까요? 그 애가 답을 가르쳐 줄지도 모르잖아요."

사만다가 런닝 팬츠에 낙낙한 트레이닝 복을 입고 수면실험을 받으러 왔다. 땀에 흠뻑 젖어 있지만 피로해 있는 것 같지는 않았다. 얼굴도 윤기가 나는 게 건강해보였다.

"조깅한다는 건 몰랐어요."

라트레지가 말했다.

"훨씬 전부터 하고 있었는데 요즘에 와서는 페이스가 오르게 됐어요. 아주 상쾌해요."

"얼마나 뛰어요?"

"생물학 실험실에서 여기까지 한 5마일 정도요."

"많이 뛰네요."

"생각보다 대단한 건 아녜요. 스피드나 거리도 의외로 간단히 늘려갈 수 있는 걸요."

브라이슨이 클리닉에서 돌아왔다. 그는 사만다의 복장을 보고 뭔가 물어보고 싶어하는 듯한 웃음을 띠었다.

"올림픽이라도 나갈 거야?"

"웃지 말아요. 언제라도 당신한테 지지 않아요."

"사만다가 조깅을 하고 있대요."

라트레지가 말참견을 했다.

"주치의가 뛰어도 괜찮다고 하던가?"

"적당한 운동은 해도 좋대요."

사만다는 일어나서 하품을 하고 수면실의 문을 열었다.

"달리고 난 후의 낮잠은 최고예요."

"뛰어도 뱃속의 아기에게 해가 없다는 것을 어떻게 알지? 내가 아는 지식으로는 임신부는 좀 더 가만히 있는 것인데……."

"그건 터무니없어요. 첫째, 당신이 알고 있는 임신부가 몇 명이나 되죠? 산부인과의 문헌을 봐도 적당한 운동이 정상 임신부에게 나쁜 영향을 미친다는 보고는 없어요. 도리어 그 반대가 아닐까요? 순환기계의 기능을 올리게 되니 자궁의 혈액순환이 잘 돼서 태아 발육을 조장할지도 몰라요. 그럼 6시에 다시 만나요."

사만다는 문을 닫았다.

브라이슨과 라트레지는 놀라움과 불안한 눈으로 마주보았다. 수면실에서는 사만다가 옷을 갈아입고 전극을 붙였다. 그녀는 침대에 눕자마자 곧바로 잠이 들었다.

"우리 언니는 아이를 셋이나 낳았는데 수영도 안 된다고 의사가 말했대요. 세상 많이 변했군요."

"그렇지만도 않아."

"임신 중의 운동에 대해서 어디서 그런 지식을 얻었을까요?"

브라이슨은 라트레지와 똑같은 생각이 들어 마음에 걸렸다.

혼란 속 로맨스

그녀가 침실에 혼자 있을 때, 복통이 시작했다.

처음에는 불규칙하고 가벼운 생리통 같은 느낌이었다. 그녀는 새하얀 벽을 바라보았다. 빨간 얼룩이 벽 한복판에 나타나 퍼져갔다. 강한 통증이 갑자기 몰려와서 그녀는 몸을 구부렸다가 침대 끝까지 굴러가서 비틀비틀 일어났다. 다리는 납덩어리처럼 무겁고 허벅지에는 힘이 없었다.

출혈이 시작되었다. 빨간 피가 허벅지를 타고 흘러내렸다. 옆방에 있는 브라이슨에게 도움을 청하려고 입을 열었으나 말이 나오지 않았다. 움직이는 것도 용이하지 않았다. 발걸음은 불안하고 마비된 것 같아서 무거운 다리를 질질 끌었다.

카펫에는 핏자국이 묻어 있었다. 창자를 꽉 잡는 듯한 둔한 통증이 오고 피가 왈칵 뿜어져 나왔다. 피에 섞여서 커다란 살구 크기의 끈적끈적한 덩어리가 흘러 나왔다. 뭔가가 쏟아져 내려서 억제할 수 없는 압력으로 질을 부풀게 했는가 하면 보라색 자루 모양의 묵직한 것이 튀어나와서 카펫 위에 떨어졌다.

'내 아기.'

그녀는 소리 없이 울었다. 아이는 물속에서 날뛰며 얇은 자루를 찢었다. 자루가 찢어지자 악취 나는 갈색 액체가 흘러 바닥을 적셨다. 손을 뻗으려고 했지만 그럴 만한 힘도 없었다. 그것이 그녀를 향해 기어왔다. 그녀는 점점 무서워져서 눈을 크게 떴다. 징그럽게 부푼 보기 흉한 것이었다. 발끝으로 육박해왔다. 떼어 놓으려고 해도 꼼짝도 하지 않았다. 발에 기어 올라왔다. 무서운 괴물은 미끄러지듯이 발목으로 향했다. 뼈까지 파고들었고 물듯이, 핥듯이 하다가 나중에는 거칠게 살을 찢었다. 고문당하는 듯한 고통 때문에 목소리를 겨우 되찾아 외칠 수가 있었다. 길고 날카로운 비명이었다.

"샘, 샘!"

브라이슨은 사만다의 어깨를 흔들었다. 그녀는 의식이 없는 상태에서 눈을 뜨고 그를 보았다. 브라이슨이 가볍게 볼을 두드렸다.

"눈 떠봐, 샘!"

사만다는 브라이슨이라는 것을 알고 두 팔로 그의 목을 휘감았다. 떨면서 매달리더니 마침내 울기 시작했다. 안도의 숨을 내쉬며 그녀는 그의 가슴에서 흐느껴 울었다.

"괜찮아, 괜찮아. 꿈을 꾼 거야."

브라이슨은 달래듯이 그녀의 등을 쓰다듬었다.

잠시 후 눈물이 멎자 그녀는 살며시 떨어졌다. 티슈 상자가 나이트 테이블 위에 있었다. 그녀는 코를 풀고 반듯이 누워서 한숨을 쉬었다.

"무서운 꿈, 이런 악몽은 어릴 때 이후로 처음 꾸는 거예요."

"무슨 꿈인데?"

사만다는 자신의 복부에 손을 댔다. 바로 치골 위 언저리부터 부드럽고 둥글게 부풀어 있었다.

"아기를 잃어버리는 꿈을 꾸었어요. 출혈이 시작되고 유산……. 하지만 그것이 아기가 아니라……. 아, 이러고 있을 수가 없어요."

그녀는 시트를 걷어버리고 침대에서 내려왔다.

"어디 갈 건데?"

"바람 좀 쐬고 싶어요."

브라이슨은 시계를 보았다.

"벌써 2시야."

"상관없어요. 머리를 맑게 해야 돼요."

"같이 가자."

간단히 옷을 갈아입었다. 브라이슨이 방갈로 문을 잠갔고 두 사람은 맨발로 해변가를 걷기 시작했다. 여름밤의 만월이 백사장을 비추고 있었다. 여름바캉스 시즌이라고는 하지만 평일의 휴양지에는 사람이 적어서 모래사장은 쓸쓸했다.

사만다는 파도가 밀려오는 곳까지 걸어갔다. 파도가 발목 언저리에서 소용돌이 치고 발이 젖은 모래에 묻혔다.

"산 채로 나를 먹으려고 했어요."

"꿈속에서?"

그녀는 대답하지 않고 먼 바다를 바라보고 있었다. 브라이슨이 어깨를 끌어안았다. 먼 바다에서 전해오는 파도 소리는 자장가와 같았다. 그녀는 브라이슨에게 몸을 맡겼다.

"여기서 곧장 가면 어디죠?"

"글쎄. 에스파냐? 북 아프리카가 될까?"

"수영하고 올게요."

"물이 차."

"상관없어요. 함께 할래요?"

"사양하겠어. 하늘을 나는 게 낫지. '조스'를 기억하고 있나?"

사만다는 대답 대신 생긋이 웃고 옷을 벗어 던지고는 바다로 뛰어들었다. 허벅지까지 물이 잠기자 그녀는 유유히 파도를 헤치며 헤엄쳐 나갔다.

브라이슨은 주머니에 손을 넣고 그녀가 헤엄치는 것을 바라보고 있었다. 그녀의 크롤은 힘이 있었고, 하얀 파도를 미끄러지듯이 나아갔다. 매끄러운 어깨가 달빛에 비쳤다.

15분쯤 지나서 그녀는 허리 깊이쯤에서 일어나 그가 있는 모래사장을 향해 걸어왔다. 브라이슨은 그녀의 윤기 나는 몸을 넋을 잃고 바라보았다. 처음 만났을 때는 다소 여위었었는데, 임신 4개월이 가까워진 지금은 좀 더 부드럽고 둥그스름한 모양을 띠고 있어서 한눈에 임신하고 있음을 알 수 있었다. 어깨와 턱에서 물이 방울져 떨어졌다. 최근에 열심히 운동을 하고 있어서인지 몸이 날씬하고 탄력이 있어 보였다. 통통한 유방은 위를 향해 있었는데 날이 갈수록 둥글고 팽팽해지는 느낌이었고, 달밤의 차가운 공기 덕분에 젖꼭지가 딱딱하게 돌출해 있었다.

사만다는 몸이 닿을 듯한 곳까지 와서 멈추더니 상대의 눈을 들여다보았다. 그녀는 브라이슨의 손을 주머니에서 빼어 자기 가슴에 가져다 대고 가만히 눌렀다. 그러고는 그의 손가락에 가슴을 밀어대며 천천히 몸을 비꼬았다. 목의 깊숙한 곳에서 신음하듯 속삭이는 소리가 새어 나왔다.

"하고 싶어."

브라이슨은 그녀의 목덜미에 키스하고 손바닥으로 유방을 비볐다. 사만다는 지퍼를 내리고 브라이슨의 바지를 허리까지 내렸다.

모래는 아직 따뜻했다. 그녀가 그의 무릎에 걸터앉자 차가운 소금물이 젖은 머리에서 그의 가슴 위에 떨어졌다. 그녀는 매끈한 몸에 그를 맞아들였다. 몸을 좌우로 움직이자 젖꼭지 끝이 그의 입술을 살짝 스쳤다.

격한 흥분을 느끼며 그녀가 거칠게 움직이는 사이, 계속 가슴에 얼굴을 묻고 있었다. 그녀의 몸이 몇 번인가 조금씩 떨고 있었고, 그때마다 '아아' 하는 희미한 소리가 새어 나왔다.

두 사람은 이윽고 반듯이 누웠다.

"어릴 때 무서운 꿈을 꾸면 어머니가 코코아를 타줬어요."

브라이슨이 킥킥 하고 웃다가 큰소리로 웃었다. 사만다도 따라서 눈물을 흘리면서 웃었다. 두 사람은 뒹굴면서 부드럽게 껴안았다. 곧 웃음이 그치고 둘은 가만히 누웠다.

"좀 더 힘껏 안아줘요, 존."

그는 힘껏 껴안으며 그녀의 이마에 코를 비벼댔다. 그녀가 몸을 떨기 시작했다.

"춥나?"

"아뇨, 무서워서 그래요."

"꿈 탓인가?"

"돌아가요."

두 사람은 손을 잡고 모래 위를 걸어 방갈로로 향했다.

"내가 생각하고 있는 것이 옳다고 생각해요?"

"연구실에서 일하고 있는 거?"

"아니, 그건 괜찮을 것 같아요. 아기 낳는 것 말이에요."

"이제 와서 그런 소릴 묻다니 이상하군."

"지금까진 망설이지 않았어요."

"뭘, 괜찮아. 뭐가 그렇게 걱정이야?"

"아무것도 아녜요. 이것저것 점점 갈수록 망설여져요. 가끔 여기가 이상한 게 아닌가 하고 생각할 때가 있어요."

그녀는 자기 이마를 가리켰다.

"머릿속에서 내가 뭘 생각하고 있는지 모를 때가 있어요. 여러 가지 생각이 뒤엉켰다가 뭔가가 갑자기 떠오르는 거예요."

"예를 들면 어떤?"

"예를 들면……. 잠깐만 기다리세요."

사만다는 발을 멈추고 눈꺼풀을 두 손으로 눌렀다.

"예를 들면 태반의 막 내에서의 산소 침투도는 평균 65~75라고 추정되고 있는데 운동이나 식사, 표고의 변화에 따라서 늘릴 수 있어요. 이거 알고 있었어요?"

"물론 초등학교에서 배웠지."

"그렇게 일찍!"

"미안. 어떤 강좌에서 듣고 기억하는 게 아닐까. 인간의 뇌는 놀랄 만큼 회상력을 갖추고 있으니까."

사만다는 턱을 떨었다.

"그럼."

그녀는 다시 목소리가 커지면서 말을 이었다.

"태아의 뇌는 18주째까지 뉴런 및 시냅스의 발달이 가장 활발한데 중국의 연구학자에 의하면 실험동물에 있어서 그 발달 과정은 리보핵산의 섭취량을 증가함으로써 촉진할 수 있다는 거예요!"

브라이슨의 웃음이 사라졌다.

방갈로에 당도하자 그가 문을 열었다. 그는 사만다의 어깨를 잡고 말했다.

"이봐, 샘. 당신이 어디서 그런 것을 익혔는지, 또 어떻게 그런 지식이 머리에 떠오르는 것인지 모르겠어. 임신부 특유의 현상인지도 모르겠고. 그리고 아기를 낳는 것이 옳은지 어떤지는 내가 판단할 수는 없어."

사만다는 몸을 빼고 고개를 저었다.

"지식의 문제만은 아녜요. 이런 지식이 머리에 떠올라도 그다지 신경 쓰이지 않아요. 좀 더 다른 게 있어요. 가끔 뭘 잊고 다니는 일이 많아지고 아까처럼 터무니없는 꿈……. 게다가 지난주에 주치의가 뭐라고 했는지 아세요?"

"진찰받았다는 소리는 듣지 못했는데."

"지난달에 진찰했을 때도 얘기하지 않았어요. 당신과는 관계가 없는 일이니까요. 하지만 지금은 당신한테도 얘기해줘야겠다는 생각이 들어요."

"뭐라고 했지?"

"아이가 임신 5개월 크기래요."

"뭐?"

"아이가 임신 5개월 크기래요!"

"그게 있을 수 있는 일인가?"

"절대로 있을 수 없어요."

그녀는 분명하게 고개를 저었다.

"마지막으로 생리가 있었던 날짜는 정확해요. 시계처럼 정확하니까요."

"그렇다면 이해하기가 어렵군."

"그 자리에서 검사를 해봤어요. 초음파를 사용해서 태아의 모습을 비쳐내는 그거 말예요."

브라이슨은 고개를 끄덕였다.

"그거라면 잘 알고 있어."

"처음에 선생님은 쌍둥이가 아닌가 하고 생각한 모양이에요. 하지만 소나그램으로 보니 쌍둥이가 아니었어요. 태아의 머리가 임신 5개월 크기라는 거예요."

"다시 말해서 당신의 아이는 큰 거야. 그게 어떻다는 건가?"

"그렇지가 않아요! 다른 부분은 보통 임신 4개월 크기래요! 머리만, 머리만 크다는 거예요!"

맑게 갠 여름밤의 대기 속에서 그녀의 말은 거친 폭풍과 같은 충격을 브라이슨에게 안겨주었다.

그녀는 그의 팔을 베고 겨우 잠들었다. 브라이슨은 눈을 뜬 채로 지금까지의 일들을 뒤돌아보았다. 사만다와 알게 된 지 2개월도 채 못 되지만 두 사람은 이미 깊고 복잡한 관계가 되었다.

두 사람 사이의 진전은 확실히 너무 빨랐다. 그녀를 지켜주고 싶은 마음이 강하게 생겨났다. 그러자 그녀가 말한 의사의 진단이 마음에 걸렸다. 그렇다고 그녀의 결단에 영향을 줄 만한 일을 할 마음은 없었다. 옳고 그른 것을 따지는 것이 아니라 그녀로서 어떻게 하는 것이 가장 좋은가 하는 문제였다. 그 판단을 내리는 것은 본인뿐이었다.

만약 내일이라도 그녀가 중절하고 싶다고 한다면 막을 생각은 없었다. 8주간의 뇌파 기록만으로도 충분한 데이터를 얻을 수 있고 과학적으로 사리에 맞는 논문을 쓸 수 있었다. MEDIC의 기능에 '장애'를 일으키고 있는 것에 대해서 얘기하면 도리어 그녀의 불안만 더할 것 같아서 하지 말아야겠다고 생각했다.

사만다는 여름 방학을 이용해서 연구실 일을 거들고 있었다. 연구조수로서의 수당은 주고 있지만 그녀의 활약은 그 이상이었다. 관리능력도 결단력도 있었다. 그녀가 다른 피험자의 수면실험을 관리해주는 덕분에 라트레지는 산더미와 같은 서류에서 해방되었다. 뇌파 기록과 독해의 복잡한 요소를 습득하고 나서는 조수로서의 귀중한 존재가 되었다.

매일 아침 함께 뇌파 기록을 검토하는데 그녀가 보지 않는 것은 자신의 뇌파 기록뿐이었다. 그건 약속이 돼 있기 때문이었다. 그녀는 이미 보통 의사보다도 훨씬 많은 것을 알고 있었다.

지금 브라이슨은 사만다를 진심으로 걱정하고 있었다. 운동을 계속하고 있는 것이라든가 거의 단백질만의 식사에 구애되고 있는 것이 마음에 걸렸다. 그녀가 전문적인 지식을 입에 담았을 때 뭔가 그럴 마음이 없는데도 억지로 말하고 있는 듯한 인상을 받았다. 그리고 태아가 이상한 속도로 성장하고 있다는 얘기에는 섬뜩했다. 브라이슨은 눈을 감고 곰곰이 생각했다.

모래사장에서 방으로 돌아왔을 때 브라이슨은 평정을 유지하려고 애썼다. 사만다는 히스테리를 일으킬 것 같은 상태에 있었으므로 위로해줄 수 있는 사람은 자신밖에 없었다.

"이 단계에서는 태아의 머리는 몸에 비해 큰 게 보통이야."

"아녜요. 뭔가 이상한 거예요. 절대로! 안심시키려 하지 말아요, 존! 너무 걱정돼서 어떻게 해야 할지 모르겠어요. 왜 의사라면서 사실을 말해주지 않는 거죠?"

당장에라도 눈물이 쏟아질 것 같았다. 그는 다시 한 번 어깨를 잡고 그녀를 끌어안고는 머리를 어루만져 주었다.

"샘, 쓸데없는 걱정은 그만 해. 당신은 대단치도 않은 정보를 가지고 저주받은 모래성을 쌓아 올리고 있는 거야."

"하지만 예를 들어 아기 머리에 이상이 있다든가 뇌에 장애가 있다면? 만약 뇌수종이라면? 의사는 뭔가 이상을 알아채고 있는데도 내가 충격을 받을까 봐 잠자코 있는 거예요!"

그녀는 흐느껴 울기 시작했다.

"못 견디겠어요, 존. 너무 무서워요!"

그는 사만다의 몸이 떨리는 것이 멈출 때까지 꼭 껴안았다.

"바보로군, 샘. 스스로 자신을 신경쇠약으로 몰아넣을 건가? 이런 검사에는 오차가 있는 법이야. 기계조절이 잘못되었던 건 아닐까?"

"그래서, 내가 어떻게 하면 되는 거죠?"

"우선 걱정하는 것은 그만둬. 당신의 임신에는 아무 이상도 없어. 그리고 적어도 다시 한 번 검사를 받는 거야. 아니면 다른 의사한테 진찰을 받아보든가. 어떤 의사라도 실수는 있는 법이니까."

사만다는 그의 손을 부푼 복부에 갖다 댔다.

"사실을 말해줘요, 임신 4개월 같아요? 아니면 5개월……?"

"10년 전에 산부인과 실습을 2개월 했을 뿐이야. 당신이 임신하고 있는지 아닌지도 모른다고."

"이 속에 뭐가 들어 있다고 생각해요? 멜론?"

"과일도 내 전문 밖인걸."

"대단한 의사님!"

브라이슨은 그녀를 껴안았다.

"당신이 만난 최고의 의사지."

사만다에게 일어나고 있는 수수께끼를 풀기 위해서 그는 신경을 쓰고 있었다. 그는 이미 로지가 말한 대로였다. 객관성을 잃고 있었다. 태아가 꿈을 꾼다는 것을 안 것으로 목적은 달성되었다. 때문에 그 시점에서 즉시 샘의 수면실험을 중지할 수도 있었다. 그만한 데이터가 있으면 앞으로 10년 정도는 보조금에 곤란을 받지 않을 만큼 설득력 있고 훌륭한 논문을 쓸 수 있었다.

그러나 사만다의 몸에 일어나고 있는 기묘한 현상이 마음에 걸려 견딜 수가 없었다. 수면실험을 계속하는 것이 그녀의 증상이나 변한 행동에 영향을 미칠 이유는 찾아볼 수 없었다. 도리어 계속함으로써 의문에 대한 회답은 낼 수 없더라도 적절한 질문은 할 수 있게 될지도 모른다고 생각했다.

브라이슨은 사만다의 어깨 밑에서 살며시 팔을 뺐다. 어느덧 잠잘 시간이 되어 있었다. 하룻밤 새에 너무 이것저것 걱정했다고 생각되었다. 그는 다시 한 번 그녀를 바라보고 나서 눈을 감았다. 그녀를 지켜주고 싶은 간절한 생각은 과학이나 이론을 능가하고 있었다. 아버지가 딸에게 마음을 쓰듯이 깊이깊이 그녀를 사랑하고 있었다. 공평무사한 과학자의 마음은 어디로 가버리고 만 것일까?

사만다에게 가장 필요한 것은 위로와 안정이었다. 그는 추측에 근거를 둔 의견 같은 것이 아니라 그 자리에 있으면서 힘이 되어줄 작정이었다.

수마가 서서히 다가왔다. 그러나 걱정거리 따위는 아무래도 상관없었다. 두 사람의 휴가는 앞으로 이틀 남아 있었다. 어떻게든 사만다에게 최고의 이틀을 만끽할 수 있도록 해줘야겠다고 생각했다.

장애의 원인

브라이슨의 피부는 자연스럽게 햇볕에 탔다. 그런 그의 피부에서는 양복에 맞추어 수수한 넥타이를 고르는 것 같은 느낌을 받을 수 있었다. 라트레지는 연구실로 돌아온 브라이슨의 건강한 모습을 보고 마치 아들을 자랑스럽게 생각하는 어머니처럼 따뜻한 미소로 맞았다.

두 사람은 커피를 마시면서 잡담했다. 그녀는 해변에서의 휴가에 대해서 묻고, 그는 부재중의 연구실 상황을 물었다. 하지만 브라이슨은 상대가 뭔가 말하기 꺼려하는 듯한 인상을 받았다. 역시 그가 커피를 다 마시고 안정을 갖자 라트레지가 말을 계속했다.

"휴가하기에는 최고의 타이밍이었어요. 나로서는 최악이었지만. 바다로 떠나던 날 난리가 났었어요."

"심각한 일이었나?"

"상당히……. 선생님이 여기를 나선 지 10분도 채 안돼서 전화가 걸려왔어요. 컴퓨터실의 감독관인 로버트 씨한테서 말이에요. 잔뜩 골이 났더군요. '이번만은 가만 있을 수 없다. 브라이슨을 바꿔라.' 1주일간 휴가라고 해도 믿지 않는 거예요. 그동안 매일 전화를 해왔으니까요. '휴가에서 돌아오면 전화 걸도록 전하겠어요.' 하는 것이 고작이었어요."

"무슨 일인지는 말하지 않던가?"

"자세한 건 아무것도……. 그저 다시 컴퓨터가 이상하다고 하던데요. 우리나 이 연구실에 대해서나 좋은 감정을 가지고 있지 않다는 인상을 받았어요."

"그것만으로 해결되지 않았을 거야."

그는 전화기를 들었다.

"그래서, 상대가 뭘 생각하고 있는지 알아내려는 건가요?"

로버트는 자리에 없었다. 브라이슨은 파트너하고 얘기했다.

"저를 야단치실 생각이십니까, 선생님."

"그럴 리가, 파트너. 지난 주 월요일에 무슨 일이 있었나?"

"전에 얘기한 '장애'의 원인을 확인하는 최초의 키가 발견되었습니다."

"어떤?"

"장애는 거의 오후의 수면실험 중에 일어나고 있습니다. 4시부터의 실험입니다. 지지난 주 금요일에, 그러니까 선생님이 휴가 가시기 직전이라고 생각되는데 컴퓨터의 모든 유닛이 실외 어딘가에 회로를 보내고 있는 것처럼 보였습니다."

"전에도 회로가 어떻다고 말했었지. 어떤 건데 그러나?"

"확실한 것은 말할 수 없지만 아무래도 MEDIC이 여러 가지 정보를 어딘가로 공급하고 있는 것 같습니다. 데이터를 송신하는 것과 같은 겁니다. 그 송신이 원인이 되어 장애가 일어나고 있다는 것을 알았습니다. 특정 패턴은 없습니다. 다만 일부 유닛이 메모리뱅크에 들어 있는 정보를 모두 토해내고 있는 것 같았습니다."

'이상하다. 아무리 복잡한 것이라도 컴퓨터가 그런 형태로 잘못되는 일은 없을 텐데…….'

"그것이 왜 나와 관계가 있는지 모르겠는데……."

"실은 주말을 반납하고 송신처를 확인하려고 했습니다. 그리고 월요일 아침에 알게 된 겁니다. MEDIC은 그 회로와 메모리뱅크를 직접 선생님의 연구실로 보내고 있었습니다."

브라이슨은 어딘가 모르게 어색하게 웃었다.

"날 놀리고 있는 건 아니겠지?"

"정말입니다. 로버트는 화를 내고 있습니다. 선생님을 정보 처리부에 얘기하려고 했었답니다. 말하지 않은 건 지난 1주일간, 다시 말해서 선생님이 휴가 중에는 장애가 일어나지 않았기 때문이죠. 아무리 생각해도 설명할 수가 없는데 선생님의 연구실로 파워를 보내고 있는 것 같습니다. 짚이는 데가 없습니까, 선생님?"

"어떤 파워인데?"

"전기입니다."

"있을 수 없는 일이지. 그렇게 전기를 잡아먹는 장치는 사용하지 않으니까 말일세."

"그럼 여기 와서 계량기를 한번 보십시오. 계량기의 눈금은 MEDIC이 그쪽으로 전력을 보내고 있다고 표시하고 있으니까요."

브라이슨은 어이가 없었다. 그리고 남의 일에 참견하고 싶지가 않았다.

"파트너, 나는 의사가 되기 전에 컴퓨터하고 싸웠다네. 우리가 했던 건 극히 단순했다고. 응답을 얻고 싶은 자가 프로그래머에게 데이터를 건네주면 프로그래머는 그 정보를 받아서 프로그램을 작성하고, 작성한 프로그램을 컴퓨터에 입력하면 컴퓨터가 분석해서 회답을 내고, 각각 일방통행으로 정해진 순서에 따라서 진행되는 것이네. 프로그래머가 컴퓨터에 질문하고 컴퓨터가 대답을 하지. 동시에 정보를 교환한다든가 전력을 한 개소에서 다른 곳으로 쏟아 넣는 일은 없었다네. 13년 동안에 그렇게 격심한 변화가 있기라도 했다는 건가?"

"물론입니다, 선생님. 보통 것이라면 몰라도 MEDIC은 특별하니까 말입니다. 이 컴퓨터는 양면 통행이 가능합니다."

"어떻게?"

"그렇게 설계되어 있습니다. 선생님이 다루시던 그런 컴퓨터는 한 방에 통합되어 있는데 MEDIC의 경우는 여기저기 퍼져 있습니다. 몇 천이라는 터미널이 병원과 대학 여기저기에 있습니다. 선생님 앞에 있는 터미널과 마찬가지로 모든 콘솔에서 MEDIC으로 데이터를 송신할 수 있습니다."

"하지만 MEDIC에서 뭔가를 빼낼 수는 없겠지?"

"유감이지만 선생님, 그건 달라요. MEDIC은 각각의 터미널을 컴퓨터의 서브스테이션으로 사용하기 위한 목적으로 설계되었어요. 실현하는 것은 아직 몇 년 더 있어야겠지만 배선만은 이미 설치되어 있습니다. 이것이 실현되면 MEDIC은 수신뿐만 아니라 송신도 할 수 있게 됩니다."

"송신할 기능을 갖추고 있다는 건가?"

"지금도 말씀드렸듯이 배선은 설치되어 있습니다. 그쪽 연구실도 MEDIC을 접속하고 있는 입력 모듈이 간단히 출력 모듈로도 될 수 있다는 겁니다. 때문에 계량기가 그쪽으로 파워를 보내고 있다고 나타난 것은 실제로 파워를 보내고 있기 때문입니다."

"그렇지만 이상하군. 여기에는 그만한 전력을 필요로 하는 장치가 없단 말이야."

"아니, 어쩌면 전력이 아닌지도 모릅니다."

"지금 자네가 그렇게 말하지 않았나?"

"네, 그렇지만 엄밀히 말한다면 MEDIC이 그쪽으로 송신하기 위해 전력을 사용하고 있다는 겁니다. 뭔가 전력 이외의 것을 보내고 있는지도 모릅니다."

"예를 들면?"

"그건 뭐라 말할 수가 없습니다. 단지 컴퓨터가 멈춘 날의 일을 기억하고 계십니까? 그때 메모리뱅크에 뭔가 일어나고 있다고 막연하게 눈치 채고 있었습니다."

"그래서."

"그것과 뭔가 관계가 있을지도 모르겠습니다."

"대단한 상상력이로군, 파트너."

"상상에 지나지 않을지도 모릅니다. 그러나 우리가 조사한 바로는 계량기는 유닛 9가 메모리뱅크를 시동시켜 그것이 선생님의 연구실로 보내졌다고 나타내고 있습니다."

"유닛 9?"

"A부터 D입니다."

"좀 더 알기 쉽게 얘기해 주게."

"유닛 9에는 A에서 D까지 들어가 있습니다. MEDIC은 도서관과 같은 것이니까요. 세계 온갖 의학 지식을 알파벳순으로 보관하고 있습니다. 때문에 믿을 수 없을지 모르지만 의학에 관한 사항으로 A, B, C, D로 시작되는 것이 전부 그곳으로 보내지고 있었다는 겁니다."

차츰 뭔가 전체상이 보이기 시작하고 희미했던 부분이 뚜렷해졌다.

"이봐, 다시 한 번 수면실험을 하면 송신을 캐치할 수 있겠나?"

"무슨 뜻입니까?"

"말하자면 무엇을 송신하고 있는지 알 수 있겠나?"

"안됩니다. 동시에 프린트 아웃하지 않는 한 알 수 없습니다."

"MEDIC과 내 연구실을 연결하는 선에 끼워 넣을 수 없겠나?"

"생각할 수 있는 방법은 지난번 프린트 아웃 건으로 얘기했을 때도 말씀드렸습니다만 프로이트에게 분석시키는 것 정도밖에는 없겠죠."

"그런데 그것은 로버트가 허락하지 않아."

"요컨대 그겁니다. 선생님."

라트레지는 그가 파트너에게 인사하고 전화를 끊을 때의 표정을 보고 있었다.

"뭐가 곤란한 거죠?"

라트레지가 물었다.

"뭐, 곤란한 게 있다고 했나?"

브라이슨은 팔짱을 끼고 어떻게 표현할까 하고 생각했다. 파트너의 얘기는 사만다의 몸에서 일어나고 있는 것과 부합한다는 생각이 들었다. 생각하고 있는 것을 얘기해보는 것도 좋을지 모른다.

"로지, 내가 이러고 있을 때는 좀 가만히 있어주면 좋겠어. 파트너는 여기서 하고 있는 것을 몰라서 그러는데 어쨌든 사만다와 관계있는 것을 조금은 해명해준 것 같아. 휴가 떠나기 전에 알고 있었던 건 태아가 꿈을 꾸는 것 같다는 거였어. 또 태아가 컴퓨터에 자극을 보내고 있다는 것도. 그리고 MEDIC에 어떤 장애가 일어나고 있다는 것도 알고 있었지? 아무래도 사만다가 태아와 같은 자세를 취하고 있는 동안 뇌파계의 펜이 정지하는 현상은 컴퓨터가 그녀에게 보내고 있는 데이터와 관계가 있는 모양이야."

브라이슨은 열심히 듣고 있는 라트레지에게 파트너의 얘기를 설명했다. MEDIC이 송수신 겸용으로 되어 있다는 것, 전력이 보내지고 있다는 것, 메모리뱅크에서 멋대로 유출되고 있다는 것 등이었다.

"다시 말해서 이 '장애'는 일종의 데이터 송신에서 일어나는 것 같아. 메모리뱅크와 어떤 관련이 있다고 해도 그것은 쉽게 설명이 잘 안 돼. 물론 추측은 얼마든지 할 수 있지만 말이야."

"예를 들어서 설명해주세요."

"그러지. 예를 들어 메모리 테이프 전체를 복습함으로써 컴퓨터의 활동이 활발해지고 태아가 발하는 신호를 증폭해서 해독하기 쉽게 한다든가."

"그것만으로는 송신의 의미를 설명할 수가 없어요."

브라이슨은 어깨를 으쓱 움츠렸다.

"맞았어. 그저 말해본 것뿐이야. 두 번째 추측은 메모리 데이터를 이쪽으로 보냄으로써 태아의 신호를 다시 끌어낼 수가 있어."

"그래서 세 번째는?"

라트레지는 날카로운 말투로 물었다.

"세 번째?"

"컴퓨터가 메모리뱅크의 정보를 사만다한테 보내서 그것이 사만다의 몸에 영향을 미치고 있다는 거죠?"

브라이슨은 고개를 끄덕였다.

"로지, 나를 알게 된 지 얼마나 됐지?"

"2년째입니다, 7월 1일자로."

"음, 겨우 2년으로 내 마음을 읽을 수 있다니……."

"단지 직감이에요."

"아무튼 적중했어. 지금 당신이 말한 대로의 일이 일어나고 있는 게 아닌가 하는 거야. 만약 그렇다면 다시 두 가지 가정을 생각해볼 수 있어. 첫째로 컴퓨터가 단순한 뇌파계의 와이어와 전극을 소형의 송신기로 바꾸는 그 나름의 이유가 있기 마련이야. 뭔가 떠오르는 게 있나?"

"기계에 동기가 있다니 좀 비현실적인 생각 아니에요?"

"보통 컴퓨터라면 그렇지만 파트너의 말을 생각해봐. MEDIC은 사고에 가까운 것을 하고 있다고."

"그럼 어쩌면 연애감정으로 뭔가를 교신하고 있는 게 아닐까요?"

"이봐요, 로지 제발, 나는 진지하게 말하고 있다고."

"나도 진지해요. 사만다는 상당히 매력적인 여자인 걸요."

"MEDIC이 그것을 어떻게 알지?"

"어머, 그렇게 지독한 컴퓨터라면 피험자의 뇌파에서 우리가 상상도 하지 못한 정보를 끌어낼 수 있을지도 모르죠. 예를 들면 몸의 특징이라든가 혹은 사만다가 임신하고 있다든가 하는 것 말이에요."

"거기까지는 생각하지 못했군. 하지만 연애설은 믿을 수 없어. 당신이 말하는 대로라면 이 컴퓨터는 정말 '생각한다'는 게 된다고."

'그뿐만 아니라 얘기도 하지 않는가.' 하고 그는 생각했다.

"어떻게 설득하면 로버트 씨가 프로이트 프로그램을 사용하게 해줄까요?"

"설득하기 전에 내가 쫓겨나게 되겠지. 간섭은 일체 용서치 않을 테니까 말이야."

라트레지는 커피 잔을 정리하면서 생각했다.

"차라리 직접 컴퓨터를 분석해보는 게 어때요?"

"MEDIC에게 접근할 수가 없어. 이 터미널을 사용하는 것 외에는 허락지 않았으니까."

"하지만 선생님의 경험에서 프로그램 만드는 방법은 아시죠? 파트너가 말한 것처럼 각각의 터미널이 장차 컴퓨터의 서브스테이션이 된다면, 그리고 입력 모듈로 수신할 수 있다면 그래요, 컴퓨터에 대해서 아는 사람도 있을 것이고. 미니컴퓨터를 들여와 데이터 분석 프로그램을 만들어서 이곳의 콘솔에 접속하는 정도라면 어렵지 않잖아요?"

그녀의 말이 맞았다. 안 되는 법은 없었다. 제법 정교한 미니컴퓨터를 간단히 손에 넣을 수 있었고 그것을 회로에 끼워 넣고 송신 내용을 분석하면 되었다. 그러나 컴퓨터실의 눈을 멋지게 속여야 할 것이고 월권이 불가피했다. 하지만 기술적으로는 어렵지 않다고 생각했다.

너는 내 과실

미니컴퓨터는 전자공학의 정수와 기계의 소형화가 낳은 경이로운 것이었다. 그러면서도 다루기 쉬운 점에서도 뛰어나게 우수했다.

수정과 금을 사용한 마이크로 회로의 진보 덕분에 본체는 높이가 30cm, 가로는 90cm나 되었다. 목요일 밤에 이곳으로 보내왔는데 프로그램용 키보드는 본체와 분리 사용할 수 있었다. 브라이슨이 IBM에 있는 옛 친구에게 부탁해서 곧바로 보내온 것이다. 라트레지가 그것을 찬장의 뇌파계 옆에 놓았다.

사만다는 하기 강좌로 생물학 대리강의를 부탁받았다. 좋은 기회가 찾아온 셈이다. 조금이라도 더 벌기 위해서 그녀가 바라던 것이었다.

이튿날 아침, 사만다가 없는 틈을 이용해서 브라이슨은 MEDIC과 수면 연구실을 연결하는 배선을 끼워 넣는 작업을 했다.

우선 메인 케이블을 갈라서 연결할 선을 찾았다. 순서는 복잡했지만 몇 시간 걸려서 접속을 시켰다. 그러고는 뇌파계에 구멍을 뚫고 미니컴퓨터용 어댑터를 삽입했다. 사용하고 싶을 때는 언제든 플러그를 꽂기만 하면 된다.

사만다가 찬장을 열 수 있긴 하지만 안을 들여다볼 일은 전혀 없었다. 그곳에 넣어둔 것은 용지나 비서 일에 관계된 비품뿐이었다. 그것은 모두 라트레지가 관리하고 있었다. 그렇지만 브라이슨은 컴퓨터 위에 뇌파 기록용지 상자를 몇 개 놓고 언뜻 봐서는 알아볼 수 없도록 했다.

그날 저녁 사만다의 실험이 끝나고 나서 브라이슨은 연구실의 키를 채우고는 주말을 맞았다. 간단한 프로그램을 작성하고 월요일에 최종적인 기계 조정을 할 작정이었다.

월요일 아침, 사만다는 수면 연구의 일로 돌아왔다. 연구는 1개월이 지나 완성 단계에 접어들었다. 8시간의 뇌파 기록 200회분이 모아졌고 각각 MEDIC의 분석도 첨부되어 있었다. 100회분은 피험자에게 가짜 약을 투여한 것이고 나머지가 수면제를 투여한 것이다. 그중 눈가리개 방식이어서 연구가 끝날 때까지는 어떤 피험자에게 어느 쪽 약이 투여되었는지는 아무도 몰랐다. 연구 기간이 끝나면 기호를 조회하여 결과를 표로 작성한다. 사만다가 데이터를 정리하는 데에는 몇 주일이 걸릴 것이다.

브라이슨은 그날 오후를 주빌리 의학 도서관에서 지냈다. 3시 경까지는 사만다의 다음 수면실험에서 시도할 기초 프로그램이 완성되었다. 단순한 것이지만 MEDIC으로 보내지는 뇌파의 신호와 반대로 들어오는 것을 모니터하도록 지시했다. 또 사만다 자신의 뇌파를 무시하고 태아가 발하는 자극에 초점을 맞추도록 했다.

전형적인 뇌파 패턴을 넣어서 태아가 발하는 신호와 비교시킨다. 브라이슨은 태아가 뇌파 활동을 나타내고 있는 것 이상으로 그것이

전형적인 패턴과 다르다는 것에 흥미를 가지고 있었다. 또 강하고 불규칙적인 진동에도 뭔가 특정한 도식이나 형이 있는지의 여부를 알고 싶었다.

MEDIC에서의 송신에 관해서 브라이슨이 미니컴퓨터에게 준 지시는 순수하게 분석적인 것이었다. 우선 처음에 컴퓨터가 하는 것은 MEDIC에서의 신호의 질을 판단하는 것이다. 송신은 전기적인 펄스(순간적으로 흐르다가 곧 사라지는 전류, 컴퓨터에서는 이 전류가 흐른 상태를 1, 흐르지 않는 상태를 0으로 하여 비트를 나타낸다)인가? 그렇다면 뭔가 패턴이 있는 것일까?

4시 조금 전에 브라이슨은 연구실로 돌아왔다. 마침 사만다가 수면 실험에 들어가려던 참이었다. 사만다는 마음에 없는 형식적인 인사를 했다. 최근의 그녀는 낮잠의 포로가 된 것처럼 보였다. 해변에서 지내던 때에도 매일 낮잠을 잤다. 휴가 중의 한가한 1주일 동안 그녀는 오후가 되면 까닭 없이 초조해 했다. 지금은 그런 마음의 동요가 보이지 않았다. 마치 연구실에서 낮잠 자는 습관, 뇌파계와 더불어 오후를 지내는 습관으로 돌아오게 되어서 즐거워하고 있는 것 같았다.

사만다는 곧 잠들었다. 브라이슨은 미니컴퓨터를 찬장에서 꺼내어 플러그를 꽂았다.

"자, 시작이야. 로지."

갑자기 뇌파계의 펜이 멎었다. 사만다는 아무 일도 없는 듯이 조용히 자고 있었다. 라트레지와 브라이슨은 얼굴을 마주보고 나서 기계에 시선을 돌렸다. 잠시 후에 펜은 기록을 재개했다. 처음에는 작은 진동이었다. 사만다의 최초 뇌파 기록에 나타난 흔들림이었다. 신중한 복서가 상대의 역량을 확인하려고 잽을 날리는 것과 같은 주저하는 듯한 진동이었다. 그것이 차츰 강하고 진해져 갔다. 이윽고 여느 때처럼 활발한 태아 뇌파의 진동이 시작되었다.

"아까 중단한 건 무슨 뜻이지?"

"틀림없이 남이 듣고 있다는 걸 아는 거예요. 도청하고 있는 것을 아는 것 같아요."

"설마! 단순한 기계가 거기까지 하리라고는 생각되지 않아. 자, 뭐가 나오는지 보도록 하지."

컴퓨터는 이상하게도 조용했다. MEDIC과의 교신은 여느 때의 페이스로 행해지고 있는데 컴퓨터가 작동하고 있는 것을 표시하는 램프가 켜져 있을 뿐 뭔가가 일어나고 있는 듯한 소리는 거의 들리지 않았다. 가끔 기어가 변속되는 듯한 금속음이 울릴 뿐이었다.

사만다의 2시간 수면이 끝나려 하고 있었다. 브라이슨은 컴퓨터가 진짜 작동하고 있는지마저도 의심하고 싶어졌다. 그는 '데이터 분석' 버튼을 눌렀다. 짧은 프린트 아웃이 나왔다. 브라이슨은 그 용지를 찢어 들고 소리 내어 읽었다.

"'코드 송신의 가능성 있음. 데이터 부족.' 제기랄!"

"코드 송신이 뭘까요?"

"글쎄."

그는 유리창 너머로 사만다를 보았다.

"잠을 깼군. 내일 계속하기로 하지."

이튿날 오후에도 시도해보았다. 이번에는 컴퓨터의 플러그를 꽂아도 진동이 멎지 않았다. 미니 회로는 전날보다 약간 활발히 작동하고 있는 것 같았으나 2시간의 분석 결과 프린트 아웃은 어제와 같았다.

"틀림없이 뭔가 부족한 거예요."

"뭔가라니, 뭐가?"

"프로그램을 확장하는 거예요. 송신을 분석하기 위한 파라미터(두루 쓰이게 만들어진 컴퓨터 프로그램에서, 개개의 일에 적용할 경우에 필요한 수치 정보)가 부족한지도 몰라요."

"뭘 추가하면 되는 거야. 어떤 신호라도 탐지할 수 있게 했는데. 방사 에너지라든가 전기 에너지, 진동, 음파나 전파, 적어도 어떤 수단으로 송신이 행해지고 있는가 하는 정도의 것은 가르쳐 주리라 생각했었다고."

"이 기계는 실험적인 최신 설계라고 하셨죠? 어쩌면 기대한 것 이상의 것을 하고 있는지도 몰라요. 송신의 수단은 벌써 확인되었고 그것을 해독하려고 하고 있다든가."

"말하자면 내가 요구한 것 이상의 것을 답하려고 한다는 건가?"

"네, 코드를 해석하는 키를 넣어주면 되지 않을까요?"

브라이슨은 그날 밤 다시 도서관으로 갔다. 수천 가지 종류의 코드가 있어서 각각 다른 공식이 사용되고 있었다. 그러나 단 하나 보편적이라고 생각되는 것이 있었다. 숫자의 배열에 기초가 되는 것으로 NASA의 원거리 우주 통신에 사용되고 있는 것이 있었다. 지구의 위치나 평화의 메시지를 태양계 외에 있을지도 모르는 생명체에게 전하는 것이다. 브라이슨은 그 숫자를 베껴서 자기 프로그램에 추가했다.

성과는 곧 나타났다. 이튿날 컴퓨터를 접속하자마자 프린트 아웃이 시작되었다. 브라이슨은 싱긋이 웃고 두 손을 비볐다. '적중했다.' 그는 컴퓨터에서 차례로 내보내는 용지를 검토했다. 라트레지가 어깨너머로 들여다보고 있었다.

마치 잘게 썬 색종이가 눈보라처럼 흩날려 떨어지는 모양 바로 그것이었다. 숫자의 행렬을 끊임없이 뿜어내고 있었다. 끝없는 숫자만의 표현은 태아의 뇌파와 대응하고 있었다. 뇌파 활동이 활발할 때는 속도가 빨라지고 활동이 미약할 때는 느려진다. 브라이슨이 간과할 수 없는 것은 뇌파계의 펜이 멈추고 있을 때도 숫자의 열이 끊어지지 않는다는 것이었다. 이때의 숫자는 분명히 MEDIC에서 보내오는 송신을 나타내고 있었다.

"당신은 천재야, 로지. 샘에 대한 수수께끼는 숫자였던 거야."

라트레지는 당황한 표정으로 그를 보았다.

"천재인 내가 왜 이런 종잡을 수 없는 문장을 읽지 못하는 거죠?"

"코드 탓이야. 숫자의 하나하나가 뭔가 글자 대신인 거야. 하나의 글이 아니라 몇 개의 글자의 조합이나 혹은 하나의 글을 나타내고 있는지도 몰라. 당신 말대로 나는 코드가 존재하는지 어떤지 컴퓨터한테 분석시켰는데 그 결과가 이거라고. 이 숫자는 코드의 구성요소에 지나지 않아. 그 다음은 코드를 해석하고 숫자를 글이나 말로 바꾸면 돼. 오늘 밤에 프로그램을 정비하겠어."

최종적인 조정은 쉽겠지만 주고받고 있음이 확인될 때까지는 어려울 것이다. 여기까지 오면 그 다음은 식은 죽 먹기였다. 지시는 1시간도 걸리지 않고 넣을 수 있을 거라고 여겨졌다.

"이봐요, 로지. 나는 가끔 당신이 텔레파시를 사용할 수 있는 게 아닌가 하고 생각할 때가 있어. 내 마음을 읽을 수 있음에 틀림없어."

그는 자기를 잘 이해해주는 상대에게 만족을 느끼며 생긋 웃었다.

라트레지는 대답을 하지 않았다. 그녀는 브라이슨이 자기와 같은 걱정을 하고 있을까 하고 마음속으로 물었다. 그녀는 유리창 너머로 사만다의 자는 모습을 지켜보았다. 그녀는 몸을 구부리고 지금까지보다 훨씬 강하게 복부에 전극을 부착하고 있었다.

브라이슨은 잠이 오지 않았다.

그는 양의 수를 세기는커녕 오늘 하루에 얻은 정보를 새김질하고 있었다. 그는 침대에서 빠져 나와서 어두운 방을 알몸으로 걸어 다녔다. 기분전환이 필요했다.

블라인드를 내리고 책상 위의 전등을 켰다. 산더미 같은 의학 잡지를 되는 대로 넘겨보다가 한쪽 옆으로 밀어놓았다. 딱딱한 연구 논문 같은 것은 도저히 읽을 수가 없었다. 문고판만한 책을 들고 소파에 엎드렸다. SF소설은 그가 상당히 즐겨 읽는 것이었지만 먼 성운을 헤매는 것처럼 역시 집중할 수 없었다.

한숨이 나왔다. 그러자 책을 바닥에 떨어뜨린 그는 가슴 위에서 손가락 마디를 딱딱 소리 냈다. 그에게는 쉽게 사고를 마비시켜 주는 뭔가가 필요했다.

캘리포니아 진판델의 코르크를 빼어 텔레비전 앞에 앉아 비디오 게임의 스위치를 넣었다. 그가 흥미를 갖는 게임 카세트는 백가몬이었다. 입에 닿는 느낌이 좋은 와인을 홀짝이면서 컨트롤러를 조작했다. 그러나 1시간도 못돼서 5회 중 4회를 이기고 와인을 거의 비웠다. 그는 하품을 하면서 텔레비전을 껐다. 진판델과 비디오 게임은 바로 정확한 처방이었다. 그는 전등을 끄고 침대로 돌아갔다.

녹초가 된 브라이슨은 머릿속에서 사만다가 처음 연구실에 나타난 날부터 2개월 동안에 일어난 일들을 재현했다. 처음부터 뭔가 묘하게 이해하기 어려운 암시가 숨겨져 있는 듯했다. 뚜렷한 것은 아무것도 없었지만 눈에 보이지 않는 기묘한 차이, 마음에 걸리는 암시와 같은 것이 있어서 깊이 추구하고 싶은 마음이 생겼다.

훌륭한 발견은 처음에는 추측에 지나지 않았지만 태아가 꿈을 꾼다는 사실로서 확인되었다고 할 수 있었다. 그렇지 않으면 다른 현상에 의미가 없었다.

컴퓨터의 고장, 사만다의 이상한 습관이나 태도, 지금까지도 설명할 수 없는 MEDIC에서의 송신, 이들의 관련이 확고해지고 이윽고 그 조그만 태아가 꿈을 꾼다는 놀라운 개념을 믿게 되었다.

바다에서 돌아온 이래 브라이슨은 사만다와 만날 시간이 별로 없었다. 그녀는 함께 있고 싶어 했지만 클리닉 관계의 일이 바쁘다고 거절하고 있었다. 사실은 사만다를 만나고 싶어서 견딜 수 없는 그였다. 그녀에게 송신에 대한 얘기를 하는 것은 그 내용이나 의도를 모르는 지금의 시점에서는 무의미할 것이다. 더구나 그는 걱정하면서도 차츰 낙천적인 생각을 갖게 되었다.

신발견의 가능성은 이전보다 더 많아졌다. 그러나 컴퓨터가 결정적인 수수께끼의 실마리를 풀 때까지는 이 일에 전념하지 않으면 안 되었다. 그러므로 사만다와 만나고 있을 여유가 없었다. 사만다를 생각하면서 브라이슨은 겨우 잠들었다.

이튿날 사만다의 수면실험이 시작되자 브라이슨과 라트레지는 안절부절 못하고 기계 주위를 서성거렸다. 지나친 요구였을까? 컴퓨터가 정교하다고는 하지만 결국은 단순한 기계였다.

두 사람은 사만다의 뇌파가 조용히 기록되고 있는 것을 지켜보았다. 갑자기 태아가 내보내는 활발한 신호가 기록에 덧붙여 나타났다. 그와 동시에 미니컴퓨터의 프린트 아웃이 시작되었다. 용지가 계속 나오면서 뱀처럼 꾸불꾸불하게 바닥으로 떨어지고 있었다. 브라이슨은 그것을 주워 살펴보았다. 그리고 눈을 크게 떴다.

숫자는 없어졌다. 그 대신 꽉 찬 채 이어진 문장이 나오고 있었다.

W항을시작하라모체의탄수화물섭취량을변수로해서자궁동맥의글루코스(포도당)농도를산출하라모체의스트레스와관련한태아의담즙대사를설명하라초음파에돌연변이를유발하는효과가있을수있는가…….

글자는 명확했다. 뇌파의 자극이 강할 때는 속도가 올라가고, 뇌파의 진폭이 좁을 때는 완만하게 되지만 결코 멈추지 않았다. 브라이슨이 눈을 뗄 때까지 이어진 문장은 몇천 단어의 긴 문장이었다. 그는 너무 놀란 나머지 할 말을 잃었다. 의자에 털썩 주저앉은 그는 천천히 고개를 저었다. 거액의 수표가 들어 있는 봉투를 열려는 듯한 기대감과 놀라움이었다.

"꿈을 꾸고 있는 것 따위가 문제가 아냐. 이놈은 얘길 하고 있어."

그의 목소리는 노래를 부르려는 듯한 들뜬 기분으로 커졌다.

그의 말이 라트레지를 매료했다. 그녀는 움직이지도, 숨도 제대로 쉬지 못하고 서 있었다. 얼굴이 달아오르는 것을 느꼈다. 구슬 같은 땀이 이마에 솟았다. 그녀는 천천히 숨을 들이마셨다. 큰마음을 먹고 브라이슨을 보자 그도 땀을 흘리고 있었다. 두 사람은 서로 눈도 깜빡이지 않고 물끄러미 쳐다보았다. 경외하는 마음에 사로잡힌 사람처럼 시선이 못 박혀 있었다.

"MEDIC과 얘기를 하고 있다니요?"

"그 눈으로 직접 확인해봐."

그는 떨리는 손으로 바닥에 떨어진 많은 양의 종이를 가리켰다.

"아무튼 보라고. 교사에게 질문을 하고 있어. 산출하라……. 설명하라……. 있을 수 있는 일인가……."

"설마, 그건 불가능해요."

"그런데 가능한 것뿐만 아니라 실제로 우리 눈앞에 일어나고 있단 말이야!"

그의 말은 차츰 약해지면서 믿을 수 없는 마음이 여전히 꼬리를 물었다. 봉투를 열어보니 100만 달러가 들어 있다는 식이었다.

두 사람은 종이가 점점 높이 쌓이는 것을 물끄러미 바라보고 있었다. 그것은 다시 몇 분 계속되고 나서 속도가 떨어져 멎고 말았다. 동시에 뇌파계의 펜도 멎었다. 두 사람은 기다렸다.

"MEDIC의 차례?"

라트레지가 속삭였다. 브라이슨은 고개를 끄덕였다. 갑자기 프린트아웃이 재개되었다. 그와 동시에 유리창 너머에서 사만다가 태아와 같은 자세를 취했다. 프린터에서는 아까의 3배나 되는 속도로 미친 듯이 종이를 뿜어내고 있었다. 브라이슨은 잠시 종이가 드리워지는 대로 내버려두고 조심스럽게 손을 뻗었다.

손가락 사이에 끼고 종이를 펼치면서 군데군데 읽어갔다.

'waage……waddle……wangensteen……wart……wound……'

"믿을 수 없어."

W로 시작되는 어귀가 각각 해설이 붙어서 알파벳순으로 나열되어 있었다. 브라이슨은 W의 어귀가 끝나는 곳까지 급히 종이를 끌어당겼다. 끊어진 부분이 없는 문장이 다시 계속되고 있었다.

자궁동맥의글루코스농도는탄수화물섭취량에정비례하는인슐린분비에의해서변화하는데태아의발육을최대한으로촉진하는것은…….

브라이슨은 종이를 바닥에 떨어뜨리고 이마를 쳤다. 갑자기 엔진이 걸린 것처럼 생기가 났다.

"바보 같으니라고! 쭉 MEDIC과 사만다가 주고받는 것이라고 생각하고 있었다니! 확실했었는데 왜 깨닫지를 못했을까? 엄연히 가르쳐주고 있었는데 말이야. '떠 있다' '대화를 시작하라'고 말이야. 그것이 처음 시작이었어. 그때 MEDIC과 태아가 처음으로 접촉한 거야. 그렇지, 로지?"

"글쎄요."

그녀는 주저했다.

"이놈은 컴퓨터와 얘길 하고 있는 거야. 완전히 보통 쓰는 대화라고. MEDIC은 사만다를 통해서 태아에게 정보를 보내고 있어. 정말 믿을 수 없어!"

"도저히 보통 대화로는 보이지 않는데요."

"그래, 그 이상이야. MEDIC이 메모리 뱅크를 텅 비게 하고 있다는 얘기를 기억하고 있나?"

"물론이죠. 그게 무슨 의미인지 모르겠다고 말씀하셨어요."

"그런데 눈앞에서 일어나고 있는 게 바로 그거야. 이 경우는……."

그는 프린트 아웃을 가리켰다.

"태아가 W로 시작되는 사항을 넣은 메모리뱅크를 요구한 거야. 그래서 여기에 MEDIC의 회답이 나온 거라고. W로 시작되는 말의 전부야. 그뿐만이 아니야. 태아는 모르는 게 있으면 컴퓨터에게 질문을 하고 있어. '산출하라, 설명하라, 있을 수 있는가.' 하고 말이야. 믿을 수가 없다고!"

그는 일어나서 흥분하며 돌아다녔다. 웃음이 터졌다. 충격은 사라지고 대신에 새로운 용기가 생겼다. 이 발견은 기대를 훨씬 뛰어넘는 것이었다.

"이것이 뭘 뜻하는지 알겠어? 세계의 최첨단을 걷고 있는 컴퓨터가 태아와 대화를 하고 있다! 컴퓨터가 정보를 제공하고 태아가 그것을 알아차린다. 이봐, 이놈의 지능은 끝이 없을 거야. 빨리 맥퍼슨에게 얘기해주고 싶군. 이 태아는 세계의 일류 의사를 1천 명 모은 것보다 상세한 의학 지식을 가지고 있어. 이건 기적이다!"

사만다는 껑충하게 긴 다리로 공원 끝 쪽 언덕을 넘어서 작은 느릅나무 숲까지 달려왔다. 나무숲을 누비고 달리는 그녀의 발소리는 달빛 아래를 달리는 야행성 동물처럼 조용했다. 그녀는 자신이 땅과 교감하고 있다는 것을 느꼈다. 따뜻한 여름날에 밖을 달리고 있으면 그녀는 곧 풍요한 땅에서 양분을 흡수하는 어린 나무의 뿌리가 되는가 하면, 덩굴에 열리는 익은 멜론이 된다. 피부는 햇볕을 흠뻑 쬐어서 싱싱한 과일이 당장에라도 터질 듯한 껍질과도 같았다. 그녀가 보는 모든 것이 근사했다.

그녀는 머리를 뒤로 기울여서 얼굴을 하늘로 향했다. 햇볕은 블라인드와 같은 작은 가지 틈에서 흘러나와 그녀의 얼굴을 빛냈다. 몸의 힘을 완전히 빼고 거의 눈을 감듯이 하고 그녀는 뛰었다. 부푼 복부에 손바닥을 댔다.

'튼튼히 자라라, 아가야. 내가 키우고 지켜줄게. 너는 내 과실, 내 꽃의 최고로 달콤한 꿀이야.'

사만다는 수풀을 빠져나와 귀로에 올랐다. 멀리 보이는 교회의 뾰족한 탑을 목표로 달렸다.

즐거운 일만을 생각하고 싶었다.

'이것저것 생각해서 마음을 흐트러뜨려서는 안 된다. 집중력을 유지해서 자신의 마음을 단단히 컨트롤하고 있으면 근심이 들어설 여지가 없다. 들어서게 해서도 안 된다. 내 아기는 건강하니까. 힘을 내, 사만다! 자제하는 거야. 자신과 싸우지 않으면 안 돼. 집중해!'

그녀는 한 발 한 발 세면서 그 숫자를 머리에 그렸다. 잠 못 이루는 밤에 양을 세는 것처럼 숫자가 그녀의 감각을 마비시켜 주었다. 눈을 가늘게 뜨면 확실히 보였다. …… 1001, 1002…….

사만다는 갑자기 발을 멈추었다. 갸웃거리며 교회의 뾰족한 탑을 찾았다. 전방에는 보이지 않았다. 어디에……? 뒤를 돌아다보았다. 그런데 1마일 이상 떨어진 곳에 있었다.

'제발 그만! 감각이 이상해졌다, 하지 말아요. 이만한 거리를 깨닫지 못하고 달릴 리가 없잖아요! 이런 일이 있을 수 있어요?'

바로 조금 전까지 안개가 끼어 있던 머리가 점점 흥분하고 있었다. 갖가지 생각이 머릿속에서 타는 장작처럼 탁탁 하고 튀는 소리가 났다. 태반의 발육은……. 태아의 심박 출량이 최대가 되는 것은……. 헤모글로빈 F의 산소 침윤도는…….

뇌 안의 잡음은 차츰 커졌다. 사만다는 눈을 감은 채 두 손으로 귀를 가리고 외쳤다.

'그만! 그만해요!'

그녀는 뛰기 시작했다. 조깅이라기보다 전력 질주에 가까웠다. 귀를 막듯이 손바닥으로 볼을 감싸자 천천히 눈물이 흘러서 콧등을 따라 떨어졌다. 처음에는 턱이 떨렸으나 울기 시작하자 얼굴 전체가 움직였다. 눈물을 흘리면서 그녀는 필사적으로 부르짖었다.

'그렇게는 못해요! 아기는 건강해요……. 지지 않을 거야!'

사만다는 작은 돌에 걸려 넘어져 무릎이 벗겨졌다. 하지만 그녀는 곧바로 일어나서 나오려는 눈물을 참았다. 두 팔을 교차시켜서 자신의 허리를 안고는 반듯이 누웠다.

'내가 뭘 했다는 거예요……? 왜 이렇죠?'

그녀는 흐느껴 울었다.

'오, 하나님. 너무 무서워요!'

악몽

두 사람은 식당에서 점심식사를 했다.

"어젯밤엔 한숨도 못 잤어."

브라이슨이 말했다.

"선생님 뿐만이 아네요. 저도 한 시간도 못 잤을 거예요."

라트레지가 대답했다.

"전화가 걸려오고 나서는 체념했어요."

"확실히 복잡한 얘기야. 하지만 인정하지 않을 수 없지 않나. 이건 기적이야."

"네. 그럴 거예요. 인류에게 발견이라는 의미는 훌륭한 거죠. 하지만 사만다가 걱정이 돼서……. 선생님도 걱정하지 않는 체하지 마세요. 사만다도 말하던 걸요. 제가 나이가 좀 있잖아요. 볼 건 다 봐요. 선생님은 사만다를 좋아하고 있어요. 사만다도 선생님을 좋아하고 있고요. 틀림없이 선생님이 생각하고 있는 것 이상으로 말이에요."

"잠깐, 당신은 너무 심각하게 생각하고 있어. 사만다는 건강한 임신부야. 그녀를 좋아한다고 해서 그게 뭐 어떻다는 거야? 그런 문제가 아니잖아. 요컨대 이 경이적인 아기의 발육을 기록할 수 있다면 전 세계에 이익이 된다고. 나도 당신과 마찬가지로 사만다를 생각하고 있어. 그녀에게 상처 입힐 만한 일은 하지 않아."

라트레지는 그의 어깨에 부드럽게 손을 얹었다.

"그럼 선생님, 사만다는 왜 송신이 일어날 때 저렇게 몸을 구부리는 거죠? 자기도 이해할 수 없는 의학 지식을 줄줄 엮어내는 건 뭐예요? 처음에는 사만다의 설명을 믿었어요. 하지만 지금은 그 이상의 것을 알았어요. 사만다에게 얘기해 주시겠어요?"

"얘기할 작정이야. 그런데 컴퓨터의 동기를 확인해야 돼. MEDIC은 보통 기계가 아냐. 로버트나 파트너의 얘기로는 이건 생각하는 힘까지 갖추고 있는 모양이야. 몇 개월 전에 우리가 수면 연구를 시작했을 때, 그러니까 아직 사만다가 임신하지 않았을 때부터 이놈은 피험자의 뇌파에 주목하고 있었던 거야. 단지 뇌파가 MEDIC에 미치는 영향은 환영받지 못했어. 인간에게 상당히 가까운 지능을 갖는 기계가 갑자기 진짜 인간의, 아주 인간적인 자극을 받아서 그것을 이해하려고 했을 거야. 이놈은 추측하기 시작한 거야. 그들이 '관련사항을 멋대로 통합시킨다'고 말하고 있는 거 말이야. 이놈은 피험자에게 흥미를 느낀 나머지 장애를 일으키는 경우가 있었던 거야. 그래서 프로이트 프로그램을 개발했지, 프로이트는 이놈의 고장이나 이상한 작용이 우리 실험과 부합한다는 것을 판단한 거라고. 알겠어?"

"거기까지는 그런대로……."

"좋아, 여기서 사만다가 등장한다. 그때는 아무도 그녀가 임신한 사실을 몰랐어. 그런데 MEDIC은 곧바로 감지한 거야. 이놈은 아주 새로운 타이프의 자극, 다시 말해서 태아의 뇌파를 받기 시작한 거라고. 그리고 그 자극에 매료되었지. 아마 홀렸다고 하는 게 좋을지도 몰라. 이놈은 전 신경을 태아의 뇌파에 집중시켜서 그 첫날부터 커뮤니케이션을 꾀했던 거라고 생각해."

"그로부터 진짜 대화하게 되었다?"

"그렇지. 아주 상당히 전부터지. '떠 있다' '대화를 시작하라'는 말은 태아나 MEDIC 어느 쪽인가에서 나타낸 거야. 그때 비로소 서로 상대의 존재를 인지했다고 할 수 있는 거지."

"말하자면 이 대화의 동기는 일종의 기계에 의한 진화라고 할 수 있죠. 전혀 손이 닿지 않은, 티 없는 인간의 두뇌에 접촉하고, 아직 태아나지도 않은 것에……."

로지는 말이 막혔다.

"생각대로 밀고 나가고 있는 걸요! 걱정되지 않아요?"

"그건 지나친 비약이야. MEDIC은 태아를 괴물로 만들 생각은 없어. 나쁜 목적 같은 건 없는 순수한 커뮤니케이션이야."

"하지만 이미 1천 명의 의사를 모은 것보다 더 많은 의학 지식을 가지고 있다고 말씀하셨잖아요. 그런 것을 괴물이라고 하지 않는 건가요? 괴물과 같은 천재아가 아녜요?"

"고의로 행해졌다면 그렇겠지. 그러나 고의가 아냐. MEDIC의 메모리뱅크의 정보를 보내어 친밀한 관계를 가지려고 한 것은 달리 커뮤니케이션의 수단이 없기 때문이야. 그 때문에 태아의 두뇌가 극단적으로 발달한 것은 부산물이지 당초의 목적은 아니야."

연구실로 돌아갈 시간이었다. 걸어서 돌아가기로 했다. 비가 오고 있었기 때문에 브라이슨은 주빌리 종합병원의 거대한 콘크리트 베란다 아래를 지나서 가자고 했다. 라트레지는 그가 팔꿈치를 잡아끄는 대로 따랐다.

걸으면서 브라이슨의 얼굴을 힐끗 보니 결의와 정열에 찬 표정이었다. 라트레지는 미소를 짓지 않을 수 없었다.

2년 전 처음으로 연구원으로 취임했을 때 조나단 브라이슨은 장래가 약속된 우수한 연구학자라는 인상을 받았다. 그러나 만족하고 있지 못했다. 끊임없이 탐구하고 결코 만족할 줄 모르는 자세로 연구를 해왔다. 그래서 항상 이런 저런 아이템을 생각하고 있었다. 어떤 연구든 좋은 평가를 받았고 칭찬받는 일이 많았지만 그에게는 '이것뿐인가?' 하는 허기진 마음이 남아 있는 것처럼 보였다.

지금은 탐색은 끝난 것 같았다. 흥미 깊은 과학적 탐구를 향한 열정이라고도 할 수 있는 관심을 보이고 있었다.

"확실히 이치에 닿는 것 같아요. 그래도 모르는 게 있어요. 첫째, 태아는 왜 컴퓨터에 질문만 하고 있는 거죠? 둘째로 사만다는 앞으로 어떻게 되는 걸까요?"

두 사람은 콘크리트 베란다 아래에서 잠시 멈추어 서서 멀리 보이는 대학교 건물을 바라보았다.

"첫째 질문은 대답할 수 있을 거야. 처음으로 커뮤니케이션이 성립한 시점에서 태아의 뇌는 백지 상태였어. 그리고 MEDIC이 보낸 정보를 전부 흡수하고 축적하고 있었지. 이놈의 뇌는 의학의 백과사전처럼 되고 만 거야. 어느 시점에서 인간으로서의 사고가 시작된 것이고. 태아가 머리를 사용하게 된 거지. 단지 약간의 지식이나 경험에 의존해야 할 우리와는 달리 이놈은 사고의 근원이 되는 무한한 지식을 갖추고 있어. 부자는 점점 더 큰 부자가 되고 싶어한다고 하지? 그와 똑같다고 생각하면 돼. 태아는 벌써 백과사전과 같은 지식을 가지고 있는데 그래도 만족하지 않는 거야. 자기 자신에 대해서 상당히 자세히 알고 있지만 이놈은 더 많은 것을 알고 싶은 거라고. 그래서 질문하는 거야. 우리가 뭔가를 배우려고 할 때는 둘에다 둘을 더해서 넷을 얻으려고 하는데 이놈의 경우는 200만과 200만으로 400만을 얻고자 하는 것이지."

"사만다가 갑자기 머리에 떠올랐다고 하면서 의학 지식을 당당하게 계속 지껄여대는 것이 바로 그 탓일까요? 틀림없이 MEDIC이 보내는 데이터를 일부 받아들이고 있는 거예요."

"맞았어. 사만다가 그러고 있는 것은 당연한 결과겠지. 정보는 그녀로서는 무의미할지 모르지만 태아로서는 중요한 것이 된다고. 예를 들어 어떻게 하면 자궁의 혈액이 좋아져서 태아의 발육을 촉진시킬 수 있을까 하는 것 말이야. 그녀가 말하던 알파벳의 꿈 얘기 기억하고 있나?"

"네."

"샘이 알파벳의 폭포라고 말한 건 바로 글자와 숫자의 비 같은 것이었어. MEDIC이 샘의 몸을 매체로 해서 태아에게 전한 정보지. 그 정보가 폭포처럼 쏟아지고 있던 거야."

날씨가 갑자기 추워졌다. 브라이슨은 라트레지를 빌딩 현관으로 데리고 들어갔다.

"태아는 선생님이 말씀하신 대로 하려는 것일까요?"

"자기 발육을 촉진시킨다는 거 말인가?"

"네."

브라이슨은 고개를 저었다.

"모르겠어. 문득 그런 생각이 떠오른 것은 사실이야. 태아가 그것을 할 수 있을지 어떤지 확인하려고 생각하는 것은 틀림없으니까. 그래서 질문하고 있는 거라고. 다만 그놈이 그것을 잘 해내고 있는 것 같은 느낌이 자꾸만 들어."

"설마!"

라트레지는 그 자리에 멈춰 서서 떨리는 몸을 억제했다.

"이렇게까지 진지했던 적은 없었어. 이것이 두 번째 질문과 관련되는 거야. 샘에게 미치는 영향이라는 점이지. 태아가 자기 발육을 촉진하는 방법을 터득하고 있다면……. 샘이 왜 이상한 행동을 취하는지 그 설명을 할 수가 있어. 식사나 운동이나 낮잠은 본인이 생각해내서 그렇게 행동하는 게 아니고 그녀의 몸을 이용해서 자기 발육을 촉진하려고 하는 태아의 생각인 거야."

"무서운 일이라고 생각하지 않으세요?"

"하지만 로지. 아직 증명된 것은 아니야. 그저 추측일 뿐이야. 혹시 잘못 짚었는지도 모르고. 다만 누가 보더라도 불가능하다고 하는 추측이 맞는다면 정말 생각하고 싶지 않은 그런 일이 일어나고 있는 것이지."

두 사람은 엘리베이터 앞에 섰다. 문이 열렸으나 라트레지는 타려고 하지 않았다. 브라이슨이 무엇을 말하려는지 알게 된 그녀는 눈도 깜빡이지 않고 그를 뚫어지게 바라보았다.

"다시 말해서 상대는 스스로 발육을 조절할 수 있는 의학의 천재로, 어머니의 행동에 영향을……."

그녀의 목소리는 속으로 기어들어가는 듯한 속삭임으로 변했다.

"그건 막아야 해요. 무서운 일이에요!"

"로지, 태아의 의도에 악의는 없어. 조깅이나 낮잠, 식사 섭취법이 변한 것도 아마 그녀의 몸에 좋은 일일 거야. 사만다에게 해를 가하면 자신에게도 해가 미치게 되는걸."

엘리베이터의 문이 닫히려고 했다. 브라이슨은 다시 한 번 버튼을 눌러 문이 열리게 하고 라트레지를 끌듯이 해서 안으로 들어갔다. 그는 자기 연구실 층의 버튼을 눌렀다.

"알겠어, 로지? 태아가 어머니를 움직이고 있다는 것이 증명된 건 아니야. 그런 일은 불가능하다고 했지? 물론 그것이 사실이라면 막지 않으면 안 돼. 우리는 지나친 생각을 하고 있는지도 몰라. 대수롭지 않은 추측이 단숨에 미스터리 영역으로 비약하고 말았어. 협력해줬으면 좋겠어."

엘리베이터가 연구실 층에 멎자 두 사람은 복도를 미끄러지듯이 걷기 시작했다. 라트레지는 입을 뾰족하게 오므리고 말했다.

"뭘 어떻게 하라는 거죠?"

"수면실험을 계속할 수 있게 해줘. 샘의 태도에 주의를 기울여 주고 미니컴퓨터에 대해서도 거들어줘."

"언제까지요?"

"우리의 실험이 입증되든 아니든 결정이 날 때까지. 그렇게 오래 가지는 않을 거야. 진전이 없을 것 같으면 연구를 중지할 거야. 사만다의 수면실험을 중지하고 미니컴퓨터도 돌려주겠어. 그것으로 끝이야."

"누군가에게 협력을 구하는 것이 좋을지도 모르겠어요. 지금까지 안 것만으로도 경이적이고 선생님의 공적은 충분히 인정받을 수 있어요. 의학이나 과학 관계자들에게 이 믿을 수 없는 현상을 알려야 하지 않겠어요?"

"그 전에 데이터가 좀 더 필요해. 이 발견을 이론적으로 설명하려면 확고한 근거가 필요하지. 반박의 여지가 없는 결론이 나오지 않으면 안 돼."

라트레지가 연구실의 문을 열었다. 그녀는 겉옷을 입고 깊은 한숨을 쉬었다. 그리고 결단을 내렸다.

"알겠어요. 다만 한 가지 조건이 있어요."

"말해봐요."

"사만다에게 알리는 겁니다."

브라이슨은 얼굴을 찌푸렸다.

"1주일만 기다려줘. 지금은 무슨 일이 일어나고 있는지 겨우 알았을 뿐이야. 좀 더 연구할 시간이 필요해. 그러고 나서 그녀에게 얘기할게. 약속하지."

라트레지는 천천히 고개를 저었으나 곧 상냥한 미소를 지었다.

"내 파멸의 근원, 젊고 멋진 남성에게는 언제나 굴복하고 말지요."

브라이슨은 그녀의 손을 탁 쳤다.

"20년 전엔 어떤 여자였을까, 로지?"

"아마 당신은 도저히 감당하지 못했을 거예요. 선생님, 소신껏 하고 싶은 대로 하세요. 다만 1주일뿐이에요."

실험은 계속되었다. 수면실험을 할 때마다 브라이슨과 라트레지는 금융시장의 해설자처럼 컴퓨터 앞을 왔다 갔다 했다. 1주일도 못돼서 브라이슨은 라트레지가 공상이라고 생각하던 것이 실제로 일어나고 있을지도 모른다는 느낌이 들었다. 수면실험을 거듭할 때마다 전보다 많은 것을 알게 되었다. 그러는 동안 MEDIC은 메모리뱅크를 사용해서 태아와 질의응답을 빠른 속도로 했다. 무서운 속도였다. 교환되는 정보의 양이 너무도 많았기 때문에 미니컴퓨터는 자동적으로 중요한 부분만 발췌하게 되었다.

태아는 별로 알려져 있지 않은 의학 잡지의 희귀한 임상 보고에 관해서 질문하고 세계의 한 모퉁이에서 행해지고 있는 연구의 동향을 물었다. 다만 질문하는 목적은 언제나 같았다. 태아의 발육에 관한 것은 무엇 하나 빠뜨리지 않았다.

며칠 동안 관찰을 계속한 결과 브라이슨은 확신을 얻었다. 태아의 머릿속에는 완전히 자기 외에는 없었다. 자신의 정신과 육체의 성장을 질적으로 높이고 성장의 속도를 빠르게 하기 위해서는 무엇이든 잘하는 것 같았다. 목적을 달성하기 위한 수단으로서 모체를 이용하게 되더라도 상관없었다. 발육 중의 태아에게 있어서 사만다의 몸은 껍데기에 불과했다. 자력으로 살아가게 될 때까지 외계와 자기와를 잇는 매개체인 것이다.

사흘째의 관찰에서는 발췌된 대화중에 아미그다린이 신생아의 시력을 강화한다는 남아프리카의 연구 보고가 있었다.

이튿날 아침, 사만다는 살구 씨를 봉투에 가득 담아 가지고 나타났다. 그녀는 오전 내내 수면 데이터를 검토하면서 그것을 갉아먹었다. 마치 도토리를 갉아먹는 다람쥐 같았다. 씨를 손가락으로 집어서 갉아먹고 먹지 못하는 부분을 뱉어냈다. 혹시나 하고 브라이슨은 그녀가 자리를 비웠을 때 살구 씨의 성분을 검사해보니, 그것은 아미그다린을 얻기에 충분한 영양원이었다.

이제 사만다에게 털어놓을 때가 온 것이다.

8월 초였다.

두 사람은 가벼운 복장으로 리치먼드로 차를 몰았다. 선루프를 빼내어 트렁크에 넣어버렸기 때문에 따뜻한 바람과 맞부딪쳤다. 사만다의 머리카락이 바람에 나부꼈다. 저녁식사 예약을 하고 찰리의 가게에 8시까지 도착할 수 있도록 수면실험을 마치고 브라이슨은 바로 연구실을 나왔다. 해변에서 1주일간을 지낸 이래 처음으로 함께 지내는 밤이었다. 차를 몰고 있는 동안에는 두 사람 다 말이 없었다. 엔진 소리와 바람으로 도저히 얘기할 수 있는 상황이 아니었다.

두 사람은 맥주를 마시면서 삶은 게를 먹었다. 찰리의 가게는 체사픽 만에서 떨어져 있는, 음식점으로서는 유일하게 게를 맛있게 삶는 가게로 알려져 있었다. 두 사람은 맥주를 다 마시고 추가로 주문했다.

"이제 그만 할래요. 태아에게 기형이 생길 확률은 알코올 섭취량에 비례하거든요."

"어떻게 자신이 그런 말을 하는지 아나, 샘?"

그녀는 멍하니 상대를 보았다.

"물론 사실이니까 그렇겠죠."

"암, 사실이지. 그런데 어떻게 사실이라는 것을 알고 있지?"

"어떤 책에선가 읽었어요."

브라이슨은 초조했다. 게의 집게발을 쪼개면서 어디서부터 설명을 시작해야 좋을지 고민하고 있었다. 그는 생각을 정리하고 먹는 것을 중단하고는 말하기 시작했다.

"지금부터 얘기하는 것은 좀 복잡해. 어떤 의미에선 믿기 어려울지도 모르겠어. 하지만 내가 말하는 건 전부 진실이야."

"어떤 비밀이에요?"

“당신의 수면실험 결과와 관계된 거야. 2개월 이상 관찰한 결과 몇 가지 결론이 나왔어. 당신은 자신의 수면실험에 대한 설명을 별로 들으려고 하지 않았지만 많은 사실을 알게 된 지금 당신에게 설명해주지 않으면 안 된다고 생각해.”

“알았어요. 설명해줘요.”

“라트레지와 함께 당신의 뇌파 패턴을 검토하기 시작했을 때 우리의 관심은 당신의 아기가 렘수면을 취할 것인가 하는 것이었어. 거기까지는 전에 얘기했었지? 당신은 회의적이었지만 연구를 계속하는 데 동의해줬어. 연구 목적은 발육 단계의 태아의 뇌파를 알아내어 신약 개발에 도움을 준다는 것이었어. 기억하고 있나?”

“기억하고 있어요.”

“태아가 렘수면을 나타내고 있다는 것은 벌써부터 알고 있었어. 그것은 전형적인 수면과는 달랐으니까. 몇 주일 동안 분석을 해온 결과 컴퓨터는 태아에 맞지 않는 불규칙한 렘수면을 하고 있다는 결론을 내렸어. 다시 말해서 태아가 활발한 뇌 활동을 하고 있다는 것은 알았지만 그 기준이 되는 일정한 패턴 같은 것은 몰랐던 거야. 그런데 약간 기묘한 현상이 나타났어.”

“겁주지 말아요.”

“미안해, 샘. 겁줄 생각은 없어. 내 얘기를 끝까지 들으면 알게 될 거야. 처음부터 느끼고는 있었지만 당신이 자고 있는 동안에 연구실과 컴퓨터 사이에서 서로가 뭔가를 주거니 받거니 하는 거야. 태아가 뇌파의 자극을 MEDIC으로 보내면 MEDIC은 태아에게 뭔가를 보내오지. 처음에는 MEDIC이 당신에게 보내는 것으로 생각했었어. 왜냐하면 송신이 이뤄지고 있을 때 당신의 몸이 묘하게 움직였기 때문이야. 그러니까 그게 바로 태아처럼 몸을 둥글게 오므리는 거지. 하지만 당신의 움직임은 일종의 반사 반응이라는 결론에 이르렀어. 결국 정보는 태아에게 보내지고 있었던 거야."

"어떤 정보인데?"

브라이슨은 손을 저어 제지했다.

"좀 기다려, 얘기할 테니. 둘이서 바다에 갔을 때 당신은 여러 가지 생각이 갑자기 떠오른다고 말했었지? 알고 있을 리가 없는데도 떠오르는 지식, 당신이 말하는 것은 다 사실이었어. 그때 나는 웃어넘기고 말았지만 사실 당신이 그런 것을 알고 있을 리가 없었던 거야."

"그런데 지금의 경우는?"

그는 숨을 크게 들이쉬고 말을 이어갔다.

"그래, 어리석게 들릴지 모르지만, 말하자면 당신의 아기가 당신에게 그렇게 말하도록 하는 거야."

사만다는 머리가 이상해지지 않았느냐는 듯한 눈초리로 그를 바라보았다. 그러고는 웃음을 터뜨렸다. 그러나 브라이슨의 진지함에 웃음을 그쳤다.

"존, 지금 농담하고 있는 거예요?"

"농담이 아냐. 당신이 연구실에서 자고 있을 때마다 태아와 MEDIC이 대화를 하고 있어. 원칙적으로 태아가 질문하고 컴퓨터가 회답을 보내고 있지. 그뿐만이 아니야. 지금까지 알게 된 바로는 당신의 아기는 모든 의학지식을 꿰뚫고 있어. 생리학에서부터 치료법에 이르기까지 무엇이든 모르는 게 없어. 다만 태아가 제일 알고 싶은 것은 어떻게 하면 보다 빨리, 보다 크게, 보다 건강하게 성장할 수 있는가 하는 거야. 컴퓨터에게 묻는 질문의 대부분이 태아의 발육과 관련돼 있어. 간접적이지만 이것으로 당신의 행동도 설명할 수 있게 됐어."

아연하게 의자에 묻혀 앉은 사만다는 맥이 빠진 목소리로 말했다.

"당신이 무슨 소릴 하고 있는지 모르겠어요."

"말하자면 이런 거야. 여러 가지 생각이 갑자기 떠오른다거나 운동을 한다거나 식사하는 기호가 바뀌거나 하는 것은 태아가 원해서 하고 있는 거라고. 어떤 것을 보더라도 태아의 발육을 촉진하는 것들뿐이야."

"어이가 없어요. 내가 그렇게 하고 싶어서 하는 거예요. 내 건강을 촉진하기 위해서예요. 뱃속에서 속삭이는 소리 같은 건 없다고요."

그녀는 복부를 가리켰다.

"'엄마, 다음 100미터는 전력으로 달려요.' 하고 말하는 따윈 없단 말이에요. 몸에 좋으니까 하는 것뿐이에요."

"어떻게 몸에 좋다는 걸 알지?"

그녀는 생각했다.

"음……. 모르지만 알고 있어요. 어떤 강의에서 들었겠지, 하고 당신이 말했죠?"

그는 사만다의 접시를 보았다.

"왜 게의 집게발밖에 먹지 않았지?"

"그건, 리보핵산에 대한 디옥시리보핵산 비율이 가장 높은 것은 블루 클럽류의……."

그녀는 깜짝 놀라서 중단하고, 충격을 받은 나머지 벌어진 입에 손을 갖다 댔다. 브라이슨이 그 손을 잡았다.

"그런 건 어디서도 배우지 않았어, 샘. 그런 정보를 MEDIC이 태아에게 보내고 있단 말이야. 태아가 당신에게 조깅을 시키고 낮잠을 자게 하는 거야."

아까까지는 단순한 불안뿐이었다. 그러나 지금의 사만다는 공포의 도가니 속에 빠진 듯했다.

"그렇다면 내게는 자주성도, 선택의 자유도 없다는 거예요? 내가 하고 있는 건 뱃속에 있는 태아가 그렇게 하라고 하기 때문에 하는 것뿐이란 말이에요?"

"어느 정도는 그래. 당신이 간접적으로 들어서 알고 있는 것도 있어. 당신의 몸을 매체로 대화가 행해지기 때문이지. 자고 있는 동안에 당신의 뇌가 정보를 이것저것 받아들이고 있어. 그것이 갑자기 머리에 떠오르게 되는 거야. 하지만 그 밖의 대부분은 태아가 그렇게 하라고 하기 때문에 하는 거라고."

"안 믿어요. 어떻게 그런 걸 알았죠?"

"그런 건 아무래도 상관없어. 하지만 진실이야. 꾸며낸 얘기 따윈 하지 않아. 정서적인 것과 태아의 관계, 태아와 임신부와의 심리적 상호작용 등에 대해서는 아직 알려지지 않은 것이 많아. 단지 전에도 말한 것처럼 태아가 큰 잡음이라든가 기분 좋은 음악 같은 자극에 반응을 보인다는 건 알려져 있어. 아마 엄마의 심리 상태에도 반응하겠지. 예를 들면 임신 중인 엄마의 정신 상태가 태아에게 영향을 미친다는 것이지. 몹시 불안한 상태에 있었던 엄마의 아기는 태어나서 몇 주 동안은 특히 수유 전에, 다른 아기보다 많이 울어. 이 사실을 인정한다면 태아의 정신상태가 엄마에게 영향을 미치지 않는다고 할 수 있겠나?"

"행위와 반응과는 하늘과 땅 차이예요. 태아의 정신상태가, 정신상태라고 부르는 것도 어떨지 모르지만 그것이 내게 어떤 반응을 일으키게 한다는 가설은 받아들이기로 하죠. 하지만 태아가 엄마에게 어떤 행위를 강요한다는 것과는 큰 차이가 있어요."

"그렇다고 딱 잘라 말할 수도 없어, 샘."

사만다는 섬뜩했다. 손가락이 떨렸고 포크를 떨어뜨리지 않으려고 꽉 쥐었다.

"그렇다면 이 아기는 하려고 맘만 먹으면 내 손목을 자르게 하기도 하고, 절벽에서 뛰어내리게도 할 수 있다는 거예요? 이보세요, 당신이 말하는 게 얼마나 무서운 것인지 알아요?"

"진정해, 샘."

"진정하라고요?"

그녀의 목소리가 커지자 주위 손님들이 돌아보았다.

"진정하고 있을 수 있다고 생각하세요? 그런 소리를 듣고 내가 기뻐하기라도 할 줄 알았어요?"

"태아와 컴퓨터의 대화에는 어떤 형태로든 당신에게 상처를 입히거나 하는 그런 의도는 볼 수 없어. 그건 이치에 맞지 않지. 당신에게 상처를 입히면 태아도 상처를 입을 테니까. 그건 자살 행위지."

사만다는 그의 말을 열심히 들으면서 머리를 만지작거렸다.

"존, 내가 지금 어떤 기분인지 알아요? 첫째, 태아가 어떻게 그런 것을 하죠? 난 사람 손에 끌려 놀아나는 인형이 아니란 말이에요!"

"왜 그렇게 되는지는 설명하기가 어려워. 그저 그렇게 된다고 할 수밖에 없어. 태아가 의식적으로 당신과 교감하고 있지 않다는 건 확실해. 당신이 알아채지 못할 리가 없으니까 말이야. 당신의 행동을 컨트롤한다면 그것은 무의식적으로 그렇게 할 수밖에 없어. 아마 생각에 지배되지 않는 자율신경계를 통해서 하는 걸 거야. 호르몬을 사용하고 있는지도 모르지. 자율신경계나 호르몬의 작용에 대해서 알고 있나?"

"지금은 모든 것을 알고 있다고 말할 수 없어요."

"그 태아가 내가 상상하고 있는 그런 의학의 천재라고 한다면 호르몬의 작용은 이것저것 전부 알고 있을 거야. 여러 가지 호르몬의 작용과 그것이 당신 몸에서 어떤 반응을 일으키게 하는가를 알고 있어. 그리고 임신 중에는 태아나 양막이나 태반에 호르몬이 듬뿍 공급되고 있어. 온갖 종류의 스테로이드나 카테콜아민, 프로스타글란딘, 이런 물질 중의 하나를 우선적으로 일정한 비율로 혈액에 분비시키면 대부분의 생리적 기능을 제어할 수 있어. 당신의 생각을 바꾸게 할 수 있을지도 몰라. 그래, 당신의 뇌 혈압을 올렸다 내렸다, 심박동을 완전히 바꾸기도 하고 근육 기능을 조절하기도 하고……."

사만다는 울음을 터뜨렸다. 그의 손을 뿌리치고 포크를 바닥에 떨어뜨렸다. 그에게 등을 돌리고 고개를 숙여 벽 쪽을 향해 흐느껴 울었다. 브라이슨은 설명에 열중한 나머지 그녀가 어떤 기분으로 듣고 있었는지 전혀 깨닫지 못했다. 음식점 안의 사람들이 그 둘을 보고 있었다.

사만다는 울면서 말했다.

"이것도 진짜 눈물이 아니겠죠? 태아의 호르몬이 내 눈을 적시게 한 거예요. 당신은 이것이 위대한 과학적 업적인 양 얘기할 것이고. 내가 어떤 기분인지 알아요? 이것이 내게 있어서 무엇을 의미하는지 알아요? 내 아기가 괴물이라는 거예요. 어쩌면 괴물은 나일지도 몰라요. 싸구려 로봇처럼 나는 스스로가 자신을 생각하지 못한다는 거예요. 당신은 그래도 아무렇지 않아요? 걱정도 되지 않아요?"

"물론 걱정되지. 그렇지 않으면 당신에게 이런 말을 하지도 않아."

사만다는 훌쩍거리면서 말했다.

"걱정한다고요? 해변에서 멋진 시간을 보내고서도 돌아와서는 나와 얘기도 하지 않았잖아요. 당신은 마치……. 나는 매일 밤 아파트에서 혼자 멍하니 앉아서 내가 뭘 잘못했나, 당신에게 미움 받을 만한 짓은 하지 않았는데, 하면서 괴로워하고 있었다고요. 난 당신을 사랑하고 있단 말이에요. 모르겠어요? 이제야 겨우 식사에 초대해줬나 했더니……. 오랜만에 함께 있게 됐는데 당신은 무슨 말을 해줬죠? '사만다 미안해, 일이 바빠서 만날 수 없었어.'라고 말할 줄 알았어요. 그런데 당신이 얘기해준 건 뭐였죠? '빅뉴스다! 당신이 로봇이라는 걸 알았다. 걷는 사체다!'"

그녀가 큰 소리로 흐느껴 우는 바람에 주위의 손님들이 돌아다보았다. 다시 한 번 브라이슨은 그녀의 손을 잡으려고 했다.

"샘."

그녀는 손을 당겼다.

"손대지 말아요! 난 괴물이에요, 잊었어요?"

"아냐. 당신은 몰라, 아무튼……."

"내버려둬요!"

그녀는 고함을 지르고 자리에서 일어났다.

브라이슨은 20달러 2장을 테이블 위에 던져놓고 그녀의 뒤를 쫓아서 주차장으로 나갔다. 그녀는 차의 타이어 앞에 등을 구부리고 앉아서 눈물을 닦고 있었다.

"돌아가지, 샘."

"아무 데도 안가요."

"제발, 어서 타."

"강제로 안으로 밀어 넣을 건가요?"

"걸어서 돌아가기에는 너무 멀어. 아무 말도 않겠다고 약속하면 타겠나?"

사만다는 차에 올라탔다.

두 사람은 약 1시간 동안 묵묵히 있었다. 사만다는 울음을 그치고 빨개진 눈으로 지나쳐 가는 전원 풍경을 바라보았다.

"아파트 앞에서 내려줘요."

"그렇게 하고 싶나?"

"네."

"오늘 밤은 함께 있고 싶은데, 샘."

그녀는 대답하지 않았다.

브라이슨은 말을 이었다.

"그 얘길 하려고 일부러 리치먼드까지 드라이브한 게 아니야. 연구 결과를 알리는 것만이라면 대학 구내에서도 얼마든지 할 수 있었어. 그보다 함께 나가는 게 우리한테 좋을 것 같아서였어. 요 몇 주일 동안은 나도 괴로웠다고."

"침도 바르지 않은 소리 하지도 말아요. 시시해요."

"그럴지도 모르지만 진심이야. 실험의 경과를 빨리 당신한테 알려 주고 싶었지만 그럴 수가 없었어, 지금까지."

"누가 막기라도 했다는 거예요?"

"내 자신이 그럴 수가 없었어. 과학자로서 어떤 공명심 같은 그런 이기심 탓이 아냐. 난 의학 연구를 진보시키기 위해서 당신을 기니피그로 이용하고 있다곤 생각지 않아. 다만 결과가 나올 때까지는 알릴 수가 없었던 거야. 지금은 결과를 알았기 때문에 당신한테 얘기한 거야. 지난달에도 아니 지난주까지만 해도 알지 못했었어. 당신의 아기가 꿈을 꾸고 있다든가 컴퓨터와 얘기를 하고 있으면서 당신의 행동에 영향을 끼치고 있다는 생각은 들었지만 확신이 없었어. 확실하지도 않은 말을 하려고 당신을 만났다면 당신 기분이 어땠겠어?"

"지금 기분보다는 훨씬 나았겠죠."

"글쎄. 그때 나처럼 불안해져서 수수께끼를 풀고 싶어했겠지. 특히 당신의 아기나 당신 몸에 관계되는 일이니까 말이야. 이해할 수 있겠지? 그래서 지금까지 말하지 못하고 있었던 거야. 해답을 절반밖에 모르는데 얘기하는 건 오히려 불안하게 한다고 생각했어."

"그래서 존, 나더러 앞으로 어떻게 하라는 거죠? 갑자기 중병에 걸린 기분이에요. 당신 얘기로는 내 아기가 초인적이어서, 이렇게 생각하라든가 저렇게 하라든가 내게 명령할 수 있다고 하는데 나더러 그 말을 듣고 감격이라도 하라는 건가요? 앞으로도 매일 실험하면서 이 아기에게 MEDIC의 막대한 지식을 전부 흡수시키라고 말하고 싶은 거 아녜요?"

"그건 당신의 생각에 달려 있어."

"당신 미쳤군요! 이 이상 지식을 쑤셔 넣는다면 작은 머리에서 뇌가 터져 나오고 말 거예요. 게다가 마라톤을 하고 나서 재주넘기라도 내게 시킬 거예요? 당신 말대로라면 지금이라도 당장 내 다리 사이로 기어 나와서 말을 한다고 해도 이상할 게 없을 거예요. '엄마, 멋진 자궁이었어요.'라든가 말예요."

브라이슨은 웃음을 터트리고 말았다.

"뭐가 우스워요!"

그녀는 화를 냈지만, 그러다가 그녀도 웃기 시작했다.

"어떻든 확실히 이상한 데가 있어요. 하지만 내가 수면실험을 계속할 거라고 생각했다면 큰 오산이에요."

"솔직히 말해서 당신이 계속할 거라고는 생각지 않았어."

"그럼 왜 내게 달렸다는 말을 한 거죠?"

"그건 당신이 계속하고 싶다고 한다면 이 연구가 당신에게 있어서 유해하다고는 생각지 않으니까. 적어도 육체적으로는 말이야. 게다가 이 상태로 일이 추진되면 당신은 세계에서 처음으로 대학생 수준의 갓난아기를 낳게 되는 거라고. 겉으로 보기에는 보통 신생아와 아무것도 다를 게 없지만 정신적인 면에서는 완전히 얘기가 다르니까 말이야."

"그래요. 몸은 건강할지 모르지만 지금의 난 정신 이상자예요. 당신만 좋다면 수면 연구는 계속하고 싶어요. 그리고 또 아직 신경생리학에 흥미도 있고. 대답은 예스예요."

"무슨 대답?"

"당신과 함께 밤을 지낼 마음이 있다는 것, 하지만 내일 아침에 제일 먼저 주치의한테 갈 작정이에요."

"망설이고 있는 거야?"

"아니, 정했어요."

머리맡의 시계가 12시 30분을 가리키고 있었다. 브라이슨은 엎드린 채로 숨소리도 내지 않고 자고 있었다. 들리는 것은 창에 설치된 에어컨 소리뿐이었다. 사만다는 그의 몸에서 떨어져 침대에서 내려왔다. 벌거벗고 자고 있는 그의 몸은 하얀 시트로 허리까지 덮여 있었다.

그녀는 차가운 눈초리로 그를 내려다보았다. 머릿속에 연구밖에 없는 무서운 사람……. 전에도 거짓말을 했으니 또 거짓말을 할지도 모른다. 이제 그의 이야기 따위는 믿을 수가 없다. 태아가 조종을 하고 있다니, 정말 터무니없는 꾸며낸 이야기다. 태아와의 사이를 이간하기 위해 의심을 품게 하려고 그가 조작한 것이다.

그러나 그것은 계산 착오였다. 아기를 낳고 싶다는 마음은 전보다 강해졌다. 태아와는 끊으려야 끊을 수 없는 인연으로 맺어져 있어서 그의 거짓말 따위에 갈라질 수 없게 되었다.

그녀는 그에게 안겼다. 마음이 내키지 않았다. 정열이고 뭐고 없었지만 그가 무리하게 덮쳐눌렀다. 몹시 난폭했고 아팠다. 몇 번이고 그가 밀고 들어오는 동안 계속 천장만 바라보고 있었다. 너무 거칠게 움직이는 바람에 태아에게 상처를 입히지는 않을까 걱정되었다. 속에서는 분노가 폭발했다. 짐승 같아서 넌덜머리가 났다. 그가 멋대로 땀을 흘리고 떨어져 나갈 때까지의 시간이 무한히도 길게 느껴졌다. 그녀는 꼼짝 않고 있었고, 일이 끝나자 곧 잠들었다. 하지만 다시 깨어 1시간 동안 꼼짝 않고 있다가 몇 번이나 잠을 뒤척이고는 겨우 엎드려서 진정했다. 그러고 나자 그녀는 겨우 침대에서 나올 생각을 했다.

머리가 아팠다. 불쏘시개로 두개골을 관통하는 것같이 예리한 통증이 점점 더 심해져서 쿡쿡 쑤셔왔다. 정작 괴로워해야 할 사람은 브라이슨인데…….

그녀는 살며시 거실로 가서 머리를 누르면서 난로 앞에 몸을 구부렸다. 쇠로 된 불쏘시개가 나란히 눈앞에 걸려 있었다. 통증이 심해서 눈도 잘 보이지 않았다. 그의 탓이었다. 지독한 남자……. 그녀는 쇠막대기를 손에 들었다.

너무 아프다 못해 눈앞이 캄캄해졌다. 발밑도 거의 보이지 않았다.

발소리를 죽이는 것조차 힘이 들어서 한 걸음 내디딜 때마다 머리가 울렸다. 그녀는 쇠막대기를 허리 언저리까지 들어 올린 자세로 될 수 있는 한 조용히 침실로 들어갔다.

그는 코를 드르렁드르렁 골고 있었다. 그가 자고 있는 곳으로 다가간 그녀는 '돼지 같은 놈' 하고 쇠막대기를 두 손으로 쥐고 머리 위로 번쩍 쳐들었다. 눈 깊숙한 곳이 몹시 아팠다. 나를 죽일 생각이지? 끝장을 내야지. 이 기회에…….

그녀는 혼신의 힘을 다해 그의 머리에 쇠막대기를 내려쳤다.

쇠막대기 끝이 오른쪽 귀 뒤에서부터 두개골을 꿰뚫자 뇌와 피가 사방으로 흩어졌다. 그가 움직이기 시작했다. 그녀는 비명을 지르며 다시 한 번 쇠막대기를 쳐들었다. 그는 침대 위에 엎드려서 코에서 시트로 떨어지는 피를 보고 신음하고 있었다. 그녀는 소리를 지르면서 쇠막대기를 내려쳤다. 그가 육박해 오는데 뺨을 맞은 것 같았다. 그녀는 몇 번이고 쇠막대기를 내려쳤다. 그러자 그의 손이 목에 와 닿았다. 볼에 닿는 감촉이 강하고 빨라졌다. 목이 답답했다. 숨을 쉴 수가 없었다. 그만둬 제발…….

"제발, 살려줘."

브라이슨이 그녀의 양쪽 뺨을 때려서 잠을 깨우려 하고 있었다. 사만다는 소리치던 것을 멈추고 눈을 번쩍 떴다. 그는 멍하니 바라보았다. 시야가 확실하지 않았다. 그의 얼굴이 보이자 놀란 나머지 사만다는 눈을 크게 떴다.

그는 다시 그녀의 뺨을 때렸다.

"꿈꾼 거야, 샘. 샘, 깼어?"

희미한 한숨과 같은 신음소리가 새어 나왔다. 턱이 자꾸만 떨렸다.

“오, 이게 무슨 일이람.”

고양이처럼 새된 소리를 지르는 그녀의 눈에 눈물이 고였다.

‘왜……?’

그녀는 숨이 막혔다. 그에게서 얼굴을 돌려 베개에 묻자 그의 따뜻한 손이 상냥하게 어깨에 닿았다.

‘오, 하나님. 왜 내게 이런 고통을…….’

거짓말이라고 해줘요

사만다는 월요일 아침 산부인과 주치의에게 긴급하다는 전화를 걸어서 겨우 오후의 약속을 받아냈다. 진찰실에서 의사를 만나자 사만다는 중절할 결심을 전했다. 경솔하게 결정한 것은 아니지만 가능하면 마음이 변한 이유를 이야기하고 싶지 않았다. 그리고 준비가 끝나는 대로 가능한 한 빨리 마치고 싶다고 말했다.

의사는 머리가 벗겨진 살찌고 둥근 얼굴의 마음씨 좋아 보이는 40대 중반의 남자였다. 임신 초기에 꼭 아기를 낳겠다던 사만다의 용기가 아직도 그의 기억 속에 남아 있었다. 활동하는 어머니가 되겠다는 그녀의 기분은 진심이라고 여겨졌었다. 결혼하지 않았다는 사실에 대해서 듣고 그녀의 진지함에 감동했다. 다시 말해서 아이를 위해서 최선을 다하고 불행한 결혼으로 인생을 복잡하게 하지 않겠다는 그녀의 생각에 감동되었던 것이다.

금전적으로도 정확했다. 매월 청구하는 금액을 신속하게 지불하던 그녀가 갑자기 중절할 생각을 했다는 것이 아무래도 이해할 수가 없었다. 그러나 그녀가 원한다면 어쩔 수 없는 일이었다.

5개월째 들어선 낙태는 마음이 쓰이기 마련이었다. 그러나 자신의 개인적인 견해나 윤리, 도덕관념 등을 환자에게 강요하는 일은 예전부터 피하고 있었다. 이 지방의 법률은 환자의 희망에 따라 낙태할 수 있게 되어 있었다. 그가 정하고 있는 유일한 기준은 환자가 충분히 생각하고 나서 결론을 내린 것인지, 아니면 충동적이거나 정신이 불안정한 상태에서 결정한 것은 아닌지 하는 점이었다. 그런 의미에서 사만다는 매우 안정되어 있는 것 같았다.

검사실에서는 더욱더 머리가 혼란해졌다. 사만다가 날짜 계산을 잘못한 것이라고밖에 생각할 수 없었다. 태아의 크기로 본다면 초음파에코가 나타낸 이상으로 임신이 진행되고 있었다. 법적으로 중절할 수 있는 기한에 거의 달하고 있었던 것이다. 그녀를 위해서나 자신을 위해서도 가능한 한 빨리 조치하는 편이 좋을 것 같았다.

사만다가 옷을 갈아입고 진찰실로 돌아오자 의사는 임신 중기에 할 수 있는 여러 가지 중절법에 대해서 설명해주었다. 각기 장단점이 있었다. 그녀를 위해서 가장 적합하다고 생각되는 것은 단기간 입원을 요하는 것으로 자궁벽에서 태아를 둘러싸고 있는 양수에 어떤 종류의 물질을 주사하는 방법이었다. 몇 시간이 지나면 진통이 시작되고 이윽고 죽은 태아를 낳게 된다.

진통 중에는 진정제로 진정시키는데, 기껏해야 하루도 걸리지 않으며 진정제의 효과가 떨어지면 퇴원할 수 있었다. 이튿날 아침에는 수술 예정이 있지만 괜찮다면 수술에 들어가기 전에 자궁에 주사를 줄 수도 있었다. 그렇게 빨라도 되겠느냐고 의사가 물었다. 사만다는 단호한 어조로 괜찮다고 말했다. 의사는 접수처 여직원을 불러 필요한 수속을 부탁하고 사만다에게는 내일 아침에 만나자고 하고 헤어졌다.

사만다는 접수처로 가서 몇 장의 서류에 안내하는 대로 서명을 했다. 접수처 여직원은 병원에 전화해서 사만다의 입원을 예약했다. 그리고 출산보다 낙태하는 쪽이 저렴하기 때문에 대부분은 먼저 지불해야 한다는 이야기도 했다.

사만다는 산부인과 사무실을 나와서 곧장 병원의 입원 접수처로 향했다. 그녀는 동의서와 입원에 필요한 서류, 그리고 병원이 받게 될 보험 서류에 서명했다. 그 다음은 검사실로 안내받아 혈액과 요를 받고 흉부 X선 촬영을 했다. 그리고 오후 9시 이후부터는 아무것도 먹지 말라는 주의사항과 더불어 이튿날 아침 6시에 입원 접수처로 오라는 지시를 받았다.

사만다는 병원에서부터 어슬렁어슬렁 걸어서 돌아가기로 마음먹었다. 한여름의 나른해지는 듯한 오후였다. 아파트까지 몇 마일을 달려가고 싶은 충동에 사로잡혔으나 곧 어리석다는 생각이 들었다. 이제 조깅은 하지 않았다. 극단적인 식사나 운동 그리고 이상한 생각을 머리에 떠올리는 일도 조금 있으면 모두 없어지게 된다. 한 바퀴 돌아서 원점으로 되돌아가는 것이다.

애당초 임신 같은 것은 하지 않는 편이 나았을지도 모른다. 그러나 임신하지 않았다면 조나단 브라이슨과는 만날 수 없었을 것이고, 이처럼 다른 사람에게 마음을 빼앗기는 일도 없었을 것이다. 그녀는 그를 너무 사랑하게 되었다. 두 사람 사이에는 함께 살자는 무언의 약속이 숨겨져 있었고 어느덧 희망을 나누어 가지며 함께 일하게 되었다. 두 사람의 전문 분야를 일체화시켜 훌륭한 업적을 지향하고 있었다. 그들에게는 상호 신뢰와 확실한 애정이 뒷받침 되어 다른 남자의 아이가 사이에 들어 있어도 아무 문제가 없을 것이다.

놀랍게도 후회하는 마음이나 죄의식이 전혀 생기지 않았다. 악몽에서 깨어난 후, 누운 채로 자신의 마음을 정리해보았다. 막 임신했을 당시의 뜨겁던 희망이 이상하게 변해 있었다. 한동안 아이를 위한 계획을 세우지 않고 있었다. 뭔가 두려움에 싸여서 희망 대신 마음을 차지하게 된 것은 자궁에 비정상적인 커다란 아이가 들어 있는 것은 아닐까 하는 그칠 줄 모르는 두려움의 연속이었다.

적절한 식사나 칼로리의 소비량, 적당한 운동에 신경을 썼다. 그러나 의식 속에서는 강한 강박 관념이나 기묘한 생각, 의지를 거슬리게 하는 충동 같은 것이 소용돌이 치고 있었다.

사만다는 벤치에 걸터앉아서 피부를 햇살에 드러냈다. 요 몇 개월 동안의 고민이 금방 사라지게 되었다. 젤리와는 완전히 끊어졌다고 생각하니 기분이 묘했다. 만일 지금의 일을 그가 알았다면 분명히 병원에서 집까지 차로 데려다 주었을 것이다. 그러나 임신을 고백하고 나서는 전혀 연락이 없었다. 그녀는 지금의 상황이 아무래도 좋았다. 브라이슨을 알고 나서는 젤리에 대해서 거의 잊고 있었다.

지금까지도 악몽 때문에 의사에게 상담해볼까 하는 생각을 여러 번 했었다. 자신의 힘으로는 도저히 어떻게 할 수도 없고 이해도 할 수 없는 두려움에서 해방될 수가 없었다. 그리고 결정적인 계기가 된 것은 브라이슨이 이야기한 컴퓨터와의 대화 건이었다. 그녀는 정체를 알 수 없는 생물을 키우고 있는 껍데기에 불과했다. 그것은 이미 자신의 아이가 아니었고 그녀를 조종하는 주인이었다.

사만다는 햇볕 속에서 기지개를 켜고 한숨을 몰아쉬고 나서 또다시 걷기 시작했다. 이제 곧 끝난다. 약간의 불쾌감이 있을지도 모르지만 견딜 수 없을 정도는 아닐 것이다. 가능한 한 빨리 끝나기를 원했다. 짐을 빨리 벗어버리고 싶었다. 그 짐을 없애버리기만 하면 무슨 일이든 좋은 방향으로 나갈 것이다. 건강하고 힘차게……. 서로 사랑하는 사람도 있으므로.

아파트에 도착한 것은 4시였다. 그녀는 브라이슨에게 곧바로 전화를 걸었다.

"주치의를 만나서 모든 수속을 마치고 돌아왔어요. 내일 아침 일찍 병원에 갈 거예요."

"그럼 하겠단 말이지?"

"그래요."

브라이슨은 한참 동안 망설였다.

"틀림없어?"

"물론이죠."

"얼마나 걸리지?"

사만다는 순서를 설명했다.

"8시 조금 되기 전에 주사를 맞아요. 그 다음은 기다리기만 하면 돼요. 하루도 안 걸릴지 모르지만 늦어도 다음 날 오후에는 퇴원할 수 있을 거예요."

"괜찮겠나?"

"아마 그럴 거예요. 당신이 더 잘 알 텐데요."

"내가 말한 건 그렇게 빨리 퇴원해도 괜찮겠느냐는 거야."

"존, 빨리 끝내버리고 싶어요. 의사의 사정이 허락한다면 오늘이라도 하고 싶어요. 그러니까 마취에서 깨어나는 대로 병원을 나올 생각이에요."

"끝나면 간호사에게 부탁해서 전화해줘. 데리러 갈 테니."

"네. 벌써 제일 가까운 사람으로 당신의 이름을 써놓았어요."

"아니, 환자 같은 소리는 하지 마. 중절 같은 건 흔한 일이니까. 별일 없을 거야."

"당신한테는 그럴지 모르지만……. 아무튼 무슨 일이라도 생겨서 부모님에게 연락하는 일은 하고 싶지 않아요."

"음…."

그는 잠시 입을 다물었다.

"샘."

"네?"

"불안한가?"

"네, 약간."

"걱정하지 마. 내가 곁에 있으니까. 그리고 샘."

"네?"

그녀는 초조해졌다.

"사랑해."

그는 전화를 끊었다. 사만다는 수화기를 두 손으로 끌어안은 채 그의 말을 마음속으로 되뇌고 있었다. 이윽고 새된 소리를 내면서 수화기를 놓았다. 기분 좋게 몸을 녹이는 듯한 따스함이 온몸으로 스며들었다. 지금까지 느껴본 적이 없는 평온함과 만족감이었다.

이튿날 아침 사만다는 6시 조금 전에 병원에 도착해서 곧장 접수처로 향했다. 이른 시간인데도 병원에서는 사람들이 바쁘게 움직이고 있었다. 로비에는 순서를 기다리는 환자로 가득 차 있었고, 이동침대가 저쪽 복도에서 이쪽 복도로 운반되었다. 사만다가 접수처에서 입원 서명을 마치자 비닐로 된 ID를 손목에 묶어주었다. 그리고 병실이 준비될 때까지 앉아서 기다리라고 말했다.

곧장 병실 담당자가 와서 그녀의 이름을 불렀다. 사만다는 그녀를 따라 엘리베이터로 4층까지 올라가서 2인용 병실로 들어갔다. 작은 변기와 샤워기만 달려 있는 좁고 답답한 세면장과 캐비닛이 있었다. 병실 담당자는 2개의 침대 사이에 있는 커튼을 쳤다.

그녀는 베개 위에 있는 풀 먹인 하얀 환자복을 집어 들어 사만다에게 건네주고 그것을 입고 끈을 뒤로 묶으라고 가르쳐 주었다. 그리고 벗은 옷은 캐비닛에 넣고 간호사를 기다리라고 했다. 간호사는 5분 후에 혈압측정기를 밀고 들어왔다.

"안녕하세요. 편한 마음으로 계세요."

사만다가 침대에 누워 있는 동안 간호사는 이것저것 질문하면서 서류를 작성했다.

"병원에 온 목적은 뭐죠?"

간호사는 계속 미소를 띠며 물었다.

"물론 알고는 있지만 환자 본인이 말씀하시는 것을 듣지 않으면 안 됩니다. 금방 끝날 거예요. 알레르기는? 지금까지 입원 치료를 받았거나 큰 병을 앓은 적은? 변 상태는?"

질문사항은 금방 끝났다. 간호사는 사만다의 혈압, 체온, 맥박을 쟀다. 그리고 모두 정상이라는 것을 확인하고 의사 선생님이 오실 때까지 편안하게 기다리라고 말하고는 나갔다.

사만다는 베개를 겹쳐서 등에 대고 창밖을 내다보았다. 밝고 맑게 갠 여름 아침이었다. 조금 있으면 나른해지는 더위가 시작될 것이다. 사만다는 멀리 구내의 정원에서 유모차를 끌고 있는 젊은 엄마의 모습을 바라보았다. 아기가 울기 시작했다. 그녀는 눈을 가늘게 뜨고 주의 깊게 쳐다보았다. 갑자기 목덜미가 뻣뻣해졌다. 엄마가 자기 아이를 안고서 얼굴을 어루만져 주고 있었다. 애정이 가득 찬 광경이었다.

사만다의 마음이 부드러워졌다.

이번에는 시선을 돌렸다. 배 안에 있는 생명이 꿈틀꿈틀 움직였기 때문이다. 환자복 위로 배꼽 바로 아랫부분에 양손을 대보니 약하게 차는 듯한 감촉이 손가락에 느껴졌다. 사랑스러운 느낌이 드는 감촉은 목덜미의 긴장을 사라지게 했다. 사만다는 빙그레 웃으며 눈을 감았다. 자장가를 흥얼거리고 있었다.

밝고 부드러운 멜로디였다. 잠시 후 사만다는 눈을 뜨고 또 한 번 창밖을 바라보았다. 눈이 흐려 잘 보이지 않았다. 그 젊은 엄마가 아직도 있을까. 아무튼 좋다. 내 모습도 저기에 있어야 한다. 병원 밖에…….

아이를 안은 모습이 사만다의 마음을 만족케 했다. 공원에서 상냥하게 아이를 안고 엄마가 불러주던 자장가를 흥얼거리는 자신의 모습을 떠올렸다.

그녀는 환자복을 벗어서 단정하게 개어 침대 위에 놓고 벗어놓은 자기의 옷을 입고 병실을 빠져 나갔다. 병원 복도는 몹시 혼잡했지만 엘리베이터로 향하는 그녀의 모습을 눈치 챈 사람은 아무도 없었다. 엘리베이터의 문이 열리자 그녀는 '로비'라는 버튼을 눌렀다.

잠시 후, 그녀는 병원의 정면 현관을 통해서 밖으로 나갔다.

도대체 내가 이런 곳에서 무얼 하고 있었지? 그것은 대답을 필요로 하지 않는 물음이었다. 결국 어떤 생각에 사로잡혀서 병원을 찾아왔든 간에 지금은 자유였다. 사만다는 거의 날아갈 듯한 기분으로 아파트로 돌아왔다. 들어가자마자 러닝셔츠로 갈아입은 그녀는 공원에서 출발해서 12마일을 달리기 시작했다.

몇 시간 후 브라이슨이 신경과 진료실에서 연구실 가까이 왔을 때 사만다는 그에게 어슬렁어슬렁 걸어갔다. 그는 생긋이 웃으면서 그녀를 껴안고 볼에 키스했다.

"빠르군. 이렇게 빨리 끝나리라고는 생각하지 못했는데 말이야. 왜 전화하지 않았어?"

사만다는 그의 포옹을 피해서 연구실로 들어갔다. 브라이슨은 얼굴을 찌푸렸다. 그녀의 뒤를 따라서 연구실로 들어갔을 때는 이미 미소는 사라지고 없었다.

"어떻게 된 거야, 샘? 순조롭게 끝난 거야?"

"하지 않았어요."

"뭐라고?"

그는 비로소 사만다의 복부로 시선을 돌렸다.

"그만두기로 했어요."

그녀는 책상에 앉아서 일을 시작했다.

브라이슨은 당황했다. 뜻밖의 사태가 일어날 가능성은 여러 가지 있었지만 이 사태만은 전혀 예측하지 못했다.

"무슨 일 있었어? 결심이 대단해보였었는데……."

"결국 그렇게 확고하지 못했나 봐요. 마음이 변했어요."

"알 수 없군. 어제는 확고하게 결심을 한 것처럼 보였는데 말이야."

"어제는 어제고, 오늘은 잘못을 저지르고 있다는 것을 알았어요."

"그럼 병원에 가지 않았나?"

"갔어요. 하지만 병원에 들어간 뒤 내가 뭘 하려는지 갑자기 알게 되었어요. 내 아이를 죽일 뻔했어요! 믿을 수 있겠어요? 왜 그런 짓을 하려고 했는지?"

"샘……. 나는 틀림없이……."

브라이슨은 할 말을 잃고 잠자코 있었다. 분명히 뭔가 이상했다. 악기를 다룰 줄 모르는 사람들의 교향곡을 듣고 있는 것 같았다. 모든 음이 빗나가고 있었다.

라트레지가 옆으로 다가왔다. 두 사람은 걱정스러운 표정으로 서로를 쳐다보았다.

"사만다, 이제 아기가 두렵지 않아요?"

라트레지가 말을 걸었다.

사만다는 간신히 웃음을 지었다.

"이 아이는 전혀 이상이 없어요. 정상적이고 건강한 아이라고요. 누군가가 착각하고 있었던 거예요."

"하지만 우린 서로 이야기해서……."

"이상이 전혀 없다고 말했죠?"

브라이슨은 의자를 끌어당겨 사만다 옆에 앉아 그녀의 손을 잡고 살며시 어루만졌다.

"내 표현 방법이 나쁜지도 모르겠어. 뭔가 내가 모르는 일이라든가 내게 얘기해두고 싶은 건 없나?"

사만다는 눈살을 찌푸리고 잠자코 그를 보았다. 그리고 어깨를 으쓱 움츠려 보이고 나서 일을 시작했다. 브라이슨은 초조함을 느꼈다.

"샘, 여길 봐! 당신을 도우려는 거야. 걱정하고 있다고. 리치몬드에 갔던 날 밤, 당신은 아주 불안해했어. '무섭다'고 했잖아. 그래, 내가 잘못 생각하고 있었다는 건 인정해. 당신이 그런 기분에 사로잡힐 줄은 꿈에도 생각지 못했으니까. 악몽이나 운동이나 갑자기 머리에 떠오르는 생각이 당신에게 어떤 영향을 미치고 있는지 이해하지 못하고 있었던 것 같아. 그날 밤까지는 말이야. 하지만 당신은 확실하게 중절하기로 결심했었는데 왜 그만두었지?"

"그게 뭔가 잘못되기라도 했다는 거예요?"

"그걸 말이라고 해?"

사만다는 대답을 하기 전에 곰곰이 생각했다. 그러고 나서 얼굴을 들고 그에게 미소를 지어 보였다.

"당신이에요, 조나단. 바로 당신이 그만두게 했어요."

"뭐라고?"

"병원 침대에 누워서 간호사를 기다리고 있는 사이에 알게 됐어요. 당신이 말한 것이 전부 옳았어요. 이제 태아에 대해서 걱정할 것은 아무것도 없어요. 모두가 내 공상이었어요. 꿈이라든가 내가 알고 있던 여러 가지 지식은 어떤 강좌에서 배운 것이 틀림없어요. 당신이 그렇게 말했잖아요. 그리고 정신적인 변화는 임신에서 흔히 볼 수 있는 일이고 전혀 이상하지 않아요. 하지만 무엇보다도 컸던 건 태아가 내게 해를 줄 리가 없다는 당신의 말이었어요. 당신이 그렇게 말했죠? 그것은 자살 행위라고."

그녀는 만족한 표정을 짓고 있었다. 브라이슨은 그녀가 진심으로 그렇게 완전히 믿고 있다는 것을 깨달았다. 공포심이나 걱정은 사라졌다. 사라지지 않고 잠재해 있다면, 완벽하게 숨겨진 것이다. 브라이슨은 그녀의 손을 놓았다. 그리고 방구석에 서 있는 라트레지가 있는 곳으로 갔다.

"믿을 수가 없군. 내가 했던 말을 그대로 되풀이하고 있어. 역할이 뒤바뀌어 사만다가 완전히 내 흉내를 내고 있어. 마음에 안 드는군, 로지. 그녀의 결심은 날아가 버렸어."

그는 낮은 목소리로 말했다.

"어떻게 하실 거죠?"

"주치의한테 전화해서 자초지종을 확인해보자고."

사만다가 돌아간 뒤 그는 산부인과 의사인 프리차드에게 전화를 걸었다. 그는 예의 바르고 정중했다. 사만다가 정식으로 입원한 것을 인정하며, 담당자가 이동침대를 준비하고 있는 사이에 사만다가 옷을 갈아입고 아무도 모르게 병원을 빠져 나갔음을 설명했다. 프리차드는 사만다가 마음이 변한 것이라고 생각했다. 비슷한 예가 전에도 많이 있었기 때문이다.

연락해서 다시 오라고 설득할 생각은 없었다. 그것은 강요가 될 뿐만 아니라 의학적으로나 도덕적으로도 바람직하지 못했다. 되돌아오는 환자도 있었지만 아이를 낳기로 결심하는 환자도 있었다. 그는 사만다가 뭔가 정신적인 장애가 있는 것은 아니냐고 물었다.

브라이슨은 프리차드에게 미안하다는 말을 하고 전화를 끊은 다음 라트레지에게 전화 내용을 전했다.

"아마 나라도 그런 결론을 내렸을 거야. 프리차드는 샘이 괴짜라고 생각하고 있더군."

"MEDIC과 태아가 대화한 건에 대해서 이야기할 생각은 없으셨어요?"

"물론. 샘의 머리가 약간 이상하다고 생각하고 있는 것만으로도 충분해. 어차피 프리차드는 수면실험에 대해서는 자세히 모르니까. 내가 자궁암 검사법을 잘 모르는 것과 마찬가지로. 아무튼 이제 와서 이야기를 해봐도 별 수 없잖아."

"네? 왜 사만다가……."

라트레지는 그가 무슨 말을 하려는지 알고는 입을 다물었다.

"그래, 샘의 수면실험은 이제 끝났어. 연구를 중지하면 MEDIC과 태아의 커뮤니케이션을 끊을 수 있어. 그러면 아마 태아가 사만다에게 미치는 영향도 없어질 거야."

"연구가 완성되지 않았는데 괜찮으세요?"

"음, 조금은 미련이 남지만. 아무튼 연구의 완성보다도 샘이 더 중요하니까. 육체적인 해를 가하는 일은 없어. 하지만 태아가 그녀의 행동을 조종하고 있다는 것 때문에 정신적으로는 상당히 방황하고 있을 거야. 그것만으로 이유는 충분해."

이튿날 아침, 사만다가 다른 지원자의 수면실험을 돕기 위해서 연구실에 나왔을 때 겉으로 보기에는 안정되어 있는 것 같았다. 그러나 행동하는 것이 어딘가 모르게 불안해하는 것이 느껴졌다. 오후 4시가 되자 그녀는 수면실험을 재개하고 싶다고 말했다.

"무엇 때문에? 샘, 연구는 끝났어."

"마음이 편해져요. 실험이 끝나고 나면 기분이 안정되고 긴장이 풀려요."

브라이슨은 가능한 한 정중하게 거절했다. 그러자 사만다는 약간 초조해했다. 지금이 그녀에게 있어서는 고통스러운 과도기라는 것을 브라이슨은 잘 알고 있었다.

사만다의 정상적인 회복을 돕기 위해서 브라이슨과 라트레지는 가능한 한 그녀와 함께 시간을 보내며 이야기할 때도 감정을 털어놓게 했다. 아침과 점심을 함께 먹었고, 연구실의 다른 연구 과제에 대해서 자세하게 이야기를 나누었다. 또 브라이슨은 저녁 시간을 거의 그녀의 아파트에서 지냈는데, 때로는 한밤중까지 대화를 나누는 일도 있었다.

둘이서만 있을 때도 그는 사만다가 완전히 변했다는 것을 깨달았다. 자발성이 거의 없고 그 때문에 이야기도 별로 하지 않았다. 대화를 나눌 때도 그가 동기를 만들었다. 이전에는 몇 시간 동안이나 유쾌하게 이야기를 주고받았는데, 지금의 사만다는 대답만을 간결하게 할 뿐이었다.

가장 뚜렷한 변화는 섹스였다. 이전의 사만다는 거리낌 없고 헌신적이며 부드러웠는데 지금은 뭔가 꾸밈이 있는 것처럼 느껴졌다. 그녀는 싫은 것을 억지로 하고 있는 것처럼 보였다. 브라이슨은 무리하게 강요하는 것이 아닌가 해서 중단하려고 했다. 그러나 사만다는 그것을 허락하지 않았다. 그가 공격적으로 하지 않으면 그녀가 리드하기 시작했다. 브라이슨은 그녀가 사랑을 나눈다기보다는 섹스 자체를 원하고 있는 것처럼 느껴졌다. 그녀는 그의 키스에 대해서도 형식적으로 응할 뿐이었다.

라트레지도 사만다의 변화를 알아차리고 있었다. 사만다가 점점 내성적으로 바뀌어 가는 것처럼 느껴졌다. 여러 가지로 신경을 써봤지만 효과가 없었다. 오후만 되면 사만다는 수면실험을 재개하겠다고 졸랐다. 그리고 브라이슨이 거절할 때마다 점점 절망하는 듯한 표정이 되었다. 1주일 정도 지났을 때는 적의를 보이기까지 했다. 그녀를 달래기 위해서 할 수 있는 일을 다했지만 사만다는 들으려고 하지 않았다. 그녀는 좋아지기는커녕 전보다 더 나빠졌다. 브라이슨과 라트레지는 어찌할 바를 몰랐다.

브라이슨은 주말을 사만다와 함께 보냈다. 그녀의 이성과 감성에 호소하며 사만다의 행동에 이상한 현상이 나타날 때마다 지적해주었다. 갑자기 머리에 떠오르는 정보, 보통 때와 다른 말투, 식사하는 방법이나 운동에 구애받고 있는 일 같은 것은 태아의 의사에 조종되고 있는 것이라고 설명해주었다.

"5분 동안 당신을 관찰하고 있었어."

그는 벽에 기대서서 말했다.

"호흡을 재고 있었어. 보통 임신부들은 임신하지 않은 여성보다 호흡이 빨라지는 법이거든. 그런데 당신은 달라. 1분 동안에 대여섯 번 깊은 숨을 내쉬고 있어. 태아라고, 샘. 태아가 그 어떤 이유에서 그런 호흡을 시키고 있는 거야. 당신은 훈련 받은 운동선수도 하지 못하는 그런 것을 하고 있단 말이야."

"그럼, 난 운동선수보다 건강하다는 거예요? 탄소와 이산화탄소의 최적분압을 얻으려면 정상적인 임신의 과도 호흡보다는 의식적으로 심호흡을 하는 편이 좋아요."

그녀는 아무렇지도 않은 듯이 대답했다.

"거봐, 그거야! 그런 얘기가 바로 태아가 하도록 작용하고 있는 거야. 당신이 아니라……."

사만다는 그를 무시하고 냉장고 쪽으로 갔다. 브라이슨은 용기를 얻었다. 적어도 다른 때처럼 노골적으로 적의를 보이지 않았기 때문이다. 그는 그녀의 뒤를 좇아서 부엌으로 들어가 설명을 계속했다. 그녀는 냉장고를 열었다.

'그런데 뭘 먹으면 좋을까.'

아무도 없는 것처럼 그녀는 혼잣말을 했다.

다른 때 같으면 참을성 있게 이야기에 귀를 기울이고 당장에라도 그의 정확한 논리가 통해서 '네, 이제야 겨우 알았어요.'라고 대답했을 것이다. 그러나 아직 설득력이 부족한 것 같았다. 아무튼 그녀는 납득하지 못하고 있었다.

일요일 저녁이었다. 멀리 교회의 종소리가 12시를 알렸다. 앞으로 9시간만 지나면 연구실로 돌아가게 된다. 브라이슨은 잠을 이루지 못한 채 사만다의 옆에 누워 있었다. 그녀가 잠들었다고 생각했는데 시트 아래쪽에서 슬그머니 그녀의 손이 소리를 내며 움직였다. 손바닥이 그의 넓적다리를 스쳤다. 그는 그녀를 끌어안고 목덜미에 키스를 했다. 사만다는 다리를 벌리고 그에게 가까운 쪽 다리를 올렸다. 그리고 가위처럼 오므리고는 그를 맞아들였다.

뭔가 촉촉이 젖어 있다고 그는 생각했다. 그녀는 전희도 없었는데 완전히 그를 맞이할 자세가 되어 있었다. 그는 매끄럽고 꽉 조이는 그녀의 몸속으로 미끄러져 들어갔다.

브라이슨에게 있어서 임신부와의 섹스는 흥미진진하고 기하학적인 탐구였다. 각도와 곡선이 듬뿍 있었고, 어디나 싱싱하고 성숙되어 있었다. 사만다의 복부의 부풀어 올라온 곳이 위 아래로 완만하게 파도쳤다. 보리밭을 지나가는 바람 같았다. 핑크빛이었던 젖꼭지가 달을 거듭할수록 엷은 갈색으로 변해서 언저리로 퍼져가고 있었다. 무엇보다도 재미있는 것은 팽팽해진 유방이 젤리처럼 탄력 있게 떨고 있는 것이었다. 두 사람의 몸이 구부러지면 사만다의 유방이 각각 밖으로 흔들리고 그 반사에 의해 한가운데로 되돌아 왔다. 오케스트라의 지휘자가 격하게 손을 흔드는 것처럼 왔다 갔다 하고 있었다.

섹스가 끝나자 사만다는 금방 잠들어 버렸다. 브라이슨은 그녀를 꼭 껴안고 눈을 감은 채 꾸뻑꾸뻑 졸았다. 그러다가 멀리서 딱딱거리는 소리에 그는 잠에서 깼다. 그는 사만다 쪽을 돌아보았다. 아직 자고 있었지만 그녀는 눈에 보일 정도로 부들부들 떨고 있었다. 몸에 손을 대 보니 얼음장처럼 차가웠다. 이를 딱딱 부딪치는 소리가 들렸는데 그것도 어딘가 모르게 이상했다. 추워서 이가 부딪칠 때의 전형적인 단음이 아니라 독특한 패턴이 있었다. 리드미컬하게 소리가 나는가 하면 그쳤다가 다시 시작했다.

그는 장롱에서 두꺼운 담요를 꺼냈다. 사만다는 섹스 전에 옷을 다 벗어버려 알몸이었다. 그는 무심코 담요를 덮어주다가 그녀의 복부에 손이 닿자 깜짝 놀랐다. 아랫배 부분이 타는 듯이 뜨거웠기 때문이다. 다른 부분의 핏기 없는 차가움과는 대조적으로 자궁 언저리의 피부가 몹시 뜨거웠다. 그는 담요로 그녀를 푹 감싸주었다.

브라이슨은 침대 끝에 걸터앉아서 물끄러미 그녀를 바라보았다. 뭔가의 영향으로 체내의 혈액이 자궁으로 집중되어 대사와 열을 상승시키고 있었다. 그 여파로 몸의 다른 부분의 열이 내린 것이다.

왜 그럴까? 이런 일은 저절로 일어날 수가 없다. 체온은 의식적으로 바꿀 수 있는 것이 아니다. 브라이슨은 그녀가 의식적으로 하고 있는 것이 아니라는 것을 깨달았다. 이것이야말로 태아의 짓인 것이다. 사만다의 체온이 변한 것은 태아가 그녀의 몸을 조종하고 있다는 새로운 증거였다. 무서워진 그는 사만다를 흔들어 깨웠다.

"샘! 샘, 제발 들어봐!"

그는 떨고 있는 사만다의 볼을 한쪽 손으로 잡고 다시 자신 쪽으로 돌렸다. 그리고 또 다른 손으로 그녀의 손을 잡아 복부에 올려놓았다.

"이봐, 샘, 제발 들어봐. 일어났어? 만져봐, 만져보라고."

그녀는 좀처럼 깨지 않다가, 브라이슨의 채근에 완전히 잠을 깼다.

"봐, 보란 말이야. 당신은 죽을 것처럼 무섭게 떨고 있는데 자궁에는 열이 오르고 있어! 느낄 수 있나, 샘? 내 말을 알아듣겠어?"

그녀는 배에서 손을 떼면서 '흐윽' 하는 소리를 냈다. 강아지 우는 소리 같은 흐느낌이 목구멍에서 복받쳐 올랐다. 그녀는 정말로 두려움에 겁을 먹고 있었다.

"태아가 그런 거야, 사만다. 태아는 당신의 행동을 조종하는 것과 마찬가지로 체온이나 혈행을 조절하고 있어. 로지와 내가 당신에게 전하려고 했던 게 바로 이거야. 이것은 임신부 특유의 심리적 변화 같은 게 아니란 말이야. 내가 설명하는 것보다 훨씬 명확하게 태아가 보여주었어. 당신은 이미 본래의 당신이 아니라는 것을……. 태아는 당신을 조종할 수가 있어, 샘."

그녀의 얼굴에 눈물이 흘렀다. 떨림이 그치고 차가움도 사라졌다. 복부의 열이 내리고 이윽고 몸 전체에 온기가 돌아왔다.

"왜 이런 짓을 하는 거죠?"

기가 꺾인 목소리였다.

"모르겠어, 샘. 어떻게 해야 한다는 사실밖에는 모르겠어. 태아가 조종하고 있는 동안에는 당신은 자신을 몰라. 현실을 파악할 수 없게 된단 말이야."

사만다는 울기 시작했다. 베개에 얼굴을 묻고 그녀는 한없이 흐느껴 울었다.

"거짓말이라고 해줘요, 존. 제발 부탁이니 내 아기가 이런 짓을 할 리가 없다고 말해줘요."

"실제로 하고 있잖아. 자신이 만져봤잖아. 내 말을 믿어줘, 샘."

브라이슨은 그녀를 끌어안았다. 그녀는 또다시 떨고 있었다. 이번에는 추위보다도 괴로움 탓이었다.

"아냐, 아니야. 이런 일은……. 도대체 왜 이러는 거죠?"

"당신이 아니야. 당신 탓이 아니란 말이야."

"머리가 혼란스러워요. 수술해야겠죠?"

그는 입으로 눈물을 닦아주었다.

"우선은 자신이 정확하게 인식해야 하는 거야."

"제발, 나 좀 도와줘요. 꼭 안아줘요."

"물론이지, 샘. 내가 있잖아."

떨리는 것은 좀처럼 멈추지 않았다. 브라이슨은 그녀를 힘껏 끌어안았고, 두 사람은 그대로 깊이 잠이 들었다.

돌발행위

그녀는 확실하게 결단을 내렸다. 확고한 결심에 따라 프리차드가 이튿날 아침에 재입원할 수 있도록 수속을 해주었다. 그는 전화가 걸려 와도 놀라지 않는 것 같았다. 오히려 걸려올 것을 예상하고 있었다는 인상을 받았다.

사만다는 모든 감정을 털어버리려는 듯이 말했다. 이야기를 마치고 나자 후련해졌다. 그녀를 위로하기 위해 브라이슨은 그녀의 어깨에 손을 올려놓았다. 그리고 당신의 결단은 옳은 것이라고 말해주었다. 사만다는 자신에게 신경 쓰게 하고 싶지 않아서 몸을 뒤로 빼고 그의 볼에 키스를 해주었다. 이해해주는 것만으로도 격려가 되었다. 이번에야말로 결심을 뒤엎는 일은 없을 거라고 생각했다.

브라이슨이 밤을 함께 지내자고 제의했으나 사만다는 충분히 자두고 싶다고 말하면서 거절했다.

"괜찮겠어?"

"괜찮아요."

중절수술을 받겠다는 신념은 분명히 확고했다. 브라이슨은 이튿날 아침, 그녀를 병원까지 데려다 주겠다고 말했지만 그녀는 거절했다. 혼자서 결단을 내렸듯이 행동도 혼자서 하겠다는 것이었다.

그녀는 만족스러운 듯이 걸어서 돌아오자 구토증도 가라앉고 식욕도 생겼다. 1주일 전에 지금과 똑같은 일을 하려고 했었다. 그때의 결단은 충동적으로 브라이슨이 태아에 대해 이야기한 것에 영향을 받은 것이었으나 이번에는 충분히 깊이 생각했다. 누가 뭐라고 해도 자신의 의지를 포기하지는 않을 것이다. 선택을 도와준 브라이슨이 더욱 좋아졌다. 이윽고 그녀는 아파트에 도착했다.

존과 자신……. 정말로 좋은 느낌이 들었다. 그리고 전에 없이 그가 그리워졌다.

사만다는 목제 선반에서 와인 보조레를 집어 들고 축배를 올렸다. 임신 중의 알코올의 해 같은 것은 이제 아무래도 상관없다고 생각되었다. 글라스에 가득 따라서 단숨에 다 들이켜고 나니 순하고 맛이 좋았다.

방안은 햇볕이 들어서 더웠다. 그녀는 차양을 내리고 에어컨을 켰다. 블라우스 단추를 풀어헤치고 청바지를 벗어서 바닥에 팽개쳤다. 빨래는 뒷전이었다. 아무튼 지금은 편히 있고 싶었다.

한 잔을 다 들이켜고 나서 두 잔째를 마시니 와인 탓에 나른해졌다. 욕조에 따뜻한 물을 받고는 물이 차기를 기다리고 있는 동안에 거울에 비친 자신의 모습을 바라보았다.

한 달 전에 바닷가에 가서 태운 자국이 희미하게 보였다. 자신의 몸매가 만족스러웠다. 피부도 팽팽해서 양쪽 유방을 손바닥으로 올리자 젖꼭지가 단단해졌다. 유방은 늘어지거나 흔들리지 않고 쑥 하고 위를 향했다. 그녀는 입을 다물고 숨을 들이쉬었다. 볼록한 아랫배에 손을 대고 손가락 끝으로 취부 바로 위 언덕진 부분을 문지르면서 다른 손으로는 유방을 감싸고 엄지손가락으로 젖꼭지를 가볍게 두드렸다.

'황홀한 기분이야, 존.'

물을 잠그고 탕 안으로 들어갔다. 바스 오일을 물에 풀어서 미끈미끈해질 때까지 몸에 발랐다. 욕조 가장자리에 목을 걸치고 무릎을 벌렸다. 어깨까지 물에 잠겼다. 수면에 얼굴을 드러낸 젖꼭지는 오일 바다에 뜨는 딱딱한 핑크 부표와 같았다. 그녀는 비누를 집어 들고는 무릎을 크게 벌리고 욕조 안쪽으로 몸을 밀어붙였다. 그러고는 비누를 질에 대고 천천히 문지르기 시작했다. 눈꺼풀이 감겼다.

'아이, 좋아.'

갑자기 생각지도 못한 구역질이 솟구쳤다. 머리를 홱 치켜 올리고 비누를 놓고 미끄러지지 않도록 두 손으로 가장자리를 잡았다. 메슥거리는 것을 억누를 수가 없었다. 심하게 치미는 경련이 음식물을 목까지 밀어 올려 입을 가득 채웠다.

손으로 입을 막으려고 했지만 늦었다. 입에서 음식물이 넘쳐 나와서 손가락 사이로 흘렀다. 그것은 가슴까지 잠긴 물에 떨어져 젖가슴 사이로 방울져 떨어졌다. 목구멍 안쪽에 경련이 전해져서 얼굴이 창백해진 채 숨도 쉬지 못하고 막혔다. 토해낸 것이 하얀 타일로 된 벽의 사방에 튀었다. 물은 와인과 담즙이 뒤섞인 갈색으로 끈적끈적하게 변해서 악취가 진동했다.

그녀의 얼굴에서는 핏기가 사라지고, 몸을 굽혀 위가 텅 빌 때까지 물속에서 계속 토해냈다. 정신을 차려보니 토해낸 것으로 가득 찬 시큼한 악취 속에서 자신이 잠겨 있었다.

구토가 멈추었다. 발가락으로 바닥에 있는 마개를 빼야 한다는 생각을 간신히 했다. 지저분한 물이 조금씩 소용돌이치며 흘러갔다. 물이 완전히 빠지고 나자 소화되지 않은 음식물 찌꺼기가 바닥에 남았다. 몸이 갑자기 추워지면서 떨리기 시작하자, 그녀는 욕조 바닥에 누웠다. 온몸이 추위에 새파랗게 되어갔다.

30분 정도가 지나서야 조금씩 힘이 되살아났다. 겨우 살에 핏기가 돌아오고 일어날 수가 있었다. 물을 조절해서 뜨거운 물을 세게 틀자, 앉아 있는 사만다의 무릎 언저리로 따뜻한 물이 흘렀다. 마개를 뽑은 채로 몸에 묻은 더러운 찌꺼기를 씻고 악취 나는 찌꺼기를 배수구 쪽으로 흘려보냈다. 비틀비틀 일어나서 샤워기의 물을 틀어 벽과 타일을 씻어내고 마지막에는 머리에 세찬 물줄기를 들이댔다. 샤워가 끝나자 몸을 닦고 세면대 아래에 있는 찬장에서 공기 청향제를 찾아 그것이 빈 통이 될 때까지 스프레이 버튼을 계속 눌렀다. 방안이 온통 장미 향기로 가득 찼다.

그녀는 지금 무엇이든 정상적으로 생각할 수 있는 상태인 것 같았다. 그녀는 웅크린 채로 수건을 몸에 두르고 발을 끌듯이 하며 욕실에서 나왔다. 소파에 누워 팔로 눈을 가렸다. 틀림없이 와인 때문일 것이다. 부패한 와인…….

심한 구토를 견뎌낸 근육이 피로했다. 녹초가 된 사만다는 회복을 기다렸다. 전혀 몸을 움직일 수가 없었다.

이윽고 에어컨의 시원한 바람이 이마에 기분 좋게 다가왔고, 긴장이 풀리자 꾸벅꾸벅 졸음이 왔다.

막 잠들려고 할 때 뒷골이 욱신욱신 쑤시기 시작했다. 통증은 머리 정수리로 옮겨가 뇌를 짓눌렀다. 그녀는 눈을 부릅뜨고 벌떡 일어났다. 머리가 부어 오른 것은 아닌가 할 정도로 심하게 압박해왔다. 그녀는 눈을 꼭 감고 두 손을 안쪽으로 꼭 눌렀다. 머리가 당장에라도 파열되어버릴 것 같았다. 목에서는 새된 신음소리가 새어 나왔고 통증이 너무 심해서 움직일 수조차 없었다. 그녀는 머리를 감싸 쥐고 울었다.

잠에서 깨어나고 싶었다. 그러나 꿈이 아니었다. 간신히 일어나 도움을 청하려고 울면서 전화기가 있는 곳으로 향했다. 손을 떼자 머릿속이 산산조각이 나서 흩어져 가는 듯한 느낌이 들었다. 시야가 흐려졌다. 눈 망막 쪽 깊은 곳의 통증이 앞으로 퍼져 나와 넙치 눈알처럼 튀어 나올 것만 같았다. 전화기가 있는 곳으로 다가가려고 해도 뭔가가 그녀를 억누르고 있어서 갈 수가 없었다. 어깨가 무거워졌다. 무릎이 굽어지고 닻을 내린 것처럼 턱이 아래로 끌렸다. 그녀는 바닥에 주저앉았다. 그러자 통증으로 눈앞이 캄캄해지는가 싶더니 정신을 잃고 말았다.

눈을 떴을 때는 역시 캄캄했으나 통증은 사라진 상태였다. 그녀는 부들부들 떨면서 몸을 일으켜 전화기 옆에 있는 시계를 보았다. 한밤중인 2시였다.

'어머, 10시간 동안이나 정신을 잃고 있었다니…….'

사만다는 문득 깨진 램프가 바닥에 뒹굴고 있는 것을 발견했다.

간신히 일어나서 방안을 둘러보고 불을 켜려다가 쓰러진 의자를 잡았다. 벽에 손을 대고 더듬거려 스위치를 켜니 온통 아수라장이었다. 액자가 카펫 위에 떨어져 유리조각으로 뒤덮여 있었고 책상이 뒤집혀서 서랍 안에 있는 물건과 가구와 책이 방안에 온통 흩어져 있었다. 급히 현관으로 달려가 보니 낮에 돌아와서 잠근 채로 그대로 있었다. 집안을 대충 살펴보았다. 유리창도 그대로였고 누군가가 침입해서 들어

온 흔적은 없었다. 그럼 왜……?

그녀는 갑자기 두려워졌다. 존에게 이야기해야 한다. 잠들었겠지만 깨워서라도 이야기해야 한다. 그녀는 전화기에 다가가려다가 재떨이에 발부리가 부딪혔다. 주우려고 웅크리고 앉았을 때 찢어진 종잇조각 같은 것이 눈에 들어왔다. 재떨이 주변에 흩어져 있는 것은 찢어진 사진과 필름 조각들이었다.

사만다는 무릎을 꿇고 살펴보았다. 존과 함께 휴가를 보내면서 찍은 사진이 갈기갈기 찢어져 있었다. 무거운 재떨이가 두 동강으로 깨져 있었고, 그 밑에는 존의 사진을 넣어둔 소중히 여기던 액자가 만화경처럼 산산조각이 나 있었다. 주변의 바닥에는 피가 묻어 있었고 유리에도 마른 핏자국이 있었다. 그녀는 서둘러 그것들을 치우고 전화기 쪽으로 향했다. 그리고 수화기를 들고 공포에 질린 나머지 우뚝 서 있었다. 수화기를 붙잡고 있는 자신의 손을 보니 날카로운 칼 같은 것에 베인 자국이 있었고 손가락 끝에 흘러내린 핏자국이 말라붙어 있었다. 재떨이를 힐끗 보고 나서 다시 한 번 자신의 손을 쳐다보았다. 아, 이게 무슨 일이지. 손이 떨리기 시작했다. 그녀는 수화기를 놓았다.

그때 그녀는 태아의 존재를 깨달았다. 태아는 처음에는 배를 가만히 찼지만 차츰 세게 찼다. 뻔뻔스러움을 느낄 수 있었다. 사만다는 전화기 앞의 깔개에 쓰러졌다. 배가 땅에 닿으려고 해서 급히 손을 넣었다. 굴욕을 느낀 나머지 몸에 손을 대는 것도 싫었다. 복부 전체에 자꾸만 압력이 가해졌다. 움직일 수가 없었다. 몸은 말을 듣지 않고 머리만이 작용하고 있었다. 자신이 한 일이 믿어지지 않고 이유도 알 수가 없었다. 집안이 엉망이 되고 소지품은 부서졌으며 사랑하는 사람의 사진은 갈기갈기 찢어져 있었다.

태아는 우쭐대는 듯 끊임없이 발로 찼다. 자신의 책임이 아니라는, 존이 태아에 대해 말한 것을 이제야 분명히 이해할 수 있었다. 사만다는 울기 시작했다.

'왜 이런 짓을 해야 하지? 내가 왜 이런 벌을 받아야 하는 거냐고!'

태아는 기세등등하게 계속해서 찼다. 사만다는 그대로 앉은 채 훌쩍훌쩍 울었다. 지금 일어나고 있는 일을 생각하지 않고 싶고 머리를 텅텅 비우고 싶었다. 난생 처음으로 사만다는 시계초침을 바라보면서 초를 읽었다. 시간을 좇아감으로써 생각을 좇으려고 했다.

빛나는 글자판이 그녀의 넋을 잃게 했다. 시간이 흘러가고 있었다. 그녀는 날이 밝아지면서 태아의 움직임을 무시하고 잘 보인다는 것을 막연하게 생각했다. 짧은 바늘이 5를 가리켰다.

전화벨이 울렸다. 사만다는 집중력이 혼란해져서 받아야 할지, 말아야 할지 망설여졌다. 세 번, 네 번. 태아의 움직임이 약간 약해졌다. 일곱 번째 벨이 울렸다. 움직임이 완전히 멈췄다. 한숨을 내쉬면서 그녀는 전화기에 손을 뻗었다.

"여보세요."

"샘, 나야 병원으로 달려가야겠지만, 일어난 김에 당신이 깼는지 확인하고 싶었어. 늦으면 곤란할 테니까 말이야."

"아, 존! 저녁 내내 아주 혼났어요."

긴장이 되어 목소리가 높아졌다.

"그게 정상이야, 샘. 이제 끊어야겠어. 급한 환자가 있거든. 자, 그럼 나중에……."

"존, 잠깐만!"

늦었다. 전화는 끊어졌다.

사만다는 수화기를 놓고 태아가 움직이기를 기다렸다. 시계를 보았다. 1분이 흘렀다. 벌써 5분이 지났는데도 태아는 조용했다. 그녀는 자궁 주위에 손을 대고 움직임을 느끼려고 애썼지만 아무것도 느껴지지 않았다. 이윽고 그녀는 멍한 상태에서 벗어나 차양을 걷고 온 방안에 아침햇살을 가득 채웠다.

그녀는 서둘러 옷을 갈아입었다. 치우는 것은 나중 일이었다. 병원에 도착하면 안심이 될 것이다. 입원하면 통증이 오든 구역질이 나든 상관없었다. 귀중품은 가져오지 말라고 했다. 묵을 준비를 하려다가 그만두었다. 오래 있지는 않을 것이다.

평상복을 입고 빈 핸드백에 칫솔과 잔돈을 집어넣었다. 키를 포켓에 찔러 넣고 흩어진 방을 한번 휙 둘러보고는 현관문을 잠갔다.

입원 수속은 7일 전과 마찬가지였지만, 이번에는 무한히 길게 느껴졌다. 역시 병실 준비가 되자 담당자가 안내해주었다. 뚱뚱하고 나이 든 여자가 입구 가까운 쪽 침대에서 자고 있었는데, 큰 소리로 코를 골고 있었다.

7시 15분, 간호사가 와서 수술실이 비어 있다는 것을 알려주었다. 화장실을 다녀온 후 진정제를 맞았다. 녹색 옷을 입은 잡역부가 이동침대를 밀고 들어왔다. 두 사람의 도움을 받아 사만다는 재빨리 이동침대로 옮겨졌다. 간호사의 전송을 받으며 사만다가 누워 있는 이동침대는 복도로 나갔다.

맨 끝에 있는 커다란 치료실 앞에서 멎었다. 담당자의 설명에 의하면 이곳은 진짜 수술실이 아니고 그녀와 같은 환자들을 위한 대기실 같은 방이었다. 그는 문을 밀고 안으로 들어가서 안에 있는 간호사에게 사만다를 인계했다. 그녀는 자신이 마치 목적지에 도착하기까지 많은 사람의 손을 거쳐 가는 물건처럼 느껴졌다.

수술용 녹색 옷을 입은 간호사는 벌써 모자와 마스크를 쓰고 있었다. 그녀는 사만다에게 인사를 하고 기분이 어떠냐고 물었다. 약간 지쳐 있기는 했지만 빨리 시작해주었으면 좋겠다고 말했다. 간호사는 옆의 창을 가리켰다. 시야가 흐렸지만 손에 비누칠을 하고 있는 의사를 알아볼 수 있었다.

사만다는 수술대 위로 옮겨졌다. 간호사는 수술대 위에 있는 눈부신 스포트라이트를 켜고 라이트를 사만다의 복부로 향했다. 무릎은 벨트로 고정시켰다. 젊은 의사가 뒤쪽 문에서 들어오자마자 왼쪽 팔을 내밀라고 말했다. 그는 마취 전문의사로 마취주사를 놓기 위해 온 것이다. 사만다의 팔에 고무 압박대를 대고 카테터를 동맥에 꽂았다. 재빠르고 능숙했다. 튜브를 테이프로 고정시키고 액이 흘러내리는 양을 조절하고 나서 그는 나갔다. 그와 동시에 밖의 문이 열렸다.

산부인과 주치의가 깨끗하게 씻은 손을 문에 닿지 않게 하려고 뒤로 돌아서 들어왔다. 팔꿈치를 굽히고 손을 앞으로 내밀었다. 손에서 물방울이 뚝뚝 떨어지고 있었다.

"컨디션은 어떻습니까?"

의사는 사만다의 얼굴을 보며 말했다. 그녀는 잠자코 인사를 대신해서 고개를 끄덕여 보이고 빨리 시작해주기를 기도했다.

"안녕하세요, 프리차드 선생님."

간호사가 소독해둔 수건을 건네주었다. 손을 닦은 후 간호사가 펼쳐들고 있는 수술복에 팔을 넣었다. 간호사가 등 뒤에서 끈을 묶었다. 그는 기구대 앞으로 가서 하얀 생고무 장갑을 끼었다.

"어젯밤에는 잘 주무셨습니까?"

의사가 물었다.

"약간은요."

"그거 다행이군요. 그렇게 오래 걸리지는 않습니다. 먼저 간호사가 준비를 할 거예요."

간호사는 사만다의 환자복을 말아 올려서 가슴 아래 언저리에서 접어두었다. 무균 시트가 음모에서 아랫부분을 덮었다. 사만다는 자궁의 매끄럽게 부풀어 오른 부분이 2장의 리넨 사이에 돌출해 있는 모습이 되었다.

"약간 차갑습니다."

간호사가 그렇게 말하고 소독약을 바르자 노란색 거품이 일었다. 잠시 씻고 나서 마른 무균 수건으로 거품을 닦아냈다. 이어서 갈색 요오드 액을 내뿜었다. 그 액체는 분무기를 연상케 하는 플라스틱 용기에서 뿜어 나왔다.

"오케이, 준비가 끝났습니다. 진행해 가면서 모든 순서를 설명할 테니 깜짝 놀라는 일이 없도록……."

"네."

사만다는 머리에 통증을 느끼기 시작하면서 대답했다.

"좀 서둘러줄 수 없어요? 별로 기분이 좋지 않아요."

의사는 기구대를 끌어 당겼다.

"우선 수건으로 덮겠습니다."

그는 4장의 수건을 펼쳐놓고 한복판의 직사각형 부분만 피부가 나오도록 했다. 태아가 갑자기 난폭하게 움직이기 시작했다. 사만다는 머리에 덮쳐오는 통증을 참고 눈을 감았다.

'제발, 빨리요.'

의사는 태아의 움직임을 알아차렸다.

"건강한 녀석이군."

그는 누구에게 들려주려는 것이 아니라 혼잣말처럼 중얼거렸다. 장갑 낀 손을 복부에 대고 자궁을 촉진했다.

"배뇨는 마쳤나?"

그는 간호사에게 물었다.

"네."

"음, 꽤 큰 자궁이군. 좋아, 2% 리도카인액과 작은 25번 바늘을 줘."

"벌써 내놓았습니다."

"됐어. PG(진통 촉진제 또는 혈관 확장제로 의학적 효과가 있음)는?"

"40mg."

"좋아. 그러면 미스 카스틴, 이제부터 배의 감각을 없앱니다."

그는 국부 마취약이 들어 있는 주사기를 집어 들었다.

"따끔합니다, 자."

그렇게 말하면서 그는 마취약을 배꼽 아래에 주입했다.

"타는 듯한 느낌이 들지도 모르겠습니다. 자, 기분이 어떻습니까?"

"아파요."

마취가 아니라 머리 쪽이다. 사만다는 눈을 감은 채 머리를 좌우로 흔들며 심한 통증을 진정시키려고 했다. 심한 현기증이 났다. 의식이 차츰 흐려지는 것이 느껴졌다. 이미 상대편의 말 따위는 듣고 있지 않았다.

"빨리 제발 서둘러줘요."

"이제 곧 끝납니다."

의사가 격려하듯이 말했다.

"이제 곧 끝날 겁니다. 이번엔 약간 압박감을 느낄지도 모릅니다."

그는 10cm 정도 길이의 굵은 주사기를 집어 들었다. 바늘 끝을 마취주사를 놓았던 자리에 대고 솜씨 있게 자궁으로 침을 꾹 찔러 넣었다. 양막 액이 빈 주사기로 들어와서 위쪽에 거품이 생겼다. 투명한 액체가 물방울이 되어 사만다의 피부 위에 떨어졌다.

의사와 간호사는 주사 바늘에 주목하고 있었기 때문에 사만다가 갑자기 눈을 떴다는 사실을 알아차리지 못했다. 사만다는 이를 드러냈다. 멍청한 표정이기는 했지만 난폭한 표정이었다. 그녀는 머리를 움직이지 않고 멍청한 시선으로 천장을 뚫어지게 노려보고 있었다.

"이제 주사를 놓으면 2, 3초면 끝납니다."

그때 갑자기 사만다의 입에서 나온 짐승이 으르릉 대는 듯한 소리를 간호사는 결코 잊지 못할 것이다. 의사가 막 주사 바늘을 찌르려고 할 때 사만다의 목구멍에서 나온 소리였다.

의사는 묘한 소리가 나는 쪽으로 힐끗 눈을 돌려 그녀의 광포한 표정을 보고 손을 멈췄다.

"미스 카스틴……?"

흥분된 눈초리의 사만다가 화를 내며 소리를 질렀다. 난폭하게 왼팔을 쳐들고 의사를 들이받았다. 그리고 벌떡 일어나 무서운 형상으로 뚫어지게 보면서 외쳤다.

"안 돼요!"

미쳐 날뛰는 짐승처럼 길게 꼬리를 끄는 절규, 그녀는 배에 꽂혀 있던 주사기를 잡아 뽑아서 벽에다 내던졌다. 간호사가 당황하여 달려왔다.

"자, 진정하세요. 이보세요, 당신은……."

말이 끊어졌다. 강렬한 백핸드 펀치를 맞고 쓰러진 것이다. 사만다는 정맥 카테터를 뽑고 시트를 벗긴 다음 무릎의 벨트를 밀어 젖히고 수술대 옆으로 발을 드리웠다. 입을 벌린 채 멍청하게 바라보고 있던 의사는 본능적으로 뒷걸음질 쳤다. 사만다는 의료장비들을 내동댕이쳤다. 그리고 바닥으로 뛰어내려 문을 밀고 빠져 나갔다. 그 힘이 너무 강했기 때문에 경첩 하나가 빠졌다.

사만다는 복도를 달려갔다. 병원 관계자들의 옆을 지나가도 모두 깜짝 놀라서 아무 말도 하지 못했다. 모두가 끈이 풀린 환자복을 펄럭거리며 질주하는 맨발의 여자를 보고 놀라고 있을 뿐이었다. 멀리서 "그 여자를 잡아요!" 하는 소리가 났다. 그러나 누구 한 사람 꼼짝하지 않았다.

사만다는 병실로 뛰어 들어갔다. 앞 침대에 있는 여자는 주위의 소동에도 아랑곳하지 않고 코를 골고 있었다. 사만다는 서둘러 옷을 갈아입고 핸드백을 들고 엘리베이터를 향해 달려갔다.

"경비원을 불러!"

뒤에서 외치는 소리가 들렸지만 그녀는 벌써 가장 가까운 계단으로 뛰어 내려가고 있었다. 마치 노루가 뛰어가듯 껑충껑충 서너 계단씩 뛰어 내려간 그녀는 30초 만에 1층에 도착했다. 로비로 뛰어 나가면서 이동침대와 걷고 있는 사람들을 헤치며 정면 현관을 향해 달려갔다. 사람들은 호기심 어린 눈으로 그녀를 바라보았다.

드디어 밖으로 나왔다.

상쾌한 아침 공기, 눈부신 태양, 기분이 좋았다. 그녀는 상쾌한 공기를 들이마셨다. 맨발로 뛰는 것이 건강에 좋다는 생각에 신발을 벗어

한쪽 손에 들었다. 아파트까지 몇 마일이나 되지만 요 며칠 동안 달리지 않았기 때문에 운동이 필요했다. 그녀는 느긋한 페이스로 달리면서 산들바람에 머리카락을 날렸다. 뱃속에서는 태아가 세차게 발길질을 하고 있었다.

지금 중요한 것은 단 한 가지뿐이었다. 아기가 무사하다는 것이다. 그녀는 이제 이 아이에게 해를 끼치는 사람은 누구라도 용서할 수 없었다.

감춰지는 자아

연구실에서는 점심시간을 맞고 있었다. 브라이슨은 식사를 마치고 돌아오면서 라트레지 몫으로 샌드위치를 가져왔다. 그때 그녀가 수화기를 건네주었다.

"선생님, 전화예요."

"누구한테서?"

"모르겠어요. 직접 통화해야 한답니다."

"그래?"

그는 수화기를 받아들었다.

"여보세요?"

"브라이슨 선생?"

"그렇습니다."

"프리차드입니다. 산부인과 의사, 지난주 얘기를 나눈 적이 있는데……. 기억나십니까? 사만다 카스틴의 일로 전화 드리는 겁니다."

그는 잠시 사이를 두고 대답을 기다렸다.

"그녀에게 무슨 일이 생겼습니까?"

"비밀을 요하는 얘기입니다, 선생. 제일 가까운 사람으로서 당신의 이름이 기입되어 있어서……. 만일 이 일에 대해서 모르고 계셨다면 말씀드려야 할지 말아야 할지 해서요."

"환자의 비밀을 지켜주려는 데에는 감사드립니다. 프리차드 선생. 그러나 중절 건은 이미 잘 알고 있습니다. 샘은 연구 조수로 일하고 있는 대학원생입니다. 부모에게 알려지는 것을 원치 않았기 때문에 저의 이름을 기입했던 겁니다. 순조롭게 잘 되고 있습니까?"

"틀렸습니다. 그녀는 지금 거기에 있는 게 아닌지 오히려 물어보고 있는 중입니다."

"병원에 가지 않았다는 말입니까? 늦잠 자지 않게 오늘 아침 전화까지 했었는데……."

"오기는 왔습니다. 마치 이 근처 일대에 명함을 부리고 다니는 것 같았습니다. 제법 큰 소동을 일으켜서 말이죠."

브라이슨은 걱정이 되어 침착할 수가 없었다. 그는 펜을 책상 위에 내던졌다.

"뭔가 문제가 생겼다면 빨리 말씀해주십시오."

"수술 도중에 정신이 돈 듯이 벌떡 자리에서 일어나더니 병원을 뛰쳐나갔습니다. 그뿐 아니라 간호사한테 폭행을 가하고 수백 달러가 되는 의료장비들을 부수고 병원의 일정을 망쳐놓았습니다. 정문 현관을 통해 달아나는 것을 보았을 뿐입니다. 집에 전화를 해도 받지 않아서 병원의 경비원까지 파견했었습니다. 현관 벨을 눌러도 나오지 않아서 관리인한테 부탁해서 문을 열고 들어갔는데 없었다는군요. 방안은 엉망진창으로 어질러져 있었답니다. 그래서 전화 드린 겁니다. 혹시 그곳에 있는지 아니면 짐작 가는 곳이라도 있는지 해서 말입니다."

"그렇다면 이쪽에서 더 알고 싶습니다. 정말 걱정되는군요. 최근의 샘은 임신을 대단히 부담스러워 했던 것만은 사실입니다. 하지만 중절 의사는 확고하다고 생각했는데 말입니다."

"저도 그렇게 생각했습니다. 말씀드리기 곤란하지만 당신의 조수는 어딘가 정신이 이상한 것 같습니다. 제 생각으로는 치료를 받는 편이 좋을 것 같습니다."

"마음이 변했기 때문입니까?"

"아뇨, 누구라도 마음이 바뀔 수는 있습니다. 그런데 지난주에도 그런 일이 있었습니다. 그 자리에 있었던 사람이 아니고서는 잘 이해하지 못할 것 같습니다. 정말 얌전한 사람이구나 하고 생각했는데 갑자기 미친 듯이 날뛰니 마치 지킬 박사와 하이드 같다고나 할까요. 감정의 변화뿐만 아니라 몸에도 변화가 나타납니다. 광폭한 인간으로 변해 버리는 겁니다. 인턴시절에 보았던 중증의 조울증 환자를 생각나게 했습니다. 제가 마녀의 존재를 믿는다면 그녀는 분명 무언가에 씐 것이라고 말하고 싶을 정도입니다."

"씌었다고요?"

"매우 불안정한 정신 상태라고 할 수 있습니다. 도움이 필요해요. 그것도 빠를수록 좋습니다. 그녀를 보는 대로 알려주십시오. 나와 당신이 정신과 의사의 치료를 받도록 설득할 수 있을지도 모릅니다. 경찰이 개입하지 않도록 조처하는 것만으로도 상당히 고생했습니다. 얻어맞은 간호사는 이제 진정되었습니다. 그럼 연락주세요."

"네, 일부러 전화 주셔서 감사합니다."

브라이슨은 라트레지의 곁에 앉았다.

"들었나?"

"드문드문 들었어요. 이번에도 또 마음이 변해서 중절하지 않은 건가요?"

그는 머리를 빗어 올렸다.

"그녀가 아냐, 로지. 그 일을 결정한 건 태아야."

"태아가요?"

브라이슨은 고개를 저었다.

"내가 바보였어. 태아가 그녀의 행동을 조종하고 있다는 것을 알았으면 이런 사태는 당연히 예측하고 있었어야 하는데……."

"자신을 책망하는 일은 그만두세요. 예상하지 못했기 때문에 그런 걸 어떡합니까?"

"태아가 지금까지 악의를 보이지 않았다고 해서 잠자코 죽임을 당할 것이라고 생각한 것이 잘못이었어. 그녀의 말에 모든 것이 드러나 있었는데 알아차리지 못했어. 그놈은 엄연히 자기 의사를 갖고 있어."

"하지만 중절한다는 것을 어떻게 알았을까요?"

"의학의 천재야. 잊었어? 그녀의 사고에 영향을 미칠 정도니까 사고를 읽어내는 것 정도는 할 수 있을 거야. 배가 고프다거나 방귀를 뀌고 싶다거나 화를 내고 있다거나, 피곤해 있다거나. 따라서 그녀가 그놈을 중절하려고 했던 것도 정확히 알고 있었던 거야."

그는 일어서서 출입구 쪽으로 걸어갔다.

"어떻게 하실 거죠?"

"우선 샘을 찾아가 봐야지."

브라이슨은 그녀의 아파트로 차를 몰았다. 서둘러 계단을 올라가서 벨을 눌렀다. 놀랍게도 사만다가 곧바로 나왔다.

표정만으로도 그는 이상함을 느꼈다. 불안과 공포와 고뇌의 표정이 사라지고 대신에 성모 마리아와 같은 만족스러운 듯한 얼굴을 하고 있었다. 너무나도 온화한 분위기를 풍기고 있어서 다른 사람의 눈에는 안정된 임신부로 비칠 것 같았다. 그녀는 브라이슨의 뺨에 키스를 했다.

"어서 오세요."

그녀는 브라이슨의 손을 잡아끌고 소파로 안내했다. 그는 방안을 둘러보았다. 먼지 하나 없이 깨끗했다. 프리차드는 무슨 얘기를 한 거지? 모든 것이 깨끗이 정리되어 있지 않은가.

"병원에서 무슨 일이 있었나, 샘?"

"아무 일도 없었는데요."

그녀는 그의 어깨에 기대었다.

"의사가 당신을 찾기 위해 전화를 했었어. 문제가 있었다고 하던데?"

"문제 따위는 없었어요. 정말 아무 일도 없었어요."

"중절은 어떻게 됐지?"

사만다는 마치 변명하는 듯한 미소를 지었다.

"바보 같은 생각이었어요, 그렇죠? 왜 그런 짓을 하려고 했는지 모르겠어요. 생각을 바꿨어요. 그렇게 생각하지 않아요? 이 아이에게 해를 주려고 하다니……."

그녀는 부드럽게 배를 쓰다듬었다.

"수술대 위에 올라가서 문득 깨달았어요. '여기서 무얼 하고 있는 거지?'라고. 그래서 그만둬 달라고 부탁했더니 그만두더군요. 좋은 사람이에요, 프리차드 선생이라는 분 말이에요. 그래서 달려서 집으로 돌아온 거예요. 오래간만에 달렸지만 기분은 좋았어요. 달리면서 틀림없이 일시적으로 제정신이 아니었다고 생각했어요. 그런 일이 있잖아요? 머릿속에서 무언가가 툭 끊어져 버린 것 같은……."

'정말 그 말대로다.'라고 브라이슨은 생각했다. 그는 부드러운 눈길로 바라보면서 가엾게 생각되는 마음을 억누르려고 했다. 그녀의 조용한 표정을 자세히 보았다. 멍한 눈은 얇은 얼음이 깔린 웅덩이처럼 안에 있는 진실을 감추려 하고 있었다. 그가 알고 있는 사만다, 그가 사랑하는 사만다는 깊숙이 감금되어 있었다. 태아가 자람에 따라서 그녀의 자아는 점점 숨겨져 가는 것이다.

"앞으로 어떻게 할 생각이지, 샘? 뭔가 생각한 게 있나?"

"계속하지 않을 이유는 없는 것 같아요. 지금까지와 마찬가지로 수면실험 연구를 끝낸다면 새로운 연구에 착수해야죠. 그러고 나서 매일 저녁 내 수면실험도 계속할 거예요."

"하지만 당신의 실험은 끝났어."

"끝나지 않았어요! 우린 아직 알고 싶은 것이 많이 있어요."

"우리? 내가 원했던 건 이제 모두 알았어."

사만다는 주먹을 꽉 쥐며 자리에서 일어섰다.

"아무것도 아는 게 없어요. 이제 와서 중지하다니, 그런 생각을 잘도 하는군요!"

그녀는 등을 홱 하고 돌렸다.

"샘……."

그녀는 현관문을 열었다.

"4시에 연구실로 가겠어요."

'침착해, 잘 하라고.'

브라이슨은 자신을 타이르며 웃음 띤 얼굴로 자리에서 일어섰다.

"당신이 말한 대로야, 샘. 좀 더 알고 싶은 것이 있어. 하지만 지금은 곤란해. 1주일 정도 형편을 보고 나서 의논하자."

"의논이고 뭐고 필요 없어요. 언제든 하고 싶을 때 하는 거예요."

"안 돼. 들어봐. 이제 끝났어. 제발."

"당신은 인간이 아녜요!"

그러고 나서 둘은 격렬한 논쟁을 시작했다. 사만다는 실험을 재개할 것을 고집했다. 브라이슨도 양보하지 않고 연구는 끝났다고 하면서 거부했다. 데이터는 갖춰졌기 때문에 그것으로 끝이었다. 사만다의 태도는 심한 감정의 기복을 반영하듯 카멜레온처럼 변했다. 미친 듯이 화를 내며 소리치는가 하면 달콤한 말로 비위를 맞췄다. 그러나 그녀의 소원은 받아들여지지 않았다. 그러다가 그녀는 갑자기 조용해졌다. 바로 조금 전까지의 동요와는 대조적인 온화함이었다.

"좋아요, 존. 내가 졌어요."

그녀는 말다툼 따위는 없었다는 듯이 아무렇지도 않게 조용해졌다.

브라이슨으로서는 뭐가 뭔지 알 수 없었다.

운명의 방향

사만다는 침대 위에 앉아서 어둠을 바라보고 있었다. 방안은 아주 조용해서 자명종 시계의 희미한 소리만이 들렸다. 0시에서 15초를 막 지났다. 잠자코 시각을 확인했다. 정확하다. 기상을 지배하는 체내의 시계가 정확히 움직여 밤 12시에는 어김없이 눈을 뜨게 했다.

그녀는 시트를 걷고 침대에서 빠져나왔다. 옷은 아무렇게나 옷걸이에 걸려 문손잡이에 매달려 있었고 감색의 탱크톱과 검은 쇼트팬츠는 어둠 속에서는 거의 보이지 않았다. 그녀는 행거에서 무언가를 내려서 걸치고는 기분 좋게 몸을 감쌌다. 발소리를 죽이고 거실을 지나 현관으로 향했다. 문고리를 벗기고 문을 살짝 연 뒤 통로를 살폈다. 어두운 계단에는 사람의 그림자조차 없었다. 그녀는 소리가 나지 않도록 문을 닫고 계단을 내려가기 시작했다.

대합실은 사람이 넘쳐 혼잡했다. 한눈에 봐도 임신부임을 알 수 있는 몇 명의 여자가 벽에 기대어 있었는데, 그 줄은 열려 있는 입구의 문에서부터 안쪽으로 이어져 있었다. 브라이슨은 '실례합니다'를 연발하면서 태클을 주고받는 축구 선수처럼 화려한 사이드 스텝을 밟으며 환자들의 튀어나온 배를 피해 앞으로 나갔다. 접수처는 은행 창구처럼 유리로 칸막이가 된 맨 끝 방에 있었다.

'진찰비는 내원 때마다 지불해주십시오'라고 적힌 작은 팻말 위의 유리를 브라이슨은 가볍게 두드렸다. 접수처의 여직원이 힐끗 올려다보았다.

"잠시 선생님과 얘기할 수 있겠습니까?"

"프리차드 선생님이 제약회사 분들과 만나는 것은 격주 목요일입니다."

접수처의 여직원은 한숨을 쉬고는 일정표로 눈을 돌렸다.

"명함을 두고 가시면 진찰이 끝날 때쯤 전화를 드리겠습니다."

"조나단 브라이슨이라고 합니다."

"어머!"

그녀는 이름을 듣자마자 소리를 질렀다. 그러고는 내선 버튼을 누르고 작은 소리로 무언가를 얘기했다.

"곧 만나실 모양입니다."

브라이슨은 프리차드와 전화로 얘기하는 것은 단념했다. 직접 만나서 얘기하는 것이 신뢰받기 쉽다고 생각했기 때문이었다. 밖에서 만나는 것보다는 산부인과 병원으로 가는 것이 나을 것 같았다. 그곳이 프리차드가 자신을 신뢰하고 도움을 줄 가능성이 높다고 생각했기 때문이었다.

"들어오시랍니다."

접수처의 여직원이 말했다.

어두침침한 진찰실의 집기는 마호가니와 가죽으로 고상하게 통일

되어 있었다. 프리차드가 일어서서 악수를 나누고 손짓으로 앉으라고 권했다.

"무슨 일이십니까, 브라이슨 선생?"

"제 조수 카스틴의 일로……."

"그럴 거라고 생각했습니다. 제가 본 바로는 카스틴은 당장이라도 정신과 의사에게 치료를 받을 필요가 있습니다."

브라이슨은 기도를 할 때처럼 손을 모으고 그 손을 얼굴 앞으로 들어 입을 뾰족하게 했다. 그는 적당한 단어를 고르고 있었다.

"끝까지 들어주십시오, 프리차드 선생. 이제부터 하는 이야기는 아주 이상하고 아마 공상처럼 생각될지도 모릅니다. 아무쪼록 이해하고 들어주십시오."

"들어봅시다."

"사만다는 최근 커다란 중압감을 느끼고 있었습니다. 그 대부분이 본인 탓은 아닙니다. 사만다가 연구실에서 어떤 일을 하고 있는지 먼저 얘기하는 것이 설명하기에 쉬우리라고 생각됩니다."

그러고 나서 브라이슨은 10분 정도 수면연구와 사만다가 실험에 어떻게 관계되어 있는지를 이야기했다. 자세한 얘기는 생략하고 보통과 다른 뇌파 활동을 발견한 것과 컴퓨터의 송신과 대화, 컴퓨터실에서의 고충, 그 결과로 생겨난 사만다의 영향을 설명했다.

얘기를 마치고 브라이슨은 프리차드의 반응을 살폈다. 그는 계속해서 진지하게 그의 이야기를 듣고 있었다.

"대강 이렇습니다. 물론 실제로는 좀 더 복잡하고, 극히 짧은 시간에 요점을 추려서 말씀드릴 수 있는 사항이 아니라는 것도 알고 있습니다. 단지 간단하게 말씀드리면 사만다의 이상한 언동은 태아가 그녀를 조종하고 있기 때문이고, 점점 심해지고 있다는 겁니다. 선생님에게 도움을 받고 싶습니다."

프리차드는 아무 말도 하지 않고 단지 쳐다볼 뿐이었다. 드디어 입가가 풀어지면서 천천히 웃기 시작했다. 조심스럽게 웃기 시작해서 점차 유쾌한 웃음소리로 바뀌더니 결국에는 무릎을 치면서 큰소리로 웃었다.

"이렇게 이상하게 꾸민 이야기는 처음이오! 정말 당신이라면 무대에 설 수 있을 것 같군요."

그는 웃음에 목이 멘 듯이 말했다. 그러자 브라이슨은 굴욕스러운 듯이 얼굴이 빨개졌다.

"농담이 아닙니다."

프리차드의 얼굴에서 웃음기가 사라지고 표정이 굳어졌다.

"진지한 이야기라는 겁니까?"

"지금보다 진지했던 적은 없었습니다."

"도대체 어쩌라는 겁니까. 환자가 잔뜩 기다리고 있는데 갑자기 나타나서 태아가 컴퓨터와 대화를 한다는 둥 지극히 비상식적인 얘기로 시간을 낭비해놓고 게다가 진지하다니요? 정신이 돈 게 아니오?"

"부탁입니다, 프리차드 선생. 믿어주시오! 아무래도 선생의 협조가 필요합니다!"

프리차드는 인터폰을 향해 말했다.

"스미드 씨, 다음 환자를 들여보내줘."

그는 브라이슨을 향해 말했다.

"미안하지만 오늘은 너무 바빠서요."

"잠깐 기다려주십시오, 선생. 설명하게 해주세요!"

프리차드는 재빨리 문을 열었다.

"지금 당장 나가주게."

이런 으슥한 밤에도 구내의 큰길에는 사람들이 걷고 있었다.

늦게까지 도서관에 있던 학생, 술을 마시고 떠들던 사람, 손에 손을 잡고 걷는 아베크. 그녀는 뒷길과 풀이 우거진 작은 길을 골라서 달렸다. 천천히 출발해서 점차 속도를 높여 갔다. 달이 없는 밤은 어둡고 서늘한 산들바람이 불어 머리를 나부끼게 했다. 그녀는 벤치의 주위나 나무 그늘을 지나치면서 몸을 풀고 정확한 걸음으로 달리고 있었다.

이미 꽤 야위어 있었다. 심한 운동과 엄격한 식사의 통제 탓으로 1주일 사이에 4파운드나 줄었다. 전에 부드러운 곡선에 덮여 있던 부분도 뼈가 튀어나와서 홀쭉한 몸이 울퉁불퉁하게 보였다.

'얼마나 강한 몸인가.' 하고 사만다는 생각했다. 근육질 몸매……. 체중이 줄면 줄수록 몸매가 좋아지니 기분도 좋아졌다. 날아다니는 사자처럼 강하고 긍지 높고 자유스러운 것이다. 탄력 있는 망아지처럼 그녀는 목적지를 향해서 정확한 동작으로 달리고 있었다.

프리차드에게서 심한 굴욕을 맛본 이래 브라이슨은 연구실에 틀어박혀서 신뢰할 수 있는 단 한 사람의 아군인 라트레지의 곁을 떠나려 하지 않았다. 그녀는 희망과 위로를 주었다. 사만다를 위해 협력자를 구하기로 한 최초의 시도가 비참한 결과로 끝난 뒤, 그는 이제 이 일은 생각하지 않으려고 했다. 그러나 사만다의 기묘한 행동은 점점 더 악화되어 갔다. 매우 이상적이고 완전하게 자신의 행동을 파악하고 있을 때도 있었다. 다른 피험자의 수면실험에 대해서는 변함없이 열심이었다.

브라이슨이나 라트레지를 상대로 즐겁고 분명한 대화를 나눈다. 그런가 하면 아무 동기도 없이 갑자기 뜻도 알 수 없는 얘기를 늘어놓았다. 마치 MEDIC과 태아의 대화에 나오는 듯한 이야기를 했다.

지금은 수면실험을 계속하고 있지 않는데도 사만다의 모습에는 전혀 회복의 기미가 보이지 않았다. 큰 비를 맞고 흠뻑 젖어서도 수건으로 닦으려고 하지 않는 사람과 같았다. 또는 탈의실로 돌아와서 샤워도 하지 않고 옷을 갈아입어버린 선수 같았다. 수면실험을 하지 않고 있으니 이제 슬슬 회복되어 정상적인 모습을 보일 때도 되었다. 그런데도 조금도 좋아지지 않았다. 고민 끝에 브라이슨은 자존심을 누르고 한 번 더 실험해보기로 했다.

아무리 생각해봐도 경찰에 알리는 것은 무리였다. 범죄가 일어난 것은 아니다. 체포할 상대는, 그것은 거대한 기계이거나 임신 6개월의 태아……. 경찰에 그런 신고를 하는 것 자체가 어처구니없는 일이었다. 브라이슨과 라트레지는 즉시 생각을 바꾸었다.

협력을 구할 다음 상대로 떠오른 것이 컴퓨터실이라는 결론에 도달했다. 어쩌면 좀 더 빨리 컴퓨터실과 의논해야 했는지도 모른다.

로버트와의 통화는 곧 끝났다. 브라이슨은 상세하게 언급하지 않고 MEDIC에 있어서 매우 중요한 발견을 했다고 말했다. 전에 로버트와 얘기하려고 한 적이 있기 때문에 귀찮게 여겨지거나 야단을 맞을 각오는 하고 있었다. 그런데 '발견'이라는 단어를 사용한 것만으로도 마법과 같은 효과를 얻은 것 같았다. 로버트는 당장 컴퓨터실로 오라고 했다.

브라이슨은 미니컴퓨터의 기록의 일부를 갖고 가는 것을 순간적으로 망설였다. 그러나 로버트는 증거를 보자고 할 것이다. 형체가 있는, 분명히 데이터 이외에 그를 납득시킬 만한 것은 없었다. 사만다의 건강 상태가 여기 적혀 있었다. 브라이슨은 발췌할 곳을 적당히 몇 군데 찢어 연구실을 나섰다.

컴퓨터실로 들어가자 브라이슨은 임신한 피험자의 수면실험 결과를 아주 간략하게 설명했다. MEDIC과 피험자의 태아가 서로 정보를 교환하고 있었다. 이것이 원인이 되어 컴퓨터가 이상한 행동을 하기도 하고 장애를 일으키기도 했다. 로버트는 브라이슨이 예상한 것 이상으로 조용히 귀를 기울여 주었다. 이따금 간단한 질문도 던졌다. 브라이슨에게 증거를 요구한 로버트는 기록 용지를 대강 훑어보았다.

"흥미롭군. 하지만 도저히 믿을 수 없어."

"뭐라고요! 증거가 눈앞에 있지 않습니까!"

"이것만으로는 아무것도 알 수 없어. 그리고 이 컴퓨터는 어디서 입수했지?"

브라이슨은 꺼림칙해졌다. 로버트에게 얘기한 것은 실수였는지도 모른다. 치명적인 실수를 범한 것일까?

"소형 기종을 빌렸습니다. 아는 사람에게서 잠시."

그는 사실을 조심스럽게 말했다.

"2, 3일 사용하고 돌려주었습니다."

이번에는 거짓말을 했다. 그러자 로버트가 벌컥 화를 냈다.

"어떻게 된 거야. 규정된 루트를 통하지 않고 대학 밖에서 컴퓨터를 들여오고, 게다가 당국에도 알리지 않았다는 얘긴가? 또 그런 기계를 사용해서 접근 금지영역으로 들어갔단 말인가?"

MEDIC의 권위에 대한 대원칙을 브라이슨은 순간 깨달았다. 사만다의 건강 따위는 이 기계의 중요성에 비한다면 하찮은 것에 지나지 않는다. 아무리 설명을 잘 하더라도 소용없을 것이다. 브라이슨은 로버트를 달래기 위해 조금씩 화제를 바꿔가지 않을 수 없었다. 뜻밖의 일로 화가 난 로버트가 연구실을 점검한다고 할지도 모른다. 그렇게 된다면 미니컴퓨터는……. 생각만 해도 끔찍했다.

브라이슨은 속도위반으로 교통경찰에게 붙잡힌 운전사처럼 멋쩍은 미소를 지어보였다.

"안심하십시오. 지금은 거의 만지지 않고 있으니까요. MEDIC과 태아 사이에서 정말 커뮤니케이션이 있다고 생각했습니다만 단지 추측일 뿐입니다."

로버트는 아연 실색했다.

"당신을 위해서도 그러길 바라네. 컴퓨터가 대화한다는 당신의 이야기는 어처구니가 없어서 이제 아무것도 말하고 싶지 않네. 단지 대학과 병원의 전 직원에게 했던 선서를 잊지 말게나, 브라이슨. 비록 농담으로라도 자네들이 MEDIC의 정상적인 활동을 어떤 형태로든 방해한다는 얘기를 듣게 된다면 당 병원의 최고 권력자에게 알리겠네. 어떻게 되는지는 알고 있겠지, 브라이슨 선생. 이런 일은 두 번 다시 하지 말게. 그리고 당신의 발견인가 하는 것은 나중에 한 번 더 보기로 하지. 만일 어이없다는 생각이 바뀌게 되는 일이 생긴다면 알려주지."

브라이슨은 집행유예라도 선고 받은 기분으로 방을 나왔다. 문이 닫히자 로버트는 대화의 요점을 매우 조심스럽게 검토해보았다. 확실히 재미있는 일임에는 틀림없었다. 그러나 15분 정도 검토한 끝에 고개를 저었다. 불가능했다. 이런 일은 있을 수 없었다. 브라이슨이 빌린 컴퓨터가 이상을 일으킨 것일까, 그렇지 않으면 이 여자가 정신 이상인 것일까. 둘 다일지도 모른다.

로버트는 책상 서랍을 열고 '요 검토'라고 적힌 홀더를 꺼내어 기록 용지를 끼워 넣고 나서 원래의 자리로 돌려놓은 뒤 이 사건은 그 자리에서 잊어버렸다.

캐비닛 속은 완전히 어둠속이었다. 미니컴퓨터의 은신처에는 한 줄기 빛조차 들어오지 않았다. 갑자기 희미하게 딸까닥하는 소리가 났다. 기계의 심장부 깊숙한 곳에서 짙은 황색의 램프가 점등하고 밝은 빛을 내며 종이 뭉치 안으로 엷은 그림자를 던졌다. 신호를 캐치하기 위해 활동을 시작한 것이다.

수면실로부터 오는 자극이 컴퓨터의 두뇌에 빗발치듯이 쏟아졌다. 그다지 멀지 않은 곳에서 무언가 생명 있는 것이, 이제까지 낮에밖에 사용되지 않았던 회로를 작동시켰다.

미니컴퓨터는 데이터를 종합 분석했다. 송신이 시작됐다. MEDIC과 수면실과의 사이에서 자유롭게 정보교환이 이루어지고 있었다. 연구실에서 나오는 선도, 연구실로 들어가는 선도 소리 없는 대화를 열심히 전달했다. 미니컴퓨터는 대화를 잘 검토하고 발췌해서 적절한 문장으로 요약해간다.

간결한 프린트 아웃이 터미널로부터 나왔다. 미니컴퓨터는 벽을 마주보고 비스듬히 자리 잡고 있기 때문에 조이는 기계 뒤쪽의 보이지 않는 부분으로 늘어뜨려졌다. 종이는 단정히 개켜져서 작은 정보 다발이 되어 송신이 계속되는 동안 조금씩 두께를 늘려갔다.

대화가 시작되고 나서 정확히 2시간이 지나자 선은 조용해졌다. 미니컴퓨터의 불빛이 꺼졌다. 캐비닛 안은 다시 어두컴컴해졌다.

"버지니아 렛자입니다."

"과학부의 편집장을 부탁드립니다."

"잠시 기다려주십시오."

"과학부의 토트니입니다만……."

"편집장 계십니까?"

"누구십니까?"

"저 주빌리 종합병원에 근무하는 사람입니다. 이곳에서 있었던 발견에 대해서 얘기하고 싶습니다만……."

"잠깐만 기다려주십시오."

잠시 침묵이 흐르고 수화기가 닿는 소리가 났다.

"네, 아처입니다."

"처음 뵙겠습니다. 저 주빌리 종합병원의 의사를 대신해서 전화했습니다. 실은 이곳 선생이 상당히 흥미로운 발견을 했는데 그쪽에서 혹시 다뤄주실 수 있을까 해서요."

"선생의 성함은?"

"직접 선생님과 만나서 얘기할 때까지는 비밀로 해두고 싶습니다. 이 발견은 상당한 논란을 불러일으킬 소지가 있기 때문이에요."

"그래서 그 흥미로운 발견이라는 것은?"

"태아의 뇌파를 분석한 결과, 태아가 꿈을 꾸고 있다는 것을 알았습니다."

"그래서?"

"이 태아가 주빌리 종합병원의 컴퓨터와 정보를 교환하고 있다고 말씀드린다면 어떻게 생각하십니까?"

"머리가 어떻게 됐다고 생각하죠."

"믿기 어렵다는 것은 잘 압니다만 사실입니다. 어떤 일인지 말씀드린다면……."

"여보세요, 이쪽은 마감이 박두해서."

"아직 끊지 마세요! 원하신다면 선생님이 직접 전화하도록 주선하겠습니다. 아주 중요한 일입니다. 들어주세요. 이 정도 교환이 태아 엄마의 건강 상태에 영향을 미쳐서……."

그녀는 입을 다물고 수화기를 노려보았다. 로즈메리 라트레지의 손에 쥐어진 전화는 끊겨 있었다. 그녀는 브라이슨을 보고 틀렸다는 듯이 고개를 흔들었다.

"그런 예상은 했었어. 할 수 없지. 여자 목소리가 설득력이 있지 않을까 생각했는데, 어쩔 수 없군, 로지. 우리의 패배야."

"믿어주질 않아요. 아무도 힘이 되어줄 것 같지 않은걸요."

"그렇다면 우리의 힘으로 할 수밖에 없지."

아까보다 훨씬 조용하고 어둡고, 바람은 잔잔해졌다. 돌아오는 길에 교회 앞을 지났다. 낮이라면 첨탑의 시계가 2시 15분을 가리키고 있는 것이 보일 것이다. 하지만 어둠 속에서는 아무것도 모르게 시간이 흘렀다.

정말 상쾌했다! 싱싱하게 힘이 되살아나 갈 때보다 훨씬 활력에 차서 달리고 있었다. 목적은 달성했다.

가로등 밑을 달려 나온 그녀의 표정은 내면의 감정과는 대조적이었다. 지나가는 사람들이 봤다면 얼굴이 핼쑥하다고 생각했을 것이다.

눈은 빛을 잃고 흐리멍덩해서 멍청하다는 인상을 주었다.

일단 시작된 것은 계속될 것이다. 어떤 방해도 소용없었다. 멈추는 일도, 후퇴하는 일도 없이 완벽하게 계획된 대로 진행되고 있는 것이다. 터무니없던 생각의 싹이 봉오리를 맺고 꽃을 피우고 있었다. 이제 곧 열매가 열릴 것이다. 표적을 향해 발사되었던 미사일처럼 이미 최고점에 달한 것이다. 그녀는 목표물을 향해 하강을 시작해서 가속을 붙여 날고 있었다. 목표지점 좌표에 조준을 맞춰서 떨어지고 있었다. 그 충격은 운명의 방향을 바꾸고도 남을 것이다.

정복당하다

브라이슨은 지금까지의 인생에 있어서 사만다와 보낸 밤만큼 당황한 적도, 의학부 시절 이후 이렇게 계속해서 번민에 시달렸던 적도 없었다.

그는 외동딸을 끔찍이 아껴서 염려하는 아버지처럼 사만다에게 최선을 다하고 있었다. 그 어린아이가 병에 걸렸다고 생각되기 때문에 그는 점점 더 참을성 있게 지켜보게 되었다.

사만다는 언제나 브라이슨과 둘이서만 만났다. 사만다가 좀 더 정신을 차렸더라면 이야기가 달라졌을지도 모른다. 수면실험을 시작하기 전의 그녀는 상냥하고 쉽게 친숙해질 수 있는 독특한 분위기였다. 자연히 많은 동료들과 어울렸고 사귀기를 바라는 사람도 많았으며 그녀가 사귀려고만 하면 대개는 기꺼이 응해주었다. 그런데 태아의 노예로 변한 지금 그녀의 인식력은 희미해지고, 다른 사람들과 교제하고 싶다는 생각 자체가 없어져버렸다. 브라이슨에게 있어서는 이것이 오히려 즐거운 현상이었다.

브라이슨은 사만다가 많은 사람과 교제하면 잘 얘기하게 될지도 모른다고 생각했다. 그러나 그녀의 건강상태를 생각하고는 그 생각을 곧 버리고 말았다. 게다가 둘만 있는 것이 그녀를 느끼고, 지켜보고, 이야기하고 회복시킬 실마리를 잡을 수 있는 기회를 한층 더 얻을 수 있을 거라고 생각했다.

그러나 두 사람이 서로의 아파트에만 틀어박혀 있었던 것이 아니라 밖에서 보낸 때도 많았다. 여름이 끝나갈 무렵이면 이 지역은 축제의 계절이어서 카니발이나 유원지, 야구 구경 등 외출할 일은 얼마든지 있었다. 주말에는 해변이나 가까운 공원으로 피크닉을 가거나 교외로 드라이브도 자주 했다. 그럴 때에 보이는 사만다의 천진한 마음이야말로 브라이슨에게 있어서는 최대의 격려였다. 홈런에 감격한다든지 멋지게 쏘아 올린 폭죽에 감탄할 때, 그녀는 마음속으로 웃거나 솔직하게 경탄을 표했다.

그런 것을 지켜본 브라이슨은 아직 희망이 있다고 생각했다. 현실을 정확히 인식할 수 있을 때에는 즐겁다고까지는 할 수 없어도 보통의 말투로 이야기를 했다. 그런데 그를 실망시키는 것은 갑자기 태도가 싹 바뀌어 의미를 알 수 없는 의학 얘기를 당돌하게 끄집어내고는 중얼중얼 끊임없이 지껄이는 것이었다. 그의 손을 잡고 웃고 있는가 하면 다음 순간에는 손을 뿌리치고 눈빛이 흐려지며 뜻도 알 수 없는 것을 몇 분 동안 계속해서 외웠다.

정신과 의사라면 그녀의 이러한 이중인격이 매력 있는 진료대상이 될지도 모르지만 브라이슨에게 있어서는 사만다의 상태가 여전히 좋아지지 않고 있다는 슬픈 증거였다. 그러나 본래의 사만다로 돌아오는 순간이 있는 한 희망은 있었다.

친밀한 관계는 계속되었다. 점점 성적으로 강해지는 것 같았지만 브라이슨은 특별히 걱정하지 않았다. 사만다의 정신적인 부담 탓이라고 생각했기 때문이었다. 오히려 그가 알 수 없는 것은 이런 상태에서 왜 육체적인 욕구가 강해지는 것인가 하는 것이었다.

그녀를 잘 타이르려고 해도 소용없었다. 그녀의 몸에 무슨 일이 일어나고 있는지 설명하려고 했던 적은 몇 번 있었다. 그녀의 외모는 날씬하다 못해 점점 야위고 있었고, 이대로 체중이 계속 빠진다면 위험하다고 설명해주었다. 그녀는 그녀 자신이 좋아하는 자신의 손으로 만든 빵을 갖다 주어도 거절했다. 그녀가 뜻도 모르는 이야기를 지껄이기 시작하면 곧 지적해주고 그녀를 사랑하고 있는 남자로서, 또 의사로서 당신은 점점 나빠지고 있다고 말하며 한숨짓기도 했다.

"모두 태아 탓이야. 태아가 자신의 발육을 우선시키고 있는 결과라고. 당신이 태아와 싸우는 것을 돕기 위해 내가 옆에 붙어 있는 거야."

브라이슨의 이런 설명이나 비탄이나 바람을 사만다는 웃으며 듣고 있었다. 그러고는 쌀쌀맞게 대답했다.

"당신은 착각하고 있어요. 아무 데도 나쁜 곳은 없어요. 기분도 좋아요. 가능하면 눈매가 사납다는 등의 얘기는 하지 말아주세요."

브라이슨은 단념할 수 없었다. 하지만 지금의 상태로는 어떻게도 할 수 없다고 생각했다. 그는 모르는 것투성이므로 교재를 정성껏 살피고 도서관의 서가를 찾아다니며 관련 서적을 참조하여 일람표를 만드는 등 연구에 열중했다. 행동을 조종하는 것에 관한 학설은 수도 없이 복잡했다. 그는 세뇌를 다룬 기사가 실려 있는 비교적 오래된 잡지부터 의지의 힘으로 행동을 변화시키는 것에 관한 최근의 개념까지 검토했다.

브라이슨은 심리학적인 면에서는 자세히 알게 되었지만 행동을 조종하는 구조는 알 수 없었다. 그가 흥미를 느낀 것은 물론 생리학과 생화학이었다. 추구해가는 동안에 결국 자신의 전문 분야로 되돌아왔다. 신경학과 관계가 깊기 때문이었다.

신경 전달 물질의 연구는 아직 새롭지만 그에게 있어서는 자신 있는 분야였다. 그리고 나서 최신의 내분비학을 세밀히 조사하고, 게다가 산부인과학이나 신경 내분비학의 최신 학설, 호르몬의 활동에 관한 최신 개념 등을 조사했다. 결국에는 임신 중의 대사에 관한 최신의 학설까지 탐구했다.

3일 간의 연구 끝에 무엇 하나 분명하게 알 수 있는 것은 없었지만 이것저것 추측할 수 있었다. 어떤 영역이든 복잡하지만 각각의 영역이 상호 관련되어 있는 부분도 많았다.

브라이슨은 호르몬에 대해서 조사한 것을 기초로 한 독자의 추론이 사만다의 경우에 해당될 것 같다고 생각했다. 신체의 어떤 부분에서 분비된 물질이 다른 부분에서 작용한다는 것이다. 아마 해를 주고 있는 물질의 출처는 태반일 것이다. 또는 태아 자신이 내보내고 있는지도 모른다. 그리고 그 물질이 사만다의 대뇌 피질에서 작용했다. 분비한 물질의 양을 조절함에 따라서 태아는 간접적으로 사만다의 사고나 몸의 움직임을 조종할 수 있는 것이다. 그러나 도대체 어떤 물질을 사용하고 있는 걸까? 태아의 부신 스테로이드, 태반의 락트겐과 에스트로겐, 양막의 프로스타글란딘, 또 그녀의 뇌 어느 부분에 작용하는 것일까? 피질, 중뇌, 시상하부, 아니면 다른 어디인가?

이러한 가설을 실증할 수 있기만 하면 해답을 내주는 것은 미니컴퓨터다. 사만다를 수면실험에 끌어넣어야 한다고 생각하면 참을 수 없었다. 그러나 다른 방법은 없었다. 사만다가 감격한다거나 흥분한다고는 생각지 않았지만 좋아할 것이라고 생각했다. 그녀는 처음부터 실험을 계속하고 싶어했으므로. 그런데 그녀는 정말 예기치 않은 반응을 보였다. 전혀 동요함 없이 잠자코 받아들인 것이다. 그 무관심은 마치 순종하는 아내가 독단적인 남편과 성교 중에 '이제 끝났어요?' 라고 묻는 것과 같은 것이었다.

이튿날 아침 브라이슨과 라트레지는 며칠 후에 수면실험을 재개할 것을 사만다에게 알렸다. 사만다의 이상한 반응에 라트레지도 어리둥절해했다. 왜 사만다가 마음 내켜하지 않는지를 이해하느라 고심했다. 개구리에게 좀 더 수영해도 좋다고 말했을 때와 마찬가지로 당연히 환영받았어야만 했다. 그녀의 태도는 이해할 수 없었다. 그 이유를 찾는 것보다도 브라이슨은 미니컴퓨터의 프로그램을 확장하는 일에 전력을 기울였다.

며칠간 그는 사만다와의 만남을 거절했다. 밤에는 혼자 집에서 새롭게 컴퓨터에 인풋하고 싶은 자료들을 정리했다. 사만다의 수면 중에 대화를 모니터 시키는 것은 변함없었다. 단지 확장한 프로그램에서는 코드화 된 이야기를 통해서 태아가 그녀를 조종하기 위한 수단이 어떤 것인지 찾아내고 싶다고 생각했다. 그것을 알 수 있다면 라트레지와 둘이서 뭔가 손을 쓸 수 있을지 모른다. 약이든, 최면술이든, 대결이든, 무엇이든지 간에…….

4일 동안 차분히 조사와 분석을 되풀이한 결과, 금요일 낮에 미니컴퓨터의 보충 프로그램을 완성했다. 오후에 사만다가 수면실험에 들어가 있는 동안 입력하면 되었다. 한편 라트레지는 거의 연구실을 비우는 브라이슨에게 사만다의 모습을 하나하나 자세히 보고해주었다. 사만다의 태도가 불안정해서 피험자들에게 관계되는 일은 그만두게 하고 데이터를 정리하는 일만 시키고 있었다.

사만다는 오전에 수면실험에 관한 연구를 정리했다. 이 연구는 이제 곧 컴퓨터에 의한 최종 분석과 평가를 할 수 있게 된다.

브라이슨이 프로그램을 갖고 연구실로 들어간 것은 금요일 오후 2시였다. 사만다는 4시에 올 것이다. 브라이슨은 여러 가지를 회상했다. 실험을 처음 시작할 무렵 사만다가 평일의 실험 외에 주말에도 하고 싶다고 부탁한 사실을 기억해냈다. 처음에는 돈 때문이라고 생각했었다. 지금에야 깨달은 것이지만 그것은 MEDIC과의 교류에 틈을 두지 않고 계속하고 싶다는 태아의 요구였다. 그리고 그녀가 곧 그만두었던 것은 의심받을 것을 두려워했기 때문이었다. 브라이슨과 함께 하지 않는 토요일과 일요일에는 '몸의 컨디션을 조절하고 지구력을 키우기 위해서'라고 하면서 그녀는 조깅에 힘쓰고 있었다. 과연 본래의 사만다로 돌아올 수 있을까?

라트레지는 당일분의 병원 내 배달 우편물을 살펴보았다. 그중 한 통 시선을 끄는 것이 있어서 브라이슨에게 건네주었다. 그것은 로버트로부터 온 것으로 '9월 8일의 이야기에 관해서'라고 적혀 있었다.

〈데이터를 다시 한 번 검토해보았지만 자네의 결론을 지지할 수 없네. 수면실험 이외의 활동은 중지하게. MEDIC의 중요성을 고려해서 어떠한 연구도 허락할 수 없네.〉

"정말 딱 부러지게 얘기하는 놈이군."

"하지만 뭐, 어쨌든 최선을 다해본 걸요."

브라이슨은 일을 다시 시작했다.

프로그램을 바른 순서로 고치는 데 한 시간이 걸렸다. 그는 캐비닛의 희미한 불빛 아래에서 조작하고 있었기 때문에 기계 뒤쪽 바닥에 떨어져서 포개 있는 종이 뭉치를 알아차리지 못했다. 브라이슨은 의자를 끌어당겨 컴퓨터의 키보드를 향하고 있었다. 수정은 마침 사만다가 들어오기 전까지 끝났다.

눈치가 빠른 라트레지는 캐비닛을 열고 컴퓨터와 주위의 먼지를 닦아냈다. 손이 기계에 닿자 이상하게 따뜻하게 느껴졌다. 그러려니 생각하고 그녀는 잠깐 동안의 의문을 지워버리고 청소를 마친 뒤 문을 닫았다.

오후 4시, 라트레지는 사만다와 함께 수면실로 들어갔다. 그녀는 사만다가 수면실험의 재개에 무관심한 태도를 보이고 있는 것이 아무래도 걱정이 되어 거의 말을 하지 않았다. 곧 준비가 끝났다. 수면실의 문이 닫히자 금세 사만다는 졸기 시작했다.

브라이슨은 서둘러 일에 착수했다. 사만다가 잠들자 그는 곧 프린트 아웃을 기다렸다. 곧바로 많은 정보가 컴퓨터로부터 쏟아져 나왔다. 이번에도 송신 양이 많았고 컴퓨터는 데이터를 통합해서, 말하자면 기계에 의한 언어의 변환 작업을 했다. 브라이슨은 프린트 아웃을 훑어보고, 읽으면서 해석했다.

'낙태에 대해서 알고 싶다…… 종류와 순서……양수 천자가 그 후의 임신 경과에 미치는 영향…… 태아에게 상처를 입힐 위험성…….'

미니컴퓨터는 부지런히 프린트 아웃을 계속했다. 오후 6시 가까이 되어 사만다의 수면 시간이 끝나려는 순간, 대화중에 통증이라는 단어가 나타났다. 브라이슨은 발췌된 대화를 자세히 읽어보았다. 태아는 어떻게 해서 통증이 생기는지를 알고 싶어했다. 브라이슨은 마지막의 한 줄에 주목했다. 통증, 통증…….

사만다가 들썩들썩하며 평소보다 빨리 잠에서 깨어나려 하고 있었다. 브라이슨은 당황해서 미니컴퓨터를 치웠다. 사만다의 수면 시간이 끝나려 하기 때문에 새로운 프로그램의 성과를 확인하는 것은 월요일로 미뤘다. 라트레지는 마음이 내키지 않았지만, 해답을 찾아내기 위해 사만다의 수면실험을 하루 더 연장시키는 것에 동의했다.

사만다는 편안한 모습으로 하품을 하면서 유유히 수면실을 나왔다.

"존, 나중에 전화해줄래요? 집에 있을 테니까요."

브라이슨은 기뻤다.

"물론이지, 샘. 한 시간쯤 후에."

"그럼 로지, 월요일에 봐요."

그녀는 출입문을 빠져나가면서 말했다.

그는 7시 경 사만다에게 전화를 했다. 그녀가 저녁식사 준비를 해놓고 기다리고 있다고 말했다. 그는 사만다의 아파트로 차를 몰았다. 그녀가 현관문을 열고 상냥하게 안겼다. 그도 사만다를 꼭 껴안았다.

"이번 주는 바빴었나 봐요."

"응."

그는 애매하게 대답했다.

"만나고 싶었어요."

"나도 그랬어."

브라이슨은 사만다가 걱정되었다. 자신과 이야기하고 있는 것이 진짜 사만다일까? 아, 예전과 같은 사만다를 되찾고 싶었다.

"저녁 메뉴는 뭐지?"

"소울 푸드."

"농담이겠지."

"정말이에요. 나중에 보면 알 거예요. 우선 산보나 하러 가요."

두 사람은 공원을 걸었다.

"식사 전의 가벼운 운동은 위장의 흡수 작용을 높여주죠."라고 그녀는 말했다. 그러고는 그녀 자신의 이야기를 했다. 이제 곧 신학기가 시작되고 강사와 학생으로서의 새로운 한 해가 시작된다. 사만다는 분명치 않은 태도와 망설임을 보였다. 석사 과정의 수료를 목표로 공부를 계속한다는 것까지는 알고 있었다. 그러나 그 뒤에는 아기에 관한 것이 있었다. 일시적으로 휴학하지 않으면 안 된다는 것을 알고서도 대학원에 남을 것인지, 적자를 내지 않고 살아갈 수 있는 길이 발견되면 공부를 한 학기 연기하고 풀타임으로 연구실의 일을 할지 아직 결정하지 않았다.

아파트로 돌아왔을 때는 주위가 어두웠다. 정말 당연한 일을 하듯이 사만다는 그의 옷을 벗겨 단정히 개켰다. 그러고 나서 자신도 발가벗고 샤워를 했다. 저녁식사가 끝나면 왜 몸을 씻지 않으면 안 되는지 알게 될 거라고 말했다. 그녀는 브라이슨에게 몸을 씻겨달라고 했다. 부탁을 한다든가 명령하는 것이 아닌, 그저 멋도 없고 그렇다고 쌀쌀하지도 않은 말투로 말했다.

브라이슨은 레몬향이 나는 비누로 그녀의 몸을 씻겨주었다. 그녀는 샤워기 아래에서 어깨에서부터 물을 뒤집어쓰고, 얼굴을 씻기 위해 뒤로 돌아섰다. 그때 할퀸 상처가 눈에 띄었다.

"등이 왜 이렇게 됐지?"

"뭐가요?"

"당신 등 말이야. 상처투성이잖아."

그는 살짝 살에 손을 대보았다. 그러자 그녀가 어깨너머로 돌아보았다.

"몰라요."

그녀는 아무래도 상관없다는 말투였다.

"씻겨줄래요?"

그는 상처투성이의 등을 씻겼다.

"아파?"

"전혀 느껴지지 않아요. 내 수건은 세면대 위에 있어요."

사만다는 샤워를 멈추고 바스 매트 위에 섰다. 서로 상대의 몸을 닦았다. 그는 상처 자국을 조심해서 살짝 두드리듯이 닦아주었다. 사만다는 그의 손을 잡고 침대로 향했다. 두 사람은 벗은 채로 누웠다. 그러고는 그녀가 브라이슨을 자극하기 시작했다.

브라이슨은 그녀의 감긴 눈꺼풀을 보고 있었다. 체력 관리에 힘쓰고 있는데도 눈은 환자와 다를 바 없이 쑥 들어가 있었다. 피부는 부드러운 것 같았지만 보기 싫게 황색을 띠고 있는 것이 마음에 걸렸다. 도대체 그녀의 몸에 무슨 일이 일어나고 있는 걸까.

그녀는 거칠고 기계적이었다. 브라이슨은 자신이 어른의 장난감이 된 듯한 느낌이 들었다. 화가 났지만 흥분한 상태라 아무 말도 할 수가 없었다. 그녀는 그를 끌어들였다. 놀랍게도 축축이 젖어 있었다. 아직 겨우 시작일 뿐인데. 그녀는 격렬하게 허리를 움직였다. 이건 도저히 사랑의 섹스가 아니라 재빠른 동물의 교미라는 생각이 들었다. 그러자 슬퍼지고 자신의 것이 시들어지는 것을 느꼈다.

"이봐, 이런……."

"아무 말 하지 말아요."

그녀는 점점 더 강하게 몸을 밀착해왔다.

"이런 식으로는 할 수가 없어."

"그렇다면 내가 할 수 있도록 해줄게요."

그녀는 자신의 분비액을 손가락에 적셔서 그의 엉덩이에 가져갔다. 항문을 찾아내자 괄약근을 통과해 직장이 닿는 곳까지 파고들었다. 그리고 전립선을 세차게 마사지했다. 눈 깜짝할 사이에 감당할 수 없을 정도로 발기했다. 사만다는 그것을 자신의 몸속으로 깊이 밀어 넣었다. 뜨거운 것이 밀려왔다. 그의 흥분은 단숨에 격렬하게 정점에 달했다. 사만다의 흥분도 곧 거기에 이어졌다. 그녀는 그에게서 천천히 몸을 떼었다.

브라이슨은 굴욕감을 느꼈다. 전기적인 자극으로 무리하게 사정하게 되는 종자소와 조금도 다를 바 없다는 생각이 들었다. 모두가 계획적이고 어딘지 모르게 그녀의 계략에 빠지고 있는 느낌이 들었다. 그러나 이것이 그녀나 태아에게 무슨 도움이 되는 것일까?

그는 사만다의 어깨를 끌어당겼다. 어쩌면 이론으로는 꿰뚫을 수 없는 태아가 구축한 장벽을 애정으로 돌파할 수 있을지도 모른다는 생각이 들어서 사만다의 뺨에 코를 문질렀다.

"제발 그만둬요."

그녀는 그를 밀어젖혔다.

"왜 그래, 샘. 우리의 좋은 관계가 사라져 버렸다고는 믿고 싶지 않아. 내가 알고 있는 샘이, 내가 사랑하고 있는 샘이 스스로 그렇게 말하지 않는 한 믿지 않아. 샘은 지금 깊숙이 갇혀 있다고. 당신은 지금 내 옆에 누워 있으면서도 실은 몇 마일이나 저 멀리 떨어져 있어. 하지만 당신을 사랑하고 있단 말이야, 알겠어? 지금 당신은 자신의 의사와는 다른 행동을 하도록 강요당하고 있어."

"그만."

이번에는 자신을 잃고 망설이는 듯한 목소리였다. 그녀의 눈이 빛났다. 그가 말하고 있는 의미를 분명히 알고 있는 듯한 눈빛이었다. 효과가 있었다.

"내 말을 알아듣겠지? 당신은 인형이 아냐, 샘. 싸울 수 있어. 태아는 당신에게 고통을 주고, 당신을 이용해서 다른 사람을 조종하려 하고 있어. 나를 말이야. 하지만 잘 될까? 들어봐. 당신이 해야 할 것은……."

그는 허를 찔렀다. 그녀의 무릎이 넓적다리 사이를 강타했다. 그는 기절할 정도로 아팠다. 그녀는 침대 옆에서 그를 내려다보며 눈을 반짝이더니 미친 듯이 날카로운 목소리로 외쳤다.

"고환의 아픔은 다른 어떤 아픔보다도 강렬하죠! 그 구조는 아직 해명되지 않았지만 그 가혹함은 생식선의 신경 혈관망의 확장에 관계한다고 여겨지고 있죠."

브라이슨이 몸부림치는 모습을 보고 있는 사이에 지껄이는 속도가 느려졌다.

"이 분야에 있어서 최근의 연구는……."

목구멍의 근육이 떨리기 시작하고 그것이 얼굴로 퍼져서 뺨이 실룩실룩 경련을 일으키고 있었다.

"……시냅스의 결합을 분리시키는 시험은……. 그 시험은……."

점점 입이 무거워졌다.

"……특징적인 뉴런의 배치와……."

드디어 입을 다물었다. 무언가가 사라져 없어져 버린 듯했다. 얼굴을 실룩거리는가 하면 피부에 작은 주름이 생기고 눈물이 코를 타고 떨어졌다. 입을 크게 벌린 채 눈꼬리를 내려서 말도 되지 않는 슬픔을 호소하고 있었다. 흐느껴 우는 소리가 점점 커졌다.

그녀는 무너지듯이 그의 어깨를 붙잡고 꼭 껴안았다. 두 사람은 서로 몸을 끌어당겼다.

"아, 존! 미안해요! 그만둘 수가 없어요, 안 돼요!"

그의 고통은 그저 쑤실 정도로 누그러졌다. 그녀를 끌어당겨서 머리를 어루만져 주었다. 뜨거운 눈물이 그의 가슴을 적셨다.

"알고 있어, 샘. 알고 있다고."

"그만두게 해줘요."

기도하는 듯한 목소리로 흐느껴 울면서 그녀는 말했다.

"이제 견딜 수가 없어요! 죽을 것만 같아요!"

그는 어깨를 꼭 안아주었다.

"자, 괜찮아, 이제 알게 될 거야. 우리가 이길 거야."

잠시 침대에 누워 있는 동안 그녀는 울음을 그치고 안정을 되찾은 듯 호흡도 편안해지더니 곧 잠들어버렸다.

넓적다리의 통증이 아직 남아 있기는 하지만 브라이슨에게는 별 문제가 아니었다. 오래간만에 용기가 생겼다. 그녀의 마음에 다가갈 수 있다는 자신감을 되찾은 그는 아픔을 느끼면서도 꾸벅꾸벅 졸았다.

시트가 스치는 소리에 그는 눈을 떴다. 사만다가 침대 위에 책상다리를 하고 앉아서 명상을 하고 있었다. 브라이슨은 그저 바라보았다. 이윽고 사만다는 깊은 한숨을 내쉬고는 눈을 깜빡이면서 머리를 앞뒤로 흔들었다. 예상과 달리 표정이 부드러웠다. 그녀는 미소를 지었다.

"자, 식사해요."

그녀는 가운을 걸치고 그를 부엌으로 데리고 갔다. 거기엔 회색으로 된 미끈미끈한 것만으로 식단을 차려놓고 있었는데, 모두 날 생선의 악성 종양 같은 모양이었다.

"뭐야, 이건."

"말했잖아요. 소울 푸드예요."

"이런 흑인 요리는 본 적이 없어."

"어떻게 알아요?"

"알고 있지. 리치먼드의 변두리에 샌보 컨트리 키친이라는 작은 음식점이 있어. 2년 전 쯤에 그곳에서 배운 적이 있지. 거칠게 간 옥수수, 돼지의 내장, 푸성귀. 그런데 이런 색이 아니야. 이런 게 어떻게 소울 푸드야? 날 생선으로밖에 보이지 않잖아."

"어서 앉으세요."

그녀가 의자를 당겼기 때문에 브라이슨은 식탁에 앉아 냄새를 맡을 수 있었다.

"냄새도 날 생선이야."

"샤워를 한 이유를 알겠죠. 존, 이런 식으로 생선을 먹은 적이 없을 걸요?"

"먹고 싶은 마음도 없어. 일본식 소울 푸드 아냐?"

"말장난 말아요, 바보처럼. 생선은 머리에 좋은 음식이라고 하잖아요. 그래서 두뇌의 음식이라는 의미에서 소울 푸드, 영혼의 음식이라는 뜻이죠. 게다가 이 생선은 레몬 소울이기 때문에……."

"맙소사, 손들었어. 이건 도대체 뭐지?"

그는 흑백의 단추가 떠있는 듯한 동그란 것을 가리키며 물었다.

"생선의 일부."

"어디서 구입한 거야?"

"생선가게에서요."

그녀는 다 뻔한 것을 질문 받아서인지 깜짝 놀라면서 대답했다.

"그럼 생선 가게에 가서 굴이라도 주문하듯이 '이것 주세요' 하면 살 수 있는 건가?"

"그렇다면 좋겠지만 생선 찌꺼기까지 사지 않으면 안 돼요. 머리와 꼬리와 지느러미까지 말이에요. 수프에 사용하는 사람도 있지만 난 그런 쓰레기는 아무래도 상관없어요. 이 좋은 부분만 있으면 돼요. 이걸 보면 스스로 퍼먹을 수밖에 없어요."

브라이슨은 그녀가 그릇에 손대는 것을 보았다. 그러자 구역질이 났다.

"도대체……. 생선의 일부라니……. 어느 부분이야?"

그녀는 기름기가 도는 자그마한 알을 집어 들더니 찬찬히 바라보았다.

"신선한 생선의 눈."

그렇게 말하고 그녀는 입속에 집어넣더니 딱딱한 눈깔사탕이라도 핥듯이 우물거리면서 통째로 삼켰다.

"잘 먹는군."

사만다는 1개 더 집어 들어 파이프를 물듯이 앞니로 물었다. 꽉 깨물자 미끈한 것이 브라이슨의 뺨에 튀었다.

"이봐, 샘! 도대체 어떻게 된 거야."

그는 당황해서 손으로 닦아냈다.

"'어떻게 된 거야'가 아니라 '뭘 하고 있느냐'는 거겠죠?"

그녀는 세 번째의 눈알을 아무렇지도 않은 듯이 핥고 있었다. 그리고 하나를 집어 들어 그의 눈앞에 들이댔다.

"먹어볼래요?"

그렇게 말하고 그녀는 비웃었다.

"치워, 농담이 아냐."

"그런 사치스러운 얘기는 하지 말아요. 몸에 좋으니까. 자, 한 입."

메슥거림을 느끼고 그는 손을 뿌리쳤다.

"치우라고."

사만다는 한숨을 쉬었다.

"유감이군요."

그녀는 땅콩이라도 먹듯이 눈알을 입 안에 밀어 넣었다.

"그렇게 맛있는 건 아니지만 영양이 풍부하니까."

"그야 그렇겠지."

"바다생선의 날 눈이 최고의 단백질원이라는 걸 알아요? 게다가 다른 데서는 얻을 수 없는 귀중한 무코 다당류와 비타민 A도 함유되어 있어요. 최근 이스라엘에서 발표된 논문에 의하면 망막 색소의 하나인 토돕신에도 영양 가치가 있는 모양이에요."

그 사이 그녀는 입 안에 너무 가득 넣어서 목이 멨다. 끈적끈적한 액체가 입가에서 흘러나왔다. 그녀는 입을 닦았다. 브라이슨은 참을 수 없어서 얼굴이 새파래졌다. 사만다가 다음 눈알을 골랐다. 브라이슨은 호기심과 혐오가 뒤섞인 기분으로 가만히 주시하고 있었다. 흐리멍덩한 눈알이 끈적끈적한 소용돌이에 휘말려 나타났다 사라졌다 하면서 그를 올려다보고 있는 것 같았다.

입으로 가져간 췌장

월요일은 유난히 시간이 느리게 흘렀다.

브라이슨은 추가시킨 프로그램의 성과를 알고 싶어서 좀이 쑤셨다. 오전에 그는 사만다의 아파트에서 생긴 일 가운데서 짧은 시간이지만 감정에 호소해서 본래의 사만다의 마음과 접촉할 수 있었던 부분만을 라트레지에게 이야기해주었다. 사만다와 서로 마음을 나누는 것이 가능하고 그녀가 아직 완전히 예속되어버린 것은 아니라고 말했다. 하지만 그녀의 이해력이 언제까지 계속되어줄지 시간이 필요했다. 그런데 그 시간이 없는 것이다.

사만다에게 미치는 태아의 영향력은 확실히 강해졌다. 일과가 바뀌거나 운동량을 늘리거나 '올바른 식사'를 하는 것도 처음 얼마 동안은 그다지 눈에 띄는 변화가 아니었기 때문에 사만다 자신의 의사로 결정한 것이라고 생각했다. 그녀의 설명도 실로 합리적이었다. 그런데 악몽이나 의학 지식의 피력 등 태아의 의도가 강하게 나타나자 그녀의 의사가 작용하지 않는 시간이 점점 늘어났다. 선택의 자유나 자신의 의사가 태아의 계략에 의해 무너지고 있었다. 그녀의 인격이 태아에 의해 달라지는 것은 이제 시간문제였다.

가장 걱정되는 것은 그녀의 외형적인 변화였다. 임신 초기나 바다로 놀러갔을 때의 사만다는 정말 건강했다. 분명히 뛰어난 건강 상태를 보이고 있었다. 하지만 지난 금요일 밤에 겉으로 보기에 건강치 못하다고 느꼈던 것이 3일이 지난 오늘은 더욱더 뚜렷하게 눈에 띄었다.

그녀의 일과와 영양 만점의 식사와 계속적인 운동 습관 등을 고려해본다면, 사만다는 다른 사람의 갑절 이상으로 건강한 여성이 되어 있어도 전혀 이상할 것이 없었다. 그런데 팽팽하던 피부는 까칠해졌고, 늘어졌다든가 주름이 생긴 것은 아니지만 어딘지 모르게 부은 것 같은 느낌이 들었다. 한 여름 낮에 시들기 시작하는 식물처럼 묘하게 이완되어 있었다. 탄력도 없었고 전체적으로는 액체를 탈취당하는 탈수 증상의 초기라는 인상을 주었다.

실제로 탈수가 일어나고 있음이 틀림없었다. 태아가 사만다의 건강 증진의 노력을 모두 자신의 성장과 건강에 이용한다면 당연한 결과로서 사만다의 건강은 해를 입게 된다. 영양가가 높은 음식을 먹고 운동을 함으로써 처음에는 그녀의 몸에도 득이 있었지만 결국에는 중요한 영양분을 모두 태아에게 빼앗기고 만다. 중요한 산소와 혈액이 자궁으로 흘러들어감으로써 강인한 심장과 폐는 약해진다. 심장과 폐의 기능이 완전히 멈추기까지 앞으로 어느 정도의 시간이 남아 있는 걸까?

그녀의 자세에서도 변화를 찾아볼 수 있었다. 지금은 약간 새우등이 되어 있을 뿐이지만 이것도 그녀가 육체적으로 고통 받고 있다는 하나의 증거였다. 우선 옷이 몸에 맞지 않았다. 사이즈는 맞아도 장신인 그녀의 무게 중심이 변화함에 따라서 솔기와 옷감에 생기는 주름이 비뚤어져 있었다.

엄마의 건강이 손상되고 있는 만큼 태아는 살이 찌게 된다. 아직 만 6개월밖에 되지 않았는데도 사만다는 임신 8개월 정도로 보였다. 태아의 발육은 점점 좋아지고 있었다. 지금의 상태로 성장을 계속하는 것은 불가능했다. 이대로 나가다가는 산월 무렵에는 6.8kg의 태아가 될 것이 틀림없었다. 발육이 촉진되고 있는 것은 분명했다. 그러나 무엇 때문에?

사만다의 모습은 그의 마음을 괴롭혔다. 낮에 연구실로 온 그녀는 비몽사몽간에 있는 상태라고 생각될 정도로 발을 질질 끌면서 걸었다. 라트레지까지도 바싹 긴장했다. 그리고 할퀸 상처를 생각하면 그것은 분명 자기 스스로 할퀴었다고밖에 여겨지지 않았다. 꽤 아팠을 것이다. 왜? 자신을 키워주고 있는 엄마에게 상처를 입혀서 태아 자신은 무슨 득을 얻는 것일까?

브라이슨은 사만다가 연구실 일에 몰두해 있을 무렵 돌아왔다. 그는 그때까지 생각에 잠긴 채 목표도 없이 구내를 어슬렁거리고 있었다. 사만다가 들을 수 없는 곳에서 그는 라트레지에게 한 번 더 수수께끼의 해독을 부탁했다. 너무 불가해한 일이라 라트레지의 의견도 전혀 도움이 되지 않았다. 목소리를 낮추고 두 사람은 금요일의 대화가 어떤 의미를 갖는지 곰곰이 생각했다.

"그 고통이라는 말을 잘 모르겠어. 중절하려고 했던 직후에 나온 말이라 더욱 걱정이 돼."

라트레지는 묘한 표정을 하고 물었다.

"그게 무슨 관계가 있어요?"

"글쎄, 뭔가 있다고 생각되나?"

"지금 문득 생각났는데 낙태는 태아에게 아픈 게 아니겠어요? 있을 수 있는 일이에요."

"암, 아마도……."

"그렇다면 틀림없이 언제나 똑같은 일을 하고 있는 거예요. 의학적인 정보를 축적하는 일, 단지 이번에는 자신의 체험이 원인이 되었을 뿐이고."

"음."

"그 소리는 내 설명이 틀리다는 의미예요?"

"모르겠어. 아무튼 모르겠다고."

"틀리다고 생각하시는군요."

"분명히 보이는 것 외에는 뭐라고 말할 수 없어. 낙태 수술을 받으러 갔는데 마음이 변했다는 것, 그리고 곧 태아가 고통에 관해 MEDIC에게 질문하기 시작한 것, 사만다가 등을 엉망진창으로 할퀸 것, 그녀의 외모가 까칠해진 것 등등. 어떤 인과관계가 있다고 생각하지 않나? 아니면 내 오버센스라고 생각하나?"

라트레지는 수면실을 바라보았다.

"사만다를 위해서는 선생님의 오버센스라고 생각하고 싶군요."

그날 오후 다시 사만다의 수면실험을 진행하기로 했다. 사만다는 이상하리만큼 무관심한 태도로 그것을 받아들였다. 그녀가 자고 있는 동안 브라이슨은 두 가지 일에 주목하면서 프린트 아웃을 보고 있었다. 진행 중의 대화를 모니터한 것과 태아가 사만다를 조종하기 위해서 사용하고 있는 수단을 알아내는 것이다.

처음 얼마 동안은 송신 내용에 특별히 새로운 것은 없었다. 태아는 고통에 관한 정보를 모두 알아낸 듯 거의 자신의 발육에 흥미를 집중시키고 있었다. MEDIC의 메모리뱅크를 한 번 더 복습하는 것까지 하고 있었다. 그러나 중반에 들어서자 미니컴퓨터는 새로운 사명에 당황해하며 한순간 비틀거리는 듯하더니 두 사람이 간절히 원하던 정보를 계속되는 프린트 아웃에 줄줄이 쏟아내기 시작했다.

브라이슨은 잠시 데이터를 보고 나서 히죽 웃었다.

"그렇군!"

"이제 뭔가 알아냈어요?"

"프로스타글란딘, 태아는 프로스타글란딘을 사용하고 있는 거야."

"정말 불쾌한 느낌이 드는 말이군요. 호르몬인가요?"

"비슷한 것이지. 신체 여기저기의 조직에서 볼 수 있는 지방산의 일종이야. 임신 중이라면 부족할 경우는 없어. 양막, 다시 말해서 태아가 들어 있는 주머니에서 합성되니까. 진통 시작과 관련되는 물질이야."

"태아가 사만다에게 진통을 시작하도록 하고 있나요?"

"지금은 그렇지 않아. 프로스타글란딘을 혈관에 충분히 보내주면 자궁 수축을 시작하도록 할 수가 있어. 태아도 아직 거기까지는 할 마음이 없는 것 같아. 이 녀석은 아주 소량의 물질을 사용하고 있는 거야. 다시 말해서 진통을 일으킬 정도는 아니지만 다른 부분에 영향을 미칠 정도의 양으로, 이 경우는 사만다의 뇌야."

"그래서 사만다의 언동이 바뀌는 건가요?"

"맞아. 뇌의 특정 부위에 일정량을 집중시키면 그 자극으로 신경 전달 물질이라고 불리는 물질이 방출되지. 뇌의 어떤 부위라면 도파민, 다른 부위라면 세로토닌이라는 식이야. 그리고 각각의 신경 전달 물질이 또 다른 여러 가지 물질의 방출을 재촉하고 그것이 특정한 행동이나 생리에 영향을 미치는 거야. 말하자면 컴퓨터가 가리키고 있는 것은 태아가 일정량의 프로스타글란딘을 뇌의 특정 부위에 집중시켜서 특정한 신경 전달 물질을 배출하고, 그 결과 사만다의 행동을 바꿀 수 있었다는 거야. 이 녀석이 이 일을 해왔다는 것은 그녀의 변한 모습으로 충분히 증명할 수 있어. 문제는 육체적으로나 정신적으로나 무수한 가능성이 있는 데다 이다음에 무엇을 일으킬지 예측할 수 없다는 거야. 우리가 지금까지 보아왔던 것은 빙산의 일각에 불과할지도 몰라."

"무척 간단하게 들리는군요. 도미노를 일으키듯이."

"그런 셈이지. 과학에서는 피드백이라고 부르고 있어. 기본적으로는 교환대처럼 정확한 구멍에 플러그를 꽂으면 되는 거야. 단지 이 경우의 국번은 무한히 있는 셈이지."

"프로스타글란딘을 억제하는 방법은 없는 거예요?"

"다행스럽게도 있긴 해. 그보다 프로스타글란딘에 대해서 두 가지 더 얘기하면 첫째로 그것은 낙태에 사용되고 있어. 프리차드가 주사하려고 했던 낙태제가 바로 그거였어. 뜻을 이루지 못하긴 했지만 말이야."

"그런 일이 있을 수 있어요? 태아에게 있어서 치명적인 물질을 태아 스스로 합성한다는 말이에요?"

"양에 달렸지. 비소나 스트리크닌과 마찬가지야. 소량이라면 약으로써 도움이 되지만 조금만 양이 많아도 생명을 빼앗길 우려가 있어. 낙태의 경우에도 대량의 프로스타글란딘이 필요해."

"얄궂은 일이로군요. 태아가 사만다를 조금씩 파멸로 몰아넣는 데 사용하고 있는 물질이 태아를 죽이는 데 사용되고 있는 것과 같은 물질이라니."

라트레지가 속삭였다.

"태아가 그런 일을 하고 있다는 건 아냐. 알고 있는 것은 PG, 즉 프로스타글란딘의 약자인데 그것이 사만다를 조종하는 도구야. 하지만 당신이 말한 대로일지도 몰라. 둘째로 PG는 여러 가지 고통을 일으킬 수가 있어. 때로는 심한 고통을 일으킬 때도 있고. PG는 어느 부분에 집중하느냐에 따라서 염증, 두통, 헛구역질, 설사, 구토 등을 유발하지. 소량이 전신에 분산되어 있을 때는 왠지 기분이 좋지 않아. 감기에 걸렸을 때처럼 말이야."

라트레지는 브라이슨이 생각하는 것을 이해하고 몸서리쳤다.

"태아가 고통에 대해서 질문한 것이 사만다의 몸에 일어난 일과 관계가 있다는 건가요?"

"간접적인 부작용이라고 할 수 있지. 태아가 PG를 사용하는 본래의 목적은 그녀를 조종하기 위한 거야. 하긴 엄마가 가련한 모습이 되어 최저의 기분을 맛봤다고 해서 태아가 기분을 해치고 있다고는 할 수 없지."

"기분을 해쳐요? 태아의 감정을 나타내는 말치고는 너무 강하지 않아요?"

브라이슨은 등을 돌렸다. 그는 점점 자신에게 화가 났다.

"제기랄, 로지. 난 언제나 중요한 때에 한 걸음 뒤져 있어. 태아가 꿈을 꾼다고는 생각지도 못했는데 태아가 사고를 하고 복잡한 컴퓨터와 오래도록 얘기하고 있었단 말이야. 하나하나 열거하다 보면 한이 없어. 이 녀석이 나쁜 계획을 품고 있으리라고는 생각지 않았어. 사만다를 조종할 수 있으리라고는 전혀 생각하지 못했고 그녀의 중절을 방해한 것도 마찬가지로 예상치 못했어. 이제 나 자신의 어리석음이 지긋지긋해. 이번에는 추측이 아냐. 분명히 말할 수 있어. 이 녀석은 엄마에 대해서 몹시 불쾌하게 생각하고 있어. 완전히 화가 나 있다고. 누구라도 자기를 죽이려 한다면 화가 날 거야. 원망, 적의, 불쾌의 씨를 중절보다 훨씬 전에 품었을 거야. 사만다가 처음 아기를 낳는 것에 대해 망설였을 때부터 이미 생화학적으로 그녀의 마음을 읽을 수 있었다는 느낌이 들어. 하지만 그건 아무래도 좋아. 지금 중요한 것은 태아가 무엇을 꾸미고 있느냐와 우리가 무엇을 할 수 있겠느냐 하는 거야."

물론 그랬다. 라트레지는 뭐라고 해야 할지 몰랐고 두 사람은 그만 방관자가 되어버렸다. 사실을 목격하고 아무도 믿지 않는 비밀을 알고 있으면서도 결과를 꿰뚫어볼 수가 없으니 답답할 뿐이었다. 그녀는 수면실로 눈을 돌리고는 문득 브라이슨이 한 말을 생각했다.

"PG를 억제할 방법이 있다고 하지 않으셨어요?"

브라이슨은 방안을 왔다 갔다 했다.

"글쎄, 소용없는 것 같은 느낌이 들지만 시험해볼 가치가 있는지도 모르지. 아스피린이야."

라트레지는 아연실색하며 그를 보았다.

"뭐라고요?"

"그냥 아스피린 아세틸살리실산이야. 알려진 바로는 가장 효과적인 프로스타글란딘 억제제라고."

"그렇다면 4시간마다 두 알씩 아스피린을 먹이는 것만으로 사만다를 구제할 수 있다는 건가요?"

그는 고개를 끄덕였다.

"그럼 왜 우물쭈물하고 있어요. 그 사이에라도 사만다가 쓰러진다면 어떻게 하시려고요?"

"그렇게 간단하지가 않아."

"아스피린보다 더 간단한 것이 있나요?"

"그렇게 간단치만은 아닐 텐데 말이야. 태아의 지배를 종식시킬 수 있을지 어떨지 자신이 없어. 이미 때를 놓쳤는지도 모르고."

"하지만 시도만이라도 해보는 게 좋지 않겠어요?"

"글쎄, 그런데 그녀가 아스피린을 먹지 않으면 소용없어. 어떻게 먹게 하지?"

라트레지의 표정이 금세 밝아졌다.

"아스피린을 꼭 사만다의 손에 올려놓아야 하는 건 아니잖아요?"

"설마 억지로 삼키게 하려는 건 아니겠지?"

"선생님은 늘 제가 탄 커피를 뭐라고 하면서 트집 잡으셨죠?"

브라이슨은 그녀의 의도를 알아차리고 웃음을 띠었다.

"그거 괜찮은 방법일지도 모르겠군. 당신의 커피는 스푼을 녹여버릴 정도로 써서 이상한 맛이 나니까. 아스피린의 맛을 감춰버릴 수 있을 거야."

"인사치레는 안 받겠어요. 도와주실 수 있겠죠? 사만다는 하루 대여섯 잔의 커피를 마셔요."

"물론이지. 마법의 물약을 준비해주지."

집으로 돌아가는 길에 브라이슨은 몇백 알의 아스피린과 증류수 1리터를 샀다. 작은 스푼 하나가 아스피린 10그레인, 즉 두 알 분에 해당하는 물약을 만들었다. 다음날 아침, 그것을 라트레지에게 건네주자 그녀는 병을 캐비닛에 감췄다. 대개는 라트레지가 사만다의 커피를 탔고, 커피포트가 캐비닛 바로 옆에 있기 때문에 속임수를 쓸 필요는 없었다.

사만다가 커피를 여전히 잘 마시는 것을 이상하다고 생각한 적이 있었다. 올바른 식사를 중시하는 이치대로라면 커피를 끊어야 한다. 그런데 이전의 대화 속에서 카페인이 태아에게 미치는 영향에 대한 보고에 태아의 심폐기능의 발달을 촉진한다는 것이 있었다. 그것이 태아의 머리에 남아 있었던 모양이었다. 그 다음날부터 사만다는 하루 3잔에서 6잔으로 횟수를 늘렸다.

다음날 아침 사만다가 오자 셋이서 함께 커피를 마셨다. 브라이슨은 일부러 싫은 표정을 지었다.

"이봐, 이 진흙 같은 것에 무얼 넣었나?"

사만다가 맛을 보았다.

"아이, 맛없어."

라트레지는 시치미를 떼고 냅킨을 입가에 댔다.

"특제 커피예요. 당신들처럼 다른 사람을 부려먹는 사람은 스스로 커피를 타지 않는걸요."

사만다는 커피를 한 잔 더 마셨다. 그러고 나서 수면실험의 자료를 그러모아서 연구실의 한쪽 구석에서 일하기 시작했다. 라트레지는 브라이슨에게 윙크를 보냈다.

"한 잔 더 어떠세요, 선생님?"

"사양하겠네."

시간이 경과함에 따라서 사만다는 극적인 변화를 보이기 시작했다. 요즈음 그녀의 인격을 특징짓고 있던 불안정한 정신 상태도 완전히 사라진 것은 아니지만 상당히 좋아졌다. 여러 가지 의미에서 이전의 사만다로 돌아오고 있었다. 단지 이따금 변덕을 부리거나 이치에 맞지 않는 얘기를 하는 정도였다.

그녀가 먹는 것은 일반 기준에서 본다면 아주 평범하다고 할 수는 없지만 그러나 극단적으로 이상한 식사는 없어졌다. 운동도 계속하고 있긴 하지만 상당히 편안한 페이스를 지키고 있었고 몇 주일 전 같은 광신적인 달음질은 하지 않았다. 아스피린이 든 커피를 듬뿍 마시고 일을 마칠 무렵이 가장 안정된 듯했다. 아침에는 무뚝뚝하게 안에 틀어박혀 있다가 라트레지가 커피를 타주면 밝은 모습이 되곤 했다.

그 주가 끝날 무렵에는 수면 연구의 마지막 마무리를 하는 데까지 일이 진행되었다. 사만다는 브라이슨과 함께 검사 중인 다른 수면제에 대해서 실험 계획을 세웠다. 사만다 자신의 수면실험은 중지되었다. 브라이슨이 그 취지를 전하는 것만으로도 그녀는 동요하지 않고 그 뜻을 받아들였다. 오히려 아무 저항도 보이지 않는 것이 브라이슨에게는 이상하게 느껴졌다. 매일 습관이 되어 있던 낮잠의 필요성에 대해서도 서로 문제 삼지 않기로 했다. 수면실험을 요구하며 장황하게 얘기를 늘어놓았던 일은 잊어버리고 무의식의 영역으로 들어간 듯한 모습이었다.

브라이슨은 주말을 그녀와 함께 보냈다. 그는 늘 피곤한 체했다. 카페인이 피로에 효과가 있다고 하며 커피를 타서 그녀에게 마시게 하고 자신도 조금씩 마셨다. 라트레지의 커피와 비슷한 맛이 난다는 얘기를 들었을 때 브라이슨은 기분이 상한 듯이 했지만 마음속으로는 크게 기뻐했다. 특히 건강해진 것은 사만다의 외모였다. 등뼈가 곧게 펴지고 피부색도 좋아졌다. 시간이 좀 더 지나면 건강한 임신부로 보일 것이다.

아스피린을 먹기 시작하고 2주가 지날 무렵 비로소 약간의 걱정이 생겼다. 이전처럼 기계적으로 의학 지식을 계속 떠들어대는 것과는 달리 지금은 아주 잠깐 동안 발작적으로 비몽사몽의 상태가 나타났다. 그럴 때의 표정은 처음에는 눈이 반쯤 감기고 그 가느다란 틈으로 똑바로 앞을 바라보다가 눈이 안으로 쑥 들어가서 마치 터널 안에서 엿보고 있는 듯했다. 광부가 갱을 빠져나와 석탄 부스러기에 둘러싸인 구멍에서 얼굴을 내밀듯이.

게다가 이상한 것은 카랑카랑하고 쉰 목소리로 말하는 모습이었다. 횡격막을 밀어 올려서 나오는 목 깊숙한 곳에서 나오는 무서운 목소리는 타락한 천사 루시퍼를 연상케 했다. 주문을 외운다는 것이 가장 적합한 표현일 것이다.

가장 걱정되는 것은 무의식의 상태보다도 사만다가 그동안에 얘기하는 내용이었다. 몸이 회복되고 있음에도 불구하고 이야기의 내용은 태아의 대화와 똑같았다. 귀에 거슬리는 목소리로 생각을 더듬듯이 말하는 모습은 오래된 데이터에 열중해 있으면서도 뭔가 새로운 것을 찾게 되지 않을까 하고 탐색하는 듯한 느낌이었다. 그녀가 얘기하는 것은 미니컴퓨터가 뿜어내는 그런 정보와 비슷했다.

형이상학적인 것뿐만 아니라 실체가 있는 과학적 사실에 이르기까지 마구 지껄여댔다. 그녀의 말은 대부분 무언가를 찾고 있다는 인상을 주었다. 고문에 견딘 예라든가 황홀한 기분을 일으켜서 육체적 고통을 느끼지 않게 하는 방법이라든가, 못이 박힌 침대에서 자도 아무렇지도 않다는 요가의 명상에 관한 과학적 근거 등을 중얼중얼 외웠다. 브라이슨은 오싹했다. 만일 태아가 스스로 얘기할 수 있다면 엄마의 이야기 내용이 암시하는 개념을 그냥 그대로 말할 것이다.

1주일이 지나고 사만다는 새로운 연구 과제에 몰두해 있었다.

배는 이제 언제 아기가 태어나더라도 이상하지 않을 정도로 불러 있었다. 브라이슨이 아는 바로는 사만다는 산부인과의 정기 검진을 받지 않고 있었다. 그러나 받아야만 했다. 프리차드는 1개월마다 검진하러 오라고 말했고 사만다의 자궁의 크기를 생각하면 좀 더 자주 진찰을 받았으면 했다. 그러나 그녀는 원하지 않았다. 하지만 건강이 회복되었기 때문에 정기 검진도 그렇게 중요하지 않을지도 몰랐다. 고작 최악의 사태라고 해도 진통이 시작될 정도의 것이었다.

브라이슨이 안심한 것도 순간이었다. 비몽사몽의 상태에서 사만다가 들이마신 공기에 섞여 있는 화학물질의 수준, 환기 장치를 통해서 병이나 중독이 일어난 예와 같은 오염원에 대한 독물학을 탐색하기 시작했다. 브라이슨과 라트레지는 안절부절 못했다.

태아는 사만다의 회복을 알아차린 것일까? 그 원인을 추측하고 있는 것일까? 태아가 알아차렸다면 확실히 목적을 깨닫고 있는 것이다. 태아가 약이 든 커피를 알아차렸을 리는 없지만 알고 싶어하는 것은 확실했다.

다음날 오후에 사만다는 주치의에게 진찰을 받기 위해 예약을 해두었다고 말했다. 그녀는 진찰을 받아야만 한다는 브라이슨의 주장이 옳다는 것을 깨달았다고 했다. 브라이슨과 라트레지는 당황했다.

"왜 마음이 변한 걸까?"

"잘 모르겠지만 어쨌든 마음에 안 들어요."

1주일이 무사히 지나갔다. 여름이 끝나가고 있어서 밤이 되면 제법 싸늘했고 스웨터가 필요한 계절이 되었다. 브라이슨과 사만다는 교외로 드라이브를 갔다. 도로를 따라서 아파레치아 산맥은 완만한 기복을 보이고 있었다. 싱싱했던 여름풀도 시들기 시작하고, 새파랗게 우거진 나뭇잎의 여기저기에서 황색과 빨간 단풍잎도 볼 수 있었다.

두 사람은 때때로 차를 세우고 경치를 바라보며 브라이슨이 보온병에 넣어 온 커피를 마셨다. 사만다는 그의 어깨에 기대어 멀리 산등성이를 바라보았다. 그날 그들은 저녁 늦게 돌아왔다.

다음날 아침, 브라이슨과 라트레지가 지난 실험에서 얻은 데이터를 다시 보고 있는데 사만다가 연구실에 나타나는 바람에 두 사람은 중단했다. 사만다는 상당히 지쳐 보였다. 저녁 내내 잠을 자지 못한 듯한 인상이었다. 밝은 색의 머리는 서로 뒤엉켜 몇 가닥은 다발이 되어 어깨에 늘어져 있었다. 라트레지가 커피를 탈 시간이었다. 그녀는 뜨거운 커피를 사만다의 앞으로 내밀며 권했다. 사만다는 냄새를 맡고는 라트레지를 수상쩍은 듯한 눈으로 쳐다보며 컵을 밀어냈다. 갈색의 액체가 테이블 위에 엎질러졌다.

라트레지는 안절부절 못하며 브라이슨을 쳐다보았다.

"왜 그러죠?"

"내게 독을 마시게 했어요. 모르는 체하면서……. 당신도 관련되어 있겠죠? 나를 뭘로 보는 거예요? 얼빠진 인간? 아스피린 맛도 모르는 바보라고 생각했어요?"

그녀는 브라이슨을 날카로운 눈초리로 쳐다보았다. 라트레지는 우물거렸다.

"무슨 얘기를 하는 거지?"

"그런 말을 잘도 하는군요! 뻔뻔스럽게……. 괜찮아요, 내가 당신들보다 훨씬 더 잘 알고 있으니까. 당신들 열 명이 있어도 나를 당해

내지는 못해요! 언제까지 속일 수 있을 거라고 생각했죠? 내가 모르는 사이에 커피에 아스피린을 넣다니……. 이젠 나를 죽여 버릴 작정이군!"

"어떻게 그런 소릴 할 수가 있나, 샘?"

사만다는 브라이슨의 말을 무시하고 열변을 토했다.

"전부터 뭔가 이상하다고 생각했죠! 기분이 좋지 않았어요. 긴장이 풀린 것 같기도 하고 뭔가 나사가 빠져서 부족한 듯한 느낌이었는데 공기와 물 탓이라고 생각했죠. 커피 안에? 상상도 하지 못했어요. 그래서 요전에 진찰을 받으러 갔을 때 혈액을 검사해달라고 했죠. 프리차드 선생이 뭐라고 했을 거라고 생각해요? 물론 알고 있겠죠. 자신이 넣었으니까. 아스피린! 내 피는 아스피린 투성이었어요! 아스피린이 임신부와 태아에게 어떤 영향을 미치는지 알고 있어요? 내가 가르쳐 드리죠. 태아의 출혈의 원인이 되죠. 황달이라든가 태아의 심실을 막기도 해요. 그래서 태어나기도 전에 뱃속에서 죽어버리는 거예요. 모른 체하면서! 하지만 이제 아무래도 좋아요. 두 번 다시 그런 건 마시지 않을 테니까. 당신들 커피 따위는 말이에요!"

브라이슨은 재빨리 일어나서 그녀를 향해 걸었다.

"샘은 자신이 말한 것을 모르고 있어."

"다가오지 말아요."

그는 걸음을 멈췄다.

"당신은 느끼지 못했을지도 모르지만 요 1개월간 당신은 변한 것 같았어. 옛날의 밝고 건강한 당신으로 말이야. 보기에도 좋아졌고 기분도 좋아진 것 같았어. 오래간만에 건실한 건강체가 되었어. 아스피린은 태아가 당신을 조종하는 것을 저지하는 거야. 아스피린을 먹으면 태아는 당신을 조종할 수 없게 되고, 그래서 당신은 정상으로 되돌아 올 수 있어. 미치광이 같은 식사도, 등의 할퀸 상처도, 그러니까 제발 이대로 아스피린 먹는 걸 중지하지 말아줘!"

사만다는 웃기 시작했다.

"정말 사람도 아니군요. 당신 같은 사람에게 이런 직책을 준 사람을 이해하지 못하겠어요. 위험해요. 고소라도 할까요? 당신들 말에 누가 감동이라도 받는대요? 두 사람의 마음속까지 훤히 드러나 보이는 걸요. 내 감정에 호소하겠다고? 농담하지 말아요. 나와 아기에게 상처를 입히려는 것과 뭐가 달라요!"

그렇게 말하고 그녀는 홱 하고 등을 돌려 나가버렸다.

"샘……."

그녀가 난폭하게 문을 닫자 브라이슨은 라트레지를 돌아보며 얼른 말했다.

"그렇게 실망하지 마. 이번에는 당했지만 아직 전쟁이 끝난 건 아니니까."

"실망이 돼요. 그동안 좋아졌었는데. 아스피린을 먹지 않으면……. 이 상태로 간다면……."

라트레지는 말을 잇지 못하고 입을 다물었다.

"그래, 무슨 일이 일어날지 몰라. 논리적으로 생각하면 엄마에게 심각한 해를 끼쳐서 결과적으로 자신까지 상처를 입게 된다고 생각할 수도 있지."

"그럼 지금 하고 있는 건 뭐죠? 사만다는 우리 눈앞에서 점점 쇠약해져 가고 있잖아요."

라트레지는 흥분해서 물었다.

"태아가 어디까지 할 생각인지 밝혀내지 않으면 안 돼."

"언제까지 계속해야 하는 거죠? 조나단, 언제쯤 사만다를 구할 수 있을까요?"

브라이슨은 대답 대신에 그녀를 꼭 안았다. 자신들의 딸의 목숨이 서서히 사라져가는 것을 지켜보는 부모처럼 그들은 안타까워하며 서로 부둥켜안았다.

"또 왔습니다."

"이번엔 뭐지?"

"췌장 4분의 1파운드."

"나한테 줘! 내가 얘기할 테니까."

슈퍼마켓의 지점장은 델리카테슨의 카운터를 담당하는 점원에게 말했다.

오늘 그 임신부가 가게에 오는 것이 이번이 네 번째였다. 상하로 된 회색 트레이닝 복을 입고 있었고, 올 때마다 점점 더 더럽혀져 있어서 다른 손님들이 불평을 했다.

'환자, 병원을 도망쳐 나온 정신병자일 것이다. 하지만 몸도 병들어 있는 듯하다. 그렇게 핼쑥한 얼굴로 땀을 흘리는 폐렴 환자를 본 적이 있었다.'

'하필이면 왜 우리 가게를 오는 거야. 돌아갔나?' 하고 생각하면 다시 30분마다 나타났다. 그때마다 1개나 2개 정도의 물건을 샀다. 분명히 돈은 지불하지만 곤란한 것은 그 자리에서 먹는다는 것이다. 한 시간 전엔 포이(하와이 전통 발효식품)를 먹는 하와이 원주민처럼 두 손가락으로 요구르트를 퍼먹고 있는 모습이 보였다. 좀 전에 왔을 때는 헤드 치즈 덩어리를 사서 델리카테슨의 맥스의 눈앞에서 덥석 깨물어 먹었던 모양이다. 그때 비로소 맥스가 부르러 왔다. 킥킥거리는 손님도 있었고 혐오감을 드러내며 고개를 돌리는 손님도 있었다.

지점장은 그녀가 가게 입구를 향해 들어오는 것을 보고 있었다. 그녀는 과자를 다 먹고 나서 껍질을 확 버렸다. 지점장의 옆을 지날 때는 췌장이 든 플라스틱 용기의 뚜껑을 막 열려는 참이었다.

"이곳은 돼지우리가 아닙니다, 손님. 쓰레기는 휴지통에 버려주십시오."

그녀는 멍하니 그를 쳐다보았다. 그러고 나서 용기에 손가락을 넣고 날 췌장을 한 조각 꺼냈다.

"뭘 하시려는 겁니까?"

그녀는 췌장을 입으로 가져갔다.

"서, 설마!"

지점장은 분노와 불쾌한 감정이 뒤섞여 그녀가 먹기 전에 플라스틱 용기를 손바닥으로 쳐서 떨어뜨렸다. 안에 들어 있던 엷은 핑크빛 췌장이 바닥에 쏟아졌다.

"당장 꺼져!"

지점장은 그녀를 내쫓았다.

"다음에 또 오면 경찰을 부르겠어!"

그는 투덜거리며 돌아서서 내장이 쏟아진 주위를 조심스럽게 지나갔다.

최후의 몸부림

한 번 더 수면실험을 할 수밖에 없었다. 그것은 최후의 몸부림이었다. 지푸라기라도 움켜쥐려는 심정으로 할 수밖에 없는 도박이었다. 누군가가 믿어주기만 한다면!

이제 브라이슨은 사만다를 위해서라면 명예도 지위도 기꺼이 내던질 수 있었다. 어떤 과학적 위업보다도 그녀가 훨씬 중요한 존재가 되었다. 할 수만 있다면 스스로 신문을 발행해서 표제로 자신의 발견과 지금 진행 중인 사실을 알리고 싶을 정도였다. 그러나 그것이 무리라는 것을 알고 있었다. 로버트나 프리차드와 마찬가지로 아무도 그의 이야기를 진짜로 받아들일 리가 없었다.

시간이 지나는 동안 브라이슨은 미니컴퓨터의 프로그램 작성을 계속했다. 충분히 알 수 있는 정확한 것이라야만 한다. 이것이 최후의 기회이다. 만일을 대비해서 송신 기능을 입력해두기로 했다. 메인 케이블과의 접속은 되어 있으므로 실제로 신호를 보내는 일은 간단할 것이다. 프로그램만 완성되면 이제 남은 것은 명령만 하면 된다. 만족할 만한 완벽한 프로그램이 완성되는 대로 한 번 더 사만다에게 실험을 부탁하자고 생각했다. 프로그램의 변경은 아주 약간만 역점을 옮겼을 뿐이었다. 그러나 표현은 정확을 기할 필요가 있었다. 이미 태아의 수단과 방법은 알고 있었다. 남은 의문은 단 하나, 태아의 목적이었다.

며칠이 지나고 드디어 몇 주가 지났다. 이제 10월, 브라이슨에게 있어 최후의 컴퓨터 프로그램 이외의 일은 다른 의사가 대신해주었다. 사만다가 오전 중에 하는 것을 제외하면 새로운 수면 연구는 모두 무기한으로 연기된 상태였다. 조사를 충분히 훑어보고 나서 보조금을 배당받고 싶기 때문에 연구가 늦어지는 것도 일시적인 것이라고 보고 해두었다.

로즈메리 라트레지는 유일한 그의 후원자이고 자문위원이었다. 그녀가 끊임없이 질문을 해주는 덕에 브라이슨은 생각을 거듭해볼 수 있었다. 컴퓨터 프로그램의 변경에 대해서 제안할 때마다 라트레지는 반론을 제기하거나 새로운 가설과 이론을 제공했다. 그가 신중하게 연구에 몰두하면 그만큼 그녀도 신중해졌다. 단지 확신을 얻을 수 없기 때문에 그녀도 차츰 안정을 잃어 안절부절못하게 되었다. 잠자는 시간이 줄고, 눈에 피로의 기색이 나타났다. 두 사람의 수면 시간이 줄어듦에 따라 사만다를 볼 때마다 느끼는 걱정은 늘어났다.

사만다의 몸이 무서우리만큼 쇠약해지고 있었다. 예전의 활력이 넘치던 모습은 어디에도 없었다. 영양실조에 걸린 어린아이처럼 불룩해진 배를 가냘픈 다리로 지탱하고 있었다. 점점 체중이 줄어서 강제 수용소의 희생자를 연상시킬 만큼 건강상태가 나빠지고 있었다. 눈은 움푹 들어갔지만 날카로운 지각력을 갖추고 있어서 반짝이며 의심하듯이 두리번거리는 것이 특히 이상했다.

브라이슨은 여전히 사만다와 만나고 있었다. 만날 때는 서로의 동의라기보다는 그녀의 의사로 결정되었다. 몇 시에 아파트로 오도록 사만다가 명령하고 브라이슨은 마지못해 거기에 따랐다. 복종하는 것이 거북하긴 했지만 함께 지내면서 그녀의 마음을 움직일 수만 있다면 그 정도의 굴욕 정도는 아무 상관없다고 생각했다. 그러나 그의 기도도 사만다에게는 통하지 않았다. 감정에 호소하는 시도도 허무하게 끝나버렸다. 그가 얘기를 할 때 사만다는 막연한 관심을 보이며 그를 보고 있었다. 마치 동물이 사냥한 사냥감을 먹기 전에 잠시 쳐다보는 듯한 태도였다. 그의 독백이 끝나면 얘기를 듣는 시간은 끝났으므로 일을 착수하자고 말하고 싶은 듯이 약간 고개를 끄덕였다.

그녀는 불필요한 일에 시간을 허비하지 않았다. 그를 초대한 목적은 섹스였다. 섹스를 위해서만이 그를 필요로 하고 있었다. 그녀에게 내쫓기듯이 헤어지고 난 뒤 브라이슨은 몇 시간이라도 이유를 알아내려고 애를 썼지만 도저히 육체적인 쾌락 때문이라고는 생각할 수 없었다. 임신 중인 창녀가 아주 능률적으로 일을 추진하고 손님을 맞고 있다는 인상이었다.

우선 그를 발가벗기고 반듯이 눕힌다. 키스를 한다든지 손을 잡는다든지 하는 애정 표현은 허락지 않는다. 그러고 나서 사만다 자신도 옷을 벗는다. 플라스틱 병에 든 기름을 바르며 매번 베이비오일이라는 것을 일부러 설명했는데, 그 말을 들을 때마다 브라이슨은 모욕당하는 기분이 들었다.

그 후의 순서도 매번 같았다. 먼저 오일을 발라 미끈미끈한 손으로 그를 자극시킨다. 그러면서 다른 손으로 오일을 음부에 바르고 자위를 한다. 자위를 하는 사이에도 그녀의 눈에는 정열이나 절망의 그림자도 보이지 않았다. 그 행위가 합리적이고 질을 촉촉하게 하는 것이 유일한 목적이라는 것은 틀림없었다. 충분히 촉촉해지면 그를 격렬하게 문질러서 오르가슴에 접근시킨다. 그리고 절정을 늦추어 놓고 그의 위에 올라앉는다. 그때 그녀는 완전히 무관심한 태도로 재빨리 허리를 움직이며 눈을 바닥으로 향한다. 그는 곧 절정에 달한다. 오르가슴의 충격이 전해질 때마다 그녀는 그를 깊이 맞아들인다. 마지막 정액이 나오고 나면 그녀는 매정하게 그에게서 몸을 떼어낸다. 그녀의 쌀쌀함이 브라이슨을 괴롭혔다. 섹스가 끝나고 나면 그와는 일이 끝났다는 듯이 이야기를 하려 해도 듣지 않았다.

굴욕적이기는 하지만 그는 결코 그녀의 유혹을 거절할 수가 없었다. 재빠르고 능률적인 두 사람의 섹스가 브라이슨에게는 묘하게 에로틱하게 느껴졌기 때문이었다. 눈 깜짝 할 사이에 그는 자극적인 흥분을 맛볼 수 있었다. 또 함께 지내는 것이 어떤 형태로든 좋은 결과를 가져올지도 모른다는 희망을 가졌다. 하지만 한 번도 그런 적이 없었다. 또 하나의 이유는 질투였다. 그녀의 목적이 무엇이든 간에 브라이슨이 거절하면 다른 남자를 찾을 것이라고 느꼈기 때문이었다.

사만다는 지금은 자신의 일을 할 때 외에는 연구실에 얼굴을 내밀지 않았다. 연구실로 오는 도중에 복도에서 만나는 사람마다 그녀를 돌아볼 수밖에 없는 것이, 그녀는 매일 운동복 차림에 실크 쇼트 팬츠의 모습으로 나타났다. 정말이지 병적인 외모만 아니라면 오히려 우스꽝스러운 모습으로 보일 것이 분명했다. 배가 불룩하게 튀어나왔기 때문에 쇼트팬츠를 허리까지 올릴 수가 없어서 그것은 배 아래로 흘러내려와 있었다.

그녀는 브래지어를 착용하지 않고 달렸다. 임신으로 유방이 꽤 커서 흔들릴 때마다 아플 것임에 틀림없었다. 게다가 끊임없이 흔들리는 자극으로 얇은 티셔츠에 젖꼭지가 스쳐 젖이 분비되었다. 끈적끈적해진 셔츠는 젖꼭지 언저리에 착 달라붙어 있었다.

그녀는 이제 브라이슨과 라트레지의 얼굴을 보지 않았고 두 사람도 그녀를 보지 않았지만 이유는 각각 달랐다. 사만다는 자신만의 세계로 파고들기 때문에 두 사람 따위는 안중에도 없었지만, 두 사람은 분명히 그녀의 존재를 의식하고 있었다. 단지 쇠약해져가는 모습을 보는 것이 괴로워서 견딜 수 없었다.

드디어 미니컴퓨터 프로그램의 정확한 해독에 몰두하던 브라이슨의 노력이 결실을 맺었다. 목요일, 브라이슨은 사만다에게 내일 딱 한 번만 더 수면실험을 해달라고 부탁했다. 시작은 4시지만 밤늦게까지 갈지도 모른다고 했다. 사만다는 잠자코 따라주었다. 그녀가 저항하리라고는 생각하지 않았다. 너무나도 가냘파서 수면실의 문을 열고 어깨를 툭 치는 것만으로도 침대에 쓰러져버릴 것 같은 느낌이 들었다.

다음날은 할로윈 전 금요일이었다. 브라이슨과 라트레지는 사만다가 나타나기 훨씬 전부터 연구실에 있었다. 라트레지가 미니컴퓨터를 캐비닛에서 꺼냈다. 사만다가 예정보다 빨리 들어오면 안 되기 때문에 급히 서둘렀다. 컴퓨터를 감추고 준비가 끝나자 사만다의 도착만을 기다리고 있었다.

그날 오전은 시간이 늦게 갔다. 사만다는 자신의 일을 하고 있었다. 11시가 됐는데 브라이슨도 라트레지도 한숨만 쉬고 있었다. 그리고 드디어 사만다가 펜을 놓더니 책을 덮고 말도 하지 않고 식사를 하러 나갔다.

그녀는 4시 조금 전에 돌아왔다. 라트레지는 사만다의 시중에 마음을 썼다. 가능한 한 쾌적하게 해서 사만다가 재빨리 깊은 잠에 빠질 수 있도록 수면실을 정리했다. 잠들어 있는 동안에 뇌파와 외부로부터의 송신을 차분히 관찰할 수 있었다. 사만다는 비몽사몽한 상태로 수면실로 들어갔다. 그녀는 베개를 베기도 전에 벌써 잠들어 버렸다.

컴퓨터를 끌어냈다. 이제부터 밤늦게까지의 시간은 두 사람만의 것이었다.

사만다는 10시경까지 일어나지 않을 것이다. 프린트 아웃은 좀처럼 나오지 않았다.

처음 얼마동안은 막연한 대화가 강물 위에 떠도는 나뭇잎처럼 목적도 없이 계속되었다. MEDIC으로부터 얻어지는 지식은 일반에게 알려진 것과는 큰 차가 없었다. 태아의 질문에는 특별히 연관성도 없고 중요한 의미도, 새로운 사실도 거의 없었다. 두 사람은 초조해하며 왔다 갔다 하다가 장치 앞을 지날 때 뇌파의 기록을 들여다보곤 했다.

두 사람이 의기소침해 있는 동안 미니컴퓨터가 최초로 나타낸 명확한 힌트가 지나가 버렸다. 숫자를 적고 간격을 두고 나타나기 때문에 그냥 지나치기 쉬웠다. 그러나 5시 경에는 똑똑히 눈에 띄었다. 처음에는 그냥 힌트였지만 거기에는 일괄된 주제가 있었다.

태아는 MEDIC에게 임신부의 질병에 대해서 질문하고 있었다. 특정한 병이 아니라 임신 중의 질병 전반에 관해서 물었다. 그 같은 질문뿐이었다면 브라이슨은 관심을 보이지 않았을 것이다. 그의 주의를 끈 것은 태아가 더욱 집요하게 파고들었기 때문이었다.

태아는 각 병의 진행방법과 조짐, 증상, 게다가 모체가 어떻게 되는지를 알고 싶어했다. MEDIC은 요구한 정보를 송출하고 그 과정에서 온갖 질병 전반에 관해 대강 설명하고 있었다. 이윽고 태아는 브라이슨이 특히 두렵게 느끼는 분야에 대해서 집중적으로 질문을 했는데, 임신 중의 이상 중에서도 엄마의 죽음에 연루되기 쉬운 것에 주목하고 있었다.

"농담을 하는 거겠죠!"

"아냐, 진지하다고."

라트레지는 당황해서 목에서부터 불그스름해지기 시작했다. 뚜껑을 연 로제와인의 거품이 올라오듯이…….

"그럼 어떻게 해서든지 사만다를 구해야죠. 조나단! 이제 시간이 너무 없어요. 이 프린트 아웃이 사실이라면 사만다는 죽게 될 거예요! 사만다를 가두어서라도 병원에 입원시켜요."

"그렇게 간단한 일이 아니야. 제기랄, 우선 그녀를 붙잡아 병원에 매어놓지 않으면 안 돼. 그것도 쉽지가 않아. 하지만 어떻게든 그렇게 해놓고 나서는 뭘 해야 하지? 정신요법이나 약이 왜 소용이 없는지는 전에 설명을 했고, 다만 그냥 가두어 두는 정도의 감금밖에 다른 방법이 없어. 그건 아무런 도움이 되지 않는다고 생각해. 태아가 샘을 죽이고 싶다면 그곳에서 처치해버릴 거야."

"그렇다고 해서 팔짱을 끼고 보고 있을 수만은 없잖아요. 어떻게 하면 좋죠?"

"관찰을 계속하는 거야. 샘이 일어나기까지는 아직 몇 시간이 더 있으니까."

두 사람은 대화한 것을 발췌해보면서 곰곰이 생각했다. 시간과의 싸움이었다. 태아가 엄마를 어떻게 할지 결정해버리면 나머지 일은 시기를 기다리는 것뿐이었다.

태아는 질문의 범위를 좁혀갔다. 조금 전까지는 꽤 광범위하게 질병에 관해서 여러 가지 요소를 검토하고 있었지만 지금은 그렇게 하지 않고 있었다. 출혈이나 감염에 의한 것을 제외하고, 고혈압에 초점을 맞추기 시작했다. 이 테마는 폭이 넓었다. 독혈증의 병인학이나 기초적인 혈관의 이상에서 고혈압으로 인한 아주 희귀한 합병증까지 이르렀다. 이러한 합병증에 관해서 태아가 MEDIC과 대화를 계속하고 있었다.

두 사람도 열중하고 있었다. 이것을 패닉 상태라고 하는 걸까, 하고 브라이슨은 생각했다. 브라이슨과 라트레지는 체스 선수가 곰곰이 작전을 구상하는 듯한 모습으로 프린트 아웃을 들여다보고 있었다. 대화의 범위는 다시 좁아졌고 고혈압과 진통에 관련해서 표적을 좁히고 있었다. 주고받는 대화는 점점 활기를 띠었다. 태아가 차례로 질문을 퍼붓고 MEDIC이 분주히 회답을 보냈다. 그런데 프린트 아웃의 속도가 너무 빨라서 내용을 읽는 데 힘이 들었다. 태아는 마치 총열을 통해서 사물을 보고 있는 것 같았다. 정신없이 컴퓨터와 대화를 계속하는 동안 태아는 진통시에 일어날 수 있는 두세 개의 합병증에 조준하고 있었다. 거기서 갑자기 대화가 끊겼다.

5시 반이었다. 두 사람은 소리를 죽이고 이야기했다. 이날 알아낸 무서운 사실에 라트레지는 견디지 못하고 낙심한 나머지 입술을 꽉 깨물었다. 그 일이 일어나는 것은 피할 수 없음을 알았지만 그 배후에 있는 생각은 이해할 수 없었다.

브라이슨은 태아가 무엇을 하려고 하든 분만을 위한 진통이 시작할 때가 되었음을 알았다. 그런데 어떤 합병증으로 정했을까? 사만다의 진통을 시작하게 하고 극도로 혈압을 높여서 합병증으로 죽음에 이르게 만들려는 계획은 분명했다. 어느 것일까?

"뭐라고 해도 믿을 수 없는 것은 자신의 엄마에게 이런 짓을 한다는 사실이에요."

"그것보다도 더 믿을 수 없는 것은 우리가 알고 싶어 하는 것의 3분의 2밖에 모른다는 거라고. 태아가 샘을 어떻게 할 작정인지 막연하게나마 알고 있고, 언제 실행할지도 알고 있어. 그런데 어떻게 무슨 방법으로 할지는 아직 모르겠단 말이야."

"지금 그것이 그렇게 중요한 건가요?"

"아주 중요해. 지금 내가 하고 싶은 것은 프리차드든 누구든 좋으니까 산부인과 의사에게 전화를 해서 샘에게 무슨 일이 일어날 것인가를 정확히 가르쳐주는 거야. 그리고 샘의 진통이 시작될 때까지 완전무장하고 지켜달라고 하는 거야. 그러면 진통이 시작됐을 때 냉정하게 무엇을 해야 할지 알 수 있지. 물론 믿어줄 경우의 얘기지만."

"믿어주지 않을까요?"

브라이슨은 얼굴을 찡그렸다.

"글쎄, 어떨까?"

"알고 있는 것만이라도 알리면 어떨까요? 사만다의 진통이 시작될 때 혈압이 높아져서 합병증을 일으킨다는 것이라도 말이에요. 게다가 어떤 합병증이 일어날 가능성이 있는지에 대해서도. 우선 박리라든가 태반이 빠른 시기에 떨어지게 되는 것, 두 번째는 응혈 이상증이라는 혈액의 문제, 그러고 나서 신부전, 선생님이 말씀하셨듯이 사만다의 진통이 시작됐을 때 이런 것들에 대비할 수 있잖아요."

"분명히 좋게 들리는군. 단순 명쾌하게 말이야. 그런데 내 기억으로는 각기 합병증에 대한 적절한 조처가 전혀 다르단 말이야. 산부인과 의사에게는 이 가운데서 어느 것이 일어날 것인지 정확하게 가르쳐주지 않으면 안 돼. 그렇지 않으면 암중모색하고 있는 사이에 샘의 마지막 숨이 멈춰버릴지도 몰라. 소용없어, 로지. 남겨진 가능성은 둘뿐이야. 첫째는, 아마 이것이 가장 좋은 방법이라고 생각되는데 빨리 출산시켜 버리는 거야. 조산부인과는 다르지만 이만큼 컸다면 지금 태어나도 충분히 생존의 가능성은 있어. 무엇보다 태어나버리면 샘을 조종할 수 없을 테니까 말이야. 단지 통상적으로 임신 7개월에 태어나는 갓난아기의 생존율은 50%밖에 안 되지만……. 우리가 알고 있는 것을 산부인과 의사가 모르는 한, 이 시점에서 진통을 재촉하는 듯한 짓은 절대로 하지 않는다고."

"두 번째 가능성은요?"

"그것이야말로 최후의 몸부림이야. 대화에 끼어들어 MEDIC이나 태아와 직접 얘기해보는 거야."

"하지만 무엇 때문에? 어떤 정보를 얻을 수 있다는 거죠?"

"태아는 진공상태에 놓여 있기 때문에 아무도 자신이 하고 있는 일을 모른다고 생각하고 있겠지. 미니컴퓨터의 존재도 몰라. 누군가에게 감시당하고 있다는 걸 아는 것만으로도 동요돼서 그만둘지도 몰라."

"과연 그만둘까요? 오히려 도발해서 계획을 서두를지도 몰라요. 무엇을 하든 간에 말이에요."

"그거야, 로지. 그것이 빠져 있어. '무엇을 한다'라는 확고한 사실이 파악되지 않고 있어. 엄밀히 어떤 합병증이 일어날 것인지, 앞으로 두 시간 안에 해답이 나오지 않으면 로지, 그때는 컴퓨터와 얘기를 하게 될 거야."

그 뒤의 대화는 가치가 없는 것이었다. 어떤 합병증을 선택할 것인지 정해졌다면 태아는 결론을 털어놓을 생각이 없는 것 같았다. MEDIC과 태아의 주고받는 대화는 단순히 과학적인 것으로 대단한 것은 없을 것이다. 브라이슨이 먼 훗날까지 운명의 금요일로서 기억에 남기게 될 이날 밤, 그는 MEDIC과의 교신을 시작했다.

키보드의 버튼을 누르면서 라트레지에게 말한 '대단한 건 없다고.' 라는 단어만큼 빗나간 말도 없었다. '송신' 버튼을 누른 순간 MEDIC과 태아의 커뮤니케이션이 뚝 끊겼다. 그가 MEDIC에게 전달한 명령은 단순한 것이었다.

'현재 수면 중인 피험자에 대해 어떤 합병증이 계획되고 있는지 분명히 하라.'

MEDIC의 회답이 그 자리에서 나타날 것이다. MEDIC의 정밀한 마이크로 회로라면 순간적으로 질문의 내용을 읽어내고, 메모리뱅크에서 적절한 대답을 이끌어내어 즉시 회답을 송출할 수 있다. 그런데 회답은 없었다.

모든 것이 사라졌다. 뇌파 측정 장치가 갑자기 멈추고, MEDIC의 숫자의 흐름이 연구실로 들어오지 않게 되었다. 그 대신에 전기의 윙윙 소리만이 계속되었다. 벌집을 공격당한 벌떼가 몰려드는 것 같았다. 라트레지가 설명을 구하듯이 브라이슨을 보았다. 그는 잠자코 어깨를 움츠렸다. 고장인지도 모른다고 생각하면서 한 번 더 같은 질문을 쳐서 MEDIC에게 보내보았다.

5분 동안 아무런 응답도 없었다. 전기의 소음이 커지고 콘솔이 흔들리기 시작했다. 멀리 있는 무선 통신을 잡아내려고 해도 잡음만 들어오는 느낌이었다. 그것이 갑자기 조용해지고 MEDIC이 단어를 보내왔다. 프린트 아웃에 단 한 단어의 회답이 나왔다.

'오메가.'

"모르겠어요."

"나도야. 단지 이 이상은 아무것도 대답하지 않을 것 같은 느낌이 드는군."

"왜 그런?"

"모르겠어. 이론적으로는 있을 수 없는 일이야. MEDIC은 정확한 회답을 내도록 되어 있거든. 하지만 컴퓨터 용어로 이것은 프린트 아웃의 종료를 의미하는 거라고."

"사만다는 어떻게 되는 거죠?"

브라이슨은 고개를 저었다.

"그것이 내게 주어진 십자가야, 로지. 매처럼 눈을 크게 뜨고 샘을 지키고 있을 수밖에 없어."

로즈메리 라트레지는 브라이슨이 돌아가고 나서 얼마 안 되어 연구실을 나왔다. 그녀는 주말을 대비한 쇼핑도 하지 않고 곧장 집으로 향했다. 금요일 저녁은 평상시라면 저녁식사를 하고 좋아하는 책을 읽으면서 보냈다.

아파트에 도착하자 그녀는 참치 통조림을 따서 설거지대에 그대로 놓아두었다. 식욕이 없어졌기 때문이었다. 오늘의 사건이 너무도 강렬하게 뇌리에 새겨져 있어서 도저히 무언가를 먹을 마음이 생기지 않았다. 돌아오는 길에 만일 브라이슨에게, 휴식이 필요한 때는 자신이 사만다의 감시 역을 대신해야겠다고 결심했다.

그녀는 방 정리와 세탁을 마치고 나서 잠자리에 들었다. 그러나 잠이 오지 않았다. 몇 번이나 몸을 뒤척이면서 최근의 사건으로 머리가 혼란스러웠다. 5년 전에 남편을 잃고 아이도 없는 그녀에게 수면 연구실은 쓸쓸함을 메워주었었다. 날마다 연구실 활동에 몰두해 있어서 그녀가 없으면 연구실의 일이 제대로 되지 않을 정도였다. 그것이 그녀의 생의 보람이 되었다.

수면실험의 피험자들에게는 친부모와 다름없는 기분으로 모두의 고민을 들어주기도 하고 성공이나 실패에 기쁨과 슬픔을 함께 나누었다. 또 조나단 브라이슨도 자신의 자식처럼 사랑했다. 그의 사생활을 간섭한 적은 없지만 오랫동안 서로 얘기할 때가 되면 많은 관심을 갖게 되었다. 드러내놓고 참견을 하는 것이 아니라 암시를 주고, 정면으로 질문하기보다는 관심을 보이는 표정으로 이야기를 재촉했다. 사만다와의 관계가 그저 가벼운 것이 아니라는 것을 알았을 때 라트레지는 아주 기뻤다. 브라이슨과 마찬가지로 환희를 맛보았었다.

하지만 지금은 자신의 무력감에 잠들지 못하고 있었다. 브라이슨이 주말에는 사만다를 감시하겠다고 했다. 라트레지는 자신이 할 수 있는 일에 대해서 뭔가 자그마한 것을 빠뜨리고 있지 않나 하며 침대 옆의 시계를 보았다. 1시 40분, 너무 늦었다. 하지만 상관없다고 생각했다.

그녀는 최후의 중대한 사항을 알 수 없는 것이 불안해서 스스로 프린트 아웃을 다시 보기로 했다. 대충 훑어보는 것만으로도 몇 시간, 아니 새벽까지 갈지도 몰랐다. 정확히 요약해보려면 주말을 전부 망치게 될 것이다. 브라이슨이 빠뜨린 것을 발견할 수 있으리라고는 생각하지 않았지만 사람의 목숨이 걸려 있기 때문에 시도해볼 가치는 있었다. 게다가 잘 생각나지 않지만 그밖에 뭔가 마음에 걸리는 것이 있었던 것 같은 느낌이 들었다.

라트레지는 연구실 밖의 어두운 복도에서 시간을 확인했다. 이제 곧 2시, 열쇠를 꽂자 놀랍게도 문이 열려 있었다. 그녀는 문을 잠그는 것을 잊은 자신을 꾸짖었다. 걱정되는 일이 있기 때문이라고 해도 변명이 되지 않았다. 그녀는 불을 켜고 문을 조금 열어두었다.

사무실에는 아무도 없었다. 곧장 캐비닛 쪽으로 향하고 안의 불을 켰다. 그 순간 그녀는 깜짝 놀라서 미니컴퓨터를 보았다. 작동하고 있었다! 콘솔에 손을 대보니 뜨거워서 대고 있을 수 없을 정도였다.

'이거야, 계속해서 걱정되었던 것이…….'

컴퓨터의 온기였다. 톱니바퀴가 약간 맞물리는 소리가 났다고 생각한 순간 프린트 아웃이 나와서 먼지가 쌓인 캐비닛구석 쓰레기통 뒤로 떨어졌다. 몸을 구부려 좀처럼 사용하지 않는 휴지통을 벽에서 떼자 콘크리트 벽과의 사이에 먼지투성이가 된 종이 다발이 끼어 있는 것이 보였다. 서둘러 주워들고 훌훌 넘겨보았다.

아, 큰일이다. 모두 눈앞의 용지에 정확히 프린트되어 있었다. 어떻게 해서……? 그런 것은 아무래도 좋았다. 필요한 해답이 전부 여기 있었다. 나머지 일은 조나단에게 알리는 것뿐이다.

연구실 문의 빗장이 찰칵 하는 소리가 났다. 여는 것일까, 닫는 것일까, 브라이슨임에 틀림없었다. 틀림없이 그도 잠들지 못한 모양이라고 생각했다. 그녀는 뺨을 쓰다듬으며 입구 쪽으로 등을 돌린 채 브라이슨의 인사를 기다렸다. 아무런 기척이 없었다.

"조나단?"

그녀는 일어나서 속삭였다.

갑자기 연구실의 불이 꺼졌다. 다가오는 발소리는 브라이슨이 아니었다. 뒤돌아봐야 할까? 캐비닛을 닫아야 할까? 그녀는 고개를 갸웃

하며 소리를 듣고 있었다. 침묵이 무겁게 덮쳐왔다. 화물 열차가 소리 없이 지나치려는 것과도 같았다. 두려워서 몸을 움직일 수 없었으나 뒤에서 그림자가 다가오자 필사적으로 홱 하고 돌아섰다.

캐비닛으로부터 새어 나오는 불빛으로 상대의 정체를 볼 수 있었다. 라트레지는 휴우 하고 어깨를 떨어뜨린 채 두 손을 가슴에 대고 한숨을 쉬었다.

"아이고, 놀래라!"

순간 누가…….

그녀의 목소리가 갑자기 끊어졌다. 공포로 눈을 크게 뜨고 타격을 피하려고 반사적으로 손을 쳐들었다. 그러나 너무 늦었다. 상대는 너무도 강했다. 철봉이 두개골을 부쉈다. 죽기 직전의 의식이 시커먼 어둠에 지배되는 순간에, 마지막 희미한 지각으로 그녀는 모든 것을 이해했다.

로즈메리 라트레지는 똑똑히 보았다. 그녀는 바닥에 쓰러졌고 회색 머리카락이 엉킨 채 바닥은 피바다로 물들었다. 그리고 사전에 세웠던 계획을 실천하듯이 천천히 철저하게 연구실이 파괴되어 갔다. 캐비닛에서 끌려나온 미니컴퓨터는 유리와 스틸 조각으로 변했다. 콘솔이 뒤엎어졌다. 일은 끝나고 침입자는 사라졌다.

바닥에 누워서 그녀의 존재 이유가 되었던 것들이 산산이 부서져 흩어지는 가운데 로즈메리 라트레지는 이 세상을 떠났다. 그녀와 브라이슨이 필사적으로 찾아내려고 했던 해답을 얻어내지 못한 채…….

태아의 계획

도저히 피할 길이 없다는 기분에 사로잡혀서 브라이슨은 가슴이 죄어들어 숨이 막혔다. 어제 저녁 로지와 헤어지고 나서 줄곧 사만다의 운명의 때가 왔다는 것을 느끼고 있었다. 최근에 그는 연인, 의학자, 고용주, 교수 등 여러 가지 역할을 하고 있었다.

결국 이렇게 되고 마는 것인가 하고 그는 생각했다. 끝장이었다. 자신이 벌여 놓은 것만큼 어리석은 짓이 없었다. MEDIC과 태아가 무슨 일을 기도했든지 그 일은 곧 벌어지고 말 것이다. 이미 손을 쓸 수가 없었다. 분명히 라트레지와 둘이서 할 수 있는 일은 다 했다. 그러나 그의 책임은 결코 부정할 수가 없었다.

이제는 곁에 붙어 있으면서 사만다의 주치의와 이 지역 모든 병원에 주의를 촉구하는 것밖에는 뾰족한 수가 없었다. 브라이슨은 프리차드에게 전화하기 전에 마음을 가다듬었다. 상대해줄 것 같지는 않았으나 선택의 여지가 없었다. 사만다를 구하는 데 산부인과 의사의 힘을 빌리지 못할 것도 없었다. 저쪽에서 믿어줄지 어떨지를 운운할

처지가 아니었다. 어쨌든 알고 있는 것을 다 얘기해줄 필요가 있었다.

프리차드가 실제로 중병의 여성과 대결할 단계가 되면 브라이슨의 얘기를 상기하며 참고로 할 것이다. 그저 그녀를 구할 수 있는 정확한 정보를 얻을 수 있도록 빌고 싶은 마음뿐이었다.

프리차드의 전화번호를 돌리자 전화 담당이 나왔다.

"네, 긴급한 일입니다. 곧 선생님과 얘기를 해야 합니다."

전화 담당은 프리차드가 온종일 자리에 없다고 했다. 어디 있는지도 모른다는 것이었다. 긴급 연락처는 병원 산부인과 주임 인턴으로 되어 있다고 했다. 브라이슨은 프리차드가 돌아오면 곧 전화해달라고 부탁하고, 그렇지 않으면 한 시간에 한 번씩 전화하겠다는 말을 남겼다.

그는 소파 위에서 들썩거리며 전화 코드를 만지작거렸다. 무슨 짓이든 하고 있지 않으면 돌아버릴 것만 같았다. 현관문을 잠그고 사만다의 집에 가보기로 했다. 지금 자신이 할 수 있는 일은 그녀가 바라든 바라지 않든 곁에서 감시하고 있는 것밖에는 없었다.

차를 몰아 그녀의 아파트로 갔다. 문은 잠겨 있지 않은데 아무도 없었다. 방안은 어질러져 지저분한 채 땀에 전 러닝셔츠가 소파에 팽개쳐져 있었다. 그는 차양을 올리고 공원을 바라보았다. 그녀의 모습은 어디에도 없었다.

구급 병동과 분만실에 전화를 해보고 나서 브라이슨은 사만다의 아파트와 마주보고 있는 공원으로 나왔다. 날씨가 선선한 10월 말 오후였다. 그는 어쩔 수 없이 벤치에 등을 기대고 다리를 꼬았다. 이제는 이도저도 다 사만다가 하기 나름이다. 그는 주도권을 잃었다. 그녀의 움직임에 따라 반응할 수밖에 없었다. 그는 왠지 무력감을 느꼈다. 혹시 이 도시를 벗어나 버렸다면? 뒤쪽으로 들어올지도 모른다는 생각에 그는 15분마다 아파트 주위를 걸었다. 건물은 외따로 서 있었고 100미터 앞까지 내다볼 수 있었다. 그러나 사만다는 보이지 않았다. 브라이슨은 점점 화가 치밀었다. 4시가 되자 그는 안으로 들어가서 전화를 걸어 보았다. 프리차드의 소재는 파악할 수가 없었고 사만다는 아직 병원에는 없는 모양이었다. 그는 공원 벤치로 돌아갔다.

그때 사만다가 살며시 그의 등 뒤로 다가왔다. 그녀는 환영처럼 거의 움직이는 기척을 느낄 수 없어서 브라이슨은 처음에는 그녀가 서 있는 것을 느끼지 못했다. 목뒤가 간지러운 듯한 감각을 느끼면서 그녀의 체취를 느꼈다. 땀과 부패한 냄새가 뒤섞인 고약한 냄새가 났다. 오랫동안 쓰지 않던 방안에서 뭔가가 죽어서 썩고 있는 냄새였다. 그녀는 갈색 종이 봉지를 들고 있었다.

그녀에게 곁에 앉으라고 했으나 그녀가 대답을 했는지 안했는지는 알 수 없었다. 그만큼 그녀는 지쳐 있는 듯했다. 그녀는 앞으로 돌아와서 녹색 벤치에 털썩 앉았다.

"거기 뭐가 들어 있지?"

사만다는 봉지를 기울여 알맹이를 보여주었다. 말하기도 힘이 드는 모양이었다. 병에 든 것은 게토레이, 오렌지 주스, 단 과자였다.

"디저트구먼, 주식은 없나?"

"에너지 식으로 자당(사탕수수로 만든 당), 포도당……."

"무슨 트레이닝이지?"

그는 사만다의 움직임을 주시하며 차분히 지켜보았다. 이제는 그녀의 행동을 예측조차 할 수 없었다. 상처 입은 동물처럼 갑자기 쓰러지거나 두려워 떨며 허둥지둥 도망칠지도 모른다. 또 지쳐 쓰러지든가 내재한 힘을 끌어내어 상대를 칠지도 모른다. 그런데 그런 움직임은 보이지 않았다. 갸륵할 만큼 뜻밖의 행동에 브라이슨은 깜짝 놀랐다. 지난 몇 주 동안 볼 수 없던 태도였다. 사만다는 천천히 그의 어깨에 기대며 머리를 얹었다.

브라이슨은 그녀의 어깨에 팔을 올렸다. 천으로 만든 인형 같은 감촉이었다. 그녀는 녹초가 된 듯 눈을 감았다.

"몇 달 전 일이지만 기억하고 있어요? 바다에 갔을 때 말이에요."

"응."

"그때 머리에 떠오르는 여러 가지 생각에 대해서 얘기했었죠?"

"응."

"오랫동안 그런 것이 없어졌다고 생각했었어요. 어쩌면 없어진 게 아니라 그저 기억하고 있지 않은 것뿐인지도 모르겠어요. 그럴 기운이 없어요. 마치 끝없는 꿈속에서 살고 있는 것 같아요. 잠이 깼는가 싶으면 또 잠들고 마는 거예요. 내 말 알겠어요?"

"알아."

"마약이라도 상습하는 것같이 머리가 흐물흐물 녹아버리는 것 같은 기분이에요. 근래 일로 기억나는 건 당신과 함께했던 날들뿐이에요. 우리 집에 묵으면서 무서운 꿈을 꾸었을 때, 기억나요?"

그는 고개를 끄덕였다

"또 한 번은 또렷하진 않지만 같이 외식하러 저녁에 나갔을 때예요. 나중에 섹스를 하고 그러고는 얘기를 나눴는지 말다툼을 했는지 그랬어요. 어느 쪽인지 잘 생각이 나지 않지만 그 뒤로 줄곧 방황한 것 같아요. 가끔 반짝하고 현실이 보이긴 하지만 어느 것이나 또렷하지는 않아요. 오늘 아침까지도……."

"무슨 일이 있었나?"

사만다는 눈을 뜨고 고쳐 앉은 다음, 그의 얼굴을 보며 말했다.

"나 중절하려고 했었어요?"

"그래, 몇 달 전에."

그녀는 고개를 끄덕였으나 자기 판단을 표시하는 것이 아니라 머릿속을 정리하고 있는 모양이었다.

"오늘 아침에 수면 시험을 받았죠? 아니, 어제였나? 생각이 안 나요. 나 계속해서 받고 있었나요?"

"좀 전까지는 그랬지."

"이상해요. 그런 건 기억이 나지 않아요. 다만 이번에 받은 것만은 잊지 않고 있어요. 이번 것이 마지막이 된다는 걸 알았거든요."

"어떻게 알지?"

"아무튼 알아요. 사실이에요. 뭔가가 곧 일어나요. 무엇 때문에 알게 되었나, 어떻게 해서 알게 되었냐고 묻지 말아요. 뭔가 중요한 일이 오늘 일어날 거예요. 뚜렷한 예감, 아니 확신이죠. 봐요, 케네디 대통령이 암살당했을 때 그날 무슨 일인가 일어나리라는 걸 알고 있었다는 기사가 있었어요. 그 사람들 말이 맞아요. 막연한 확신으로 뭔가가 일어난다는 걸 아는 거예요. 전에는 달리지 않으면 안 되는 줄 알았다면, 이제는 쉬면서 힘을 기르지 않으면 안 되는 줄 알고 있죠. 그것과 같은 거예요. 이제부터는 이걸 먹어야 한다는 걸 아는 것처럼……."

그녀는 종이 봉지를 가리키며 말했다.

"혈액 중의 당분을 늘려 에너지를 축적하기 위해서죠. 이상하죠?"

그는 잠자코 다음 말을 기다렸다. 그녀의 눈이 흐려졌다.

"그럼 샤워하고 올게요."

우격적인 말투는 여전했다. 사만다는 얼음처럼 차가운 침착성을 회복하고 있었는데, 눈은 이미 먼 곳을 향해 있었다.

두 사람은 아파트 주차장을 지나 방으로 갔다. 브라이슨은 얘기를 하고 싶었다. 그녀가 모르는 것을, 아마 진통이 시작되는 모양이라고 알려주고 싶었다. 병원 곁으로 가야 한다는 것, 무슨 일이 있어 병원에 가야 할 때가 되면 자기가 데리고 간다는 것 등을 이해시키고 싶었다. 그러나 그녀에게는 통하지 않았다. 자기 세계에 틀어박혀 들리지 않는 것이다. 태아가 다시 놀기 시작한 것이다.

사만다는 오렌지 주스를 마셨다. 미적지근했으나 아무렇지도 않은 모양이었다. 1쿼트들이 병을 꿀꺽꿀꺽 마셨다. 그러고는 샤워를 했다. 출전 준비처럼 싸우러 가기 전에 몸을 청결하게 하는 의식이었다. 그녀는 몸을 씻은 뒤에 소파에 앉아 초코바 2개를 먹었다.

"드라이브하러 가요."

"어디로?"

"폭포가 있는 곳으로, 기억나요? 어서 거기로 가요."

"금방 어두워져. 다음에 가지."

"신선한 공기가 필요해요. 지금 가요."

브라이슨은 자기 자신에게 침착하라고 말했다. 그녀가 거기에 가고 싶다면 데리고 가자, 같이 있을 수 있다면 만약의 사태에 병원으로 데려갈 수 있으니 괜찮다고 생각했다.

그녀는 스웨터를 들고 임부복 바지에 낙낙한 웃옷을 입었다. 두 사람은 교외를 향해 차를 서쪽으로 몰았다. 이야기는 하지 않았다. 브라이슨은 드라이브 자체에는 불안을 느끼지 않았다. 곁에 붙어 있기만 하면 된다고 생각했기 때문이다.

그는 6월 초의 드라이브를 상기했다. 사만다의 임신을 알게 된 지 얼마 안 되어서였다. 그 장소는 아는 사람에게서 들어서 알고 있었다. 나무로 덮인 목가적이고 호젓한 시내와 깊은 협곡에 가느다란 폭포, 차가 많이 다니지 않는 샛길 곁에 있어서 찾는 사람도 드문 곳으로 기억되었다. 자연의 아름다움이 거의 그대로 남아 있었고, 벤치와 바비큐장도 없었으며 빈 병과 빈 캔도 떨어져 있지 않은 곳이었다. 이끼 투성이의 시원한 강가는 낭만적인 분위기를 자아냈고, 사랑하기에 안성맞춤인 장소였었다.

지금 가고 있는 이곳의 교외는 호박으로 가득했다. 몇백 개의 호박덩어리가 밭 속에 아무렇게나 흩어져 있었고 길가의 띄엄띄엄 보이는 좌판에서는 저녁 어스름 속 전깃불 밑에서 가을 과일을 팔고 있었다. 잘 익은 사과와 배가 많이 눈에 띄었으나 가장 눈길을 끄는 것은 촛불에 형체를 만든 호박 장식들이었다. 할로윈 축제의 밤이었다.

유령과 괴물로 분장한 아이들을 잔뜩 태운 여러 대의 차가 거리 저편 반대 차선을 달려갔다. 길가의 식당은 검은 옷을 입은 마녀 그림을 창유리에 붙여 놓고 있었다. 그러나 서쪽으로 감에 따라 식당과 과일좌판이 드문드문 보이다가는 숲으로 가는 좁은 비포장도로로 구부러지자 그 모습은 더 이상 볼 수 없었다.

구부러진 길을 2마일쯤 가니 바퀴자국이 난 풀밭이 나왔다. 브라이슨은 차를 세우고 트렁크에서 담요와 플래시를 꺼냈다. 사만다의 발밑을 비춰주었으나 그럴 필요도 없었다. 그녀는 익숙한 걸음으로 덤불과 나무사이를 누비고 있었다. 멀리서 들려오던 물소리가 점점 커졌다. 사만다는 그 소리에 이끌리고 있었다. 브라이슨은 바싹 그 뒤를 따르며 그녀의 발자국을 밟고 나아갔다. 몇백 야드 정도 걷자 눈앞이

탁 트였다.

오솔길이 끊기고 넓고 평평한 화강암이 나타났다. 단풍나무와 가문비나무가 머리 위를 덮고 있었고 눅눅한 부석토와 신선한 솔 내음이 밤하늘에 감돌았다.

사만다는 20피트쯤 바위 위를 가다가 가장자리에 앉았다. 브라이슨은 그 곁에 섰다. 바위는 물길 위로 돌출해 있었다. 작은 강 치고는 폭이 넓어서 맞은편 강가까지는 50피트쯤 되었다. 물은 차고 흐름이 빨랐다.

50피트쯤 하류에서 커다란 두 바위 사이에 끼어 강폭이 갑자기 좁아졌다. 바위 저편으로 다시 좁은 협곡이 되어 30피트 아래 바위에 수직으로 떨어지고 있었다. 갑자기 강폭이 좁아져서 바위가 있는 언저리는 급류의 흐름이 빨라 하얗게 빛나면 협곡으로 밀려들고, 그것은 딱 벌린 뱀의 주둥이처럼 장관을 이룬 폭포가 되었다.

하늘에는 엷은 황색을 띤 중추 만월이 떠있었다. 화강암은 달빛을 받아 칙칙한 푸른빛으로 보였는데, 그 위엄에 차서 떠오르는 모습이 하늘을 지배하고 있었다. 브라이슨은 담요를 펴고 사만다의 곁에 앉았다. 두 사람은 나무 위로 달이 올라오는 것을 말없이 바라보았다.

여기에 온 목적이 무엇일까? 그는 달을 쳐다보는 사만다를 관찰했다. 그녀는 아주 흡족한 모양이었다. 엄마에게 차고 신선한 공기를 마시게 하는 것이 태아에게 필요한 것일까? 그렇게 생각하고 싶지는 않았다. 어쩌면 진통이 가까워지면 태아에게 미치는 영향이 약해질지도 모른다. 그 대신에 추억이 마음을 이끌고 가는 것은 아닐까. 아무런 고뇌도 없이 같이 지낸 날들의 추억, 사만다는 침착해보였다. 이것은 자기를 되찾고 본래의 자기로 돌아간다는 징조일까? 그렇다면 그녀의 몸에 일어날 분만의 합병증도 어떻게든 피할 수 있지 않을까?

그것은 무리일 것이다. 여기까지 와서 태아가 손을 늦출 리는 없었다. 역시 감시 역을 계속할 수밖에 없었다. 그렇게 생각하니 마음의 평온을 보이고 있는 사만다의 모습을 이해할 수가 없었다. 그가 앞에서 보고 있다는 것을 알기 때문일까? 감정이 끓어오르는 탓일까? 브라이슨은 뭐가 뭔지 알 수가 없었다.

사만다가 그를 정답게 돌아다보았다. 지친 성모님처럼 쇠약해져 있는데도 기쁨이 물들어 있었다. 손가락이 그의 뺨에 닿았다. 얼굴이 다가왔고, 입술과 입술이 가만히 닿았다. 어버이가 사랑하는 아이의 뺨을 어루만지는 것 같은 길고 가벼운 키스였다. 사만다가 눈을 감고 그의 가슴에 얼굴을 묻었다. 브라이슨은 팔을 돌려 안으며 머리칼을 쓰다듬어 주었다. 가볍다고는 하지만 그녀의 체중이 브라이슨에게는 벅찼다. 그는 팔로 안은 채 사만다를 옆으로 눕혔다. 두 사람의 머리는 담요에서 벗어나 이끼 카펫이 베개가 되었다. 그녀의 입술이 얼굴 가운데를 밀어붙이며 스쳤다.

'안 돼, 사만다는 지금 야위어 있다. 사랑하고 있고, 갖고 싶어서 견딜 수 없으나 지금은 안 돼.' 하고 그는 생각했다.

사만다의 접촉이 갈수록 정열적이 되자 그의 결의도 조금씩 사라졌다. 부드럽게 육박해오는 전날의 사만다 그대로였다. 두 사람은 천천히 서로의 옷을 벗겨주고는 담요 위에 벌거숭이로 누워 밤의 냉기 속에서 몸을 붙이고 있었다. 밝은 달빛 아래에서 그들은 천천히 정답게 사랑을 나누었다.

두 사람은 오랫동안 한 몸이 되어 누워 있었다. 브라이슨은 추워져서 몸을 꼭 붙이고는 담요를 끌어다가 두 사람의 몸을 말았으나 그녀는 추위를 개의치 않는 모양이었다.

사만다는 그에게서 떨어지자 담요를 젖혀버리고 반듯하게 누워서 하늘을 바라보았다. 본래의 그녀를 다시 잃어버리고 있는 것 같았다.

불과 몇 인치 거리에 있으면서 서로의 마음과 마음이 갑자기 무한히 멀어져 가는 것 같았다. 갑작스럽게 친밀해진 뒤인 만큼 냉정하게 둘이 떨어지고 만 것이 그의 마음에 몹시 걸렸다. 이치에도 닿지 않았다. 지금으로서는 이도저도 이치로서도 설명이 되지 않았다. 사만다의 마음을 알 수 있을 듯하다가 다시 갑갑해졌다. 브라이슨은 오랜 잠에서 깨어나면 시야가 멍해질 때 같은 기분을 맛보고 있었다.

사만다는 벌가숭이인 채 하늘을 향해 누워 있었다. 손을 배에 얹고 살짝 눌렀다가 떼었다. 3분쯤 후에 같은 동작을 되풀이하고 13분쯤 뒤에 또다시 되풀이했다. 이번엔 브라이슨도 그곳을 만져보았다. 단단하고 빳빳해져 있는 것을 보니 자궁 수축이 시작되고 있는 모양이었다.

"시작했어요."

브라이슨은 몸을 일으켰다.

"가자고, 병원에 데려다줄게."

"싫어요."

그녀는 하늘을 바라보며 2, 3분마다 손가락 끝으로 배를 쓰다듬고 있었다. 그러다가 유방을 주무르더니 유두를 쥐기 시작했다.

"샘, 이젠 돌아가는 게 좋겠어."

"아직 일러요."

"곧 태어날지도 모르잖아."

"초산의 평균 진통의 길이는 14시간이에요."

그는 문득 눈치를 채고 사만다가 유방을 주무르는 것을 바라보며 말했다.

"뭘 하는 거지?"

"젖꼭지 마사지, 옥시토신 분비를 촉진해서 자궁을 수축시키는 거예요. 당신 정액과 마찬가지로."

"뭐?"

"정액, 프로스타글란딘 말이에요."

무슨 소리를 하고 있는 걸까? 그러다가 말의 의미를 깨달은 그는 정신이 번쩍 들었다.

그렇지. 옥시토신……. 정액……. 프로스타글란딘. 젠장, 줄곧 이용만 당한 거다! 문득 라트레지와의 대화를 생각했다. 프로스타글란딘이 진통을 촉진한다는 이야기를 들려주었었다. 인간의 정액이 프로스타글란딘의 공급원이라는 것쯤은 의학생이라면 누구나 알고 있었다.

이제 모든 것이 분명해졌다. 때로는 사만다 본래의 의식이 나타나고 있었겠지만 그녀와의 섹스는 태아가 주관하고 있었던 것이다. 사만다가 섹스를 하려고 아파트로 유인한 것도 태아의 의사였다. 태아는 몇 달을 두고 서서히 소량의 프로스타글란딘을 자궁의 입구에 축적시키고 있었던 것이다. 몇 번인가 수축해서 자궁의 경상부가 '성숙'하는 데에 넉넉한 양이 되었고 지금은 진통을 일으키기에 충분한 양이 되었다.

브라이슨은 자신의 어리석음에 혐오감을 느꼈다. 의학을 공부했으면서도 지금까지 알아차리지 못하다니. 어째서 태아가 하고 있는 일을 알지 못했을까? 사만다가 유방을 마사지해서 진통을 재촉하는 별종 호르몬을 방출시키려 하고 있다는 것도.

모두가 과거의 이야기였다. 지나간 것은 지나갔으니 어쩔 수 없었다. 이제부터 꾸물거리고 있을 시간이 없었다. 병원으로 빨리 데려갈수록 합병증에 대비할 수 있었다. 잡아끌고라도 병원으로 가야 한다.

"기다려요."

"안 돼, 가야 돼!"

"저 폭포, 기억나요?"

"샘……."

그는 화가 치밀었다.

"다시 한 번 보게 해줘요. 그럼 갈게요. 약속해요."

"이봐, 멍청한 소리 좀 하지 말라고."

브라이슨은 그 순간 입을 다물었다.

"알았어. 저기까지 걸어가서 차로 돌아가는 거야. 알았지?"

"네."

믿어지지 않았다. 진통이 시작되었는데 폭포가 보고 싶다니……. 뭔가 의미라도 있는 것일까? 하지만 좋아, 한 번만 청을 들어주자. 브라이슨은 그녀의 손을 잡아 일으켰다. 벌거벗은 채 발밑을 살피며 바위 위를 걷기 시작했다. 사만다가 뒤를 바싹 따라왔다. 그는 큰 바위를 돌아 협곡 가장자리로 그녀를 이끌었다. 물이 화강암 가장자리 바로 아래를 무서운 기세로 흘러 바위를 향해 수직으로 떨어지고 있었다. 두 사람은 잠시 그것을 바라보았다.

"이제 됐지?"

"잠깐 여기 앉아도 돼요?"

"왜 이래? 위험하다고. 자, 돌아가는 거야."

"제발! 발에다 물을 좀 적시게 해줘요."

"아니, 이게 무슨 짓이야."

그는 머리를 흔들었다. 그녀의 목소리는 너무나 가련했다. 해변을 떠나려 하지 않는 아이 같았다.

"10초야. 발끝을 담그는 걸로 끝내."

"앞에 앉아서 나를 좀 받쳐줘요."

브라이슨은 몸을 웅크리고 협곡의 가장자리에 앉았다. 발을 뻗어 물에 담갔다. 차가웠다. 허벅지 언저리에 소름이 돋았다. 물살이 세어서 두 손으로 바위를 짚고 몸을 지탱하지 않으면 안 되었다. 그는 사만다를 돌아보았다. 그녀가 두 손에 돌을 들고 있었다. 그 모습이 슬로모션처럼 보였다. 그녀의 눈이 반짝반짝 빛나고 있었다. 브라이슨은 저 돌로 나를 치려는 건 아니겠지, 하고 믿어지지 않는 마음이었다. 몸이 움직이지를 않았다. 이윽고 그녀는 그 돌로 다짜고짜 그의 머리를 향해 내려쳤다. 그가 팔로 막았으나 때는 늦었다. 그가 팔을 올린 순간 발이 쳐들렸다. 강의 흐름이 다른 한쪽 발을 밀었기 때문이었다. 그러자 몸이 기울어져서 겨냥이 빗나간 돌은 그의 이마를 스쳤다. 브라이슨은 옆으로 뒤집히면서 멍해졌다. 시야가 흐릿해졌다. 사만다가 소리를 지르고 있는데 그것은 먼 터널 저편에서 들려오는 것같이 느껴졌다. 피가 눈으로 흘러들었다. 그녀를 올려다보았다. 뭐라고 소리를 지르고 있는 것일까?

사만다는 계속 비난하는 말을 퍼붓고 있었다.

"브라이슨 박사는 살려둘 수 없어!"

그는 어떻게든 몸을 일으키려고 했다. 시야가 밝아지고 그녀의 모습이 또렷이 보였다. 기묘하게도 입으로는 저주의 말을 퍼붓고 있으면서도 울고 있었다. 눈물이 볼을 타고 흘러내렸다. 말은 매우 사나웠으나 얼굴은 후회의 빛으로 일그러져 있었다. 그녀는 그에게 모욕적으로 욕을 퍼붓고 있었다. 그녀는 "너무 많이 알고 있는 죄다!"라고 외치며 울고 있었다.

브라이슨은 그녀의 발목을 움켜쥐었다. 그녀는 돌로 그의 손목을 내려쳤고, 그러는 동안에도 줄곧 울고 있었다. 브라이슨은 고통으로 몸을 비틀며 바위의 가장자리에서 몸을 웅크렸다.

"살려줘, 샘!"

"안 돼!"

그녀는 울면서 그의 얼굴을 힘껏 찼다. 그 순간 브라이슨은 강으로 떨어졌다. 얼음처럼 차가운 물이 돌출한 바위까지 그를 튕겨 올렸다. 그는 뒷머리를 바위에 부딪히고는 곧바로 의식을 잃었다. 폭포가 그를 삼켰고 조나단 브라이슨의 몸은 거품 속을 빙글빙글 돌며 떨어졌다. 흐르는 물살에 휩쓸려 바위 밑으로 떨어진 것이다.

치열한 싸움

사만다는 브라이슨의 스포츠카로 차들의 행렬을 누비듯이 난폭하게 몰았다. 다른 차 운전자들이 경적을 울려댔으나 아무것도 귀에 들어오지 않았다. 주기적인 복부 수축에만 정신을 빼앗기고 있었기 때문이었다. 그것은 강하고 또렷하게 와 닿았다. 느릿느릿하게 움직이는 차들을 추월하느라 먼지투성이 벼랑길의 가장자리로 올라가 흙먼지와 모래를 날렸다. 혼이 난 운전자들이 무섭게 질주해버린 미친 차에 주먹을 휘두르면서 욕설을 퍼부었다.

온몸이 아프고 배와 목의 고통이 머리를 관통해버릴 것 같았다. 그녀는 얼굴을 찡그리며 눈을 가늘게 떴다. 몹시 어지러워서 빨리 가야겠다는 생각뿐이었다.

드디어 눈앞에 높다란 병원 건물이 나타났다. 그에 호응해서 그녀는 액셀러레이터를 더욱 바닥에 닿도록 밟았다. 때마침 그녀의 차는 마지막 적신호와 맞닥뜨려 교차점으로 들어온 스테이션왜건과 충돌할 뻔했다. 타이어 긁히는 소리와 고무 타는 냄새를 밤의 대기 속에

뿌리면서 그녀는 마지막 모퉁이를 돌아 응급 환자용 주차장으로 돌진했다.

이제 목적지는 바로 코앞이었다. 그녀는 차에서 구르듯이 내려, 반은 달리고 반은 기듯 하며 현관에 당도했다. 통증이 너무 강렬해서 그녀는 울부짖을 수밖에 없었다. 자동문이 눈앞에서 열리자 갑자기 현기증이 덮쳐와 온 세상이 회전목마처럼 돌아가기 시작했다. 고통의 소용돌이가 의식을 삼켜버리며 그녀를 바닥에 쓰러뜨렸다. 이윽고 생각도 느낌도 온통 사라져버렸다.

간호사가 바이털 사인 체크를 마쳤다.

"혈압 240에 130, 맥박 120으로 미약."

산부인과 인턴이 점적용 병에 투명한 플라스틱 튜브를 꽂았다. 그러고 나서 팔에 고무 압박대를 감고 정맥을 찾았다. 고무의 압력으로 혈관이 부풀고 푸른 힘줄로 지도를 그렸다. 그는 대정맥에 카테터를 꽂았다. 곧 피가 역류해왔다. 혈액을 4개의 시험관에 나누고 빛깔이 다른 고무 뚜껑을 덮었다. 그는 그것을 간호사에게 건네주고 점적 튜브를 접속시켰다. 점적액 방울이 빠르게 튜브로 떨어졌다. 그는 튜브를 테이프로 고정시키며 간호사에게 말했다.

"CBC, 피브리노겐, 그리고 응고 테스트. 혈액형 판정과 교차 적합 시험을 전체 혈액 4유닛에 대해서 행하도록. 아이젠버그를 불렀나?"

"네, 선생님."

"혈액검사실로 가지고 가서 5분 안에 결과를 보내달라고 하게. 도중에 다시 한 번 아이젠버그를 불러줘. 그리고 누군가 거들 사람이 있어야겠다고 해주게."

간호사는 서둘러 나갔다. 스피커에서 호출하는 소리가 들렸다.

"아이젠버그 선생님, 급히 분만실로 와 주십시오."

3번 반복했다. 다른 간호사가 들어왔다. 인턴은 침상 곁으로 가 있으라고 턱으로 지시했다.

"모니터를 작동시키는 동안 포레이 카테터를 꽂아줘."

그는 직사각형 태아 모니터를 얹은 왜건을 끌고 왔다. 잭을 꽂았다. 하나는 자궁 수축을 재기 위해, 또 하나는 태아의 심음(心音)을 살피기 위한 것이었다. 그가 모니터용 띠를 환자의 복부에 고정시키는 동안 간호사는 도뇨용 카테터를 삽입했다. 모니터의 '전원' 단추를 누르자 2개의 펜이 진통의 양상을 종이에 기록하기 시작했다. 그때 주임 레지던트 아이젠버그가 버튼을 열고 들어섰다.

"어때?"

"중증인 것 같습니다. 최저 혈압 130, 최고 혈압은 잊어버렸는데 200 이상이었습니다. 의식도 없고요."

"혼수상태인가, 쇼크인가?"

"모르겠습니다. 이제 막 와서요. 곧 선생님께 알리라고 했습니다."

아이젠버그는 눈자위를 열어 동공을 살폈다. 펜 라이트를 주머니에서 꺼내어 환자의 눈을 비춰보았다.

"동공은 좌우 대칭이고 대광 반사가 있다. 고혈압성 뇌출혈을 주의해야겠다. 말할 수 있나?"

"무리라고 생각합니다."

아이젠버그는 환자의 볼을 두드렸다.

"눈을 떠봐. 들리나? 이름은?"

대답이 없었다. 그는 날카로운 말투로 간호사에게 지시했다.

"유산마그네슘 4g을 수액 유지에 쓴다. 유산가 링거액에도 10g 넣고. 그리고 신경과 주임을 찾아봐."

그는 잇따라 후배 레지던트에게 물었다.

"누구지?"

"모르겠습니다. 응급실에서 실려 왔습니다."

"이름은 있겠지? 클리닉 파일을 조사했나?"

"아무도 이름을 모릅니다. 응급실 얘기로는 환자는 미친 것처럼 외치며 들어와서 접수실 앞에서 쓰러졌다고 합니다. 말 한 마디 없이. 임신을 하고 있어서 이리로 데려온 겁니다."

"ID도 갖고 있지 않았나? 지갑이나 운전면허증은?"

"아무것도 없었습니다."

"빌어먹을. 진단은 마쳤나?"

아이젠버그는 턱으로 모니터를 가리켜 보였다.

"2, 3분마다 수축하고 있는 것으로 봐서 태아의 심장은 튼튼한 모양이군."

"산모 쪽은 좋지 않은 것 같은데요."

아이젠버그는 가운 주머니에서 청진기를 꺼내어 사만다의 가슴에 대보았다.

"심장이나 폐는 이상이 없는데 너무 말랐군. 허수아비 같아."

그는 모니터용 띠가 벗겨지지 않도록 주의하며 복부를 타진했다.

"분만이 시작될 모양이군. 두정위다. 태아 체중은 3.5kg 전후일 거다. 내진도 아직 안했군."

"네."

"장갑을 줘."

그는 특제 내진용 장갑을 끼고 사만다의 무릎을 구부리고는 윤활제를 바른 손가락 2개를 천천히 질 안으로 집어넣었다.

"자궁구개 크기 6cm."

그는 장갑을 벗어 휴지통에 버렸다. 사만다의 무릎을 구부린 채 한 쪽 무릎을 검사용 해머로 두드리니 다리가 꿈틀 움직였다.

"반사항진, 부종은 없고 요검사는 했나?"

"아직입니다."

아이젠버그는 채뇨용 봉투를 꺼냈다.

"이게 전부인가? 10cc밖에 안 되는데."

"2, 3분 전에 카테터를 막 넣었습니다."

"상관없어. 더 뽑아야 돼. 거기 테이프를 떼어주게."

신참 인턴은 병뚜껑을 열고 요검사 테이프를 떼어냈다. 아이젠버그는 카테터를 채뇨 주머니에서 벗겨내어 요를 테이프 위에 떨어뜨리고 빛깔의 변화를 살폈다.

"빌어먹을! 단백이 플러스 3이야. 이건 문제다. 채혈은 했나?"

"검사실로 보냈습니다."

아이젠버그는 카테터를 채뇨 봉투에 붙여놓았다. 간호사가 약이 든 주사기를 가지고 왔다.

"4g이지?"

"네, 선생님. 10g은 따로 곧 준비하겠습니다."

"좋아."

그는 유산마그네슘 액을 천천히 점적 튜브에 주입했다. 그러고 나서 레지던트에게 말했다.

"자, 지금부터 하는 말을 잘 들어. 우선 주치의를 확인해서 전화로 상황을 알리고 심전도와 흉부 사진이 있어야겠으니 내과에서 누군가

이 환자를 봐줄 만한 사람을 보내기 바란다. 그게 끝나면 검사실로 가서 결과가 나올 때까지 대기한다. 알겠나?"

"네, 곧 그렇게 하겠습니다."

주입을 끝내자 아이젠버그는 유산가 링거액 주머니를 늘어뜨리고 사만다의 혈압을 쟀다.

"210에 140."

그는 간호사에게 말했다.

"수액 유지용으로 히드라진을 20g 준비해주게. 그리고 만일에 대비해서 지아조키시드, 알드멧, 마니톨, 라식스도 준비해놓도록."

아이젠버그는 사만다의 침대 곁에 앉았다. 분명히 망설이고 있는 모양이었다. 진통이 시작되고 있는데 의식 불명에 신원 불명인 환자가 심한 독혈증(병균의 독소가 혈액에 침입하여 증상이 온몸에 나타나는 병)에 걸려 있다. 이미 혼수상태를 유발시킨 발작이 있었던 것 같다. 신경과 의사가 아니니 그로서는 잘 알 수가 없다. 아무튼 곧 손을 써야 한다. 신장 기능은 떨어져 있었고 혈압이 비정상적으로 높다. 곧 혈압을 내리지 않으면 심한 발작으로 태반이 떨어져서 온갖 합병증을 일으킬지도 모른다.

모든 것이 혼란스러웠다. 특히 이해하기 어려운 것은 모니터로 봐서 태아가 아주 건강하다는 점이었다. 그는 용태를 안정시켜서 분만을 끝내려고 마음먹었다. 중증 독혈증인 경우에는 그렇게 하라고 매뉴얼에 적혀 있었다. 즉 안전한 데까지 혈압을 내린 뒤에 출산시키는 것이다. 그러나 중증 독혈증으로 의식도 없이 배뇨를 하지 못하는 환자인 경우, 또는 당장에라도 치명적인 합병증을 일으키려는 환자인 경우에는 어떻게 해야 할 것인가, 거기까지는 매뉴얼에도 설명이 되어 있지 않았다.

환자가 구조를 요청하고 있었지만 그도 역시 도움을 구하고 있는 형편이었다. 4년 동안 실습을 쌓아온 그도 이런 상황에 직면한 적은 한 번도 없었다. 자기 혼자 풀기에는 의문이 너무도 많았다. 아무래도 도움이 필요했다. 그것도 당장.

벌들이 무리지어 나는 소리가 파도처럼 밀려왔다. 습격을 받아 얼굴을 쏘였다. 그는 눈언저리를 가리며 벌을 쫓으려고 했다. 뺨이 젖고 입언저리가 부어올랐다. 아주 되게 쏘인 모양이었다. 격심한 불안에 브라이슨은 눈을 떴다. 머리에서 2피트쯤 떨어진 곳에 폭포가 있었다. 벌의 날개소리는 굉음을 울리며 떨어지는 물소리였다. 뺨이 찔린 것은 얼음 바늘 같은 물보라였다. 그는 손발을 뻗고 반듯하게 누워 있었다. 뼈가 저리고 근육이 땅기며 아팠다. 슬며시 팔다리를 움직여 보았다. 큰 골절은 없어 보였다. 손은 사만다에게 돌로 맞아서 자줏빛으로 물들어 있었으나 그래도 손가락을 움직일 수는 있었다. 작은 뼈 하나쯤은 부러졌는지도 모른다.

몸이 바위에 수평으로 부딪혔던 모양이었다. 그는 몸 전체에 골고루 충격을 흡수해서 쇼크를 완화시켰다. 만약 10도쯤 어느 쪽으로 기울어져 있었다면 다리가 장작처럼 부러졌든가 두개골이 부서졌든가 둘 중 하나였을 것이다. 결국 타박상으로 몸이 쑤시는 것 말고는 상처가 없는 것 같았다. 믿어지지 않는 행운이었다.

브라이슨은 기운을 내어 천천히 일어섰다. 생명과 직접 관계된 기능은 거의 작동하고 있는 듯했다. 밝은 달빛 아래서 사만다가 바라보고 있는 게 아닌가 해서 그는 솟아있는 바위를 올려다보았다. 달이 비치는 하늘 외에는 아무것도 보이지 않았다. 언제 가버린 걸까? 시간이 얼마나 흐른 것일까? 시계를 보았다. 유리가 깨진 디지털시계는 기계적으로 움직이고 있었다. 10시 45분, 사만다와의 일은 벌써 몇 시간 전이었다.

그녀에게 살해당할 뻔한 것만은 분명했다. 사만다는 자신을 죽이려고 계획하고 있었다. 그는 사만다의 고뇌의 표정을 생생히 상기할 수 있었다. 자신의 파괴 행위를 중지시킬 수도 없이 방관하고 있는 본래의 사만다가 보인 절망적인 회한의 감정. 누군가가, 아니 무엇인가가 그를 죽이려고 했다. 조금만 진전되었으면 성공했을 것이다.

브라이슨은 떨면서 일어섰다. 어쩌면 그녀는 벌써 출산을 했는지도 모른다. 그녀도 희생되어 벌써 죽어 있는 것은 아닐까? 다만 초산인 경우에 진통이 평균 14시간은 지속된다고 했으니 진통 시간이 줄지도 모른다는 가정 하에 반으로 잡으면 기절한 시간을 빼고도 2, 3시간은 남아 있었다. 아직은 늦지 않았을지도 몰랐다. 그는 빨리 병원으로 돌아가야 했다.

하지만 아래를 내려다보니 자신이 서 있는 바위의 15피트 밑에서 폭포는 크고 차가운 호수로 흘러들고 있었다. 호수 주위는 협곡 같은 비탈이었고 바위 양쪽은 돌투성이라 도저히 지나갈 수가 없을 것 같았다. 빠져나갈 길은 위쪽밖에 없었다.

대체 이런 곳에서 무얼 하고 있었단 말인가? 우스꽝스러운 상황이었다. 자기만큼 지금의 상황에 걸맞지 않는 사람은 없을 것 같았다. 카우보이가 아닌 이상 야외생활을 즐길 사람도 아니었다. 바위는 좁았다. 폭포 쪽을 바라보니 그쪽도 똑같이 거의 수직 낭떠러지였다. 그는 바위를 손으로 더듬거려 만져보았다. 그곳도 젖은 데다 미끈거려서 손으로 붙잡을 만한 곳이 거의 없었다. 앞에 있는 것은 폭포뿐이었고, 아무리 봐도 막다른 곳이었다.

그는 자신이 가련하다는 생각에 웃음이 터지려는 것을 억제하며 주춤주춤 물이 있는 곳으로 다가갔다. 물보라가 날아오고 차가운 물이 무릎까지 튀어 올랐다. 폭포 가까이 다가가자 묘한 것이 눈에 띄었다. 폭포 바로 뒤에 크게 갈라진 곳이 있었고, 틈 사이가 6피트는 되어 보였는데 물보라에 가려서 잘 보이지 않았다.

브라이슨은 될 수 있는 대로 힘껏 바위를 붙잡고 심호흡을 하며 물에 머리를 넣었다. 폭포 줄기가 어깨를 내려치자 균형을 잡을 수가 없게 되었다. 아무것도 볼 수 없는 상태로 전진하다가 밟고 있는 곳이 단단한가 보면 폭포 뒤쪽으로 빠져 흠뻑 젖게 되곤 했다. 얼음처럼 차가운 물이 몸을 적셨다. 깊은 균열 가운데서 듣는 굉음은 위험하고 매혹적인 로렐라이 같았다.

그는 갈라져서 터진 벽을 살펴보았다. 바위는 젖어 있었으나 그리 미끄럽지는 않았다. 폭이 넓은 곳에서 3피트, 5피트쯤 안으로 갈수록 좁아지는 쐐기꼴 틈이었다. 올려다보니 별이 반짝거렸다. 갈라진 틈은 낭떠러지 위로 뻗어 있고 폭포를 끼고 있는 바위가 뚜렷이 보였다. 묘한 일이었다. 아까 폭포 곁에 앉아 있었을 때는 어째서 알아차리지 못했을까? 지금 필요한 것은 밧줄이었다.

브라이슨은 산에 올라 다닌 경험이 거의 없어서 더욱 막막했다. 손으로 갈라진 벽을 더듬어 보니 군데군데 움푹 들어간 곳이 있기는 해도 거의 평평했다. 운이 좋으면 손끝과 손톱 끝을 써서 올라갈 만한 요철이 발견될지도 모르지만 그리 의지할 만한 것은 못되었다. 그는 두려웠다. 수직으로 올라가다가 조금이라도 미끄러지면 지금 있는 곳으로 떨어져서 골절을 일으킬 것이 불을 보듯 뻔했다. 그는 차가운 바위에 기대어 생각에 잠겼다. 도저히 올라갈 수 있을 것 같지 않았다.

문득 생각이 떠오른 그는 1야드쯤 떨어진 반대편 벽에 한 발을 걸쳐 보았다. 무릎을 구부린 자세로 몸이 갈라진 곳에 든든히 고정되었다. 세게 밀면서 다른 한쪽 발바닥도 벽에 붙였다. 그러자 갈라진 좁은 틈에 매달린 꼴이 되었다. 등을 한쪽 벽에 붙이고 발가락을 다른 한쪽 벽에 눌러 붙였다. 그렇게 균형을 잡으며 발로 단단히 누르고 있을 수만 있다면 주저앉은 것 같은 자세로 올라갈 수 있을지도 몰랐다. 그는 숨을 깊이 들이마시고 힘껏 버티며 위로 오르기 시작했다.

천천히 발을 번갈아 가며 조금씩 옮겨놓으면서 등을 밀어 올렸다. 무릎을 구부려 몸을 수평으로 유지하며 갈라진 곳을 기어 올라갔다. 10피트도 올라가기 전에 숨이 턱에 닿았다. 이제 20피트쯤 남았다. 근육에 경련이 일어나서 올라가기를 멈추고 몸을 풀고 싶었으나 힘을 뺄 수가 없었다. 조금이라도 긴장을 풀었다가는 곧장 바닥까지 떨어질 것이다.

차가운 밤공기 속을 벌거벗은 채로 오르는데도 땀이 흘러 떨어졌다. 그는 헐떡거렸다. 다리 근육이 뻣뻣해지고 덜덜 떨리기 시작했다. 문득 위를 보니 3분의 2쯤 올라간 것 같았다. 앞으로 10피트만 더 올라가면 되는데……. 그러나 자신이 없었다. 허벅다리 근육이 추를 올려놓은 것처럼 묵직했다. 그중 가장 심한 것은 등이었다. 화강암이 사포처럼 등가죽을 스쳐서 따끔거려 견디기가 어려웠다. 그러나 그 통증 덕분에 방심하지 않고 분발할 수 있었다.

젖 먹던 힘까지 짜내어 갈라진 틈 끝에 발을 걸고 등을 밀어 올려서 마침내 얼굴을 바위 위로 내밀었다. 등 밑으로 벽을 밀며 가장자리에 팔꿈치가 얹히는 곳까지 어깨를 밀어 올렸다. 그렇게 간신히 몸을 받치고 나서 그는 발을 떼었다.

납처럼 무거워진 다리를 팔꿈치를 얹고 있는 쪽 벽에다 붙였다. 그러자 그의 몸은 평행봉에 팔꿈치를 얹고 매달린 꼴이 되었다. 그러나 쉬고 있을 형편은 못되었다. 팔꿈치를 펴면서 몸을 밀어 올려 마침내 갈라진 틈 가장자리에 엉덩이를 걸칠 수 있었다.

드디어 해냈다.

땀을 흘리며 숨이 턱에 닿아 그는 반듯하게 누워버렸다. 등이 타는 것 같았다. 그는 하늘에 높이 뜬 달을 멍하니 바라보았다. 5분쯤 꼼짝 않고 있자 숨 쉬기가 좀 편해졌다. 그는 비로소 마음 놓고 큰 소리로 웃었다. 그처럼 벅찬 육체노동을 해냈다는 것이 믿어지지 않았다. 그는 옆으로 누웠다가 일어나 앉았다. 겨우 일어서기는 했지만 너무 지쳐서 근육이란 근육은 다 떨리고 있는 것 같았다. 그제야 그는 비로소 손의 통증을 느꼈다. 땀이 말라 온몸이 오싹해졌다. 몸을 따뜻하게 해야 했다. 사만다가 옷을 가지고 가지 말았어야 할 텐데 하고 그는 빌었다.

옷은 그대로 있었으나 자동차 열쇠가 없었다. 100야드 앞에 세워두었던 차도 없어졌을 것은 뻔한 일이었다. 브라이슨은 서둘러 옷을 입고 담요를 어깨에 걸치고는 플래시를 비추며 차가 있던 곳으로 갔다.

그는 자기 몸을 채찍질하듯 하면서 흙길을 따라 간선도로 쪽으로 갔다. 다리를 크게 벌리고 크게 뛴다고 뛰었으나 천천히 걷는 것과 별반 다르지 않았다. 20분이 걸려 교차로에 이르렀다. 브라이슨은 차가 지나갈 때마다 필사적으로 손을 흔들었다. 하지만 아무도 차를 세워주지 않았다. 운전자는 닫힌 차창으로 미심쩍어하는 시선을 보낼 뿐이었다. 그가 단정치 못한 모습을 하고 있어서 더욱 그런 것 같았다.

그야말로 전쟁과도 같은 피 말리는 싸움이었다. 브라이슨은 도로 복판에 누워서 파티에서 곤죽이 된 녀석이 맹렬한 스피드로 달려들지 않기만을 빌었다. 만약 브레이크를 밟는 소리가 나지 않으면 마지막 순간에 몸을 굴리자고 생각했다. 헤드라이트가 그를 비췄다. 차는 속력을 늦추다가 멈췄다. 문을 쾅 하고 닫는 소리가 들리고 발소리가 다가왔다. 그가 눈을 떠 보니 여드름투성이 소년이 그를 들여다보고 있었다.

"괜찮으세요?"

"괜찮지도 않아."

그는 일어섰다. 소년은 브라이슨이 별로 다친 데가 없다는 것을 알고는 경계심을 풀고 운전석으로 갔다. 브라이슨은 그의 뒤를 좇아가 문이 닫히지 않게 막았다.

"긴급한 사태야. 주빌리 종합병원까지 가능한 한 전속력으로 데려다주게."

"문을 놓지 않으면 경찰을 부를 테야."

브라이슨은 더 이상 참을 수가 없었다. 깡마른 틴에이저를 끌어내리고 운전석으로 뛰어올랐다.

그는 달렸다. 이제 14마일 남았다. 지금쯤 벌써 병원에 가 있을 것이다. 아니면 아직도 어디선가 꾸물거리고 있을까? 아니, 병원으로 갔다고 보는 것이 가장 타당하다는 생각이 들었다.

무엇보다도 거리 모퉁이마다 멈추고 이러저러한 여자를 혹시 봤느냐고 물어볼 수도 없었다. 그는 액셀러레이터를 있는 대로 밟았다. 15분쯤 후 응급실 옆에 있는 주차장에 도착했다. 손은 아팠고 등에는 말라붙은 피로 셔츠가 뻣뻣해져 있었다. 그는 자신이 환자가 되어 치료 받고 싶을 지경이었으나 잠시도 시간을 허비할 수 없었다. 그는 접수처로 달려갔다. 지저분한 꼴을 하고 달려드는 사람을 보자 접수계 여직원은 경계하는 눈으로 그를 바라봤다. 그러나 그의 얼굴을 보고는 호기심어린 눈빛으로 변했다.

"사만다 카스틴이란 환자가 응급실에 들어왔나?"

"브라이슨 선생님?"

"이 지독한 모습은 지금 설명할 겨를이 없어. 카스틴이 왔어, 안 왔어?"

"그런 이름은 기억에 없습니다."

여자는 리스트를 들여다보면서 말했다.

"몇 시쯤 왔나요?"

"보면 알 거야. 젊고 임신해 있고 깡마른 여자야. 좀 미친 데가 있는 것처럼 보였을 수도 있고."

"아, 그 별난 여자 말이군요! 물론 알아요. 비명을 지르며 달려 들어와서 내 눈앞에서 쓰러졌어요. 이름이 뭐라고요?"

"언제?"

"한 시간 반이나 두 시간 전이에요. 아는 분인가요?"

"어디 있지?"

"분만실로 데리고 갔어요."

브라이슨은 엘리베이터로 달려갔다.

"브라이슨 선생님, 그 여자 입원 수속 때문에 여쭤볼 게 있는데요."

"나중에!"

제기랄, 사만다가 죽어가고 있는데 서류나 꾸미고 있자고? 엘리베이터에 오르자 문이 닫히기까지 4층 단추를 몇 번이나 눌렀다.

"빨리, 빨리."

마침내 4층에서 문이 열렸다. 그는 엘리베이터에서 뛰어내려 접수계 앞을 달려 지나갔다. 접수계 여직원은 그가 '분만실, 관계자 외 출입금지'라고 적힌 문을 밀어젖히고 들어가는 것을 보았다.

"잠깐만요. 거긴 안 돼요."

그는 벌써 문 안으로 들어섰다. 들어가기는 했어도 어느 쪽으로 가야 좋을지 알 수가 없었다. 왼쪽에는 번호순으로 분만실이 6개 있었다. 반대편에는 간호사실이 있었는데 두 간호사가 묘한 얼굴로 그를 바라보았다. 그가 뛰어든 순간부터 계속 동태를 감시하고 있었다. 브라이슨은 첫 번째 분만실을 향해 걷기 시작했다. 가까운 쪽에 있던 간호사가 벌떡 일어섰다.

"저……."

그는 첫 번째 분만실을 들여다보았다. 흑인 여자가 병상에 누워 있었다. 다음 방으로 갔다.

"무슨 일이시죠?"

브라이슨은 간호사를 무시하고 그 다음 분만실의 문을 열었다. 자연 분만한 듯한 여자가 헐떡이면서 호흡법으로 자궁 수축의 고통을 덜어보려 하고 있었다. 곁에서 남편이 큰소리로 초읽기를 하고 있었다. 두 사람 다 자기 하는 일에 정신을 팔고 있어서 브라이슨의 존재는 알아차리지도 못했다. 간호사가 뒤에서 손을 뻗어 문을 닫았다. 그리고 그의 팔을 잡고 방 앞에서 끌어냈다.

"자, 이리 오세요."

그는 잡힌 팔을 뿌리치고 세 번째 분만실 쪽으로 급히 갔다. 거기는 비어 있었다.

"어디 있지?"

"이리 오시면 도와드리겠어요."

"이거 놔!"

그는 다음 분만실로 갔다.

"사라!"

간호사는 간호사실을 향해 외쳤다.

"경비원을 불러!"

브라이슨은 정신없이 돌진했다. 나머지 세 분만실에도 사만다는 없었다. 그는 간호사실을 들여다보았다. 간호사 둘이 각기 다른 전화로 지껄이고 있었다. 그가 뛰어 들어가자 책상에 걸터앉아 전화를 걸던 간호사가 깜짝 놀라 책상에서 떨어졌다.

"대체 어디 있는 거야?"

"누구 말인가요?"

"사만다 카스틴! 제발……. 죽어가고 있어!"

두 사람의 얼굴이 오른쪽으로 돌아갔다. 거기 '대기실'이라고 적힌 문이 있었다. 두 말 없이 브라이슨은 그 방으로 달려들었고 두 간호사가 뒤를 따랐다.

흰옷을 입은 사만다가 병원 침대 위에 누워 있었다. 눈은 감고 있었고 얼굴빛은 입고 있는 옷 빛깔과 똑같았다. 잔뜩 부푼 배를 드러낸 채 태아 모니터 띠가 감겨 있고 곁에 놓인 장치에 접속되어 있었다. 수액이 잇달아 정맥으로 흘러들고 요도 카테터가 침대 옆의 채뇨기에 이어져 있었다. 두 젊은 의사가 그를 쳐다보았다. 그중 하나가 등 뒤의 간호사에게 물었다.

"누구야?"

"모르겠어요, 아이젠버그 선생님. 멋대로 들어와 버렸어요. 방금 경비원에게 연락했어요."

"밖으로 나가주게."

아이젠버그가 말했다.

브라이슨은 천천히 그녀에게 다가갔다. 사만다의 낯빛은 말이 아니었다. 눈을 감고 입은 벌린 채, 창백한 얼굴이 마치 죽음에 임박한 사람 같았다.

"용태는?"

"이봐, 자네 당장 나가지 않으면 경비한테 무슨 일을 당할지도 모른다고."

브라이슨은 다시 다가섰다. 그때 한 사람의 인턴이 그의 얼굴을 찬찬히 바라보았다.

"브라이슨 선생님?"

브라이슨은 얼굴을 들어 신경과 주임 인턴을 알아보았다.

"팀인가?"

"도대체 어떻게 된 겁니까, 브라이슨 선생님. 차 사고를 당하신 것 같은 모습을 하고 계시다니."

"아는 분인가?"

아이젠버그가 물었다.

"브라이슨 선생님은 여기 신경과 의사이고 수면 연구실장님이야."

"실례했습니다, 선생님."

아이젠버그는 간호사에게 말했다.

"경비원은 필요 없어."

"용태는 어때, 팀?"

팀은 머리를 흔들었다.

"잘 모르겠습니다. 혼수상태에 신경계 원인이 발견되질 않아서요."

"애쓸 것 없어. 신경계 장애가 아니야. 혈압은 얼마나 올라 있지?"

"어떻게 고혈압이라는 걸 아셨죠?"

아이젠버그가 물었다.

"가만 좀 있어. 그런 걸 설명할 시간은 없어. 아무튼 고혈압이라는 건 알고 있어. 그리고 이미 일어나고 있다면 별문제지만 곧 중대한 합병증이 일어날 것도 알고 있어. 태반 이탈이든가 응혈 이상이든가 신부전, 그러니까 더 이상 시간 낭비는 하지 말게. 혈압은?"

"240에 140입니다."

"빌어먹을."

"이 사람은 누군가요?"

"사만다 카스틴. 우리 연구실 조수야."

브라이슨은 사만다의 볼을 만져보았다. 매우 차가웠다. 하지만 태아 모니터가 활발하게 신호를 보내며 아기가 건강하다는 것을 보여주고 있었다. 그런데도 사만다는 갈수록 용태가 악화되고 있었다.

"프리차드에게 알렸나?"

"주치의 말인가요?"

아이젠버그가 묻자 브라이슨은 머리를 끄덕였다. 아이젠버그는 방에 남아 있는 간호사에게 말했다.

"프리차드 선생님께 전화해주게. 연락이 되거든 즉각 병원으로 오시도록 해."

"자네도 어떻게든 손을 써보는 게 어때? 보라고, 죽어가고 있어. 지금까지 어떤 조치를 했지?"

"아직 어디가 잘못됐는지 모르고 있습니다."

"뭐라고? 자넨 내 말이 들리지 않나? 방금 말했잖아! 태반이 이탈하든가, 신장이 망가지든가, 응혈 이상증이든가. 그래, 어떤 건가?"

"하지만 왜 그런 결과가 나온다는 겁니까, 브라이슨 선생님?"

브라이슨은 주먹을 불끈 쥐었다.

"웬만큼 해둬. 폭발하겠다, 이 멍청아. 설명할 시간이 없단 말이다! 알았나? 잘 들어. 태아는 자기가 태어날 때 사만다를 죽일 작정을 하고 있어. 가능성이 있는 합병증은 방금 말했고. 자, 어쩔 텐가? 환자를 위해 뭘 해야 되지?"

두 사람은 서로 얼굴을 마주보았다. 분명히 브라이슨은 혼란을 일으키고 있었다.

'정신 쇠약이겠지.'

아이젠버그는 그를 보고 웃었다.

"할 수 있는 일은 다 하겠습니다."

"건방진 소리 하지 마, 이 거지 같은 자식아!"

브라이슨은 그를 밀어버렸다. 채뇨 주머니를 들어보니 몇 방울밖에 들어 있지 않았다.

"빌어먹을, 이게 전분가?"

"다시 한 번 경비원을 부르는 게 좋을지도 모르겠는데, 와트슨 양."

아이젠버그가 말했다.

"농담하지 마! 팀, 뭔가 신경계 이상은 없나?"

"없습니다."

브라이슨은 어쩔 도리가 없었다. 사만다에게 어떤 신경계의 문제가 있다면 도울 수도 있다. 그러나 그것이 없는 데는 전혀 무력하다. 산부인과에 대해서는 알 수가 없다. 그는 사만다의 맥을 짚어 보았다. 약하다. 이러다가는 이 여자를 잃고 만다. 그는 이번에는 아이젠버그에게 가련한 목소리로 물었다.

"뭐든 할 수 있는 처치는 없나?"

"프리차드 선생님이 오실 때까지는 아무것도 하지 않습니다."

"빌어먹을!"

브라이슨은 태아 모니터를 손으로 두드렸다. 그는 주먹을 불끈 쥐고 아이젠버그를 노려보며 갈겨주고 싶다는 생각을 했다. 그는 혼수상태에 빠진 사만다의 모습을 다시 한 번 보았다. 노여움은 사라져가고 있었다. 싸움을 한다고 될 일이 아니었다.

프리차드가 오기를 기다릴 수밖에 없었다. 레지던트를 상대로는 이야기가 되지 않았다.

"프리차드가 오기까지 얼마나 걸릴까?"

"30분 정도입니다."

30분! 그것은 영원과도 같았다. 브라이슨은 머리칼을 쓸어 올리며 차분히 있지 못하고 방안을 왔다 갔다 했다. 그가 오면 무슨 말을 해야 되는 거지? 프리차드가 믿어주지 않을 때는?

브라이슨은 한 사람보다는 두 사람이 낫다고 생각했다. 누구라도 좋았다. 충동적으로 그는 분만실을 나와서 엘리베이터로 달려갔다. 2, 3분이면 로지에게로 갈 수 있을 것이다.

긴급한 사건

밧줄을 쳐 놓은 주차장 한 모퉁이에 '의사전용 긴급주차장'이라고 표시되어 있고 브라이슨의 차가 주차되어 있었다. 부주의한 의사가 스포츠카를 아무렇게나 방치해둔 줄 알고 주차요원이 비어 있는 장소에 주차하고 주인이 돌아오면 타고 갈 수 있도록 문을 채우지 않은 채 두고 있었다. 브라이슨은 자기 차를 발견하고 뛰어올라 시동을 걸었다. 제한 속도 10마일인 곳을 맹렬한 스피드로 달려 타이어를 긁으며 모퉁이를 돌자 주차요원이 눈살을 찌푸렸다.

가볍게 노크를 해도 대답이 없자 그는 로지의 아파트 문을 탕탕 두드렸다. 자고 있는지도 몰랐다. 조금 사이를 두었다가 더 세게 두드렸다. 열쇠를 벗기는 소리를 기다렸으나 소용없었다. 기다리다 못해 그는 아파트 로비로 내려가서 공중전화로 전화를 걸었다. 일어나라, 로지. 샘의 목숨이 걸려 있다고! 손가락으로 벽을 두드렸다. 브라이슨은 호출음을 6번 듣고는 투덜거리면서 얼굴을 찌푸리고 8번째는 안달복달하며 생각하다가 10번째 듣고서는 천천히 수화기를 놓았다.

아무리 깊이 잠든 사람이라도 전화벨이 끈질기게 울리면 일어나게 되어 있는데 로지는 집에 없는 것이 확실했다. 데이트 같은 것은 할 리가 없고 친구와 같이 나갔다 해도 돌아올 시간이었다. 이렇게 깊은 밤에 어디를 갔을까…….

잠시 생각한 끝에 가능성은 한 가지밖에 없다고 단정했다. 로지도 마찬가지로 샘을 걱정하고 있지 않았던가. 그는 자신의 차로 달려가 연구실로 향하면서 그녀의 착실한 성격을 고려하지 않은 자신을 나무랐다. 로지가 브라이슨처럼 잠을 잘 수 없는 밤을 보내고 있었다면 지금쯤은 수면실험으로 감춰진 일면을 철저히 조사해서 사만다의 현 상태에 빛을 던져줄 수 있는 것을 찾고 있을 것이다.

연구실 열쇠를 쥐고 그는 병원 복도를 전속력으로 달리다가 문 앞을 지나서 고꾸라질 뻔했다. 열쇠를 꽂자 저항 없이 돌아갔다. 문이 열려 있는 것이다. 생각했던 대로 로지가 와 있는 것이 틀림없었다.

그는 연구실이 어두운 것에 놀랐다. 손으로 더듬더듬 스위치를 올렸다. 반쯤 캐비닛 속으로 들어간 자세로 라트레지의 몸이 구부러진 금속조각과 유리 파편에 묻혀 있었다. 눈을 뗄 수가 없었다. 살며시 다가가 무릎을 땅에 댔다. 끊어진 코드와 가늘고 긴 플라스틱 조각이 얼굴을 덮고 있었다. 살갗은 차가웠다. 사후에 나타나는 흙빛 피부와 함께 이마 위쪽으로는 하얘진 살이 보였고 바닥에는 피가 말라서 굳어 있었다. 적어도 사후 12시간은 지나고 있는 듯이 보였다. 어쩌면 그 이상일지도 모른다. 누가 죽였는지 그는 짐작할 수 있었다.

'빌어먹을, 로지마저! 아, 불쌍한 로지!'

브라이슨은 조금 열려 있는 눈을 손끝으로 감겨주었다. 그러고는 이를 악물었다. 방에서 도망쳐나가 영원히 문을 닫아버리고 싶었다.

마구 구겨진 기록 용지 다발이 눈에 띄었다. 그것은 크게 벌린 로지의 손끝에 있었고 죽음에 이르기까지도 그에게 손짓을 하고 있는 것 같았다. 그는 그것을 주워들고 맨 위의 종이를 들여다보았다. 그는 놀라움으로 눈이 휘둥그레진 채 찢어진 페이지를 펴서 미니컴퓨터가 요약한 내용을 주의 깊게 읽었다.

그는 숨을 길게 들이마셨다. 이것이야말로 결정적인 대화였다! 그의 손에는 MEDIC과 태아가 대화한 중요한 프린트 아웃이 쥐어져 있었다. 날짜도 뚜렷했다. 다른 페이지도 살펴보니 사만다가 중절하려고 하던 무렵까지 소급해서 알 수 있었다. 사만다가 연구실로 숨어 들어가 매일 같이 이곳에서 수면실험을 하고 있었던 것이다. 따라서 수면실험 재개에 무관심했던 것도 당연했다. 한밤중에 실험을 받고 있었다면 태아에게 있어서는 한낮의 수면실험은 아무래도 상관없었을 것이다.

브라이슨은 자신을 나무랐다. 나는 얼마나 바보인가! 태아가 MEDIC과의 관계에 아무도 방해하지 못하게 할 것이라는 것쯤은 알아차렸어야 했는데! 사만다와 함께 보낸 밤조차도 그가 돌아간 뒤에 곧바로 연구실로 왔을 것이 분명했다. 그리고 라트레지가 대화에 끼어들어서 MEDIC과 얘기를 하려고 결정했을 때 로즈마리 라트레지를 죽이려고 작정한 것이다. 브라이슨 자신이 흉기를 휘두른 것이나 다름없었다.

모든 것이 바로 눈앞에 있었다. 태아는 애매한 말은 한마디도 쓰지 않고 엄마에 대한 계획을 뚜렷이 기술하고 있었다. 진통 때 고혈압으로 인한 몇 가지 합병증에 걸린다는 것 따위가 아니었다. 사만다를 죽이기로 되어 있는 합병증은 세 가지뿐이었다. 태아는 태어날 때 사만다의 생리 기능을 조종하고, 그로 인해 그녀는 동시에 신장 기능을 잃고 강렬한 발작을 일으켜서 출혈 과다로 죽는다! 거듭 확인된 계획이었다. 무서운 복수의 극치……. 요괴 같은 천재…….

브라이슨은 그 종이 다발을 주머니에 넣었다. 프리차드든 누구든 이 정도의 증거만 있으면 충분했다. 고맙다, 로지. 죽은 뒤까지도 나를 도와주었어.

그는 방을 뛰쳐나갔다.

엘리베이터를 기다리고 있을 수가 없었다. 시간이 모든 것을 결정짓는다. 그는 4층까지 계단을 달려 올라갔다. 경비원이 분만실 앞에서 있었다. 브라이슨의 모습을 보자 경비원은 머리를 끄덕여 보였다. 잔뜩 대비하고 있었다는 듯이 브라이슨이 다가가자 그는 경봉으로 가슴께를 겨누었다.

"여기는 들어가지 못합니다."

"비켜! 난 여기 의사다!"

"유감이지만 브라이슨 선생님. 당신을 들여보내지 말라는 특별 지시를 받았습니다."

"자네 미쳤나? 저기엔 죽어가는 여자가 있어! 내가 가야 그 여자를 살릴 수가 있어!"

경비원은 자신 없는 듯이 접수계 쪽을 보았다.

"선생님, 제가 듣기로는……."

브라이슨은 분만실 안에 있는 프리차드의 모습을 보았다. 그가 문을 박차고 들어가자 경비원이 막으려고 악을 쓰며 따라 들어왔다. 프리차드는 브라이슨을 보자 등을 돌려 걷기 시작했다. 브라이슨은 쫓아가 매달렸다.

"돌아올 줄 알았지, 브라이슨. 자네의 이상한 행동도 차츰 알 수 있게 됐네. 내가 경비원에게 지시를 내린 거라네. 무슨 일인가?"

"프리차드 선생, 얘기하자면 길어집니다. 아무튼……."

"이젠 꾸며낸 얘기는 그만하면 됐네! 여전히 태아가 산모를 죽인다느니 어쩌느니 하고 있는 모양이군. 이젠 진절머리가 나네! 정신 이상자로 처리해버릴 것이지만 브라이슨, 진찰도 하지 않고 고혈압이라는 걸 알았던 모양인데! 자, 거들어 준다면 미스 카스틴도 나도 크게 도움이 되겠네!"

브라이슨은 주머니에서 기록 용지를 꺼내어 이겼다는 듯이 자랑스럽게 내밀었다.

"이거면 충분할 겁니다! 뭐든 다 여기에 나타나 있습니다. 아주 분명하게!"

프리차드는 구겨지고 찢긴 종이를 보았다.

"이게 뭐지?"

"대화입니다! 자, 아무튼 읽고서……."

"뭐라고?"

프리차드는 발끈해서 종이를 밀어냈다.

"오, 브라이슨. 뭔가 좀 도움이 될까 했더니. 자넨 아주 바보로군."

프리차드가 분만실을 향해 가기 시작하자 브라이슨은 그의 팔을 잡았다.

"부탁합니다! MEDIC을 믿지 않는 겁니까? 어떻게 하면 납득하실 수 있겠습니까?"

"동화는 믿지 않네. 자, 미안하지만 나는 지금 사람의 생명을 구하려고 하는 참이네."

프리차드는 팔을 뿌리치고 문 안으로 사라졌다.

브라이슨은 더 어찌할 수가 없었다. 그의 시도는 실패했다. 그는 욕을 내뱉으며 분만실을 뛰쳐나왔다.

그는 계단을 달려 내려와 곧 1층에 이르렀다. 컴퓨터실까지 천천히 걸어도 5분, 잰 걸음이면 2분이면 된다. 복도를 달리며 무기를 찾았다. 망가진 테이블 다리, 소화기, 무엇이든 좋았다. 심야에 컴퓨터실이 잠겨 있다면 밀고 들어갈 수밖에 없었다. 컴퓨터가 있는 곳으로 가야 했다. MEDIC이야말로 유일한 회답, 유일한 구원이었다.

무기가 될 만한 것도 몽둥이도 없었다. 주빌리 종합병원의 소유물은 모든 것이 단단히 고정되어 있거나 잠긴 문 안에 있었다. 브라이슨은 컴퓨터실 문 앞까지 다가가자 스피드를 줄였다. 살며시 문 앞으로 가서 문에 귀를 대보았다. 아무 소리도 들리지 않았다. 슬며시 손잡이를 돌려보니 잠겨 있었다. 욕설을 하며 인기척 없는 복도를 두리번거렸다. 소화용 호스가 유리 케이스에 들어 있는 것이 눈에 띄었다. 그는 그것을 보며 생각했다.

'노즐은 길이 10인치 되는 놋으로 되어 있다. 무게는 충분할까?'

유리문을 열고 캔버스 천으로 된 호스를 끄집어내어 그것을 어깨에 걸고 문 앞으로 갔다. 호스 노즐에서 3피트쯤 되는 곳을 쥐고 머리 위로 동그라미를 그리며 도끼처럼 휘둘렀다. 무거운 놋쇠덩어리가 문의 손잡이를 내려치며 요란한 소리를 냈다. 페인트가 벗겨지고 손잡이가 조금 움직였다. 여기에 용기를 얻어 그는 몇 번이고 내려쳤다. 귓속에서 많은 교회의 종이 일제히 울리고 있었다.

10번째의 타격으로 문의 손잡이가 완전히 떨어져 나갔다. 숨을 헐떡이며 호스를 내려놓고 몸으로 문에 돌진하자 문이 열렸고 그는 안으로 들어섰다.

밤인데도 컴퓨터실 안은 반짝이는 빛과 소리의 파노라마였다. 반짝하는 빛이 어둠을 가르고 기계 장치가 귀뚜라미 울음 같은 소리를 내고 있었다.

브라이슨은 방안을 둘러보고 제어 센터를 들여다보았다. 방 안쪽에서 MEDIC 테이프가 천천히 움직이며, 가끔 배전반의 불빛이 점멸했다. 아무도 없었다. 직감력을 발휘할 때였다.

MEDIC의 메인 컨트롤은 방 중앙에 있었다. 그리로 슬슬 다가가자 테이프가 돌아가는 희미한 소리가 들렸다. 끊임없이 찰칵거리는 그 소리는 프린트 아웃을 의미하고 있었다. 밤에도 이 컴퓨터는 살아 있었다. 제어판 위의 형광등은 켜진 채였다. 그는 배전판 앞에 앉아서 제어판을 살펴보았다. 그저 오로지 시간이 늦지 않기만을 기원했다.

콘솔은 복잡해서 눈이 어지러울 지경이었고 어디서부터 손을 대야 할지 알 수가 없었다. 빌어먹을! 손가락은 금방 움직이려고 하는데 어떤 단추를 눌러야 되는 건가? 그러나 이것은 분명히 단순할 것이다. 왜 그것을 몰랐던가. 미니컴퓨터로 수집한 것과 같은 정보를 MEDIC에서 끌어내면 그것을 프리차드에게도 보낼 수 있을지도 모른다. 구내의 모든 터미널에 프린트 아웃의 디지털 표시 화면이 있었다. 분만실에도 한 대 있었다. MEDIC이 알고 있는 것을 토해내면 그 데이터를 사만다의 의사에게 전할 수 있겠지.

'이 쇳덩어리야. 너는 샘에 대한 태아의 계획을 다 알고 있다. 너희들이 얘기를 주고받고 있었다는 걸 알고 있단 말이다. 자, 토해내라, 토해내!'

브라이슨은 콘솔 앞에 앉았다. 자 어때, 컴퓨터에 대해서는 좀 알고 있지 않나. 이건 조금 세련되어 있는지도 모르지만 그래도 기껏해야

기계가 아닌가. 그는 무수한 키를 바라보았다. 어디서부터 시작할까? 사만다와 로지가 머리를 스쳤다. 집중이 되지 않았다. 상대는 아기다……. 제기랄, 브라이슨, 집중하라! 생각하는 거다, 생각을!

그는 숨을 깊이 들이마셨다. 침착하라. 프로그래머의 패널 위에서 손가락이 어쩔 줄을 몰랐다. 키를 자세히 들여다보았다. 입력, 오버라이드, 리콜, 검색, 메모리……. 순서에 따라 자리 잡고 있는 듯했다. 눈으로 회로와 상호 접속하는 모양을 확인했다. 그렇다, 잘될 거다. 이 멍청아, 빨리 해!

중단 키 다음에 입력을 눌렀다. 아무런 진전도 없었다. 그는 화를 내며 캔슬을 눌렀다. 다음에 느닷없이 입력을 눌러봤다. 붉은 램프가 점멸했다. 빌어먹을! 캔슬을 누르고, 처음부터 다시 하자 이번에는 중단, 오버라이드의 순이었다. 컴퓨터가 작동하고 붉은 램프가 황색으로 변했다. 여기까지는 잘된 것 같았다. 다음에는 입력을 눌렀다. 즉시 초록 램프가 켜지고, 그 아래 패널에 표시가 나왔다. '명령.'

키보드 위의 손가락이 떨렸다. 더 이상 어물거릴 수도 없었다. 단 한 번으로 해내야 한다. 천천히, 신중히 MEDIC으로 보내는 명령을 쳐나갔다.

수면연구 피험자 사만다 카슨틴의 진통 및 그에 수반하는 합병증에 관한 계획을 시간에 따라 상술하라.

속에서 테이프 돌아가는 소리가 들렸다. 패널의 램프가 황색으로 바뀌었다. 내부에서 유닛간의 교류를 행하는 금속음이 이어졌다. 전달 장치가 회로를 교체하는 찰칵하는 소리. 램프가 다시 녹색으로 변하자 모든 소리가 그쳤다. 프린트 아웃으로 들어갔다.

사만다 카스틴의 진통 개시 시간을 L이라 한다. 4cm자궁 크기 L플러스 2시간 10분. 초기 단계에 있어 국부적인 태반 이탈에 의해 트론보플라스틴 분비. 트론보플라스틴에 의해 신장 피질의 레닌 안기오텐신 분비가 촉진되어 급격한 고혈압증과 함께 뇌질환 및 혼수를 일으킨다. L플러스 3시간 5분, 신장 기능 변화로 인한 진행성 무뇨증. 태반의 트론보플라스틴이 제2에서 제12인자 및 피브리노겐의 점진적 결핍에 의한 응고 기능 저하를 야기한다. 활동기 및 태아 하강. 자궁구 전개 크기 L플러스 4시간 20분. 태반 이탈, L플러스 4시간 30분. 태아 머리 위치 3후드 전방. 자궁 강축으로 인해 태아 만출과 더불어 응혈 이상 증 및 신장피질 괴사. 심박동 정지, L플러스 4시간 42분.

MEDIC이 침묵했다. 브라이슨은 기록된 내용을 들여다보았다. 산부인과 용어는 잘 몰라도 태반 이탈이 당장에라도 일어날 것 같다는 것쯤은 이해할 수 있었다. 특히 무서운 것은 프린트 아웃의 마지막 한 줄이었다.

'심박동 정지.'

브라이슨은 숨이 막힐 지경이었다. 프린트 아웃을 들여다보았다. 샘의 심장이 움직이지 않게 될 때까지 시간이 얼마나 남아 있을까? 서둘러라, 서둘러!

여기부터 문제였다. 프리차드를 직접 만나면 상대를 해주지 않을지도 모르지만 MEDIC의 정보가 화면에 나타나면 믿지 않을 수 없을 것이다.

이 기계로 송신하려면 어떻게 해야 되는 거지? 브라이슨은 속이 끓었다. 머리가 돌아버릴 지경이었다. 표시 화면이 각기 코드번호를 가지고 있을 것이다. 분만실 코드번호 따위는 짐작도 가지 않는다. 어쩔 도리가 없었다. 송신할 내용은 마련되어 있는데 송신 방법을 알 수가 없었다.

필사적이었다. 붉은 단추, 노란 스위치, 키보드……. 악을 쓰고 싶었다! 그때 패널 구석의 라벨이 눈에 띄었다. '긴급 송신 전용' 일각의 주저도 없이 브라이슨은 주먹으로 그 단추를 눌렀다.

사이렌이 울리고 클랙슨이 1초마다 울렸다. 잠수 태세로 들어가는 잠수함대의 요란한 소리였다. 브라이슨은 너무 지쳐서 패널에 엎드려 깍지 낀 팔에 이마를 묻고 속으로 기도했다. 구내 도처에서 디지털화면 표시가 빨갛게 빛나기 시작했다. 좀처럼 쓰이는 일이 없는 화면에 눈을 돌렸다.

병원 조리실에서 일하던 야간 주방 담당은 최근에 설치되어 쓰인 적이 없는 컴퓨터 화면에 갑자기 문자와 숫자가 가득해지는 것을 보았다. 망원경 센터에서는 천문학자가 먼 성운 관찰을 중단하고 새로운 컴퓨터 콘솔에 비친 프린트 아웃에 눈을 돌렸다.

분만실에서는 프리차드가 필사적으로 환자와 싸우고 있었다. 사만다는 빈사 상태였다. 피는 굳지 않고, 신장 기능은 떨어진다. 분만이 끝나기까지 얼마나 걸릴까. 한 시간? 두 시간? 그때까지 견딜지도 의문이었다. 태아 상태가 극히 양호하다는 것만 빼고는 태반 이탈 가능성을 진지하게 고려하고 있는 중이었다. 그는 한쪽 수액의 점적 속도를 올리고 다른 쪽은 내렸다.

책상에 앉아 있던 간호사 와트슨만이 갑자기 화면에 나타난 이상한 메시지를 보았다. 그녀는 머리를 갸웃거렸다. 화면에 비치고 있는 것은 이 환자 이름이 아닌가? 간호사는 프리차드에게 다가갔다.

"죄송하지만 선생님, 이 환자 이름이 뭐죠?"

"그런 건 나중에, 와트슨."

그녀는 메시지 앞쪽을 읽었다.

"하지만 선생님, 이걸 좀 보시는 게……."

"이봐, 제발! 지금은 그럴 겨를이 없어."

프리차드는 사만다 곁을 떠나지 않았다.

프린트 아웃이 완료되고 간호사는 마지막 말을 보고 동요했다. 그녀는 열심히 프리차드의 소매를 당기며 화면에 손가락질을 했다.

"프리차드 선생님, 보세요!"

"아니, 대체 뭘 가지고 그래!"

그는 간호사가 가리키는 쪽을 보며 말했다. 화면에 비친 말을 읽어 감에 따라 그의 얼굴이 창백해졌다.

"오…… 어떻게 된 거야!"

아드레날린이 몸 안에서 끓어올라 프리차드는 큰소리로 지시했다.

"아이젠버그, 곧 절개실로 데려가! 손 씻을 시간도 없어. 웃옷하고 장갑이면 돼. 와트슨, 소아과하고 마취담당을 불러. 대지급이다. 간호사를 한 사람 더 부르고 와트슨은 절개 수술 준비를 해줘. 알……."

그가 수술실로 달려감에 따라 목소리도 멀어졌다.

브라이슨은 얼굴을 들었다. 기적이라도 일어나려고 메시지가 전달되고 있는 것일까? 그렇지 않으면 사만다는 죽는다. 눈물이 당장에라도 쏟아질 것 같았다. 생각을 하지 말자고 다짐하며, 그 대신 로지를 생각했다. 눈을 감고 그녀의 모습을 떠올리다가 그는 고개를 저었다. 누군가에게 알려야겠는데, 지쳐서 움직일 수가 없었다.

긴급 송신의 소음이 견딜 수 없었다. 피로의 물결이 왈칵 밀려들었다. 새벽 1시 10분, 언제부터 잠을 못잔 것일까? 그는 사만다를 위해 기도했다. 몸은 쉬고 싶어하는데 마음이 따르려고 하지 않았다. 그칠 줄 모르는 경보기 소리에 묻혀 조나단 브라이슨은 눈을 감고 울었다.

수술실에서

수술실로 들어간 지 2분도 못되어 프리차드는 벌써 땀에 젖어 있었다. 머리 위에서 비치는 라이트의 열 탓은 아니었다. 믿어지지 않을 만큼 긴박한 상황에 몰린 탓이었다.

산부인과에서 아주 긴급을 요하는 사태라는 것은 비교적 드물었다. 종종 태아 가사 혹은 제대(臍帶) 탈출도 있긴 하지만, 그러나 가장 무서운 것이 태반의 조기 이탈이었다. 즉각적인 태아 사망을 초래할 가능성이 있는 데다가 모체에도 무서운 결과를 가져오게 된다. 브라이슨과 컴퓨터가 정확하다면……. 정확하다고 볼 수밖에 없는 일이지만…….

환자는 벌써 몇 시간에 걸쳐 부분적인 박리를 일으키고 있었다. 신장 기능 저하, 고혈압, 혈액 응고 인자의 감소 등이 무엇보다도 그 증거였다. 태반이 완전히 벗겨지기 전에 서둘러 태아를 끄집어내야만 한다.

간호사는 체모를 깎고 복부를 씻기는 그런 통상 수술 전 준비를 생각했다. 서둘러 요도액을 발랐을 때 수술복을 입고 장갑을 낀 프리차드와 아이젠버그가 함께 무균시트를 씌웠다. 준비가 끝나자 프리차드는 마취의에게 말했다.

"시작할 수 있게 되면 말해주게."

"지금 산소를 공급하고 있습니다. 관을 통과할 때까지 좀 기다려주십시오."

"가볍게 해둬."

"날아갈 것처럼 가볍게 하죠. 이 몸을 보니 이산화질소보다 강한 걸 쓸 생각이 없는데요. 일어나 수술대에서 도망친다면 별문제겠지만."

프리차드는 요도 카테터를 체크했다. 조금은 불어나 있으나 대수로운 양은 아니었다.

"마니톨은 했나?"

그는 수술대 맞은편에 서 있는 아이젠버그에게 물었다.

"네, 거기다가 라식스를 80밀리, 그래도 박리를 일으키려 하고 있습니다."

"자네 탓은 아냐. 이상한 케이스야, 이건. 무엇이든 해명되면 가르쳐줄 테니 기억하고 있게."

프리차드는 사만다의 정맥에 혈액을 보내고 있는 수혈 용기를 쳐다보았다.

"신선한 피인가?"

"네, 그것이 세 개째입니다. 또 하나 준비돼 있습니다."

"만일에 대비해서 4유닛 더. 혈액 판정과 교차 적합 실험을 해두는 게 좋겠군."

아이젠버그는 수술실 구석에서 지시를 기다리고 있는 인턴을 바라보았다.

"들었나?"

"갔다 오겠습니다."

그는 수술실을 나갔다.

"필요할 때는 혈소판과 신선동결혈장도 쓸 수 있겠나?"

"누군가 가지고 옵니다."

"시작해도 되겠나?"

프리차드는 마취의에게 물었다.

"10초 뒤에요."

"이 여자가 임신 8개월이라니 믿어지나?"

"아니 몰랐는데요. 산월이 된 줄 알았습니다."

아이젠버그가 대답했다.

"이상한 일이야, 아주."

마취의가 사만다에 대한 마취를 끝냈다.

"됐습니다."

"메스."

간호사가 메스를 건네주었다. 프리차드는 사만다의 하복부를 대담하게 갈랐다. 아이젠버그의 도움을 받으며 근육과 피하 조직층을 차례로 절개했다.

2분 후에는 자궁에 도달했다. 프리차드가 자궁벽을 비스듬히 절개했을 때 소아과 의사가 들어와서 대기했다.

"어찌된 건가?"

소아과 의사가 물었다.

"임신 32주의 태반 조기 박리입니다."

프리차드가 자궁을 다시 절개하고 있는 동안 아이젠버그가 말했다.

"그런데도 태아가 아주 큰 모양입니다."

"태아 가사인가?"

"아닙니다. 태아는 이상 없습니다."

자궁이 절개되자 주머니 액 속에 들어있는 태아가 똑똑히 보였다. 프리차드가 핀셋으로 막을 찢자 핑크빛 액체가 흘러나왔다.

"피가 섞여 있습니다."

프리차드가 소아과 의사에게 알렸다. 그는 자궁 아래쪽으로 손을 넣어 태아의 머리를 받치고 끄집어내려고 했다.

"손 좀 빌려."

아이젠버그가 자궁 위쪽을 누르고 프리차드가 끌어 올렸다. 태아의 머리가 절개부에서 나왔다. 아이젠버그가 곧 태아의 코와 입에 흡인을 했다. 어깨를 한쪽씩 꺼내고 이윽고 태아를 드러냈다.

"사내아이다."

프리차드가 말했다.

"시간은"

"1시 15분."

아이젠버그가 탯줄 두 군데에 겸자를 물리고 프리차드가 절단했다. 그리고 아이를 소아과 의사에게 넘겨주었다. 아기는 기운차게 울었다.

"이게 32주라고?"

소아과 의사가 말했다.

"이런 아이를 안고 있다가는 헤르니아(탈장)에 걸리겠다. 4.1kg이 좋이 넘을걸."

그는 간호사와 함께 신생아 진찰을 시작했다.

출혈이 심해서 절개된 여러 층에서 그것이 배어나오고 있었다.

"응고하질 않는데, 이봐. 빨리 혈액을 보내!"

프리차드가 긴박한 목소리로 말했다.

아이젠버그는 자궁의 가장자리를 벌려서 프리차드가 태반을 떼어내는 것을 거들었다. 그런데 태반 뒤로 손가락을 넣기도 전에 그대로 자궁벽에서 벗겨지고 말았다.

"이게 바로 태반 박리야. 이런 걸 보는 건 처음이자 마지막일 거야. 5분만 늦었다면 사산이었어. 태반 만출 시간은?"

"1시 16분."

"자, 이 출혈은 막아야지, 응? 혈액을 많이 보내. 누가 가서 혈액과 놈을 끌고 와. 실."

간호사는 봉합실 홀더와 최초의 바늘을 손바닥 위에 놓았다. 마취의가 청진기를 귀에 대고 수술대 머리 쪽에 서서 안절부절 못하고 있었다.

"서둘러 주십시오, 프리차드 선생님. 혈압이 60에 제롭니다."

"아니, 조금 전까지 최고 200을 넘었었잖아?"

"다시 재봤죠. 그리고 심전도 모니터를 보십시오. 심박수가 160으로 올랐습니다."

그 순간 모두가 손을 멈추고 심전도의 물결을 주시했다. 그리고 프리차드는 서둘러 봉합을 계속했다. 혈액과 의사가 갖가지 응혈 인자가 담긴 비닐봉지를 가지고 들어왔다.

프리차드가 봉합을 진행하는 동안 아이젠버그와 마취의가 그에게 상황설명을 했다. 그는 깜짝 놀라서 욕설을 하며 두 수액 튜브에 갖고 온 봉지를 부착했다.

"아이는?"

"건강해 보이는데."

소아과 의사가 대답했다.

"8개월이라는 건 확실한가?"

프리차드는 그 말에는 대답하지 않고 마취의에게 물었다.

"혈압은?"

"40에 제로, 계속 내려가고 있습니다."

방안이 쥐 죽은 듯이 조용해졌다.

심전도 모니터 소리가 그쳤다. 그것이 실내에 있는 사람 모두에게 준 효과는 극적이었다. 모두가 무의식중에 모니터 소리에 귀를 기울였다. 자고 있는 엄마가 언제라도 아기 울음소리를 들을 것처럼……. 소리가 사라지자 의사도 간호사도 그 순간 움직임을 멈추고 소리가 다시 들리기를 기다렸다. 모든 사람의 얼굴이 하나가 된 것처럼 심전도 모니터를 향하고 있었다.

모니터에는 단지 한 줄의 직선만을 그리고 있었다.

"마침내 오고 말았나?"

프리차드가 들릴 듯 말 듯한 소리로 말했다. 그러고는 사만다의 가슴에 덮인 시트를 벗겼다.

"누가 가서 심정지를 알리고 와!"

간호사가 방을 뛰쳐나갔다.

"자네들은 내가 이쪽을 마칠 때까지 백 마스크를 부착하고 심장을 주물러."

그가 마취의와 혈액과 의사에게 말했다.

"아기는 밖으로 내가. 기계 들어올 자리를 비워야 되니까."

그렇지 않아도 경황이 없는 수술실의 흥분도가 더욱 높아졌다. 확성기를 통해 분만실에서 심정지가 있다는 것을 알렸다.

혈액과 의사가 사만다에게 심장 마사지를 하고 마취의는 인공호흡으로 계속 폐에 산소를 공급했다. 소아과 의사는 아기를 신생아실로 밀고 갔다. 그 신생아와 거의 엇갈려 4명의 레지던트가 약과 도구가 실린 기계를 밀고 들어왔다. 손에 익은 일이라 아무 말이 없어도 해야 할 일을 알고 있었다.

자물쇠에 꽂는 열쇠처럼 잠자코 있어도 착오 없이 각기 분담된 일을 하는 그들은 침착한 목소리로 정해진 질문을 했다. 정지된 맥박과 혈압, 질환의 성질, 심정지 시간……. 한 사람은 혈액과 의사 대신 사만다의 흉골 압박을 계속했고 30초마다 손을 멈추고 자발적인 심장의 움직임이 있는지를 확인했다. 심전도는 여전히 곧은 선을 보이고 있었다.

수술대 발 가까이에서는 프리차드가 봉합을 계속하고 있었다. 아이젠버그의 도움을 받으며 각기 다른 층을 맞추어 갔다. 모두가 능률적으로 일을 진행시키고 있었다. 심박동이 없어도 사만다의 조직 속으로 피와 산소가 밀려들었다.

"심박동입니다."

심정지 후 6분, 인턴이 말했다.

"리듬은?"

"빈맥이다."

"전극의 준비는 돼 있으니 모두 물러서 주세요. 쇼크를 보냅니다."

소생반 리더가 제세동기 전극을 가슴에 댔다. 통전하자 사만다의 몸이 순간적으로 꿈틀했다.

"리듬은?"

"아직 빈맥."

"출력을 올려."

전기 출력을 올려서 다시 한 번 사만다에게 쇼크를 주었다. 동체가 경직해서 튀어 올랐다.

"리듬은?"

"마이너스로 돌아갔어."

사만다의 심장이 고동을 재개했다.

"혈압은 어때?"

"80에서 40……."

"끝내도 될까?"

"네. 출혈 상태를 알려주십시오."

프리차드와 아이젠버그는 봉합을 계속했다.

"응혈되기 시작한 것 같군."

10분 후에 수술은 끝났다. 프리차드는 세세한 순서는 생략해가면서 재빨리 봉합을 마쳤다. 보기에 최고라고는 할 수 없어도 상처가 덮인 것은 틀림없었다. 봉합이 계속되는 동안 소생반은 여러 가지 약제를 써서 심박의 강도를 유지시키고 있었다.

혈액과 의사는 응혈인자의 주입을 마쳤다. 응혈 이상은 차츰 사라지고 사만다의 혈액은 정상으로 굳어지게 되었다. 혈압은 정상 상태까지 올라가서 이제는 고혈압이 아니었다. 짙은 오줌이 카테터에 흘러들었다.

몹시 지친 프리차드가 수술대를 떠났다. 그는 사만다의 수술자리

치료를 감독했다. 라텍스 장갑을 벗고 이마의 땀을 훔쳤다. 방금까지 있었던 일이 도저히 믿어지지 않았다.

"간호사, 누구 한 사람이 브라이슨 선생을 찾아주게. 사만다 카스틴은 살았다."

뜰을 사이에 둔 연구동에서 복도 끝에 한 사람의 그림자가 나타나서 슬며시 연구실로 다가왔다. 문이 조금 열린 채였다. 그는 얼굴만 들이밀어 안의 참상을 둘러보았다. 그리고 연구실 비품을 머릿속에 기억하고는 전등을 껐다.

지울 수 없는 흔적

고마운 잠이었다.

꿈도 마음의 혼란도 없는 4시간의 수면 끝에 차 안에서 잠이 깬 것은 날이 샐 무렵이었다. 브라이슨은 대시보드의 시계를 보았다. 6시 12분, 문득 사만다가 머리에 떠올랐다. 지금쯤은 회복실에 있겠지.

브라이슨은 긴급 송신 단추를 누른 순간부터 줄곧 사만다의 곁에 있고 싶었다. 사만다가 살아 있고 회복되고 있다는 것을 확인하고 라트레지 건을 당국에 보고할 작정이었다.

잘 꾸며진 미로 같은 병원 통로를 터벅터벅 걸어서 돌아가기보다는 사만다의 방에서 가까운 병원 정면 현관에 차를 돌리는 쪽이 빨랐다.

브라이슨은 서둘러 컴퓨터실을 벗어나 차 있는 곳으로 향했다. 그러나 손이 아파서 주차장으로 가는 도중에 응급실에 들렀다. X선 촬영을 하니 손뼈에 한 군데 털만큼 가는 골절이 보였고 중지 뿌리쯤에 작은 금이 발견되었다. 6주 동안 깁스를 하고 있어야 했다. 이제는 손도 좀 견딜 만했다. 브라이슨은 손가락 끝에서 팔꿈치까지 입힌 깁스를 내려다보았다. 손가락을 움직이면 아프지만 대단치는 않았다.

그는 깁스를 입힐 때 직원에게 부탁해서 사만다가 지금 어떤지 알아달라고 했다. 석고가 굳을 무렵에 돌아온 직원은 사만다의 용태가 이제는 안정되었다고 했다. 눈물이 소리 없이 볼을 타고 흘러내렸다. 그러자 치료를 하고 있던 의사가 깁스한 자리가 아프냐고 물었다.

"아니, 괜찮습니다." 하고 브라이슨은 대답했다.

그러고는 등을 깨끗이 씻고 간단한 치료를 받고는 엉덩이에 파상풍 예방 주사와 진통제를 맞았다. 어서 사만다의 곁으로 가고 싶은 마음에 치료가 끝나기를 기다리기가 힘들었다. 그런데 일단 차에 오르자 마취제가 효력을 나타내어 잠깐 눈을 붙인 것이 4시간 동안이나 잠에 빠져버렸다.

브라이슨은 정면 현관까지 한손으로 신중히 운전해갔다. 안으로 들어가 산부인과 내선 전화를 걸었다.

"사만다는 회복실에 있고, 경과는 순조롭습니다. 원하신다면 만나실 수 있습니다."

"원하고말고!"

사만다는 눈을 감고 있었다. 회복실에서 마음 편히 휴양하고 있는 느낌이었다. 한쪽 콧구멍에 경비위관이 꽂혀 있고 흡인기도 연결되어 있었다. 양팔의 정맥 카테터에 각기 다른 수액이 흘러들고 요도 카테터는 바닥에 가까운 채뇨대에 연결되어 있었다. 심전도 모니터의 도선이 옷 속을 통해 가슴에 붙어 있었다. 침대 위쪽에 있는 모니터는 착실히 안정된 리듬으로 울리고 있었다.

여기저기 관을 통해 연결된 의료 기구에 둘러싸여 있기는 해도 사만다의 뺨은 핑크빛이었다. 베개에 퍼져 있는 머리칼도 약간 윤기가 있었다. 그 윤기는 그녀의 건강이 회복되고 있다는 것을 말해주고 있었다.

브라이슨은 사만다의 손을 쥐었다. 살갗은 건강하고 따뜻하고 보송보송했다. 그녀가 눈을 떴다.

"존."

그녀의 목소리는 쉬어 있었고 연약했다.

"말하지 않아도 돼. 어떤지 보러온 것뿐이니까."

사만다는 브라이슨의 손가락에 자기 손가락을 걸어 꼭 쥐었다.

"괜찮아요."

인지끼리 감은 채 그들은 찬찬히 마주보았다. 그는 손끝으로 손을 쓸어주고 뺨에 정답게 키스했다. 사만다가 웃었다. 생사의 경지를 헤맨 끝이기는 해도 지난 몇 달 동안 본 적이 없는 온화하고 침착한 표정이었다.

"사내아이예요."

아기……. 아주 완전히 잊고 있었다. 어떤 아기일까? 보통의 신생아일까, 아니면 생각했던 대로 고도로 발육한 요괴일까? 태아의 계획은 실패로 끝나고 사만다는 건강을 회복하고 있는 것이다.

"축하해, 사만다."

"신생아실이에요. 조산이지만 걱정하지 말라고 했어요. 좀 보고 와줘요. 괜찮겠어요?"

한 남자가 침대 곁으로 와서 시간이 되었다고 말했다. 관리 쪽 담당이라 그런지 백의도 입고 있지 않았다.

"곧 다시 와줘요. 한동안은 아무 데도 가지 않을 테니까요."

"걱정 마. 만날 수 있게만 된다면 곧 오지."

"로지가 없는 게 유감이에요."

로지……. 브라이슨은 불안한 조짐을 느꼈다. 그 일을 기억하고 있는 것일까?

"쓸쓸해져요. 다른 곳으로 갔다니……."

"다른 곳이라고?"

"시간 됐습니다. 브라이슨 선생님."

남자가 끼어들었다.

"곧 또 오실 수 있습니다."

"잠깐만. 샘, 로지가 다른 곳으로 갔다는 건 무슨 뜻이지?"

"당신, 듣지 못했어요? 제일 먼저 들었을 줄 알았는데. 거기 있는 필립스 씨가 말했어요."

사만다는 곁에 서 있는 젊은 사내를 가리켰다.

"로지는 일이 있어서 급히 캘리포니아로 가게 됐고, 다시는 돌아오지 않는대요."

"뭐라고?"

"죄송하지만 브라이슨 선생님. 지금은, 그만해두십시오."

필립스가 팔꿈치를 잡아끌었다.

사만다가 눈을 감았다. 브라이슨은 시키는 대로 곧장 방을 나왔다. 샘은 대체 무슨 얘기를 하고 있는 거지? 그리고 이 필립스란 자는 누구일까?

생각에 잠기며 브라이슨은 연구실로 가는 통로를 걷고 있었다. 분명히 사만다는 라트레지의 죽음에 대해서 기억하지 못하고 있었다. 누군가가 일부러 사만다에게 거짓으로 말한 것이다. 누구일까? 무엇 때문에?

연구동 복도에는 아무도 없었다. 브라이슨은 연구실 문이 잠겨 있는 것을 알고 놀랐다. 문을 잠근 기억도 없었다. 하기는 그런 건 아무래도 좋았다. 이제부터 설명해야 할 일에 비한다면 대수로운 일은 아니었다. 로지의 죽음을 어떻게 설명해야 좋을까?

그는 열쇠로 문을 열고 안으로 들어가려고 하다가 그대로 굳어버렸다. 그곳은 얼룩 하나 없이 깨끗했다. 엉망이 된 기계도, 부서진 콘솔도, 로지도 없었다. 로지의 사체도…….

그는 멍하니 안으로 들어갔다. 라트레지가 누워 있던 곳은 얼굴이 비칠 만큼 반짝거리는 타일이었다. 핏자국 같은 것은 전혀 없었다. 미니컴퓨터의 잔해도 치워져 있었다. 서둘러 MEDIC과 접속하는 패널이 있던 곳을 가보니, 미니컴퓨터의 어뎁터용 콘센트는 없고 콘솔 구멍이 막혀 있었다. 배전반 아래의 줄이 드러난 채로 이어져 있던 곳도 흠집이 없었고 끼워 쓴 자취도 없었다. 연구실 안이 정리되어 있을 뿐 아니라 새 기계가 들어와서 반짝거리고 있었다.

누군가가 품을 많이 들여 살인 흔적을, 아니 수면 연구 기록까지 없애버린 것일까?

"브라이슨 선생님."

브라이슨은 소스라쳐 몸을 돌렸다. 필립스가 다가오고 있었다.

필립스 말고도 세 사람이 더 있었다. 로버트는 알고 있었고, 병원 경비책임자는 만난 일은 없었지만 배지로 알 수 있었다. 세 번째 남자는 전혀 짐작도 가지 않으나 말을 걸어온 것은 이 낯선 남자였다.

"앉아주십시오, 브라이슨 선생님. 필립스 군, 한 시간쯤 자리를 좀 비워주게."

말을 걸어온 남자는 50대쯤 된 관록 있어 보이는 회색 머리의 사람이었다. 말하는 태도에도 위엄이 엿보였다.

"누구십니까?"

"얘기는 내가 하지, 선생. 질문은 뒤로 돌리고 내가 누구냐 하는 건 문제가 아닐세. 다만 자네가 정규 루트를 통하고 있었다고 해도 만났을 것이라는 것만 말해두지."

"무슨 루트입니까?"

"이제부터 그걸 설명하지. 얘기를 들으면 모든 게 분명해질 걸세."

브라이슨은 입을 다물었다. 착실하게 준비해온 듯한 구두 진술을 듣는 것밖에는 도리가 없을 것 같았다.

그는 말하기 시작했다.

"이 병원과 대학은 막대한 투자 대상이네. 몇억 달러라는 자금뿐만 아니라 그 이념이라는 의미에서도 말이네. 여기를 일으켜 세우는 것, 세계 속의 이 조그만 일각에서 성취되고 있는 모든 것이 다른 곳에도 영향을 끼치고, 또 여기서 일어나고 있는 의학상의 진보와 발견은 전 국민에게 있어서 중요한 일이지. 미래의 과학자와 의학계 리더를 양성하는 일은 우리나라의 번영에 있어서 빼놓을 수 없는 일이야. 다시 말해서 당연한 일이지만 여기서 일어나는 어떤 일도 국가의 안전보장과 연루되어 있고 정부는 그것을 충분히 알고 있지. 여기에서의 성공은 필수적이라야 하네. 따라서 실패는 용인되지 않아. 요컨대 주빌리 종합병원은 그저 우연히 여기 존재하는 것이 아닌, 이처럼 중요한 기관의 설립이 몇 해에 걸쳐 계획되어 왔다네. 정부는 최대의 성과를 얻기 위해 자금과 인재를 집중시키고 있었지. 하지만 자네도 알다시피 종래의 대학병원들은 꼭 외부기관에 협조적이라고 할 수는 없었네. 상대가 지방정부든 연방정부든 간에. 과거에 줄곧 교수와 관료가 적대 관계에 있었던 것처럼 지금도 행정 기관과 대학 관계자의 마찰이 계속되고 있지. 내가 누구냐고 물었는데 내가 하고 있는 일은 지금 말한 것과 관계가 있네. 이 거대한 의료센터와 정부 사이에 일어나는 마찰을 완화하기 위해, 주빌리 종합병원의 입안자들은 현명하게도 조그만 섭외그룹을 만들기로 했네. 내가 속하는 이 그룹의 멤버는 정부 관료와 의학 관계자와의 중개 역할을 하고 있지. 우리에게 예측 못할 힘이 되어 온 것은 대학 컴퓨터 MEDIC의 이 분야에 관한 판단이 나무랄 데 없다는 것이네. MEDIC은 병원과 대학의 경제적인 요구를 알고 있고, 정부 유력자에게 그것을 알려줄 필요가 있다는 것도 이해하고 있기 때문에 섭외 역할을 하는 데 있어서 MEDIC은 우리의 중개자인 셈이지. 이 중요한 기계가 우리의 성패를 결정한다고 해도 과언이 아니야. 굳이 말하자면 국가에 대해서도 중요한 열쇠를 쥐고 있다네. 그래서 우리는 이 기계의 기능에 관해서는 어떤 면에서든 상세히 알기 위해 대단히 마음을 쓰고 있네. MEDIC에 관한 어떤 트러블도 국가 전체의 문제로 발전할 수 있기 때문이야. 로버트를 위시한 감독자들은 컴퓨터실에서 우리의 이해(利害)를 지키고 있지. 적어도 지금까지는 그랬네. MEDIC의 기능에 조금이라도 이상이 있으면 우리에게 보고하게 되어 있지."

브라이슨이 로버트를 보자 그는 눈을 피했다.

"로버트가 오판을 했다는 점에서 책임이 있지만 똑같이 자네에게도 책임이 있다네, 브라이슨."

"그런 터무니없는……."

"그럴까? 아무 죄도 없는 여자가 자네의 지나친 간섭 탓으로 죽었단 말일세. 자신의 행위의 중요성을 깨닫지 못했나? 왜 스스로 정한 규칙까지 깨뜨렸지?"

"무슨 규칙입니까?"

"예를 들면 자네 수면실험 동의서야. 지원자는 임신하고 있어서는 안 된다는 걸 알고 있었으면서도 자네는 자신의 연구 때문에 스스로 정한 규칙까지 무시해버렸네. 그 사소한 규칙 위반으로 이런 엄청난 비극을 빚어냈지."

"그럼 어떻게 했어야 할까요? 로버트 씨에게 협조를 부탁했고 프리차드 선생에게도 얘기했습니다. 두 사람 다 도와주질 않았습니다."

"자네는 연구 목표라는 이기심 때문에 눈이 어두워졌어. 그것이 아무리 훌륭한 연구였든 간에 말이야. 나는 자네에게 따지러 온 게 아니네. 내 사명은 이제 무엇을 해야 할 것인가를 알리는 것뿐이니까."

"어떻게 알았습니까?"

"물론 MEDIC이지. 자네가 컴퓨터실에서 긴급 송신 경보를 울린 뒤 곧 알았다네. 누구든 엄밀한 조사 없이 MEDIC의 불가침성을 깨뜨리지 못하네. 이번에는 로버트도 완전히 협력해준 셈이지만 아무튼 신속하게 MEDIC의 메모리뱅크에 마지막으로 넣은 정보를 재생시켰네. 그리고 미세스 카스틴에게 있었던 사건을 알게 되었고, 그녀가 처음 자네 실험에 참가했을 때부터 있었던 일을 모두 다시 검토했네. 얄궂게도 자네 자신이 로버트에게 키를 제공하고 있었네. 로버트는 그 키를 무시한 셈이지만. 우리는 송신과 미니컴퓨터와의 대화 건도 알고 있다네, 선생. 또 살인에 대해서도 뭐든지 말일세."

"아기에 대해서도?"

"물론이지. 태어나자마자 선발된 소아과 의사와 신생아학 전문가 그룹이 아이를 철저히 조사했네. 당연한 일이지만 은밀히 수행된 일이네. 완전히 정상적인 아이라는 것을 알게 됐지. 태어나기 전에 의학의 천재였다는 흔적은 전혀 없었네."

"신에게 감사드립니다. 그리고 MEDIC은?"

"MEDIC이 왜?"

"정말로 생각하고 추측을 하는 겁니까?"

"MEDIC은 아주 복잡한 컴퓨터야. 그 능력은 헤아릴 수 없어. 어떤 의미에서는 추측도 한다고 봐야지. 인간에 가까운 방식으로 멋대로 관련 사항을 결부시키는 능력은 분명히 있을지도 모르지. 하지만 진정한 의미에서 생각하느냐고 묻는다면 대답은 노(No)야. 모든 것은 두 가지 분명한 요소로 설명이 되네. 하나는 MEDIC의 최신 설계로 미루어 외부의 영향을 받기 쉽다는 것이고, 또 하나는 분명히 일시적인 현상이었지만 태아의 우수한 지능이야. 두 번 다시 일어날 수 없는 이상한 사건이야. 이보게, 선생. 생각하기 위해서는 행동의 자유가 필요한데 MEDIC에게는 그것이 없어. 지금까지나 앞으로나 MEDIC은 사용자의 노예로서 명령을 받지 않으면 기능을 발휘하지 못하네. 세련된 노예이기는 하지만 노예라는 데에는 변함이 없어."

"라트레지 건은 어찌됩니까?"

"그래, 그게 실로 이야기의 핵심이야. 여러 가지 과오가 빚어졌고 그중에서도 자네의 과오가 특히 두드러지네. 하지만 이런 과오 때문에 대학의 활동과 국가의 업무수행에 방해가 되는 것은 곤란해. 여기에서 일어난 일이 만약 정치가의 귀에 들어가면, 가장 두려운 건 매스컴인데 아무튼 외부에 누설되면 MEDIC은 문제 덩어리가 되고 말아. 대소동이 벌어지고 조사가 시작되고 마침내는 우리가 이룩해놓은 진보까지도 종말을 고하게 되지. 그렇게 되어서는 곤란해. 따라서 조사는 우리 손으로만 수행하고 경찰에 연락하는 일은 하지 않을 걸세."

그는 경비 책임자에게 머리를 끄덕여보였다.

"이 일은 아무에게도 알리지 않아. MEDIC에 대해서는 태아와의 교섭 후유증이 남아 있기 때문에 철저히 체크하고 메모리뱅크도 지워버릴 것이네. 로버트는 이미 자기 실패에 대해서 징계를 받고 있고 프리차드와 병원 관계자들은 간단한 얘기로 입을 막을 수 있어. 그리고 자네 차례인데 브라이슨 군, 영원히 가슴에만 간직해두어야 하네. 자네의 발견에 대해서는 상도 없거니와 과학계의 칭찬을 받지도 못해. 한마디로 말하면 지난 반 년 동안에 있었던 일은 다 잊어야 한다는 것이네."

"하지만 살인을 무시할 수는 없겠죠? 그건 국가의 안전보장이란 이름 아래서 행해지는 무모한 은폐공작이 아닙니까?"

"그래서 라트레지의 죽음에 대한 본질적인 책임은 누구에게 있는 거지? 카스틴이 아니라는 건 분명해. 누군가에게 죄를 뒤집어씌운다면 자네와 로버트가 공범이라고 할 수 있겠지. 우리가 하고 있는 일을 어떻게 부르든 그건 자네 마음이겠지만 이렇게 할 수밖에 없네."

브라이슨은 고개를 숙이고 상대의 말을 찬찬히 되씹어보며 분노를 느꼈다.

"누가 그런 것을 지지한단 말이오? 인간이 단순히 사라져버리는 일은 없소. 언젠가는 드러날 거요."

"누가 발설한단 말인가, 브라이슨 선생? 물론 자네는 아냐. 그런 짓을 했다가는 자네뿐 아니라 카스틴까지 위태로워지니까 말일세. 로버트도 프리차드도 아냐. 다시 말해서 이 시점에서 라트레지는 이미 존재하지 않고 있어. 이후에는 여기 고용기록도 없고 아파트에도 다른 사람이 들어가 살게 되고, 카스틴이나 다른 동료들은 완전히 달라진 얘기를 믿게 되지. 어디를 어떻게 보든 라트레지는 아무런 흔적도 없이 사라진 거라네."

브라이슨은 당황했다. 방금 들은 얘기가 도저히 믿어지지 않았다. 신념에 어긋났다. 그런 짓을 할 권한이 있단 말인가?

더 이상 생각하지 않더라도 그런 권한이 없다는 것을 알았다. 이미 증거도 보았다. 반짝거리는 연구실, 사만다는 라트레지가 살아 있다고 확신하고 있다는 것. 브라이슨은 발아래를 내려다 본 채 머리를 흔들었다. 어쩌면 이것은 형태를 달리한 자신에 대한 혜택인지도 모른다. 물론 라트레지가 살아 돌아올 리는 없었다. 지금은 사만다의 몸이 안전하고 마음의 상처도 아물어가고 있었다. 더 이상 무엇을 바랄 것인가?

"만약 당신에게 거역하면 어찌됩니까? 가령 내가 생각지도 못한 일을 한다. 다시 말해서 매스컴에 얘기한다면?"

상대는 어깨를 으쓱했다.

"누가 자네 말을 믿어줄까? 사정을 꽤 자세히 알고 있는 로버트도, 한순간이라도 자네 말을 믿으려고 하지 않았어. 믿어야 한다고 생각했는지도 모르겠지만. 아무런 증거가 없는데 자네 말을 믿어줄 저널리스트가 온 나라를 다 뒤진다 해도 있겠는가."

그렇다. 기록도, 미니컴퓨터도 빼앗겼다. 그리고 아무리 필사적으로 찾아도 라트레지가 존재했었다는 것을 보여주는 흔적은 없다.

"이의는 달지 말게, 브라이슨. 아무것도 없었다고 생각하는 거야. 지금 있는 것에 감사하고 카스틴도 살아 있고, 아기도 건강하고 무엇보다도 정상이야. 자네는 여기서 직업을 잃은 것도 아니고 협조해주기만 하면 장래는 밝다네. 좀 자두는 게 어떨까? 지친 얼굴을 하고 있군. 자네는 카스틴을 위해 할 수 있는 일은 다 했고, 그녀도 좀 쉬어야 해. 필립스가 아파트까지 데려다 줄 거고 앞으로 24시간 곁에 붙어 있을 거야. 자네를 신용할 수 없어서 그러는 게 아니야. 다만 그가 같이 있으면 자네 마음이 든든하리라 생각하기 때문이야."

세 사람은 함께 나갔다. 브라이슨은 한숨을 쉬며 그가 한 말을 되씹어 보았다. 저항해도 소용없었다.

그 사내도 다만 한 가지는 잘못되어 있는 데가 있었다. 로즈마리 라트레지의 남은 흔적을 아무리 철저히 지우려고 해도 마음에 남은 것까지는 절대로 지울 수 없을 것이다.

로지에 대한 추억은 자신의 마음속에 영원히 살아 있을 것이다. 그녀의 철저한 성실함과 자신의 미숙한 불찰과 함께.

행복한 비밀

자기 방으로 돌아온 브라이슨은 옷을 벗고 침대 위에 앉았다. 회복실로 전화를 걸어서 사만다의 용태를 물어보니 간호사는 사만다의 회복이 아주 빠르다고 했다.

"마치 독소를 배제하면 급속히 회복되는 중독 환자와도 같습니다. 이 상태로 간다면 오늘 중에 개인 병실로 옮기게 될 거예요."

브라이슨은 간호사에게 고맙다는 인사를 하고 사만다에게 예기치 않은 변화가 있거든 알려달라고 부탁했다. 그는 침대에 누워 생각을 정리해보려고 했다. 눈을 감았다. 피로가 전신을 덮었다. 눈을 뜨자 저녁이었다.

브라이슨은 침대 위에서 하품을 하고 기지개를 켰다. 이처럼 오래 잔 것은 10대 무렵 이후로는 처음인 것 같았다. 시계는 6시를 가리키고 있었다. 잠을 깬 것은 어중간한 시간이었다. 생각은 사만다에게로 달려가고 있었다. 벌써 회복실을 나왔겠지, 교외에서 그 운명적인 드라이브를 한 지 24시간밖에 지나지 않았다. 그런데 그것이 마치 일생처럼 길게 느껴졌다. 그는 침대 옆에 다리를 내리고 전화를 걸었다. 그가 병원 교환대를 불러 산부인과 주임 인턴을 불러내자 아이젠버그가 나왔다.

"자네들은 자지도 않나?"

"산부인과에서는 잠을 못 잡니다. 카스틴 씨 일이군요?"

"그 후 상태를 좀 봤나?"

"오후 회진 때 봤습니다. 3시쯤입니다. 건강해보였습니다. 회복실에서 막 나왔지만 활기가 있었습니다. 빠른 회복을 보증합니다."

아이젠버그는 그 후 사만다의 상태에 대해서 자세히 이야기해주었다. 프리차드와 함께 진찰했는데 모든 것이 정상으로 돌아가고 있다는 것이었다.

브라이슨은 전화를 끊고 신경과 인턴 팀 케리의 자택으로 전화를 걸었다. 케리는 외부 전문가 팀이 아이를 조사하러 왔으나 이상한 곳은 없었다고 했다. 그들이 불려온 것은 조산이기 때문이라고 했다. 그들이 돌아간 뒤 오전 중에는 거의 소아과 인턴과 둘이 아이를 진찰했는데, 어느 면으로 보나 아주 정상적인 신생아였다고 했다. 신경학적으로 보아도 아무런 결함이 없었다는 말이었다.

발육 면에서는, 특히 운동 능력과 지능에 대해서는 아직 판단할 시기는 아니지만 반사나 반응에 대해서는 다른 신생아보다 나은 것도 없지만 못한 것도 없었다고 했다. 소아과 쪽에서는 산모가 포경수술을 원하는지 그런 것에만 신경 쓰고 있다는 것이었다.

"그 대답은 내가 들어두지." 하고 브라이슨은 말했다.

브라이슨이 자리에서 일어나 욕실 거울에 비친 자기 얼굴을 바라보았다. 짙은 수염이 손가락을 찌르는 지저분한 얼굴이었다. 강의 더러

움과 먼지와 땀이 섞여 있었다. 이마에는 상처가 있고 머리카락이 피와 함께 검붉게 헝클어져 있었다.

더운 물을 틀어서 한 손으로 샤워를 하는 것은 생각보다 어려웠다. 젖지 않도록 깁스한 손을 높이 쳐들었다. 그러다가 차츰 요령이 생겨 그는 더운 김 속에서 샤워를 즐겼다.

공복으로 미칠 지경이었다. 그러나 빨리 사만다를 만나고 싶었다. 그는 냉장고에서 냉육을 찾아 샌드위치를 만들어 입에 물면서 옷을 갈아입었다. 그는 잠시 필립스를 잊고 있었다. 그 젊은이는 거실 난로 앞에 앉아 있었다.

"허락해주시겠습니까, 브라이슨 선생님? 난로를 좋아해서요."

"상관없네."

브라이슨은 몇 달 전 사만다가 하던 말을 생각해내고 현관으로 나갔다.

"어디 가십니까?"

"병원이야. 운전해주겠나?"

"물론입니다."

브라이슨이 열쇠를 내밀자 필립스는 거절했다.

"내 차를 갖고 왔습니다. 경비 규칙이 있으니까요."

"알겠네. 병원으로 가세. 우선 그 전에 술집에 들러야겠네."

"일요일 밤입니다, 선생님."

"그래? 시간관념이 엉망으로 돼버렸다네. 그럼 4번가에 잘 아는 조그만 프랑스 식당이 있는데, 가는 길이니 포도주를 한 병 사 가지고 가세."

"그런 건 보고하게 되어 있는데요."

"아무려나."

식당 주인은 그 특유한 감정으로 브라이슨을 맞았다.

"이건 또 무슨 변고입니까. 닥터, 그 팔은?"

브라이슨은 다음에 얘기하자고 하면서 곧 마개를 뽑지 않은 흰 버건디 한 병을 손에 넣었다. '딱 알맞군.' 하고 브라이슨은 생각했다. 사만다가 마셔도 되는지 어떤지는 알 수 없어도 만약 마셔도 좋다고 한다면 너무 센 것이나 거품이 많은 것은 좋지 않다고 생각하던 참이었다.

두 사람은 의사 전용 주차 구역에 차를 세우고 같이 4층으로 걸어 올라갔다. 필립스는 엘리베이터 곁의 벽에 기대어 팔짱을 끼었다. 거기서는 복도가 한눈에 들어왔다.

브라이슨은 간호사실로 갔다. 그는 칸델라처럼 포도주병을 들고 있었다. 이름을 대고 사만다가 있는 방을 물으니 간호사가 면회자 명단에서 그의 이름을 확인하고 나서 462호실로 가라고 방향을 가리켜 주었다.

도중에 유리를 낀 신생아실이 있었다. 브라이슨은 걸음을 멈추고 유리너머로 30명쯤 되는 신생아의 얼굴을 바라보았다. 저마다 갖가지 수면 상태와 각성 상태에 있었다. 바구니 머리맡에 붙어 있는 명찰로 누구 아이인지 알 수 있었는데 사만다의 이름은 어디에도 없었다. 그런데 방구석에 보육기 3대가 있었다. 조산이어서 한동안 상태를 보려고 그 안에 두는 것이겠지, 하고 생각하며 브라이슨은 가까이 가서 3대의 카드를 들여다보았다. 제일 안쪽에 '카스틴, 남아'라고 적힌 표찰이 있었다.

아이는 기운차게 울고 있었다. 새빨개진 얼굴 옆에 있는 조그만 손은 접어올린 흰 속옷 소매 속에 들어 있었다. 한쪽 손이 입에 닿자 소매에 덮인 주먹을 빨았다. 그것이 위안이 되는지 곧 울음을 그쳤다. 그러자 얼굴 모습을 알아볼 수 있었다.

얼굴 생김이 반듯한 아기였다. 사만다의 아기라는 것을 똑똑히 알 수 있었다. 브라이슨은 특별하게 어린애가 귀엽다고 생각한 적은 없었지만 지금은 더욱더 그랬다. 그 아이에 대한 따뜻한 감정은 전혀 우러나지 않았다. 좀 시간이 걸릴 듯했다. 태어나기 전에는 괴물 같았다. 거기에다 브라이슨의 귀중한 것을 몽땅 파괴하려고 했던 일을 잊어버리기는 어려울 것 같았다.

그는 아기가 조용히 잠든 것을 잠시 지켜보다가 그 자리를 떠났다. 사만다의 병실 앞에서는 곧 들어가도 좋을지 망설여졌다. 안에서 "존!" 하는 말이 들리지 않았다면 더 기다리고 서 있었을지도 모른다.

그는 발소리를 죽여 방으로 들어갔다. 상태를 알 수 없으니 방해가 되어서는 안 될 것 같았기 때문이었다. 사만다는 브라이슨을 보고 기쁜 듯 얼굴이 환해졌다.

"괜찮아요. 일어났으니까."

그 한마디로 그는 긴장이 풀렸다. 그도 웃는 얼굴로 대답했다. 위독한 상태를 벗어난 지 얼마 안 되는 사람치고는 꽤 건강해보였다. 사만다는 베개를 2개 포개어 등 뒤에 받치고 한쪽 팔에 링거를 맞고 있었다. 얼굴빛도 좋아 보였다. 지난 몇 달 동안의 안색과 견주어 볼 때 훨씬 좋았다. 혈색이 좋은 것은 수혈 때문일까, 아니면 열 때문일까? 크게 뜨고 있는 눈은 밝게 빛나고 있었다.

"건강해 보이는군. 수술에 적응이 잘 되는 모양이야."

사만다는 웃으며 두 손으로 배를 눌렀다.

"웃기지 말아요. 괘맨 데가 아파요."

브라이슨은 침대 곁으로 가까이 다가갔다.

"그건 좋은 징조야. 그런데 기분은 어때?"

"늑골이 좀 아프긴 하지만, 아까 진통제를 맞았어요. 봐요."

사만다는 브라이슨의 손을 끌어다 대주었다.

"침대에 앉아요, 네?"

그는 침대에 앉아 포도주병을 옆에 놓았다. 사만다가 그의 손을 가만히 쥐었다.

그때 그녀는 깁스를 발견했다.

"왜 이래요, 이 팔은?"

사만다는 캐물으려는 듯한 눈으로 물었다.

'기억을 못하는 건가.' 하고 브라이슨은 생각했다.

"좀 구르는 바람에……. 두 군데 가벼운 골절이야. 대수롭지 않아. 그저 이걸 몇 주 동안 끼고 있으면 돼. 이걸 떼어내면 멀쩡해. 그런데 당신 진통이 시작했을 때의 일 생각나나?"

사만다는 먼 데를 보는 것 같은 지친 눈을 보였다.

"아뇨. 멍해요. 약 탓인지도 몰라요. 머릿속이 텅 빈 기분이에요. 알 수 없는 일, 생각나지 않는 일이 너무 많아요. 가르쳐줄래요?"

"물론이지."

그는 모든 걸 다 말하지 않으리라 마음먹었다. 그녀에게는 모르는 편이 나을 것이기 때문이었다. 사만다의 눈이 젖었다.

"왜 그래?"

"하루 종일 무슨 말을 할까하고 고민했어요. 어려워요. 진통제 탓으로 생각이 정리되지 않아서. 아주 많은 이야기를 준비했었는데……."

하지만 지금 알고 싶은 건 한 가지뿐이에요. 존, 나 사랑해요?"

사만다가 말했다.

보채는 듯한 눈에 눈물이 넘쳤다. 브라이슨은 안도의 기분과 사랑스런 마음으로 가득 차 천천히 머리를 끄덕였다.

"그럼, 샘."

브라이슨은 깁스는 무시한 채 두 팔을 그녀의 목 뒤로 돌려 꼭 껴안았다. 그러고는 천천히 좌우로 흔들었다. 뜨거운 눈물이 그의 어깨를 적셨다. 고통과 고뇌의 악몽은 끝났다. 그는 포옹을 풀고 손가락 끝으로 여자의 턱을 받쳐 들고는 한없이 상냥한 마음으로 그녀의 입술에 키스했다.

사만다는 안심했다. 그녀는 아직도 피로한 모습이었다. 얼굴은 수술 뒤라 긴장을 풀지 못하고 있는 듯했다. 베개에 머리를 묻고는 얼굴을 돌렸다.

"뭘 생각하고 있지?"

"로지요. 왜 가버렸을까?"

"선택의 여지가 없었던 거야, 샘. 이젠 돌아오지 않아. 어쩔 수 없는 이유가 있어서 가버린 거라고. 하지만 여기 있지 않아도 틀림없이 기뻐해줄 거라고 생각해."

사만다는 다시 훌쩍거리며 울기 시작했다. 그는 악몽에서 깨어난 아이를 달래듯, 고뇌가 사라지기를 참을성 있게 기다리며 그녀를 안고 있었다. 이윽고 사만다의 마음이 진정되었다. 그리고 그가 가지고 온 선물을 보았다.

"병 속에 뭐가 들었죠?"

"백포도주야. 음료수는 마셔도 되는 건가?"

"물은 얼마든지 마셔도 괜찮은가 봐요. 와인도 물의 일종이라 생각해도 되죠, 아녜요?"

"프랑스 인이 들으면 화낼 거다."

침대 옆의 물주전자에 얼음이 가득 들어 있었다. 브라이슨은 종이컵을 얼음으로 채우고는 버건디를 가득 따랐다. 사만다는 곁눈으로 라벨을 읽었다.

"몽트라쉐 그랑 쿠르스, 맛있어요?"

"종이컵에 얼음을 넣고 마신다는 걸 잊게 해줄 정도랄까?"

브라이슨은 종이컵끼리 부딪치게 했다.

"건배."

"무엇에 건배하죠?"

"여러 가지가 있지. 우선 빠른 회복에."

"건배."

사만다는 단숨에 마시고 나서 베개에 기댔다. 피로나 고통의 흔적은 거의 없었다.

"이 술, 괜찮은데요."

사만다는 컵을 내밀어 두 잔째를 받았다.

"온 더 록도 좋아요. 새로운 발견일까? 두 번째 건배는?"

"우리를 위해."

브라이슨은 컵을 높이 들었다.

"좋아요."

사만다도 컵을 들며 말했다.

"우리의 무엇을 위해?"

"당신이 완치되면 곧 어디론가 떠나는 거야. 멀리 따뜻한 곳으로. 2,

3일, 아니 1주일쯤……. 단 둘이서……"

"멋져요. 하지만 뭔가 잊고 있잖아요?"

"연구실 걱정은 필요 없어. 시간 여유도 있고……."

"그것 말고 잊은 게 또 있어요."

브라이슨은 눈살을 찌푸렸다.

"가고 싶지 않은 거야?"

"가고 싶어요. 하지만 당신하고 나하고 아기, 셋이 되는 거예요."

"아, 샘. 미안해, 잊고 있었어."

"상황이 좋지 않죠?"

"아냐……. 나는……. 함께 갈 수 있는 데가 얼마든지 있어."

사만다가 동정하는 것 같은 미소를 지었다.

"이젠 단순한 걸프렌드가 아네요, 존. 아이가 태어난 순간부터 모든 게 달라졌어요. 나는 엄마가 됐어요."

"나를 사랑하고 있지 않다는 건가?"

"사랑하고 있어요, 많이요. 하지만 어차피 현실과 맞닥뜨릴 때가 오게 마련이에요."

사만다는 숨을 가다듬으려고 좀 사이를 두었다.

"우리는 각기 다른 세계에서 살아왔어요. 내가 다른 남자 아이를 밴 건 두말 할 것도 없어요. 그리고 때가 되면 운명의 다리를 건널 각오였어요. 지금이 바로 그때예요. 하지만 작은 인도교 같은 게 아니라 골든 게이트 브리지예요."

"그래서?"

여전히 나약한 웃음을 띤 채 사만다의 손가락이 브라이슨의 뺨을 만지고 있다. 그녀의 눈에 고뇌의 빛이 되살아났다.

"노력을 해준 건 고마워요. 하지만 현실은 이 모양인걸요. 당신은 젊고 핸섬한 의사, 나는 미혼모, 당신이 생각하고 있는 것 이상으로 큰 부담이에요. 지금은 당신도 성실하고 나도 이렇게 당신을 사랑하고 있어요. 하지만 지금까지 내게 해준 것만으로도 충분해요. 존, 언제든 그러고 싶을 땐 헤어져도 좋아요."

브라이슨은 가볍게 박수를 보냈다.

"이상, 말씀 끝. 감동적이었어. 그게 전분가?"

"그런 셈이죠."

"그럼 내 얘기를 들어봐. 내가 당신한테 반한 이유 가운데 하나는 방금 들은 것 같은 그런 말을 할 만한 여자라고 생각했기 때문이야. 솔직하고 자립심이 강해. 그렇지 않은 당신은 상상도 안 돼. 하지만 당신이 자유로운 사고의 소유자라고 해서 그게 자기 전매특허라고는 생각하지 말아줬으면 좋겠어. 나도 그 점은 충분히 생각해왔지. 물론 둘 다 입 밖으로 내진 않았지만 당신이 지금 내게 던진 말뜻은 나도 잘 알고 있고 당신이 생각지 못한 부분까지도 알고 있어. 우리 관계를 여러 각도에서 보았지만 언제나 같은 결론이 나와. 즉 내가 당신에게 열중해 버렸다는 거지."

"하지만 존, 나는……."

"내 말 아직 안 끝났어. 내가 말하려고 하는 건 당신에게 강요되어 무슨 일을 해온 건 아니라는 거야. 당신과 마찬가지로 나도 아주 자유로운 선택권을 갖고 있어. 그리고 벌써 결정을 내리고 있었어. 당신을 선택한 거야, 샘. 아이가 있든 없든, 설사 아이가 열 명이 있다고 해도 당신을 선택했을 거야."

사만다의 눈이 기쁨을 담고 있었다.

"어찌된 거야, 베이비."

그는 짐짓 과장된 몸짓을 했다.

"의사 아내가 되기에는 프라이드가 너무 높은 건가?"

사만다는 웃는지 우는지 알 수 없는 웃음을 띠었다. 두 손으로 브라이슨의 뺨을 끌어당겨 자신의 젖은 뺨에 문질렀다. 팔로 그의 목을 안은 채였다.

"무슨 프라이드씩이나요. 존, 그 애 봤어요? 볼 여유가 있었어요?"

브라이슨은 몸을 떼었다.

"응, 방금 봤어. 잘 생긴 얼굴이야. 좀 기분 나쁜 놈이기는 하지만 말이야."

그는 사만다를 끌어당겨 깊이 입을 맞추었다. 입술을 떼자 사만다는 베개에 묻혀버렸다. 피로 때문에 눈꺼풀이 무거워져 있었다.

"그럼 푹 자도록 해."

브라이슨은 사만다의 눈을 감겨주었다. 사만다는 그의 손을 잡고 시트에 뺨을 묻듯 하며 그의 손을 뺨에 댔다. 브라이슨은 그녀가 잠드는 것을 지켜보며 안도감을 느꼈다.

사만다는 이제 영영 내 것이다. 그녀를 상처 입힐 만한 일은 하지 않을 것이다. 그러기 위해서 진실을 숨길 수밖에 없다면 기꺼이 그렇게 할 것이다. 그녀의 죄를 자신의 가슴에 묻고 가는 것이, 진실을 알려 상처를 입히는 위험을 범하는 것보다는 낫다.

모든 것을 종합해서 돌이켜보니 이만큼 가벼운 벌로 그친 것이 행운이었다고 생각되었다. 하마터면 사만다를 죽이고 자신도 직장을 잃을 뻔하지 않았던가.

만약 대학을 비난한다든지 했다면 마구 부딪혀 오는 스캔들의 파도에 둘 다 먹히고 말았을 것이다. 미래는 자신이 생각했던 것보다 어둡지는 않을 것 같았다.

사만다와 함께 조그만 안주의 땅을 찾아내는 그때쯤에는 자신도 아기가 귀여운 줄을 알게 될 것이다. 브라이슨은 행복한 가정을 꿈꾸며 입가에 미소를 지었다.

종말과 시작

대학 경비원은 꾸벅꾸벅 졸기 시작했다.

새벽 2시, 새로운 임무인 컴퓨터실의 12시간 경비도 3분의 2가 지났다. 하루 종일 분주한 활동도, 그가 임무 수행을 시작한 지 2시간, 오후 8시쯤에는 거의 끝나버렸다.

마지막까지 남아 있던 엘렉트로닉스 기사들도 큼직한 공구류를 가지고 9시 정도에는 돌아갔다. 그들은 경비원과는 말도 하지 않았다. 그것은 정부의 전문가가 임시적 임무로 대학에 와 있다는 태도였다.

그들은 재빠르고 숙련되고 철저했다. 그들이 갖가지 무슨 일을 하는 것인지 경비원은 묻지 않았고 상대도 그런 질문은 기대하지 않았을 것이다. 관심의 대상은 같았다고는 하지만 다른 과에 속해 있는 사람끼리 지껄이거나 가벼운 우정을 교환하는 것은 삼갈 일이었다. 그의 분야는 경비, 상대는 컴퓨터 엘렉트로닉스, 물과 기름 같았다. 서로 상대를 방해하지는 않는다. 제각기 다른 기류를 찾아 같은 하늘을 나는 새와 같았다.

그들이 주고받는 농담으로 미루어 뭔가 고장 난 곳을 찾고 있다는 것을 알았다. 어깨를 움츠리고 마는 것을 보면 결국 아무것도 발견하지 못한 것 같았다. 그들은 지친 만족감을 보이며 나갔다. 경비원이 근무를 시작할 때 마침 돌아간 20명 가까이 되는 동료도 같은 표정을 짓고 있었다. 그들이 무엇을 찾고 있었든 그런 것은 애당초부터 없었든지 아니면 사라져버렸을 것이다.

'모든 것이 순조롭다.'

보스는 그리 자세한 이야기는 해주지 않았다. 컴퓨터의 안전에 장애가 있었다고 하기에는 누군가가 침입한 것이라고 생각할 뿐 확인할 수 없었다. 또 기사들이 컴퓨터를 검사할 것이라고 말하고 있었지만 그 이상 자세한 이야기는 듣지 못했다. 하나하나 알아야 할 범위까지 주의 깊게 감시되고 있는 세계에서는 그가 이 건에 대해서 알 필요는 전혀 없었다.

경비원은 기사들이 나갈 때 무장한 밖의 경비원을 확인했다. 모든 것이 순조로웠다. 오전 6시까지 교대는 오지 않는다는 것을 알고는 안으로 문을 채웠다. 그리고 컴퓨터실 안을 천천히 둘러보았다. 안전상의 문제가 될 듯한 곳을 찾아보고 구석구석을 들여다보았다. 폭탄이 감추어져 있지는 않은가, 도청 장치가 되어 있지는 않은가. 아무것도 발견되지 않는다는 것은 알고 있었지만 프로 근성이 그렇게 시켰다.

컴퓨터실 안을 열십 자 꼴로 누비고 돌기를 3번, 의무감과 동시에 지루한 기분을 줄이는 일이기도 했다. 한 바퀴 도는 데 한 시간이 걸렸지만 0시를 넘기면서는 지치고 배가 고파서 아무 이상이 없다는 데에 만족하고 있었다.

기계는 질색이었다. 차갑고, 무관심하고 매력이 없는 이 거대한 컴퓨터도 복잡한 금속 덩어리에 불과했다. 정부 기관 경비를 할 때가 생각났다. 외근을 했었는데 범인 추적의 흥분이든, 단순한 탐문이든 무엇이든 지금보다는 나았다. 컴퓨터가 작동하고 부품이 움직이고 빛이 점멸하고 있으면 그래도 좀 견딜 만했는데 지금은 완전히 정지 상태였다. 소리도 움직임도 없이 잠들어 있었다.

경비원은 제어판 앞에 앉았다. 앞으로 따분한 시간이 4시간이나 남아 있었다. 그는 생각에 잠기고 마음은 공상 세계를 방황하도록 내버려두었다. 눈을 감자 연탄가루가 날리는 뒷골목에서 중국인 밀사를 쫓고 있었다. 길은 구불구불 길고 추적은 계속되었다.

꾸벅꾸벅 졸기 시작한 경비원의 머리가 가끔 가슴으로 뚝 떨어졌다. 이윽고 경비원이 조는 것도 그치고 깊은 잠이 들어버리자 컴퓨터실은 쥐 죽은 듯이 고요해졌다.

조립된 이래 처음으로 MEDIC은 아무에게도 감시당하지 않고 작동도 하지 않는 상황에 놓이게 되었다. 지금은 조용히 만반의 준비를 하고 활동 신호를 기다리고 있다. MEDIC은 고치 속에 든 애벌레처럼 날개를 달기까지는 인간의 손을 필요로 하고 인간과의 접촉에 따라 나비가 되어 날아간다. 그러나 기다릴 것도 없었다. 경비원이 잠들자 콘솔의 초록 램프가 켜졌다. 찰칵 하는 소리와 함께 테이프가 천천히 확실하게 돌아가기 시작했다. 내부에서 잠자던 거인이 눈을 떴다.

신생아실도 고요했다.

새벽 2시, 수유가 끝나고 어느 아기나 제각기 바구니 속에서 새근새근 자고 있었다. 간호사는 방안을 좀 어둡게 해놓고 일지를 쓰고 있었다. '카스틴, 남아'의 보육기 속에는 아기가 엎드린 채로 조용히 잠들어 있었다.

아기의 눈이 갑자기 떠졌다. 구내의 멀리 떨어진 컴퓨터에서 울리는 신호에 주의를 돌릴 때가 왔다. 날갯짓을 해보는 병아리처럼 한쪽 다리를 뻗고 이어 다른 다리도 뻗었다. 아기는 몸을 돌려 반듯하게 누웠다. 보통 신생아에게는 불가능한 동작이었다. 조그만 손을 뻗어 보육기 벽을 누르고 머리를 약간 들어 머리의 무게를 느낀, 처음으로 중력이라는 것을 체험한 아기는 머리를 완전히 옆으로 돌렸다.

7개월 동안 자궁 안에서 지내왔기 때문에 아기는 어둠에는 익숙한 것이다. 보육기 유리벽을 통해 방안을 둘러보고 다른 아기들의 침상을 바라보다가, 아기는 자신들에게 못 박혀 있는 줄도 모르고 책상에서 부지런히 일하고 있는 간호사들을 주시했다. 눈을 깜빡이지도 않고 열심히 탐구하는 듯한 그 눈은 매초마다 자신감으로 넘쳐있는 것 같았다.

아기의 눈은 투명한 청색으로 빛났다. 겁내는 것이 아닌 밝고 날카로운 사냥꾼의 눈, 하늘 높이 나는 독수리가 지면을 살피며 먹이를 찾는 날카로운 눈 같았다.

옮긴이의 말

전문가도 예측할 수 없는 의학계의 경고장

난자와 정자가 만난 순간, 하나의 생명이 잉태된다.

수정난이 자궁에 착상한 지 1개월이 지나면 심장이 규칙적인 리듬으로 움직이고 뇌의 원형도 생긴다고 한다. 또한 임신 8개월이 지난 태아의 뇌파에는 꿈꾸기 쉬운 렘수면과 비슷한 파동 형태를 볼 수 있다고 한다.

아직 태어나지 않은 태아가 꿈을 꾼다면 그것은 어떤 꿈일까? 또 태아에게 '마음'이 있다면 대체 무엇을 느끼고 무엇을 생각하게 될까? 그런 의문에서 출발하여 쓴 것이 이 책 〈태아가 범인이었다(원제 : The Unborn)〉이다.

태아가 거대한 컴퓨터와 얘기하고 의학 지식을 흡수하며 태내에서 엄마의 언동을 조종할 수 있다면…….

실제로는 일어날 수 없을 듯한 얘기지만 현역 의사인 데이비드 쇼빈은 의학과 컴퓨터 테크놀로지의 리얼한 묘사를 엮어 스토리를 전개

해간다.

의학계에는 본래 공포를 느끼게 하는 재료가 많이 있다. 원인 불명의 병, 의료 과실, 새로운 의료 기술이나 약품의 개발에 따르는 인체 실험 등이 그것이다. 인간의 생사를 다루는 의사의 세계이다 보니 그러한 폐쇄적이고 전문적인 의학지식은 우리의 이해를 초월할 때가 많다. 우리가 모르는 사이에 무엇이 일어나고 있는지 모르는 것이다.

물론 전문가도 예측할 수 없는 것들도 있다. 언젠가 입덧에 효력이 있다는 수면제를 많은 임신부들이 복용했었다. 그 약이 태아의 손발 발육에 악영향을 미친다는 것을 알았을 때는 이미 불행한 사태를 초래하고 만 시점이었다.

의학의 진보가 눈부신 오늘날에도 아직 해명되지 않은 것이 많이 있다. 쇼빈이 묘사한 것과 비슷한 상황이 현실에서 일어나지 않는다는 보장은 없는 것이다. 만약 이와 같은 일이 자신의 주변에서 일어난다면……. 그렇게 생각하도록 쇼빈이 이 소설을 통해 경고장을 띄웠다고 할 수도 있다.

옮긴이 홍영의

일본어 전문 번역가로 일본 출판 에이전시를 운영했으며, 번역 및 한국 · 일본의 출판 교류를 위해 일했다. 특히 국내 서적이 일본에 널리 알려질 수 있도록 노력해왔다. 다수의 역서가 있으며 번역서는 50여 종에 이른다. 《평꼬》, 《히딩크 리더십의 7가지 조건》 등을 일본에서 번역 출간했으며 주요 역서로 《중독》, 《태아》, 《실락원》, 《가슴에 묻은 너》, 《유능한 상사의 부하지도》 등이 있으며, 저서로는 《바로바로 여행 일본어》가 있다.

태아가 범인이었다

중판 1쇄 인쇄 2018년 8월 10일 | **중판 1쇄 발행** 2018년 8월 15일
지은이 데이비드 쇼빈 | **옮긴이** 홍영의 | **펴낸이** 최효원 | **펴낸곳** (주)도서출판 오늘
출판등록 1980년 5월 8일 제2012-000082호
주소 서울시 영등포구 선유서로 15, 209호 | **전화** (02)719-2811(대) | **팩스** (02)712-7392
홈페이지 http://www.on-publications.com | **이메일** oneull@hanmail.net

* 잘못 만들어진 책은 바꾸어 드립니다.
ISBN 978-89-355-0551-7 03840